KB046125

© Keigo Higashino 2016
First published in Japan in 2016 by Jitsugyo no Nihon Sha, Ltd.
Korean translation rights reserved by Somy Media, Inc.
Under the license from Jitsugyo no Nihon Sha, Ltd.
Korean translation rights © 2022 by Somy Media, Inc.

눈보라 체이스

히가시노 게이고

양윤옥 옮김

소미미디어
Somy Media

일러두기

*본 도서는 히가시노 게이고의 스키장 연작, 이른바 〈설산 시리즈〉 중 하나로, 일본에서는 시리즈 중에서도 4번째로 발행되었지만 한국에서는 《백은의 잭》, 《질풍론도》에 이어 3번째로 발행되었습니다.

*이전에 한국에서 정식 발매된 〈설산 시리즈〉 도서와 최대한 용어의 통일성을 유지하고자 하였으나 고유명사의 경우 원문의 느낌을 살리는 과정에서 차이가 있을 수 있습니다.

목차

1

마침 딱 좋을 만큼 눈이 내리고 있었다.

리프트에서 내려서자마자 와키사카 다쓰미는 자리에 앉는 일 없이 뒷발의 바인딩을 장착했다. 그리고 그 길로 잽싸게 타고 내려갔다. 다른 사람이 준비를 끝내기까지 기다리지 않아도 되는 것은 혼자 왔을 때의 큰 장점이다.

워밍업 걷기는 충분히 했다. 이 정도면 괜찮겠다 싶어서 평소에 다니던 지점으로 향하기로 했다.

원래는 레귤러 스탠스*지만 간간이 스위치 스탠스**로 바꿔가면서 정비를 마친 중급 정도의 코스를 내달렸다. 카빙***을 즐기기에는 최적의 경사면인데도 스키어와 스노보더들의 모습은 많지 않았다. 그 앞에는 비압설(非壓雪)의 상급자 코스가 기다리고 있어서 눈이 내린 직후가 아니면 거의 전면이 울퉁불퉁한 비탈이라는 것을 다들 알고 있기 때문일 것이다.

물론 다쓰미도 그건 잘 알고 있었다. 그런데도 그쪽으로 내달린 것은 자기만의 목적이 있었기 때문이다.

압설(壓雪) 부분을 지나가자 설면이 조금씩 거칠어졌다. 적당히 부드러운 곳은 활주하면 상쾌할 만큼 재미있지만 그것도 그리 길게 이어지지 않는다. 어제는 눈이 내리지 않았다니까 이대로

---

* regular stance. 왼쪽 발(오른발잡이의 경우)을 앞으로 내밀고 타는 스노보드의 기본자세.
** switch stance. 타고 내려오면서 앞뒤 발을 바꾸는 기술. 평소에 잘 쓰는 발이 앞으로 나가게 된다.
*** carving. 턴의 기술 중 하나로, 보드판의 양쪽 사이드를 짚으며 방향을 바꾼다. 설면에 홈이 파이는 데서 나온 명칭.

가면 그 울퉁불퉁한 비탈길에 돌입하는 것뿐이다. 일부러 그런 곳에서 스노보드를 타겠다고 새벽같이 일어나 달랑 혼자 차를 운전해가며 여기까지 찾아온 게 아니다.

미리 점찍어둔 포인트가 점점 다가왔다. 다쓰미는 스노보드를 저어가며 주위를 둘러보았다. 다행히 남의 시선은 없었다. 설령 있다고 해도 잔소리 많은 패트롤 대원만 아니라면 신경 쓸 필요 없지만 규칙을 위반하는 장면은 가능하면 남에게 들키고 싶지 않은 것이 인지상정이다.

경사지 왼편으로 숲이 펼쳐졌다. 그 앞쪽에는 빨간 로프가 가로막고 있었다. 두말할 것도 없이 그 너머는 활주 금지구역이다. 그래도 다쓰미는 로프를 향해 속도를 올렸다.

목표 포인트를 발견했다. 그곳을 노리고 상체를 낮추며 한껏 머리를 숙였다.

무사히 로프 밑을 통과. 내달려온 힘을 이용해 멋지게 오르막을 치고 올라갔다. 하지만 아직 방심할 수는 없었다. 오히려 신경이 쓰이는 것은 거기부터다. 좁은 간격으로 서 있는 나무들을 피해 적극적으로 밀고 나가지 않으면 안 된다. 지나치게 신중해져서 필요 이상으로 속도를 늦추는 것은 그야말로 금기사항이다. 장소에 따라서는 극단적으로 경사도가 낮아지는 곳이 있다. 숲속은 비압설(非壓雪)이다. 보드가 눈에 파묻혀 옴짝달싹 못 하게 되면 그건 정말 눈뜨고는 못 볼 처참한 꼴이다.

나무가 밀집한 구역을 무사히 빠져나오자 갑작스럽게 시야가 확 트였다. 발치에 멋들어진 파우더 존*이 펼쳐져 있었다. 아는 사람만 아는 최고의 비밀장소다.

다쓰미는 속도를 늦추는 일 없이 뛰어들었다. 풍성한 눈이 그의 스노보드를 부드럽게 받아들였다. 그대로 중력에 몸을 맡기고 타고 내려간다. 마치 손오공의 근두운(勤斗雲)을 탄 듯한 부유감과 질주감이 있었다. 눈, 눈, 눈. 바람, 바람, 바람. 친구들과 함께였다면 틀림없이 포효를 내질렀을 것이다. 이러니 스노보드는 그만둘 수가 없다. 파우더 런은 그야말로 최고다.

하지만 천국의 시간은 그리 길게 이어지지 않았다. 광대한 산속이라도 적당한 경사도를 갖췄고 게다가 나무들이 밀집하지 않은 구역은 극히 일부분뿐이다. 그래서 다시 밀집한 나무 사이를 빠져나가야 한다. 단 이건 이것대로 긴장감이 있어서 즐거운 시간이기는 하지만.

저만치 앞쪽에서 사람이 보였다. 빨간색과 하얀색의 투톤 컬러 스키복에 검은색 헬멧. 스키 폴을 들지 않은 것을 보면 스노보더일 터였다. 몸매로 봐서는 여자인 것 같았다. 나무 사이에 멈춰 서서 뭔가 하고 있었다. 무슨 사고라도 난 것일까.

하지만 가까이 가보니 사고 같은 건 아니었다. 사진을 찍고 있는 것이다. 게다가 셀카였다. 카메라를 들고 팔을 한껏 뻗고 있었다. 자신이 원하는 앵글로 찍히지 않는지 자꾸만 고개를 갸웃거렸다.

---

* 파우더(powder)는 정비하지 않은 가루눈으로, 깊은 적설량과 낮은 습도에 무게는 가벼울수록 활주감이 좋다. 보통 파우더가 쌓인 구역을 파우더 존(powder zone), 파우더 존을 달리는 것을 파우더 런(powder run)이라고 한다.

다쓰미는 천천히 그쪽으로 다가갔다. "제가 찍어드릴까요?"라고 말을 건넸다.

여성 스노보더가 다쓰미 쪽을 돌아보았다. "예?"

다쓰미는 카메라로 찍는 포즈를 취하며 조금 더 큰 소리로 말했다. "셔터 눌러드린다고요."

"아, 부탁 좀 해도 될까요?" 약간 허스키하지만 젊음이 느껴지는 목소리였다.

"좋아요, 어떤 식으로 찍어드리면 되죠?"

그러자 그녀는 카메라를 손에 들고 스노보드의 한쪽 발을 풀어놓은 상태, 이른바 원풋으로 다쓰미가 서 있는 곳까지 올라왔다.

"저 앞에 하트 모양으로 생긴 경치가 있는데, 보이세요?" 그렇게 말하며 뒤쪽으로 고개를 돌려 저 먼 곳을 가리켰다.

"하트 모양이라고요?"

"저기 바로 앞에 큰 나무가 있는데 윗부분의 나뭇가지가 Y자로 크게 갈라졌죠? 그리고 그 너머에 산의 능선이 있어서 정확히 하트 모양으로 보이는데."

"어디……." 그녀가 가리키는 방향으로 시선을 던졌다. 곧바로는 알지 못했지만 상하좌우로 시야를 이동시키는 사이에 문득 그 모양이 눈에 잡혔다. 하트의 아래 반절을 나뭇가지가, 위 반절을 능선이 그려내고 있는 것이다. "아, 진짜네. 재미있는데요? 이런 식으로도 보이는군요."

"그 하트 모양을 배경으로 저를 찍어보려고 했는데 잘 안 잡혀서요."

"알았어요. 찍어볼게요."

다쓰미는 오른발의 바인딩을 풀고 카메라를 받아들었다. 고글을 쓴 채로는 액정화면이 잘 보이지 않아서 비니모자 위로 올렸다.

"어디쯤에 서면 하트가 나올 것 같아요?" 여자가 물었다.

"거기서 조금만 더 뒤로 물러서보세요. 몸 전체가 다 들어가는 게 좋아요?"

"아뇨, 상반신만 나오면 되는데." 여자가 천천히 뒤로 물러서면서 대답했다.

"그럼 거기쯤에 서면 돼요. 자, 찍습니다. 치즈."

여자가 오른손으로 V자를 만들었다. 고글과 페이스마스크 때문에 어떤 표정을 하고 있는지는 알 수 없었다.

"혹시 안 나올지 모르니까 한 장 더." 그렇게 말하고 다쓰미는 카메라를 다시 맞추려고 했다.

"아, 잠깐만요. 기왕이면 이렇게." 여자는 고글을 헬멧 위로 올리고 페이스마스크를 벗었다.

다쓰미는 가슴이 덜컥했다. 커다란 눈은 적당히 눈 끝이 치켜올라가 오만한 고양이를 떠올리게 했다. 갸름한 얼굴이라고 할 정도는 아니지만 턱이 가늘고 콧날은 높고 반듯했다. 그야말로 다쓰미가 좋아하는 타입이었다.

하지만 너무 빤히 쳐다볼 수도 없어서 앵글을 정하고 셔터를 눌렀다.

"고마워요. 다행이네요."

여자가 원풋으로 다시 다쓰미가 있는 곳까지 올라왔다. 다쓰미는 카메라를 돌려주었다. 화면으로 사진을 확인한 그녀는 "와아, 정확히 잡혔는데요?"라면서 손가락으로 동그라미를 만들었다.

"여기 자주 오세요?" 다쓰미가 물었다.

"자주, 라고 할 정도는 아니지만 한 시즌에 몇 번 정도? 마음에 드는 스키장 중 하나예요."

"역시 그렇군요. 그러지 않고서야 이런 곳을 타고 내려갈 리가 없죠, 이런 비밀장소를."

그녀는 카메라를 호주머니에 챙겨 넣더니 어깨를 으쓱 쳐들었다.

"코스 밖의 구역을 달리는 게 금지사항인 줄은 알지만 아무래도 참을 수 없을 때가 있어서요. 나쁜 짓이죠?"

"그렇게 치자면 저도 똑같은 죄를 졌죠."

"그래도 덕분에 좋은 사진을 찍었어요. 고마워요." 그렇게 말하고 그녀는 페이스마스크를 쓰고 고글을 다시 내렸다. 헬멧 옆에 별모양의 핑크색 스티커가 여러 개 붙어 있는 게 눈에 띄었다.

"혼자 오셨어요?" 조금 마음에 걸려서 다쓰미는 확인해보았다.

여성 스노보더는 뒤꿈치의 바인딩을 잠근 뒤에 고개를 끄덕였다.

"네."

"그래요? 나도 혼자 왔는데."

"혼자 타면 마음 편해서 좋죠?"

마치 다쓰미의 속셈을 꿰뚫어본 듯한 한마디였다. 괜찮다면 함께 타시겠습니까, 라고 말하려고 했던 것이다. "네, 그렇죠"라고 대답할 수밖에 없었다.

"평소에는 주로 어디서 타세요?" 어쩔 수 없이 화제를 바꾸었다.

"홈그라운드는 사토자와예요. 오늘 여기서 달려본 뒤에 다시 그쪽으로 돌아갈 예정이에요."

"아, 사토자와 온천스키장?" 다쓰미는 크게 고개를 끄덕였다. 전국 최대급의 스키장이다. "나는 아직 가본 적이 없지만 굉장히 넓고 설질(雪質)도 훌륭하다던데요."

"최고예요. 한번 오세요."

"꼭 가봐야겠네요. 이번 시즌에 한참 더 타실 거죠?"

"물론 그럴 생각이에요. 겨울철에는 이게 유일한 즐거움이니까."

"아, 그렇다면 나하고 똑같네요."

"서로 간에 부상 없이 재미있게 타기로 하죠. 자, 그럼 또 어딘가에서." 그렇게 말하고 그녀는 손을 흔들더니 활주를 시작했다.

다쓰미도 서둘러 바인딩을 장착하고 출발했다. 뒤를 따라가며 그녀의 활주 모습을 보고는 보통 실력이 아니라고 생각했다. 밀집한 나무 사이를 눈보라를 일으키며 휙휙 빠져나간다. 그 자세가 화려하고 다이내믹했다. 마치 여자라고 얕잡아보지 말라고 일갈하는 것 같았다. 눈 깜짝할 사이에 거리가 벌어지고 시야에서 사라져버렸다.

이윽고 정규 코스가 앞쪽에 보이기 시작했다. 다쓰미는 코스를 벗어났을 때와 마찬가지로 머리를 한껏 낮춰 로프 밑을 지나갔다.

곧바로 경사면 아래를 둘러봤지만 조금 전 그 여자의 모습은 어디에도 없었다. 어쩌면 아직 코스로 돌아오지 않고 또 다른 코스 밖 루트를 달리기 시작했는지도 모른다.

아쉽다, 좀 더 이야기하고 싶었는데. 거절당할 각오로 함께 타자고 말이라도 해볼걸—. 이래저래 후회를 하면서 다시 타고 내려갔다. 그야말로 잠시잠깐 바라본 여자의 얼굴이 눈에 선하게 남아 있었다.

주차장에 세워둔 차로 돌아온 것은 오후 3시가 지난 무렵이었다. 옷을 갈아입고 스노보드와 부츠를 짐칸에 휙 넣었다. 자판기에서 캔커피를 뽑아다 운전석에 앉아서 마셨다. 지금부터 몇 시간 동안 도쿄를 향해 혼자서 운전해야 한다. 뺨을 탁탁 때리며 다시 한번 기합을 넣었다.

2

이제 30여 분만 달리면 도쿄역에 도착한다고 생각했을 때, 가슴팍 호주머니에 넣어둔 스마트폰이 착신을 알렸다. 개인 스마트폰이 아니라 직장에서 대여해준, 아니, 그보다는 강제로 지급해준 스마트폰 쪽이었다. 고스기 아쓰히코는 불길한 예감에 휩싸인 채 좌석에서 일어나 스마트폰을 꺼내들었다.

차 문을 열고 연결통로로 나온 뒤에 스마트폰을 터치해 "고스기입니다"라고 짐짓 딱딱한 말투로 응했다.

"출장은 잘 다녀왔어?" 상사 난바라가 끈적끈적한 말투로 물었다.

"네, 정말 피곤하네요." 고스기는 대답했다. "아침 첫 신칸센으로 센다이에 가서 온종일 돌아다녔거든요. 점심시간 빼고는 잠시도 쉬지 못했습니다."

"돌아오는 신칸센에서 한숨 잤잖아."

"근데 제가 요즘 불면증이에요. 겨우 눈 좀 붙이는가 했더니 이 전화가 걸려오네요."

흥 하고 난바라가 코웃음을 쳤다.

"하루 출장 근무를 마치고, 자아, 이제 집에 가서 맥주라도 한잔 하자, 라고 했더니만 업무용 스마트폰으로 연락이 왔단 말이지. 그러면 뭐, 당연히 방어선을 치고 싶은 마음도 들겠지."

그런 게 아니라고 애써 변명할 이유도 의리도 없어서 그에 대한 대꾸 대신 고스기는 "무슨 일 있습니까?"라고 물었다.

난바라는 괜히 한참 뜸을 들이고 나서야 "사건이 터졌어"라고 말했다.

그야 물론 그럴 거라고 고스기는 생각했다. 센다이 출장에서 돌아오는 사람에게 단순한 허드레 심부름을 시키려고 전화를 걸었다면 그거야말로 큰 민폐다.

무슨 사건인데요, 라고 물어보려는 참에 난바라가 말을 이었다. "살인사건이야."

고스기는 순간 말문이 턱 막혔다. 제발 잘못 들은 것이기를 빌었다.

"아, 저기요." 헛기침을 했다. "지금 뭐라고 하셨습니까?"

"믿고 싶지 않은 그 심정은 잘 알아. 나 역시 똑같은 심정이니까. 하지만 유감스럽게도 거짓말도 아니고 농담도 아니야. 말 그대로 살인사건이야. 현장은 미타카 시 N동의 단독주택. 강도 살인이야. 금품도 훔쳐갔어. 살해된 피해자는 그 집에 사는 80세 노인이야."

난바라의 말을 듣고 고스기의 가슴속에 암울한 기분이 퍼져갔다. 조무래기 깡패들이 서로 싸우다가 기운이 넘쳐서 죽여버렸다느니 하는 단순한 사건은 아닌 것 같다.

"저기요, 계장님." 희미한 기대감을 품고 고스기는 물었다. "범인은 어떻게 됐습니까?"

"잡히지 않았어. 자수한 것도 아니고."

역시 그런가, 하고 스마트폰을 귀에 댄 채 고개를 툭 떨구었다.

"일이 그렇게 됐으니까"라고 난바라는 말을 이었다. "당장 초동수사에 들어가야 해. 자네도 피곤할 텐데 미안하긴 하지만 도쿄에 도착하는 대로 사건현장에 출동해줘. 가능한 한 빨리 가야 해. 주소는……."

"잠깐만요, 오늘은 직접 퇴근할 예정이어서 이미 이런저런 일정을 잡아뒀어요. 일단 집에 들어갔다가 다시 나와도 되겠습니까?"

"아니, 그럴 시간이 없어. 혼자 사는 처지에 집에 안 들어가도 별문제 없잖아?"

"고양이 밥 챙겨주고 오는 걸 깜빡했다고요."

"고양이는 그리 쉽게 굶어 죽지 않아. 걱정 말라고. 오늘 밤 안으로 집에 보내줄 테니까. 사건현장 주소, 얼른 받아 적기나 해."

얄미워죽겠는 마음을 잘근잘근 씹으며 고스기는 양복 주머니에서 수첩을 꺼내 난바라가 알려주는 주소를 휘갈겨 썼다.

"자네도 잘 알겠지만 이건 큰 사건이야. 수사에 우리 경찰서만 나서지 않을 거라는 점도 미리 알아둬."

상사의 말에 고스기의 마음은 한층 더 암울해졌다. "합동 수사본부를 꾸린다는 얘기지요?"

틀림없이, 라고 난바라는 단언했다.

"당장 내일이라도 우리 서에 수사본부가 설치될 것 같아. 아침 첫 일정으로 수사회의가 소집될지도 모르니까 그 준비도 해야 돼. 내일부터는 당분간 집에 못 돌아가는 걸로 생각해."

자, 그럼, 이라는 말을 던지고 난바라는 고스기의 대답을 기다릴 것도 없이 전화를 끊어버렸다.

고스기는 들고 있던 스마트폰을 내동댕이치고 싶은 기분을 억누르며 객실로 돌아왔다. 시계를 보니 오후 5시를 조금 지난 참이었다.

도쿄역에서 지하철 중앙선으로 갈아타고, 가장 가까운 역에 도착해서는 택시를 이용했다. N동은 단독주택이 차례차례 이어진 조용한 주택가였다. 택시에서 내린 고스기는 곧바로 해당 집을 발견했다. 앞쪽 도로에 순찰차가 줄지어 서 있었기 때문이다. 구경꾼도 모여들었다. 집 문패에는 '후쿠마루'라고 적혀 있었다.

고스기 씨, 라고 부르는 소리가 들렸다. 그쪽을 돌아보니 후배 시라이가 다가오는 참이었다. 학생시절에 럭비를 했던 만큼 투박한 몸집의 사나이다. 그런 편 치고는 얼굴은 동안이었다. 외동딸이 다니는 유치원에서 아이들 사이에 '호빵맨'이라는 별명으로 통한다는 모양이다.

"센다이는 어땠어요? 우설(牛舌), 먹어보셨습니까?" 식탐이 강한 시라이는 다른 사람이 출장을 갈 때도 그 지역 특산물을 검색해보는 버릇이 있다.

"그럴 틈이 있었겠어? 온종일 뛰어다니느라 녹초가 됐는데." 고스기는 내뱉듯이 말했다. 실제로는 점심 식사 때 우설을 먹기는 했지만 그런 일을 솔직히 신고할 의무는 없다. "이럴 줄 알았으면 좀 더 늦은 시간의 신칸센으로 돌아왔을 텐데."

"아이구, 참으로 애통하시겠습니다."

"흥! 그나저나 어떤 상황이야?" 고스기는 집 쪽을 가리키며 물었다.

"감식반이 작업 중이라 아직 안에는 못 들어가요. 하지만 사진은 받아뒀습니다." 시라이는 태블릿을 손에 들고 있었다.

"다른 사람들은?"

"수사원들과 분담해서 근처 탐문을 돌고 있습니다."

난바라가 말한 대로 본격적인 초동수사에 들어간 모양이다.

"난바라 계장님은?"

"서에서 피해자 가족의 진술을 듣고 있을 거예요."

고스기는 한숨을 내쉬었다. 피곤하기는 했지만 투덜거리고 있을 상황이 아닌 것 같았다.

곁에 있던 경관에게 양해를 구하고, 주차해둔 경찰차 뒷좌석에 둘이 자리를 잡고 앉았다.

"경시청 통신지령센터*에 신고가 들어온 것이 오후 4시 12분입니다. 여자 목소리였는데, 집에 있던 사람이 살해되었다, 라고 말했다고 합니다. 상당히 놀란 상태여서 설명도 제대로 못할 정도였던 모양이에요. 그래서 인근 파출소에서 경관 두 명이 출동해 상황을 확인했습니다. 그때쯤에는 신고한 여성도 조금 안정이 되어서 제대로 진술할 수 있게 되었답니다."

시라이의 설명에 의하면, 신고한 여성은 이 집의 주부 후쿠마루 가요코였다. 가요코는 평일 오전 10시부터 오후 3시까지 근

---

* 한국의 112 종합상황실과 같다.

처 슈퍼마켓에서 파트타임으로 일하고 있다. 일이 끝난 뒤에는 친구들과 잠시 이야기를 나누다 귀가하는 것이 일과였다. 오늘도 그런 패턴으로 오후 4시 전에 집에 돌아왔다. 현관문의 잠금 장치가 풀려 있었지만 딱히 수상하게 생각하지는 않았다. 회사에 근무하는 남편이 귀가했을 시간은 아니었어도 함께 사는 시아버지가 집에 있었기 때문이다. 시아버지가 문 잠그는 것을 깜빡 잊는 것은 드문 일이 아니었다.

가요코는 대문에서 마당을 지나 직접 부엌문으로 들어갔기 때문에 이변을 곧장 알아차리지는 못했다. 알게 된 것은 거실로 이동했을 때였다. 거실장 앞에 온갖 물건이 어질러져 있었던 것이다. 서랍이 빠져 바닥에 엎어진 상태였다.

가요코는 거실을 뛰쳐나와 옆방 문을 두드리며 시아버지를 불렀다. 그곳이 시아버지의 방이었기 때문이다. 하지만 대답이 없어서 더럭 겁이 난 그녀는 웬만해서는 무단으로 여는 일이 없는 문을 열었다. 가장 먼저 본 것은 켜져 있는 텔레비전이었다. 그리고 다음에 눈에 들어온 것은―.

"이런 상황입니다." 시라이는 들고 있던 태블릿의 화면을 고스기 쪽으로 향했다.

그곳은 다다미방이었다. 바닥에 추리닝 차림의 노인이 엎드린 자세로 쓰러져 있었다. 옆에는 바둑판이 놓여 있다.

시라이가 화면을 터치하자 다른 사진이 표시되었다. 노인의 목을 클로즈업한 것이다. 명백히 교살흔으로 생각되는 거무칙칙한 선이 보였다.

"흉기는?"

"발견되지 않았습니다."

시라이의 말에 의하면, 피해자의 이름은 후쿠마루 진키치. 나이는 80세. 전직 회사 임원이었지만 현재는 연금 이외의 수입은 없다. 동거자는 장남 히데오와 며느리 가요코뿐이고 손자 둘은 각각 취직해서 집을 떠났다는 얘기였다.

"난바라 계장님은 금품을 훔쳐갔다고 하던데?"

"거실장 서랍에 들어 있던 현금 20만 엔 정도가 사라졌어요. 생활비로 다달이 그곳에 넣어두는 게 습관이었다고 합니다. 가요코 부인이 집을 나갈 때는 그 돈이 틀림없이 있었다고 진술했습니다."

"그밖에 훔쳐간 것은?"

"피해자의 방에서 뭔가를 훔쳐갔을 가능성도 있습니다. 다만 피해자 본인 외에는 모르는 재산이 많아서 현재로서는 확인되지 않고 있습니다. 부부와 자녀들의 방은 2층에 있는데 범인이 그쪽에 올라간 흔적은 없는 모양입니다. 어느 정도 현금을 손에 넣었기 때문에 한시라도 빨리 도주하는 것을 우선했는지도 모르지요."

"침입 경로는?"

"감식반이 대충 둘러본 바로는 부엌문이나 창문에는 안에서 열쇠를 채웠고 망가진 흔적은 없었다고 합니다. 현관으로 들어오고 나간 것으로 판단하고 있습니다."

고스기는 집 쪽을 흘끗 보았다. "방범카메라는?"

시라이는 얼굴을 찌푸리며 고개를 저었다. "그건 설치를 안 했더라고요."

"그래?" 고스기는 한숨을 내쉬었다. 이런 사건이 터질 때마다 왜 정부에서는 방범카메라 설치를 의무화하지 않는 거냐고 투덜거리고 싶어진다.

시라이가 안주머니에 손을 넣어 스마트폰을 꺼냈다. 전화가 걸려온 모양이었다.

"네, 시라이입니다. ……지금 고스기 씨와 함께 있어요. ……네, 알겠습니다. 곧 복귀하겠습니다." 시라이는 전화를 끊고 고스기를 보았다. "난바라 계장님 전화예요. 급히 서로 돌아오라고 하시는데요."

"무슨 일인데?"

글쎄요, 라고 시라이는 고개를 갸우뚱했다. "제발 성가신 일은 떠맡기지 않았으면 좋겠는데."

경찰차에서 내려 둘이 나란히 걸음을 옮겼다. 간선도로로 나온 뒤에 택시를 잡았다.

서에 들어서자 벌써 다급한 분위기가 감돌고 있었다. 결코 넓다고 할 수 없는 복도를 사무기기며 통신기기를 끌어안은 젊은 서원(署員)들이 바쁜 걸음으로 오가고 있었다. 수사본부가 설치될 예정인 강당으로 운반하려는 모양이었다. 그들의 얼굴빛은 하나같이 칙칙했다. 관할서 경찰관에게는 살인사건의 합동 수사본부가 설치되는 것만큼 우울한 일도 없다. 이쪽의 인력이 동원될 뿐만 아니라 아니라 경비도 들어간다. 당연히 상사들의 기분은 점점 험악해질 뿐이다.

두 사람이 형사과로 들어가자 난바라가 다른 부하와 선 채로 이야기를 나누는 참이었다. 난바라는 고스기 쪽으로 무뚝뚝한 말상 얼굴을 향하고 "고단할 텐데 미안하네"라고 전혀 진심이 담기지 않은 인사를 건네왔다.

"어떤 상황입니까?" 고스기가 물었다.

"뭐, 보시다시피 이런 상황이야." 난바라는 빙글 주위를 둘러보았다. "다들 정신없이 바쁘게 뛰고 있어. 자네도 얼른 거들어 줘야겠어."

"이미 거들고 있잖습니까."

고스기가 코트를 벗으려는 것을 "아, 그대로 입고 있어"라고 난바라가 제지했다. "지금 즉시 나가서 알아봐야 할 인물이 있어."

"누군데요?"

"산책 담당."

"산책 담당?" 고스기는 미간을 좁혔다. "뭡니까, 그게?"

"유족의 진술에 의하면, 후쿠마루 가에서는 시바견을 기르고 있었어. 산책을 시켜주는 것은 피해자가 맡은 일이었는데 반년 전쯤에 허리를 다친 뒤로 장시간 걸을 수가 없게 됐어. 그렇다고 개를 산책시키지 못하면 너무 가엾다고 대학생 알바를 쓰기로 했던 모양이야."

"그 집에 개가 있었던가?" 고스기가 시라이에게 물었다.

시라이는 고개를 갸우뚱했다. "저는 못 봤는데요?"

"그 개, 지난달에 아파서 죽었어." 난바라가 말했다. "열다섯 살이었다니까 개로 치자면 상당한 고령이야. 원래부터 지병이 있었는데 다리까지 다쳐서 움직이지 못하는 바람에 더 악화된 끝에 죽은 모양이야. 그나저나 문제는 그 부상이야. 산책 중에 자전거와 접촉사고가 났다는 얘기인데, 산책을 시킨 사람이 그 알바생이었어. 제대로 주위를 살펴보지 않았기 때문이라고 피해 자가 엄청 화를 내면서 그 알바생을 해고했다는 거야."

그게 석 달 전쯤의 얘기야, 라고 난바라는 덧붙였다.

"그 알바생이 이번 사건과 관련이 있는 겁니까?"

"탐문수사를 돌던 친구들에게서 들어온 정보야. 근처에 사는 아주머니가 어제 점심때 후쿠마루 씨 집 안을 들여다보던 남자를 목격했어. 하지만 전혀 낯선 얼굴은 아니고 길에서 몇 번 본 적이 있는 사람이었다는 거야."

"혹시 방금 그 이야기에 나온 개 산책 담당 알바생?"

"딩동댕." 난바라는 굵직한 목소리로 어울리지도 않는 리듬을 입에 올리며 검지를 바짝 세웠다. 그러고는 책상에서 사진 한 장을 집어 들었다. "유족에게서 어떤 인물인지 얘기를 듣고 우리 쪽에서 검색해봤어. 바로 이 녀석이야."

사진은 운전면허증의 데이터베이스에서 추출한 모양이었다. 찍힌 사람은 젊은 남자였다. 이십 대 초반인가. 턱이 날렵하고 눈꼬리는 조금 처졌다. 뭐가 불만인지 무뚝뚝한 표정으로 카메라를 바라보고 있었다.

"침입경로에 대한 얘기는 들었나?" 난바라가 물었다.

"시라이의 말에 의하면 현관으로 드나든 것으로 보인다고 하던데요."

난바라는 검지를 좌우로 흔들면서 쯧쯧쯧 하고 혀를 찼다.

"감식반의 당초 견해는 그랬지. 근데 사정이 바뀌었어. 유족에게서 중요한 정보 제공이 있었거든. 범인은 부엌문을 통해 침입했을 가능성이 있어."

"부엌문? 부인이 집을 나갈 때 열쇠 채우는 것을 잊어버렸던가요?"

"아니, 틀림없이 문은 잠근 모양이야. 하지만 여벌열쇠가 있었어."

"여벌열쇠?"

"우편함 바닥에 작은 용기를 붙이고 거기에 부엌문의 여벌열쇠를 숨겨뒀어. 열쇠를 잃어버린 가족이 못 들어올 때를 대비해 넣어둔 것이래. 아까 감식반에 확인해보라고 했더니 틀림없이 열쇠가 들어 있다는 연락이 왔어."

"그 여벌열쇠의 존재를 알고 있는 사람은?"

"유족의 얘기로는 자기 가족만 알고 있다고 하는데……." 난바라는 뭔가 다른 뜻이 있다는 듯이 말을 끊었다.

"그렇지 않을 가능성도 있다는?"

난바라는 크게 고개를 끄덕였다.

"시바견을 실외에서 기르고 마당에 개집도 만들어줬는데 날이 흐릴 때는 부엌문을 통해 실내로 데려오곤 했던 모양이야. 다리가 불편한 피해자가 산책 담당 알바생에게 여벌열쇠가 있는 곳을 알려줬으리라는 것은 충분히 가능한 일이지."

고스기는 새삼 얼굴 사진에 시선을 떨구었다.

"이 알바생에 대해 유족은 어떤 식으로 얘기하고 있어요?"

"그게, 가이메이대학 4학년이라는 것 말고는 거의 아무것도 모르더라고. 피해자가 직접 지인에게서 소개를 받은 모양인데 개 산책을 위해 이 알바생이 집에 드나든 시간이 마침 아들 부부가 부재중일 때라서 제대로 얘기를 해본 적도 없다는 거야."

"흐음."

"이 정도만 들어봐도 충분하잖아? 당장 이 녀석을 찾아봐." 그렇게 말하고 난바라는 메모 한 장을 내밀었다. 주소와 이름이 적혀 있었다. 이것도 모두 면허증 데이터베이스에서 꺼내온 것일 터였다.

"전화번호는 없습니까?"

"아들 부부는 전화번호를 모른다고 했어. 하지만 피해자는 알고 있었을 테니까 이제 곧 밝혀질 거야. 판명되는 대로 알려줄게. 자, 어서 가봐." 난바라는 두 사람을 쫓아내듯이 양쪽 손바닥을 내보이며 까딱까딱 까불었다.

그때였다. "어이, 난바라 계장!" 탁한 목소리가 입구에서 들려왔다. 누가 들어온 것인지는 굳이 얼굴을 확인해볼 것도 없이 알 수 있었다.

고스기가 돌아보자 형사과장 오와다가 성큼성큼 다가오는 참이었다. 네모난 얼굴에 굵은 눈썹이 특징이어서 뒤에서는 주로

'게다짝*'이라는 별명으로 통했다.

"그 집 인근의 방범카메라는 어떻게 됐어? 영상을 죄다 압수해오라고 얘기했잖아."

"지금 입수 중입니다!" 난바라가 직립부동의 자세로 대답했다.

"그래서 어떻게 됐냐고. 영상에서 뭔가 찾아낸 거 없어?"

"아뇨, 영상 해석은 지금 시작하는 단계라서……."

"빨리빨리 해! 뭘 우물쭈물하고 있어? 어물거리다가 1과 쪽에서 성과를 가로채가면 어떡할 거야? 어떻게든 그자들이 들이닥치기 전에 범인 체포의 전망을 세워야 해. 알고 있지?"

"네, 물론 알고 있습니다." 난바라의 목소리가 갈라졌다.

"오늘 밤이 고비야, 오늘 밤이! 우리 쪽 인원을 총동원해서라도 단서를 잡아. 약간 강제적인 수단쯤은 내가 다 커버해줄 테니까."

"네, 전력을 다하겠습니다!"

시라이가 고스기의 옆구리를 팔꿈치로 툭 쳤다. "가시죠." 작은 소리로 말했다.

"응, 그게 좋을 것 같다."

오와다가 난바라를 향해 꽥꽥 소리치는 것을 등 뒤로 들으며 고스기는 시라이와 함께 사무실을 나섰다.

"게다짝 과장, 대체 왜 저래? 유난히 길길이 뛰잖아. 평소보다 더하네." 걸음을 옮기면서 고스기가 말했다.

"서장이 본청 수사1과에 지원을 요청했다잖아요."

---

* '게다'는 네모난 나무판에 끈으로 고리를 만들어 신는 일본의 나막신.

"역시 그렇군. 하긴 강도 살인사건에 범인이 오리무중이라면 당연히 지원을 요청해야지."

"근데 1과의 담당 팀이 어딘지를 들은 뒤부터 오와다 과장님 기분이 갑자기 험악해졌다는 거예요. 아까 언뜻 들었는데 7팀이 재청(在廳) 중이라고 하더라고요."

고스기는 발을 멈췄다. "7팀이? 진짜?"

재청이란, 즉각 수사에 투입될 수 있게 경시청에서 대기한다는 뜻이다. 수사본부가 설치될 때는 기본적으로 재청 중인 팀이 출동하게 된다.

"그 팀이 출동하면 뭔가 안 좋은 일이라도 있어요?" 시라이가 물었다.

"7팀의 하나비시 팀장이 오와다 과장과 경찰학교 동기잖아." 고스기는 목소리를 낮춰 속닥거렸다.

"옛날부터 견원지간이라서 매사에 경쟁했던 모양이야. 둘 다 똑같이 경감 급이라도 한쪽은 본청이고 한쪽은 관할서야. 아무래도 차이가 나버렸다는 느낌은 부정할 수 없지."

"아하, 그렇군요."

"수사본부가 설치되면 아무래도 주역은 본청이 되잖아. 관할서는 준비와 뒤치다꺼리를 하느라 동동거리는 잡무 담당이지. 오와다 과장으로서는 그러잖아도 굴욕적인 판에 실질적으로 지휘권을 잡는 사람이 천적 하나비시 팀장이라면 아마 속이 부글부글 끓을 거야."

"그래서 1과가 들이닥치기 전에 어떻게든 범인 체포 전망을 세우라는 거군요."

"1과가 오게 되면 초동수사 기록은 물론이고 그밖의 온갖 정보를 죄다 내놓아야 하니까."

큼직한 박스를 품에 안은 서원 두 사람이 앞을 지나갔다. 각자 얼굴에서 이미 피곤한 빛이 배어나오고 있었다. 그들 역시 수사본부 설치를 위한 준비에 차출됐을 터였다.

"이 녀석이 범인이라면 일이 정말 수월할 텐데." 고스기는 난바라에게서 받아온 메모를 들여다보았다. 주소는 미타카 시, 이름은 '와키사카 다쓰미'라고 적혀 있었다.

3

메모해온 주소지에 서 있는 것은 오래된 2층짜리 연립주택이었다. 방 한 칸 한 칸이 얼마나 비좁은지는 건물 외관만으로도 충분히 짐작할 수 있었다. 근처에 대학이 몇 군데나 있어서 주로 그 대학생들의 입주를 전제로 한 건물일 터였다.

1층 가장 안쪽이 와키사카 다쓰미의 방이었다. 프레임에 온통 녹이 슨 자전거가 현관문 옆에 세워져 있었다. 작은 창문 너머는 깜깜했다.

도어폰이라는 세련된 기기는 눈에 띄지 않아서 고스기는 직접 문을 두드려야 했다. 하지만 답이 없었다. 와키사카 씨, 와키사카 씨, 라고 두 번 불러봤지만 안에서 사람이 움직이는 기척은 없었다.

"집에 없나?" 고스기가 혼잣말처럼 중얼거렸다.

"저녁 먹으러 나갔는지도 모르죠. 잠시 기다려볼까요?"

시라이의 제안에 그러자고 대답하면서 고스기는 옆집을 살펴보았다. 문패는 달리지 않았지만 창문에서 불빛이 새어 나오고 있었다.

고스기는 그쪽 현관문 앞까지 이동해 노크해보았다. 곧바로 네에, 라고 남자 목소리가 응했다.

"잠깐 실례 좀 해도 될까요?" 고스기가 말했다.

"누구십니까?"

"관청 사람입니다. 잠깐 물어볼 게 있어서요."

대답은 없었지만 나오는 소리가 들렸다. 이윽고 자물쇠 돌아가는 소리가 나더니 문이 열렸다. 하지만 체인은 걸어둔 상태였다.

문 틈새로 얼굴을 내민 사람은 젊은 남자였다. 아마 대학생일 것이다.

고스기는 경찰 배지를 제시했다. "저녁 시간에 미안하네."

청년의 눈이 둥그레졌다. 두려움과 놀람이 섞인 기색이 얼굴에 떠올랐다.

"옆집의 와키사카에 대해 몇 가지 물어볼 게 있어."

"뭔데요?"

"와키사카와는 평소에 왕래가 있나?"

청년의 눈이 불안정하게 흔들렸다. "네, 마주치면 인사 정도는 합니다. 같은 대학이고 해서요."

"가이메이대학?"

네, 라고 청년은 대답했다. "근데 학부는 달라요. 저는 공학부, 그 친구는 아마 경제학부일 거예요."

고스기가 이름을 묻자 청년은 마쓰시타 히로키라고 밝혔다. 와키사카와 마찬가지로 4학년이라고 했다.

"와키사카가 지금 집에 없는 것 같은데 혹시 어디 갔는지 알아?"

마쓰시타는 고개를 가로저었다. "아뇨, 모르는데요. 그렇게까지 친하지는 않아서……."

"학생은 오늘 계속 집에 있었어?"

"아뇨, 오전에는 학교에 갔어요. 집에 돌아온 게…… 3시쯤이었나?"

"그 뒤에는? 어딘가 외출했어?"

"아뇨, 혼자 집에 있었어요."

"와키사카는 어땠지? 집에 있는 것 같았어?"

"글쎄요……." 마쓰시타는 고개를 외로 꼬았다. "죄송합니다. 별로 신경을 쓰지 않아서 잘 모르겠어요."

"직접 본 건 아니라는 거지?"

"네, 그렇죠. 오늘은 못 봤습니다."

"집 안에서 뭔가 소리가 들려오는 것도 없었어?"

"들렸을 수도 있지만, 저는 기억이 안 납니다. 이 아파트가 워낙 벽이 얇아서 밖에서 여러 가지 소리가 뒤섞여서 들려오거든요."

"와키사카의 휴대전화 번호는 알고 있나?"

"아뇨, 모르는데요."

"메일을 주고받은 적은?"

"그것도 없어요. 볼일이 있으면 직접 가는 게 더 빠르니까요."

"그러면 와키사카와 친한 사람 중에 자네가 연락을 취할 수 있는 사람은 없을까?"

여기에서도 마쓰시타는 트릿한 얼굴로 고개를 갸웃거렸다.

"친구가 자주 놀러 오는 것 같긴 하던데, 제가 아는 사람은 없습니다."

"……그래?"

허탕인가, 하고 고스기는 낙담했다. 이 대학생에게서는 유익한 정보를 얻어낼 수 없을 것 같았다.

"이제 됐습니까? 제가 내일까지 꼭 제출해야 할 리포트가 있어서요."

"아, 이거 미안하게 됐네. 협조해줘서 고마워."

고스기가 인사를 건네자 마쓰시타는 의아하다는 표정으로 고개를 끄덕이고 문을 닫았다. 결국 마지막까지 체인은 풀어주지 않았다.

"도무지 도움이 안 되는 녀석이네."

고스기가 속닥거린 직후, 코트 속에서 스마트폰이 착신을 알렸다. 난바라에게서 온 것이었다.

"네, 고스기입니다."

"와키사카는 만났어?"

"그게요, 지금 집에 없어요. 어디 갔는지 알 수 없어서 여기서 좀 더 기다려볼까 하던 참입니다."

"그 아파트에 친하게 지내던 사람은 없었나?"

"옆집에는 물어봤는데 그리 친하지는 않은 모양입니다."

"흥, 그래? 근데 혹시 문 손잡이는 만지지 않았지?"

"문 손잡이? 그게 무슨 말씀입니까?"

"와키사카 집 현관문 손잡이 말이야. 혹시 만지지 않았는지 확인하는 거야. 아니면 벌써 손을 댄 거야?" 초조한 듯이 난바라가 재우쳐 물었다.

고스기는 와키사카의 집 쪽으로 몸을 돌리고 현관문 손잡이를 쳐다보았다. "아뇨, 저희는 손대지 않았는데요."

"좋아. 그럼 그대로 거기서 대기하고 있어. 곧 그쪽으로 감식반이 나갈 거야. 문 손잡이의 지문을 채취하기로 했으니까 아무도 손대지 않게 잘 감시해."

"사건현장에서 범인의 지문이 발견된 겁니까?"

"아까 얘기했던 대로 우편함 바닥에 숨겨뒀다는 그 부엌문 여벌열쇠야. 감식반에서 조사해본바, 피해자의 것도 아니고 후쿠마루 부부의 것도 아닌 지문이 찍혀 있었어. 게다가 명백히 최근에 찍힌 것이래. 그 부부의 아이들은 지난 일 년 동안 손을 댄 적이 없다고 하니까 이건 범인의 지문일 가능성이 높아."

"그 지문, 사건현장에서도 발견되었어요?"

"현장에는 여러 개의 지문이 남아 있어서 지금 대조 중이야. 아무튼 그렇게 됐으니까 자네들은 그 자리를 지키고 있어. 알았지?"

알겠습니다, 라고 대답하고 전화를 끊은 뒤 고스기는 시라이에게 사정을 설명했다.

"부엌문 여벌열쇠에 지문이라고요? 하지만 일반적으로, 범인이 그런 걸 남겨두고 갈까요?" 시라이는 팔짱을 끼고 고개를 갸웃거렸다.

"깜빡하는 실수라는 건 누구에게나 일어날 수 있어. 사람을 죽인 직후이고 보면 도망칠 생각으로 머릿속이 가득해져서 그런 것까지는 미처 신경을 못 썼는지도 모르지."

그런 이야기를 하고 있는데 어디선가 원박스 왜건이 나타나 바로 앞 도로 옆에 섰다. 슬라이드 도어가 열리고 모자를 쓴 감식반 담당자 두 명이 내렸다. 고스기는 그 둘 다 면식이 있었다.

"늦게까지 잔업하느라 수고가 많네." 나이 많은 쪽이 빙글빙글 웃으며 말을 건네왔다. "그쪽이나 이쪽이나 느닷없이 생고생이지 뭐야."

"내일부터는 더 힘들걸요?" 고스기가 말했다. "일단 본청 사람들이 들이닥칠 테니까요."

"하하하, 그건 그렇지." 맞장구를 치면서도 어딘가 여유가 있었다. 이번 사건 같은 경우에는 관할서 감식반은 초동수사로 대부분의 업무가 끝난다. 본청 사람들에게 턱짓으로 지시받을 일은 없다고 안심하고 있는 것이리라.

"그나저나 문제의 그 집은 어디야?"

"저기예요." 고스기는 와키사카 다쓰미의 집을 가리켰다.

"저 자전거도 이 집 사람 것인가?"

"아마 그럴 겁니다."

나이 많은 감식반 담당자는 고개를 끄덕이고 젊은 파트너에게 뭔가 귀엣말을 했다. 곧바로 두 사람은 작업에 들어갔다. 젊은 쪽이 현관문 손잡이의 지문을, 나이 많은 쪽이 자전거의 지문을 채취하기로 한 모양이다.

4

스마트폰 소리를 알아들은 것은 다쓰미가 세 번째 발포주 캔을 비웠을 때였다. 함께 있던 나미카와 쇼고가 "야, 뭔가 울리잖아"라고 알려준 것이다.

벽의 행거에 걸어둔 마운틴파카 호주머니에서 꺼낸 스마트폰의 화면에는 연립주택 바로 옆방에 사는 마쓰시타 히로키의 이름이 표시되어 있었다.

전화를 걸자 곧바로 연결되었다. 마쓰시타는 대뜸 "와키사카, 지금 어디 있어?"라고 물었다. 그렇게 들어서 그런지 목소리를 낮춰서 거의 속삭이고 있었다.

"나미카와네 집에서 한잔하고 있지. 너도 잠깐 올래? 리포트는 다 썼지?"

하지만 왜 그런지 마쓰시타는 침묵하고 있었다. 왜 그러냐고 물어보려고 했을 때 "너, 괜찮냐?"라고 그쪽에서 먼저 물었다.

"뭐가?"

"아니, 그게…… 뭔가 엄청난 일이 일어난 것 같아."

"엄청난 일이라니?"

"방금 우리 집에 경찰이 왔었어. 와키사카, 너를 찾는 것 같던데."

"경찰이 나를? 왜? 나, 위반 같은 거 안 했는데?"

"아니, 교통위반 같은 게 아니야. 제복 입은 경찰관이 아니라

양복에 코트 차림이었어. 그 사람들, 형사인 거 아니냐? 아무래도 번거로운 일에 휘말릴 것 같아서 너하고 그리 친하지 않다고 내가 순간적으로 거짓말을 했어. 그런데도 오늘 와키사카는 집에 있었느냐, 집 안에서 뭔가 소리가 들리지 않았느냐, 아주 꼬치꼬치 캐묻더라고. 그거, 네 알리바이를 확인하려는 것 같아."

"알리바이라니, 그게 뭔 소리야? 마쓰시타 너, 두 시간짜리 드라마 찍냐?" 스마트폰을 귀에 댄 채 다쓰미는 웃는 얼굴을 나미카와에게로 향했다.

"야, 웃을 일이 아냐. 그 뒤에 내가 집 안에서 귀를 바짝 세우고 들어봤는데 그 사람들이 하는 얘기가 다 들리더라고. 아무래도 네 방 현관문에서 지문을 채취한다는 얘기 같아. 실제로 그 직후에 또 다른 사람들이 와서 문 앞에서 부스럭부스럭 작업을 하고 있었어."

"야, 야, 야, 잠깐, 잠깐." 다쓰미는 스마트폰을 오른손에서 왼손으로 바꿔 쥐고 앉음새를 바로잡았다. "그 사람들이 왜 내 지문을 채취하는 건데?"

옆에서 듣고 있던 나미카와의 얼굴 표정이 달라졌다.

"그게, 뭔가에 찍힌 지문을 대조하네 어쩌네 하는 얘기를 했어. 분명 여벌열쇠라고 하는 것 같던데?"

"여벌열쇠?"

"응, 내가 듣기로는 부엌문의 여벌열쇠라고 했어."

뭐냐, 그게, 라고 말하려던 순간, 다쓰미의 머릿속에 번쩍 떠오르는 것이 있었다. 엇 하는 소리가 새어 나왔다.

"왜? 뭔가 짐작 가는 게 있어?" 마쓰시타가 물었다.

"응, 생각나는 게 있어. 야, 그 경찰인지 형사인지 하는 사람들, 아직 내 방 앞에 있어?"

"지금은 없어. 어딘가로 가버렸어."

"그래? 마쓰시타, 미안하지만 혹시 뭔가 또 일이 생기면 즉시 연락 좀 해줄래?"

"그거야 괜찮지만, 너는 집에 안 오려고?"

"가긴 갈 텐데 잠시 작전을 짠 다음에 갈게."

"알았어."

"그럼 부탁한다."

"응. 근데 와키사카, 그게 말이다……." 마쓰시타는 잠시 말을 머뭇거리다가 뒤를 이었다. "이거, 어쩌면 상당히 큰 사건의 수사인지도 모르겠어."

"뭐라고? 왜?"

"여벌열쇠 얘기를 할 때, 한쪽 형사가 말했어. 사람을 죽인 직후에 어쩌고저쩌고, 라고. 그러니까 이게 분명 살인사건인 것 같은데……."

"에이, 설마."

"내가 듣기로는 분명 그런 얘기였어. 하지만 뭔가 잘못 들었는지도 모르겠다. 어떻든 일단 너한테 말은 해줘야 할 것 같아서."

"응, 알았어."

자, 그럼, 이라면서 마쓰시타는 전화를 끊었다. 다쓰미는 스마트폰을 멍하니 보았다.

"무슨 일이야?" 나미카와가 걱정스러운 듯이 물었다. "알리바이라느니 지문이라느니, 네가 말한 대로 두 시간짜리 드라마에서 자주 듣던 단어들이 줄줄이 나오던데."

다쓰미는 친구의 얼굴을 마주 보며 고개를 저었다. "뭐가 뭔지 모르겠지만 내가 경찰에 쫓기고 있는 것 같아."

헉 하고 미간을 찌푸리는 나미카와에게 다쓰미는 방금 마쓰시타에게서 들은 얘기를 말해주었다.

"그 부엌문 여벌열쇠라는 게 뭐지? 뭔가 짐작 가는 게 있는 거야?"

"응, 있긴 한데……." 다쓰미는 머뭇머뭇 대답했다. "얘기하자면 길어져."

"최대한 짧게 얘기해봐."

"알았어."

그 일을 설명하려면 우선 알바 얘기부터 시작하지 않으면 안 된다.

다쓰미가 연구실 대학 교수님에게서 간단한 알바 자리가 나왔는데 해보겠느냐는 얘기를 들은 것은 작년 가을의 일이었다. 문의해보니 어느 노인이 기르는 시바견을 산책시키는 일이라고 했다. 오전 중에 한 시간쯤 돌아다녀주면 된다고 했고 보수도 나쁘지 않았다. 노인은 교수가 이따금 얼굴을 내미는 바둑 클럽의 단골로, 허리를 다치는 바람에 개 산책을 시켜줄 수 없어서 난감해하고 있다는 것이었다.

곧바로 집을 찾아가 그 노인, 즉 후쿠마루 진키치를 만났고 그

집의 개 '페로'도 보았다. 후쿠마루 노인은 말수는 적지만 온화해 보이는 인물로, 다쓰미를 꽤 마음에 들어 하는 눈치였다. 페로도 나이가 든 탓인지 아주 얌전해서 별로 짖지도 않고 다루기 쉬울 것 같았다. 그 자리에서 얘기가 마무리되어서 실제로 그날부터 페로와의 산책 알바를 시작했다.

비 오는 날을 제외하고는 거의 매일 후쿠마루 가에 찾아갔다. 페로는 완전히 다쓰미와 친해져서 그의 얼굴을 보면 발을 동동 거리고 꼬리를 흔들어댔다. 후쿠마루도 그를 믿을 수 있다고 확신했는지 부엌문 여벌열쇠를 우편함 바닥에 숨겨뒀다는 것도 알려주었다. 비가 내릴 것 같을 때는 그걸로 부엌문을 열고 페로를 안으로 들여주라는 것이었다.

"근데 여벌열쇠가 여기 있다는 거, 다른 사람에게 발설하면 안 돼." 그렇게 말하면서 후쿠마루 노인은 한쪽 눈을 찡긋 감았다.

모든 것이 순조로웠다. 하지만 분명 마음이 해이해졌던 것이리라. 후쿠마루 노인이나 페로에게 완전히 익숙해지면서 맨 처음 산책을 나갔을 때 같은 신중함이 점점 없어졌다.

그리고 그날—.

다쓰미는 멍하니 뭔가를 생각하며 걸어갔다. 머릿속에서 오락가락하는 것은 입사가 내정된 회사에 관한 생각뿐이었다. 대우는 어떤가, 연봉은 얼마나 되는가. 입사시험을 보러 갈 때 어지간히 알아봤던 사항들을 그제야 새삼 음미하면서 그 회사로 정한 것이 과연 잘한 선택이었는가 하고, 생각해봤자 별 볼일 없는 것에 뇌를 쓰고 있었다. 당연히 주의력이 산만해졌다. 리드를 손에 쥐고 있었지만 페로를 쳐다보지는 않았다.

　반대편에서 자전거 한 대가 달려왔다. 주부인 듯한 중년 아줌마가 타고 있었다. 그 아줌마는 그다지 속도를 늦추는 일 없이 다쓰미 옆을 지나가려고 했다. 하지만 다음 순간, 캐앵 하는 페로의 울음소리와 주부의 비명이 귀에 날아들었다. 돌아보니 페로가 소스라치게 놀란 듯이 땅바닥에 주저앉아 있었다.

　그 순간, 자전거와 부딪쳐 다리를 다친 것이라고 깨달았다.

　아줌마는 개의 모습이 다쓰미의 몸에 가려져 앞쪽에서는 보이지 않았다고 주장했다. 느닷없이 개가 나타나는 바람에 미처 피하지 못했다는 것이다.

　반론의 여지는 충분히 있었지만 어찌됐건 페로가 걱정이었다. 아줌마의 연락처만 알아놓고, 다쓰미는 우선 후쿠마루에게 전화를 했다. 후쿠마루는 깜짝 놀라면서 어서 동물병원에 데려가라고 말했다.

　단골로 다니는 동물병원에 달려가 진찰해보니 오른쪽 앞다리 골절이었다. 그것을 알게 된 후쿠마루는 드물게도 목소리가 거칠어졌다. 대체 뭘 하느라고 페로를 다치게 했느냐고 다쓰미를 꾸짖었다. 후쿠마루가 페로를 애지중지하는 것을 잘 알고 있는 만큼 다쓰미는 아무런 대꾸도 할 수 없었다. "내일부터는 오지 않아도 되네"라는 말을 들었을 때도 "네, 알겠습니다, 죄송합니다"라고 고개를 숙였을 뿐이다.

　그 이래로 후쿠마루 노인과도, 페로와도 만난 적이 없었다. 하지만 그 일이 머릿속에서 지워질 리가 없다. 오히려 이따금 되돌아보며 후회에 휩싸였다. 정식으로 찾아뵙고 사과하는 게 좋지 않을까 하고 몇 번이나 생각했지만, 결국 그런 상태로 시간만 흘러가버렸다.

그런데 바로 어제, 우연히 그 집 근처에 갈 일이 생겼다. 후쿠마루 노인과 얼굴을 마주하는 것은 역시 좀 거북했지만 아무래도 페로가 마음에 걸렸다. 어떻게 지내고 있을까. 다리는 다 나았을까. 어떤 상태인지 한 번만 보고 싶었다.

그 집 앞에 가서 안의 상태를 엿보았다. 하지만 대문 쪽에서는 개집이 있는 뒷마당은 보이지 않는다. 망설인 끝에 인터폰을 눌러보았다.

그런데 응답이 없었다. 집에 아무도 없는 모양이었다.

포기할까 하고 생각했지만 기왕 여기까지 왔으니까, 라는 미련이 남았다. 후쿠마루 가에 볼일이 있는 게 아니다. 페로의 모습만 잠깐 볼 수 있다면 그걸로 좋은 것이다.

실례합니다, 라고 혼자 중얼거리며 대문을 열고 부지 안으로 발을 들이밀었다. 만일 집안 사람이 돌아온다면 그때는 솔직히 얘기하면 된다고 생각했다. 딱히 나쁜 짓이라는 자각은 없었다.

대문을 닫는데 우편함이 눈에 들어왔다. 그와 동시에 노인이 알려준 열쇠에 대한 것이 생각났다. 그 여벌열쇠는 아직 비밀의 장소에 숨겨져 있을까. 왠지 궁금해져서 확인해보았다.

그 여벌열쇠는 똑같은 자리에 있었다. 그것이 어쩐지 흐뭇했다. 남의 집의 비밀을 알고 있다, 라는 소소한 우월감이었는지도 모른다. 다쓰미는 열쇠를 손에 들고 잠시 바라보다가 다시 제자리에 넣어두었다.

건물 옆을 지나 뒷마당으로 가자 눈에 익은 개집이 보였다. 하지만 페로의 모습은 보이지 않았다. 누군가가 데리고 산책을 나갔나, 하고 무심코 개집을 살펴보았을 때, 그 글씨가 눈에 들어왔다. 개집 위에 '페로의 집'이라고 적힌 것은 예전 그대로였지만, 그 옆에 '1월 19일 사망'이라고 적혀 있었던 것이다.

정확히 한 달 전이었다.

갑작스레 기분이 침울하게 가라앉았다. 페로는 나이가 많아서 내장에 각종 질환을 안고 있었다. 그때의 앞다리 골절이 원인이 되어 그 병이 악화된 건 아닐까 하고 생각했다.

문득 개집 안을 보니 낡은 리드가 방치되어 있었다. 손에 쥐어 보니 그리운 감촉이 느껴졌다. 페로를 끌어당길 때, 혹은 페로에게 끌려갈 때의 감각이 떠올랐다. 짧은 기간이지만 분명 그 개와는 마음이 통한다고 실감했었다. 자전거와 부딪혔을 때를 되돌아보며 새삼 가슴이 아파왔다. 정말로 가엾은 페로, 내가 잘못했다―.

리드를 만지작거리다 보니 이것만은 페로의 유품으로 간직하고 싶어졌다. 둘둘 말아 호주머니에 넣었다. 방치되어 있으니까 가져가도 괜찮을 거라고 생각했다.

대문을 통해 밖으로 나온 뒤, 멍하니 집을 바라보다가 근처에 사는 아주머니와 마주쳤다. 페로를 산책시키던 중에 몇 번 만났었지만 이름은 알지 못한다. 꾸벅 인사를 건네고 자리를 떴다.

"이거, 상황이 영 좋지 않은데." 다쓰미의 이야기를 다 듣고 난 나미카와는 팔짱을 끼며 말했다. "그 이야기를 정리해보면, 너한테 매우 불리한 상황인 것 같아."

"어떤 식으로 정리했는데?"

우선, 이라면서 나미카와는 검지를 바짝 세웠다.

"경찰이 어떤 사건 때문에 현재 수사 중이라는 건 확실해. 그 사건이란, 마쓰시타가 잘못 들은 게 아니라면 살인사건일 가능성이 높아. 그리고 그 사건현장은 네가 개 산책 알바를 했던 후쿠마루 씨 집인 것 같아. 자, 그렇다면 그 집에서 누군가 살해된 거 아니냐?"

"엇, 설마……."

"그런 게 아니라면 부엌문의 여벌열쇠라느니 하는 얘기가 나올 리가 없잖아. 경찰은 그 열쇠가 범행에 사용되었을 가능성이 있다고 판단했고, 거기에 찍힌 지문이 누구 것인지를 밝혀내려고 하고 있어. 그날 근처에 사는 아주머니가 네 얼굴을 봤다고 했지? 그 아주머니가 경찰에 얘기한 거 아닐까? 어제 낮에 예전에 개 산책을 시키던 알바 대학생이 집 안을 들여다보는 것을 목격했다, 라는 식으로. 그래서 네 방 현관문 손잡이에 찍힌 너의 지문과 대조해보려는 거야. 어때, 그렇게 생각하면 앞뒤가 딱 맞잖아?" 법학부 학생답게 나미카와의 설명은 논리 정연했다. 참으로 어처구니없는 일이지만 다쓰미도 점점 그것 말고는 답이 없다는 생각이 들었다.

"진짜 그런가?" 다쓰미는 얼굴을 찌푸리며 머리를 긁적였다.

"그렇다면 솔직히 얘기하면 되겠지. 어제 무단으로 그 집 마당에 들어갔었다고. 물론 혼이 나긴 하겠지만 그것도 다 자업자득이니까 별수 없지."

그러자 나미카와는 뭔가 기이한 것이라도 본 듯한 눈빛으로 다쓰미의 얼굴을 빤히 쳐다보았다.

"너, 이 일의 심각성을 전혀 모르는구나."

"내가 뭘 몰라?"

"경찰의 입장에서 생각해봐. 그런 얘기를 진짜라고 믿어줄 것 같아?"

"아무리 그래도 사실이 그러니까 믿어주는 게 맞지. 게다가 마쓰시타의 말에 의하면 경찰이 오늘의 내 알리바이를 조사하는 중인 것 같아. 즉 사건이 일어난 건 오늘이야. 내가 그 집 근처의 아주머니에게 목격당한 것은 어제니까 애초에 이 사건과는 관계가 없어."

하지만 나미카와는 조용히 고개를 가로저었다.

"전날에 범행을 위한 사전답사를 나왔던 것이라고 의심할 게 뻔해. 내가 형사라고 해도 너한테 임의 동행을 요구할 거야."

"임의 동행을 요구하면 순순히 따라가면 되지, 뭘. 나는 결백하니까 어떤 질문에라도 다 대답할 수 있어."

나미카와는 다쓰미의 가슴팍을 가리켰다. "증명할 수 있어?"

"뭐라고?"

"너는 방금 결백하다고 말했지만, 그걸 증명할 수 있느냐는 거야. 사건이 일어난 것은 네가 말한 대로 아마 오늘일 거야. 오늘

하루, 너는 어디서 뭘 했지?"

"그거라면 대답할 수 있어. 스노보드를 타러 갔었으니까. 새벽같이 일어나 내가 직접 운전해서 니가타의 신게쓰 고원스키장에 다녀왔어. 도쿄에는 오후 7시 넘어서 도착했고. 곧장 집으로 돌아갈 예정이었는데 동아리의 못된 친구에게서 연락이 왔어. 시골 고향에서 택배로 진공팩 토종닭 숯불구이를 부쳐줬으니 함께 먹자고 하길래 얼씨구 좋다 하고 얻어먹기로 했고."

'동아리의 못된 친구'라는 건 물론 나미카와다. 방금 전까지 입맛을 다셔가며 토종닭 숯불구이를 맛있게 먹고 있었다.

나미카와는 한숨을 내쉬었다. "집요하게 따지는 것 같다만, 바로 그걸 증명하지 않으면 안 된다는 얘기야."

"증명할 수 있다고. 실제로 스노보드를 타러 갔으니까."

"네가 나한테 온 것은 오후 7시 넘은 시각이었어. 그러니까 그 이후의 알리바이라면 내가 증언해줄 수 있어. 하지만 그 이전에 대해서는 나로서는 어떻게도 해줄 수가 없어. 스키장에 갔었다는 것을 어떻게 증명하지?"

잠시 생각해보고 다쓰미는 대답했다. "스키장 리프트권이 있어."

나미카와는 어이없다는 듯 고개를 내저었다.

"그게 증거가 될 것 같아? 아침 일찌감치 스키장에 가서 리프트권을 구입하고 그 길로 도쿄로 돌아왔다고 몰아붙이면 그걸로 끝이야."

"그러면 이건 어때?" 다쓰미는 면바지 주머니에서 지갑을 꺼내 그 안에 넣어둔 고속도로 영수증을 꺼내보였다. "자, 날짜와 시간이 찍혔지? 니가타의 유자와 인터체인지를 통과한 게 아침 9시고, 네리마 인터체인지를 나온 것은 오후 7시야."

하지만 이번에도 나미카와는 "안 돼"라고 고개를 저었다.

"왜?"

"그 중간에 10시간이나 있잖아. 신칸센을 타면 왕복 5시간 거리야. 유자와 인터체인지로 들어가 차를 주차해놓고 신칸센 기차를 타고 도쿄로 돌아왔다. 그리고 범행 후에 다시 신칸센으로 유자와에 돌아가 스키장에 가서 리프트권을 구입한 뒤 차를 타고 도쿄로 돌아왔다, 라는 것도 충분히 가능해."

"내가 대체 왜 그런 번잡스러운 짓을 하느냐고."

"물론 알리바이를 만들기 위해서야." 나미카와는 망설임 없이 대답했다. "범행은 계획적이었고 미리 알리바이까지 준비했다, 라는 얘기야."

"무슨 그런 얘기가 다 있냐."

"경찰은 원래 다양한 방향으로 의심해보는 거야. 그들을 만만하게 봐서는 안 돼. 일단 이자가 범인이다 하고 노리기 시작하면 웬만한 반증 정도로는 의혹을 버리지 않아."

"나는 아무 짓도 안 했다니까?"

"알아. 그러니까 그것을 증명할 수 있느냐고 물어보는 거잖아."

"증명은…… 증명은……." 다쓰미는 말이 막혀버려서 머리통을 부여잡았다.

5

감식반이 작업을 끝내고 경찰서로 돌아간 지 한 시간쯤 되었을 때 난바라에게서 전화가 왔다. 와키사카 다쓰미의 집을 가택수색할 예정이니 연립주택 관리인에게서 집 열쇠를 받아두라, 라는 지시였다. 고스기는 시라이와 함께 와키사카의 집에서 30여 미터 떨어진 편의점 앞에 서 있었다. 그 건물의 다른 입주자에게도 문의해봤지만 와키사카의 행선지를 아는 자나 친하게 지낸다는 자는 없었다. 대부분의 입주자가 가이메이대학 학생이었는데도 규모가 큰 대학인만큼 학생 수가 많아 서로 간에 동료 의식은 희박한 모양이었다. 그래서 고스기와 시라이는 뜨거운 캔커피를 마셔가며 와키사카가 집에 돌아오기를 기다렸던 것이다.

난바라에 의하면, 그 여벌열쇠에 찍혀 있던 지문이 와키사카의 집 현관문 손잡이나 자전거에서 채취한 것과 일치했다고 한다. 그래서 일단 주거침입죄에 대한 체포를 전제로 법원에 영장을 청구했다는 것이다.

"벌써 한밤중인데 이런 시간에 가택수색을 하라고요?"

통상 가택수색은 일몰 후에는 실시하지 않는다.

"내일로 넘어가면 수사 1과가 들이닥치잖아. 성과를 가로채면 어쩔 거야? 오늘 밤 안으로 할 수 있는 만큼 최대한 해보라는 게 과장님 명령이야."

당신은 과장의 꼭두각시냐고 따지고 싶은 대목이었다.

"……휴대전화 번호는 알아냈습니까?"

"알아냈어. 피해자의 휴대전화에 번호가 남아 있었어. 하지만 와키사카 본인에게 직접 연락하는 건 아직 보류 중이야. 정말로 그 녀석이 범인일 경우, 자칫 도주할 우려가 있잖아. 일단 와키사카 본인에게는 혐의가 있다는 것을 들키지 않는 게 좋아."

"그건 그렇군요."

"관리인에게서 열쇠를 받아올 때, 와키사카의 임대 계약서 내용도 확인해봐. 본가의 주소나 보증인의 연락처가 기입되었을 거야."

"알겠습니다."

고스기는 전화를 끊고 시라이에게 난바라의 지시를 전달했다.

"가택수색? 고스기 씨가 말했던 대로 와키사카가 범인이라면 일이 수월해질 것 같은데요."

"글쎄. 게다짝 과장의 기분을 맞춰주려고 난바라 계장이 괜히 앞질러가는 게 아니면 좋겠는데 말이야."

둘이서 연립주택 앞으로 다시 돌아갔다. 고스기는 조금 전에 만났던 마쓰시타라는 학생의 방을 다시 노크했다. 네에, 라는 대답이 들려왔다.

"아까 그 사람인데 한 번만 더 문 좀 열어줄래?"

집 안에서 움직이는 소리와 함께 잠금장치가 풀렸다. 문이 열리고 마쓰시타의 갸름한 얼굴이 나타났다. 이번에는 체인도 풀어주었다.

"자꾸 찾아와서 미안해." 고스기는 슬쩍 손을 들어 사과했다.

대학생을 마주하고 탐문 매뉴얼을 그대로 엄수할 생각은 이미 사라지고 없었다.

"아직도 뭔가 물어볼 것이⋯⋯?"

"이 연립주택의 관리인은 어디 사는 누구지?"

"집주인은 여기 옆의 모리타 씨인데요."

"그래? 고마워. 그것만 알면 됐어."

연립주택의 명칭이 〈모리타 하이츠〉인 것이다.

제가 다녀오겠습니다, 라고 말하며 시라이가 총총걸음으로 나갔다.

저기요, 라고 마쓰시타가 입을 열었다. "어떤 사건에 대한 수사예요?"

고스기는 한쪽 뺨을 올리며 쓴웃음을 지었다.

"몹시 궁금하겠지만, 그건 알려줄 수 없어. 자칫 SNS에 올리기라도 하면 큰일이니까."

"저는 그런 데 올리지 않습니다." 마쓰시타는 냉큼 문을 닫지 않고 눈치를 살피는 듯한 시선으로 고스기를 보았다. "혹시⋯⋯ 살인사건이에요?"

고스기는 웃음기를 지우고 아직 어린 티가 남은 대학생의 얼굴을 쏘아보았다. "왜 그런 생각을 하지?"

"그냥 어쩐지 그런 거 같아서⋯⋯."

"옆집의 와키사카가 그런 짓을 할 만한 친구인가? 평소에 난폭했다든가?"

"아뇨, 그렇지는 않습니다."

"근데 왜 그런 발상을 하게 됐을까?"

"아, 그건…….." 마쓰시타의 눈가가 불그레해졌다. "아까 소리가 잠깐 들렸거든요. 여기서 형사님들이 나누시는 말소리가."

시라이와 얘기했을 때의 일인 모양이다.

"우리가 살인사건이라고 말했었나?"

"네, 그렇게 들렸어요."

"흠, 그래?" 고스기는 마쓰시타의 어깨를 홱 잡아당겼다. "아무한테도 말하면 안 돼. 알았어?" 귓가에 속닥였다.

어깨를 놓아주자 마쓰시타는 겁에 질린 얼굴로 몇 번이나 고개를 끄덕이더니 문을 닫았다.

잠시 뒤에 시라이가 돌아왔다.

"이거, 난감하게 됐는데요. 열쇠는 내줬는데, 집주인 모리타 씨가 지금 허리를 삐끗해서 아침부터 꼼짝을 못한답니다. 부인도 외출 중이라 가택수색에는 입회할 수가 없다는 거예요. 어떻게 하죠?"

"허 참, 미치겠네."

가택수색은 본인 입회하에 하는 것이 기본 규칙이고, 본인이 집에 없을 경우에는 반드시 입회인이 필요하다.

시라이는 스마트폰으로 와키사카의 임대계약서를 찍어왔다. 본가 주소는 아이치 현 도요하시 시로 나와 있었다. 보증인 칸에 적힌 것은 부친의 이름인 것 같았다.

"그리고 모리타 씨의 말에 의하면 와키사카는 자동차를 소유하고 있어요. 여기서 20미터쯤 떨어진 곳에 역시 모리타 씨가 소유한 공터가 있는데 그 한 귀퉁이를 주차장으로 와키사카에게 임대해줬답니다."

"자동차? 지금 그 차는 어디 있는데? 주차되어 있나?"

"제가 둘러보고 왔는데 차는 없었습니다."

"차종은? 차 번호는?"

"그것도 적어왔어요."

시라이는 수첩을 펼쳤다. 차종은 국산 4WD 왜건, 번호판은 도요하시 것인 모양이었다.

차가 없다면 와키사카가 타고 나갔을 가능성이 크다. 이미 도주 의사를 굳혔다는 것인가.

그런 생각을 하면서 연립주택 앞에서 기다리고 있으려니 왜건 타입의 경찰차 한 대가 도착하고 그 차에서 난바라가 내렸다. 자신이 직접 가택수색에 나설 모양이었다. 젊은 부하 둘을 뒤에 달고 있었다.

"와키사카는 아직 안 왔어?" 난바라가 부루퉁한 얼굴로 고스기와 시라이를 보며 물었다.

고스기는 고개를 가로저었다. "네, 아직."

난바라는 끄응 신음했다. "어쩌다 외출한 것인지 아니면 자신에게 혐의가 덮칠 것을 예상하고 도주한 것인지, 이거야 원, 알 수가 없네."

"와키사카의 휴대전화는 어차피 스마트폰일 거예요. 영장을 받아 GPS로 추적해보는 건 어떨까요?"

영장이 있으면 통신회사에 협조를 요청해 GPS 위치정보의 검색을 요청할 수 있다.

"그러고 싶은 마음은 굴뚝같지만, 와키사카가 소지한 스마트폰은 위치 추적을 하면 본인이 당장 알아채는 기종이라는 거야."

"그래요? 그건 안 되겠네요."

예전에는 GPS에 의한 위치정보를 얻으려면 본인에게 통지할 의무가 있었다. 지금은 그런 규칙은 없어졌지만 아직 통지 기능이 남아 있는 기종이 많았다. 추적당한다는 것을 본인이 눈치챌 경우, 그자가 범인이라면 도주할 가능성이 높아진다.

"일단 집 안을 조사해보자. 그게 가장 빠른 방법이야. 수색 중에 본인이 나타나면 그 자리에서 임의 동행을 요구하면 돼. 집 안에서 찾아낼 것은 우선 만 엔짜리 지폐야. 후쿠마루 가에서 훔쳐온 돈이라면 피해자나 유족의 지문이 남아 있을 수 있어. 그리고 개의 리드도 찾아야 해."

"리드? 산책할 때 쓰는 끈 말입니까?"

"맞아. 방금 전에 유족에게서 연락이 왔는데 피해자 방의 불단*에 올려둔 리드가 없어졌다는 거야. 목에 남은 교살흔을 보면, 그 리드가 흉기로 사용되었을 가능성이 큰 것으로 나왔어."

"만일 그렇다면 리드를 어딘가에 버리지 않았을까요?"

"이봐, 찾아보기도 전에 지레 포기하지 마." 난바라가 흘끗 노려보았다. "그밖에 와키사카의 소재지를 알아낼 만한 것은 모조리 압수한다."

---

*佛壇. 망자의 위패를 집 안에 모셔두는 것으로, 목제 상자형에 정면에는 좌우로 열리는 문이 있다. 그 앞에 사진, 꽃, 고인의 기념품 등을 공양물로 올린다.

"한 가지 문제가 있습니다."

입회인이 없다는 것을 고스기가 말했다.

"이웃에 사는 친구는 집에 있다고 했잖아. 그 친구면 돼." 난바라는 대수롭지 않다는 듯이 말했다. 아닌 게 아니라 다른 사건 때도 입회인은 이웃사람이어도 무방하다는 것으로 대충 넘어가곤 했다.

가자, 라고 난바라는 부하들에게 지시했다.

난바라 일행을 안내하는 모양새로 고스기는 와키사카의 집으로 향했다. 그리고 다시 한번 마쓰시타의 현관문을 노크하게 되었다.

문을 연 마쓰시타는 흠칫 놀란 얼굴이었다. 형사들이 부쩍 늘어났기 때문일 것이다.

"부탁할 게 좀 있어. 지금부터 옆집에 대한 가택수색을 할 건데 입회인이 되어줄 수 없을까?"

마쓰시타의 입이 '가, 택, 수, 색'이라는 모양으로 우물우물 움직였지만 미처 목소리가 되어 나오지는 못했다.

"학생, 부탁한다." 난바라가 옆에서 서류를 내보였다. 압수수색 영장이었다.

"저…… 입회인은 뭘 하면 되는 거예요?"

"아무것도 안 해도 돼. 그냥 우리가 하는 것을 옆에서 지켜보면 된다고. 해줄 거지?" 난바라가 짐짓 고압적으로 말했다.

"예, 저라도 괜찮으시다면."

좋아, 라고 난바라가 부하들을 돌아보았다. "시작하자."

시라이가 장갑 낀 손으로 열쇠를 꽂아 현관문을 열었다. 즉각 문을 열고 안으로 들어갔다. 난바라를 따라온 젊은 부하들도 그 뒤를 이었다. 고스기도 안으로 발을 들이밀었다.

하지만—.

성인 남자 넷이 우르르 들어가 작업을 할 수 있을 만한 집이 아니었다. 3평짜리 방에 작은 부엌이 딸려 있을 뿐이다. 게다가 침대와 책상을 들여놓은 탓에 서 있을 자리도 없었다. 고스기는 우향우를 해서 다시 집 앞으로 나왔다. 난바라는 애초에 작업에 합세할 생각이 없었는지 밖에서 담배를 피우고 있었다. 바로 옆 에는 다운재킷을 걸치고 나온 마쓰시타가 서 있었다.

"와키사카가 정말 범인이 맞을까요?" 고스기는 마쓰시타에게 들리지 않게 작은 소리로 물었다.

"나는 그렇게 보고 있어." 난바라는 유난히 힘주어 말했다. "목 격된 건 어제였지만 아마 사전답사를 했던 것 같아. 그때는 피해 자가 병원에 가 있어서 후쿠마루 가에 아무도 없었어. 그래서 오 늘도 집에 사람이 없을 줄 알고 돈을 훔치러 몰래 들어갔다가 피 해자에게 덜컥 들킨 거야. 별수 없이 곁에 있던 리드로 졸지에 목을 졸라 죽였겠지."

"계장님." 고스기는 난바라 쪽으로 얼굴을 기울였다. "목소리 가 너무 커요."

아, 응, 하고 난바라는 미간을 좁히며 마쓰시타 쪽을 흘끗 보 더니 어깨를 으쓱 쳐들었다. "상관없어, 어차피 금세 밝혀질 일 인데."

아무래도 난바라는 진심으로 와키사카가 범인이라고 생각하는 모양이었다.

그 직후였다. 계장님, 하고 집 안에서 시라이의 큰 목소리가 들려왔다.

"왜 그래?" 난바라가 입구에서 안을 향해 물었다.

시라이가 모습을 드러냈다. "이걸 찾았어요!" 그렇게 말하며 손에 든 것을 쳐들었다. 다름 아닌 개의 리드였다.

6

스마트폰의 전원은 꺼두는 게 좋다고 나미카와가 말했다.

"경찰이 GPS 위치정보를 추적할 수도 있고, 애초에 휴대전화나 스마트폰은 전파를 발하기 때문에 어떤 기지국 구역을 이용하는지 간단히 잡아낼 수 있어. 전원을 꺼두는 게 무난한 방법이야."

"하지만 그런 짓을 하면 오히려 더 수상하게 생각하지 않을까?"

"그 사람들, 이미 너를 수상하게 생각하고 있어." 나미카와는 다쓰미를 손끝으로 가리키며 말했다. "빨리 끄기나 해."

우격다짐의 그 말에 다쓰미는 반론할 수 없었다. 하라는 대로 스마트폰의 전원을 껐다.

나미카와는 자신의 스마트폰을 터치하기 시작했다. 마쓰시타에게, 연락을 원할 때는 자신의 번호를 이용해달라는 메시지를 보내는 것이라고 했다.

다쓰미는 혼란스러웠다. 처음에는 반쯤 농담처럼 나미카와의 설명을 들었지만, 점점 웃을 일이 아니라는 생각이 들었다.

"아까 그 얘기 말인데, 경찰이 정말 그렇게 생각할까?" 다쓰미는 나미카와에게 물었다.

"아까 그 얘기라니?"

"우선 나를 불법침입으로 체포할 거라는 얘기 말이야."

"아, 그거?" 나미카와는 스마트폰을 테이블에 내려놓았다. "지극히 높은 확률로 나는 그럴 거라고 생각해."

"어휴, 말도 안 돼." 다쓰미는 머리를 부여잡았다.

경찰은 우선 주거침입죄로 다쓰미를 체포하고 그다음에 다시 좀 더 큰 죄, 즉 살인죄를 자백하게 하려는 게 아니냐, 라는 것이 나미카와의 예상이었다.

"어떻게 경찰이 그럴 수 있지? 너무 비겁한 거 아니야?"

"결정타가 없을 때, 별건 체포를 이용하는 것은 일본 경찰의 상투적인 수단이야. 체포하면 경찰은 너를 10일에서 최대 20일까지 구류할 수 있어. 그 사이에 철저히 취조할 거야. 어르고 달래고 을러대고, 아무튼 다양한 방법으로 죄를 인정하게 할 거라고."

"아무리 그래봤자 내가 하지도 않은 일을 인정할 수는 없어."

"이 친구가 진짜 아무것도 모르네. 왜 이 나라에 억울한 범죄자가 끊임없이 나오겠냐. 장시간에 걸친 취조에 피폐해진 피의자가 오로지 고통을 덜어보겠다는 마음 하나로 저지르지도 않은 죄를 자백하는 일이 꽤 빈번하게 일어나고 있어. 심할 때는 취조관이, 정말로 죄가 없다면 우선 이 자리에서는 인정하고 재판 단계에서 다퉈보면 되지 않느냐, 라고 꼬드기기도 해. 물론 실제로는 일단 죄를 인정하면 거의 대부분 아웃이야. 자술서가 증거로 제출되니까. 너한테 미리 충고하겠는데 혹시 그런 경우가 생기더라도 절대로 죄를 인정해서는 안 돼. 마지막까지 싸워야 한단 말이야."

"아, 잠깐. 너 지금 진짜로 하는 소리야?"

"농담이나 개그로 이야기할 단계는 진즉에 지났어."

"와아, 미치겠네!"

다쓰미는 자리에서 벌떡 일어서려고 했다. 하지만 그의 팔을 나미카와가 붙잡았다. "어디 가려고?"

"그야 뻔하지. 경찰서에 갈 거야. 나는 아무 짓도 안 했다, 어제는 페로를 보려고 그 집 뒷마당에 들어갔을 뿐이다, 그렇게 해명할 거라고."

"내가 지금까지 얘기한 거, 못 들었어? 출두하면 그 자리에서 체포될 거라니까."

다쓰미는 머리를 쥐어뜯었다. 울고 싶어졌다. "그럼 대체 어떻게 해야 되냐."

그 물음에 나미카와가 심각한 얼굴로 침묵한 순간, 그의 스마트폰이 울리기 시작했다.

"마쓰시타일 거야." 그렇게 말하고 나미카와는 전화를 받았다. "여보세요? 나, 나미카와야. ……응. ……뭐라고? 가택수색?" 눈이 큼직해졌다. "……응, ……응, ……헉, 그래? 아, 잠깐만. 그거, 와키사카에게 네가 직접 얘기해." 나미카와는 스마트폰을 다쓰미 쪽으로 내밀었다.

"여보세요? 야야, 가택수색이라니?" 다쓰미는 마쓰시타에게 물었다.

"진짜 큰일 났어!"

갈라진 목소리로 마쓰시타가 해주는 이야기를 듣고 다쓰미는 머리가 핑 도는 것 같았다. 역시 살인사건이었다. 게다가 강도살인이라고 했다. 오늘 후쿠마루 가에서 일어난 모양이었다.

그리고 더욱더 충격적인 것은 다쓰미가 들고 온 리드를 중요 증거물로 형사들이 압수해갔다는 얘기였다. 그들은 그것에 대해 '흉기 발견'이라고 표현했다는 것이다.

"와키사카, 정말 네가 한 거 아니지?" 마쓰시타가 숨죽인 소리로 물었다.

"내가 왜 그런 짓을 하겠냐. 후쿠마루 씨 집에 갔던 것은 어저께고, 그 리드는 그냥 개집에서 주워온 거야."

"하지만 형사들은 리드를 찾았으니 이제 범인은 정해진 거나 다름없다고 했어."

"대체 왜? 얘기가 왜 그렇게 되는 건데?"

"나도 모르지. 나는 그냥 형사들이 하는 얘기를 들었을 뿐이야."

"리드가 흉기라고 했단 말이야?"

"응, 분명 그렇게 말했어."

다쓰미는 혼란스러운 가운데서도 열심히 머리를 굴렸다. 왜 형사들은 그런 말을 했는가.

흠칫했다. 퍼뜩 생각난 것이 있었다. "앗, 혹시……."

"왜, 뭔데?"

"페로의 리드는 두 개였어. 똑같은 제품인데 색깔만 다르고 헌 것과 새것이 있었어. 흉기로 사용된 것은 아마 새것일 거야. 내가 갖고 온 그 리드가 아니야."

"그렇구나. 응, 그럴지도 모르겠다. 하지만 형사들이 그 리드를 발견했다고 아주 좋아했어. 와키사카, 이거 어떻게든 손을 써야 하는 거 아니야?"

맞는 말이지만 대체 어떻게 손을 써야 할지 알 수 없었다. 대답을 못하고 있자 나미카와가 손을 내밀었다. 스마트폰을 건네달라는 뜻이었다. 말없이 내밀었다.

"응, 나미카와야. 그래서 경찰은 지금 뭐하고 있어? ……그렇군. 알았어. ……지금부터 와키사카와 상의해서 결정할게. 아니, 됐어. 마쓰시타 너는 섣불리 움직이지 않는 게 좋아. ……응, 또 뭔가 일이 생기면 즉시 연락해줘." 전화를 끊고 나미카와는 다쓰미를 보았다. "가택수색은 일단 끝난 모양인데 아직 형사들이 집 주위를 지키고 있단다. 아마 네가 돌아오기를 기다리는 모양이야."

"지금 집에 가면 체포되는 거네?"

"120퍼센트 그렇지." 나미카와가 딱 잘라 말했다. "주거침입죄로 체포되는 건 어쩔 수 없어. 하지만 지금 이런 상황에서 네가 구속되는 건 정말 안 좋아. 그전에 강도살인죄에 관해 무죄라는 증거를 확보해둘 필요가 있어."

"나는 안 했어. 안 했다고!" 다쓰미는 움켜쥔 두 주먹을 위아래로 흔들었다.

"그런 하소연으로 통할 거라면 애초에 경찰은 필요가 없겠지. 어떻게든 오늘 신게쓰 고원스키장에 갔었다는 것을 증명해야 돼."

"아무리 그래도……." 다쓰미는 스키장에서의 자신의 행동을 돌아보았다. "스키장에도 방범카메라가 설치되어 있겠지? 그렇다면 아마 거기에 찍혔을 거야."

나미카와는 다쓰미의 얼굴을 빤히 바라보았다. "그런 미덥지 않은 정보에 네 인생을 걸 생각이야?"

"인생을 걸다니, 뭘 그리 거창한 소리를."

"지금 너는 강도 살인 혐의를 받고 있다니까. 누명을 쓰고 인생이 엉망이 되어버린 사람이 대체 몇 명이나 되는 줄 알아? 그런 태평한 소리 하지 말고, 오늘 너의 행동을 증명할 방법이나 생각해봐. 스키장에서 지인을 만났다든가, 그런 일은 없었어?"

"그런 건 없었는데……." 그렇게 말하고 이마에 손을 짚었을 때, 퍼뜩 생각나는 것이 있었다. "아, 그래!"

"뭐야, 뭔데!" 나미카와가 몸을 쓱 내밀었다.

"아는 사람은 아니지만, 트리 런*을 할 때 어느 여성 스노보더와 이야기를 나눈 일이 있어. 셀카를 찍는데 자기가 원하는 앵글이 잘 안 잡힌다고 해서 내가 카메라 셔터를 눌러줬어."

나미카와는 큰 한숨을 내쉬었다.

"그런 일이 있었으면 진즉에 말을 했어야지. 증인이 있다면 완벽해. 지금 당장 그 여자한테 연락해!"

"하지만 연락처를 물어보지 않았는데……."

그 즉시 나미카와의 얼굴이 흐려졌다. "이름은?"

"이름도 모르고……. 그때만 해도 일이 이렇게 될 줄은 생각도

---

* tree run. 자연 상태의 숲에서 활주하는 것. 고도의 테크닉과 반사 신경이 필요하다.

못 했으니까."

나미카와는 끄으응 신음소리를 올리며 팔짱을 꼈다. "뭔가 단서가 될 만한 것은 없어?"

"딱 한 가지, 단서가 있어. 그 여자, 홈그라운드는 사토자와 온천스키장이라고 했어."

"사토자와 온천스키장? 나가노 현의?"

다쓰미는 고개를 끄덕였다.

"오늘이나 내일 그쪽으로 돌아갈 거라는 뉘앙스로 말했어. 대단한 실력의 스노보더였으니까 사토자와 현지에 가서 물어보면 뭔가 알 수도 있어."

"만나면 얼굴은 알아볼 수 있어?"

"알 거 같아. 사진 찍을 때, 고글을 벗었거든. 상당한 미인이었어."

좋아, 라고 나미카와는 책상다리를 틀고 앉은 두 다리를 타악 내리쳤다.

"그렇다면 그 여자를 찾자. 너의 무죄를 증명하려면 그 여자를 찾아내는 게 최선책이야. 아니, 그것 말고는 다른 길이 없어."

"찾아내다니, 언제?"

나미카와는 자명종 시계를 확인한 뒤, 날카로운 시선을 다쓰미에게로 던졌다.

"교우관계 등을 조사해서 경찰이 오늘밤 안에라도 이곳에 들이닥칠지 몰라. 지금 당장 출발하는 게 정답이야."

"지금 당장? 숙소도 안 잡고?"

"그런 건 현지에 가서 어떻게든 해결하면 돼. 서두르는 게 좋아."

"아, 잠깐, 잠깐."

"뭔데?"

"나, 돈이 없어."

"뭐야?"

"가진 돈이 바닥나서 요즘 집 임대료도 잠시 기다려 달라고 한 상태야."

나미카와는 차가운 시선으로 다쓰미를 바라보았다. "그런 가난뱅이 주제에 스노보드를 타러 신게쓰 고원까지 갔었어? 알바도 안 하고? 게다가 고속도로를 타고?"

"언제 어느 때 멋진 눈이 내릴지 모르잖아. 그래서 이번 겨울에는 알바를 안 하기로 했어. 이제 곧 회사에 다니기 시작하면 더 이상 이런 우아한 취미생활은 못 할 것 같아서."

"야, 그 취직도 자칫하면 취소되게 생겼어." 나미카와는 손바닥으로 목을 탁 자르는 시늉을 했다.

다쓰미는 천장을 우러러보았다. "아, 이건 진짜 악몽이다."

"지금 가진 게 얼마야?"

"어디 보자……." 다쓰미는 지갑을 꺼냈다. 안에 천 엔짜리 몇 장이 있을 뿐이었다. "본가에서 돈을 부쳐주는 게 다음 주야. 그때까지는 어떻게든 버틸 수 있었는데. 설마 이런 일이 터질 줄은 꿈에도 생각을 못했어."

나미카와는 진한 한숨을 내쉬고 쓰디쓴 것을 입에 넣은 듯한 표정을 지었다.

"알았다, 알았어. 내가 함께 가줄게. 생각해보면 이름도 모르는 여자를 너 혼자 찾아낸다는 것도 너무 힘들겠다."

"진짜? 친구야, 정말 고맙다. 이 은혜는 꼭 갚을게."

"사토자와 온천스키장이라. 설질이 최고라는 곳이잖아? 나도 한번 가서 타보고 싶기는 했었는데, 하필 이런 모양새로 가게 되다니."

나미카와는 자리에서 일어나 옷장을 열었다. 그곳에는 화려한 무늬의 스노보드가 세워져 있었다.

7

다섯 번째로 만나볼 남학생은 부모와 함께 사는지 주소에 방 번호가 기입되어 있지 않았다. 찾아가보니 서양식의 번듯한 단독주택이었다. 문패에는 '고마이'라고 적혀 있었다. 손목시계로 시각을 확인해보니 오후 10시 반을 넘어서고 있었다. 사전 전화도 없이 남의 집을 방문할 시간은 아닌데, 라고 생각하면서도 고스기는 인터폰을 눌렀다.

네, 라고 들려온 남자 목소리에는 분명하게 경계의 기척이 있었다.

"밤늦게 죄송합니다. 경찰서에서 나왔는데, 잠깐 뭐 좀 물어봐도 될까요?"

"예? 무슨 일입니까?"

"걱정하지 마시고요. 이 댁과는 관계없는 일입니다. 단지 아드님에게 잠깐 물어볼 게 있어서요."

"우리 아들에게?"

"예, 그리 오래 걸리지 않습니다."

대답 없이 인터폰이 끊겼다. 이윽고 현관문이 열리고 카디건을 입은 예순 살쯤의 남자가 나타났다. 대문까지 나오길래 경찰배지를 내보였다.

"들어와요." 남자는 대문을 열어주었지만 얼굴에는 미심쩍은 기색이 역력했다.

실례합니다, 라고 말하고 고스기는 안으로 들어섰다.

집 현관으로 들어가자 남자가 큰 소리로 아들 이름을 불렀다. 2층에서 내려온 것은 안경을 쓴 하얀 피부의 젊은이였다.

"여기, 경찰서에서 나오신 분이야." 부친 쪽이 말했다. "너한테 뭔가 물어보실 게 있단다."

젊은이는 입을 다문 채 불안한 듯 눈만 깜빡거렸다.

"고마이 다모쓰 씨?" 고스기는 신발 벗는 곳에 선 채로 질문을 시작했다.

"그렇습니다."

"와키사카라고, 알죠? 고마이 씨와 같은 경제학부 4학년 와키사카 다쓰미."

"네, 알아요. 3학년 때 그룹 스터디를 함께 했거든요."

"최근에는 어때요? 친하게 지내는 사이인가?"

"친하다고 할 정도는 아닌데요. 각자 어울리는 친구도 다르고……."

"와키사카가 평소에 친하게 지내는 사람들의 이름이나 연락처, 아는 거 있어요?"

"실제로 얼마나 친하게 지내는지는 잘 모르지만, 와키사카가 자주 어울리던 멤버라면……."

고마이는 세 사람의 이름을 들었다. 하지만 모두 다 연락처는 모른다고 했다.

"우리 대학은 학부생이 많아서 연락처를 아는 사람이 오히려 훨씬 적어요. 게다가 와키사카는 다른 학부 쪽에 친구가 많았던 것 같은데요. 동아리 친구라든가."

"어떤 동아리?"

"그게 아마 아웃도어 스포츠를 즐기는 동아리였을 거예요. 겨울에는 스노보드, 여름에는 계곡등반을 한다는 얘기를 들은 적이 있어요."

고스기는 가택수색 뒤에 시라이와 다른 수사원들 쪽에서 나온 이야기를 머릿속에 떠올렸다. 스노보드 관련 상품과 DVD가 많다, 라는 얘기를 했었다.

"동아리 이름은?"

"그건 잘 모르겠어요." 고마이는 망설임 없이 대답했다.

"와키사카는 오늘 어딘가에 나간 거 같던데? 뭔가 짐작 가는 거 없어요? 대학에서 이벤트라든가."

"오늘 특별한 이벤트는 없었어요. 겨울철이니까 아까 말한 대로 스노보드라도 타러 간 거 아닐까요?" 고마이의 말투가 약간 오만해졌다. 자신과는 관계없는 일이라는 것을 알고 마음이 편해진 모양이다.

"알았어요. 늦은 시간에 미안합니다." 고마이 부자에게 머리를 숙이고 고스기는 발길을 돌려 현관을 나왔다.

오늘밤은 여기까지구나, 라고 생각했다. 아무리 수사를 위해서라지만 밤늦은 시간에 남의 집을 방문하는 것은 비상식적이다.

감식반에 의하면 와키사카 다쓰미의 방에서 발견된 리드는 피해자의 교살흔과 일치하고 있어서 흉기일 가능성이 지극히 높다는 것이었다. 그래서 와키사카를 찾아내는 데 전력을 기울이기로 한 것인데 막상 단서가 너무 적어서 곤혹스러워하고 있었다. 가택수색에서 압수한 물품들을 조사해봐도 와키사카의 교우관계를 밝혀줄 만한 게 거의 발견되지 않는 것이다. 주소록이나 명부 등은 아예 없었다. 아무래도 모조리 스마트폰으로 관리하는 모양이었다. 편지가 없는 것도 메시지로 거의 다 해결되기 때문일 것이다.

별수 없이 대학 관련 자료에서 몇 사람의 연락처를 찾아냈지만, 거기에 기재된 인물이 와키사카와 반드시 친하다고는 할 수 없었다. 아니나 다를까 누구를 찾아가봐도 방금 고마이 정도의 반응이 나올 뿐이었다.

마음에 걸리는 것은 이미 와키사카가 도주한 게 아닌가 하는 점이었다. 휴대전화 통신회사에 발신 기지국을 의뢰해본 바, 전파가 나오고 있지 않다, 즉 스마트폰의 전원이 끊겨 있다는 게 판명되었다. 그렇게 되자 소재지를 파악하는 게 결코 쉬운 일이 아니었다.

무거운 발걸음으로 경찰서에 돌아갔더니 난바라가 찌뿌둥한 얼굴로 앉아 있었다. 양쪽 다리는 책상에 척 얹혀 있었다.

"성과 없음, 이야?" 고스기를 보고 낮은 목소리로 물었다.

"내일 이후의 활동에 걸어볼 수밖에 없겠습니다."

"내일 아침 첫 일정으로 수사회의가 있어. 당연히 본청 1과도 참석할 거고."

"그렇겠지요."

"오늘 초동수사 결과 자료를 보고 그쪽에서도 와키사카를 찾아내는 것을 최우선으로 추진할 거야. 우리한테는 그 백업을 하라고 할 게 틀림없어. 밥상은 우리가 다 차렸는데 맛있는 건 죄다 그쪽 차지야."

"그게 관할서의 운명이죠."

난바라가 눈을 치켜뜨며 쓰윽 노려보았다.

"고스기, 잘 들어. 탐문수사를 나갔다가 뭔가 걸리는 게 있으면 일단 나한테 보고해. 절대로 본청 쪽에 먼저 알리지 말라는 얘기야."

"그래봤자 쓸데없잖아요. 본청을 따돌린 채 수사한다는 건 무리예요."

"잔소리 마. 내가 시키는 대로 하라고."

내뱉는 듯한 말투였지만 고스기는 반발하는 일 없이 네, 라고 고분고분 대답했다. 난바라 역시 쓸데없다는 건 알고 있을 것이다. 어디까지나 과장 오와다에 대한 체면치레일 터였다.

"오늘은 이만 퇴근하겠습니다."

"응, 수고했어."

고스기는 자기 자리에 던져둔 가방을 집어 들었다. 생각해보니 오늘은 새벽부터 센다이에 출장을 다녀온 것이다. 기나긴 하루였다.

하지만 내일은 좀 더 긴 하루가 될지도 모른다고 생각하니 마음이 무겁기만 했다.

8

나미카와의 스마트폰이 울렸다. 그는 한두 마디 나눈 뒤, 곧바로 전화를 끊었다.

"후지오카의 전화야. 지금 맨션 앞에 도착했단다."

"그 녀석한테는 뭐라고 설명할 거야?" 다쓰미가 물었다.

나미카와는 잠시 생각해보더니 어깨를 으쓱 치켜들었다. "녀석의 얼굴을 보고 나서 생각하자."

스노보드 케이스 등등의 짐을 껴안고 둘이서 집을 나왔다.

맨션을 나서자 도로 옆에 회색 SUV가 서 있었다. 운전석에 앉아 있던 후지오카가 문을 열고 내려왔다.

"꽤 늦은 시간에 출발하네요? 어디로 가요?" 느긋한 말투로 물어왔다. 후지오카는 다쓰미와 나미카와가 소속된 동아리의 후배다.

"설명은 나중에." 그렇게 말하고 나미카와는 다쓰미에게 눈짓을 보냈다.

다쓰미는 총총걸음으로 근처 코인 주차장으로 향했다. 그곳에 자신의 차를 세워둔 것이다. 하지만 명의는 다쓰미 본인의 것이 아니다. 정확히는 작은아버지 차다. 취미로 4WD를 타고 다녔는데 회사 일이 바빠지면서 거의 탈 기회가 없다, 라는 말을 듣고 다쓰미가 빌려 타게 된 것이다. 연립주택 집주인이 운영하는 주차장 한 귀퉁이를 그야말로 저렴한 비용으로 빌렸지만, 실은 요즘 그 주차장 임대료도 밀려 있었다.

차를 운전해 맨션 앞으로 다시 돌아와 후지오카의 차 뒤에 세웠다.

"와키사카 선배, 차 있었어요?" 다쓰미가 운전석에서 나오는 것을 보고 후지오카는 눈이 둥그레졌다. "근데 왜 내 차를 빌려 달라는 거예요?"

"사정이 좀 있어." 나미카와가 대답했다. "상당히 복잡한 사정이."

후지오카가 반걸음 뒤로 주춤 물러섰다. "엇, 나는 못 들은 걸로 해야 하는 일이에요?"

"아니, 조금쯤은 알아두는 게 좋아. 부탁할 것도 있고 하니까."

"……뭔데요?"

"머지않아…… 아니, 당장 내일쯤이면 경찰이 너를 찾아올 거야."

후지오카는 눈을 허옇게 뜨고 입을 헤벌렸다. "헉! 진짜요?"

"그자들이 아마 이렇게 물을 거야. 와키사카 다쓰미의 행방을 알고 있나?"

후지오카의 좁고 긴 얼굴이 천천히 다쓰미에게로 향해졌다. "무슨 짓을 저지른 거죠?"

"아무 짓도 안 했어." 다쓰미는 즉각 대답했다. "정말이야."

"근데 왜 경찰이 와키사카 선배를……."

"글쎄 이래저래 사정이 있다니까." 나미카와가 말했다. "그래서 너한테 부탁이 있어. 우선 오늘 밤 일은 아무에게도 발설하지 말아줘. 우리를 만났다는 것도, 차를 빌려줬다는 것도. 어떤 질문이 날아오든 나는 모른다, 아는 게 없다, 철저히 모르쇠로 밀고 나가라고."

"선배들의 연락처를 물어보면 어떻게 해요? 그것도 모른다고 하면 도리어 이상하잖아요."

나미카와는 미간을 좁히며 고개를 저었다.

"그런 평범한 질문에는 그냥 평소에 하던 대로 대답하면 돼. 오늘 밤 일만 감춰주면 되니까. 분명 경찰은 너한테 이런저런 지시를 내릴 거야. 그건 굳이 거스를 거 없어. 하라는 대로 하면 돼."

후지오카는 몇 차례 눈만 깜빡거리더니 다시 다쓰미 쪽을 향했다. "정말 아무 짓도……."

"안 했다니까." 다쓰미는 발을 동동 굴렀다. "제발 나를 믿어줘라."

"부탁이 또 한 가지 더 있어." 나미카와가 검지를 바짝 세웠다. "와키사카의 차를 좀 맡아줘. 아는 사람들에게 차를 들키지 않게 조심해야 돼."

후지오카는 왼손을 입가에 대고 허리를 수그렸다. 이래저래 고민에 빠진 것인지도 모른다. 이윽고 뭔가를 깨달은 듯 나미카와의 발밑에 있는 짐으로 시선을 던졌다. "어디로 가는데요?"

"미안하지만 그건 알려줄 수 없어. 너로서도 그건 모르는 게 나아."

"하지만 스키장이잖아요. 스노보드도 있고." 스노보드 케이스를 가리켰다.

나미카와는 짐 앞에 섰다. "못 본 걸로 해."

"······알았어요."

다쓰미는 자신의 차에서 짐을 내리고 차 키를 후지오카에게 건넸다. "그럼 잘 부탁한다."

"와키사카 선배, 자꾸 물어봐서 미안한데······."

"아무 짓도 안 했다고. 어지간히 해라, 응?"

후지오카는 끄덕 고개를 위아래로 움직였다. "네, 믿습니다."

"우리도 너를 믿는다." 나미카와가 말했다. "약속, 꼭 지켜줘."

알겠습니다, 라면서 후지오카는 다쓰미의 차에 올랐다.

유난히 배기음이 요란한 편 치고는 그리 가볍지 않은 움직임으로 차가 멀어져가는 것을 지켜본 뒤, 다쓰미와 나미카와는 자신들의 짐을 후지오카의 차에 실었다.

운전석에는 다쓰미가 앉았다. 나미카와는 면허는 땄지만, 이른바 장롱면허였다.

시계를 보니 오후 11시를 조금 지난 참이었다. 다쓰미가 도쿄로 돌아오고 아직 4시간 정도밖에 지나지 않았다. 그 몇 시간 전에는 니가타 현 유자와 쪽 스키장에 있었다는 것이 다쓰미 스스로도 믿어지지 않을 정도였다.

그렇건만 이제는 나가노 현에 있는 사토자와 온천스키장으로 향하려 하고 있었다. 정말 이걸로 괜찮은 건가, 하고 다시금 불안해졌지만 이것저것 생각하고 있을 여유는 없었다. 그쪽 스키장에 가서 여자를 찾아내는 수밖에 없는 것이다.

"음주 단속에 걸리지 않기만을 기도해야겠다." 다쓰미는 손바닥을 향해 훅 숨을 불고 냄새를 맡아보았다. 마쓰시타에게서 전화를 받은 이후로는 술을 마시지 않았지만 그때까지 섭취한 알코올은 아직 몸속에 남아 있을 터였다.

"속도위반도 조심해. 안전운전으로, 부탁한다." 조수석에서 나미카와가 말했다. "그리고 고속도로는 이용하면 안 돼."

"엇, 왜?"

"만에 하나의 경우를 생각해서 조심해야지. 만일 우리가 타고 간 게 이 차라는 것을 알아차렸을 경우, N시스템을 통해 행선지가 밝혀질 우려가 있어."

"N시스템?"

"차량 번호판 자동판독 장치야. 일반국도에도 간간이 설치되어 있지만 고속도로 출입구에는 반드시 있어. 피하는 게 좋아."

운전도 못하면서 이런 지식에는 빠삭한 것이 나미카와라는 녀석이었다.

"제기랄, 일반도로라면 어디로 어떻게 가야 하냐, 대체." 다쓰미는 내비게이션을 찍기 시작했다. 유료도로를 이용하지 않는 모드로 검색해보았다.

잠시 뒤 표시된 길안내를 보고 다쓰미는 운전석에서 몸을 턱 젖혔다. "히익, 이런 식으로 가야 해? 엄청 고생하겠네. 몇 시간씩 달려야 돼."

"그게 오히려 좋아. 그쪽에 도착할 무렵에는 날이 밝을 테니까. 오늘 밤 숙소 걱정은 안 해도 되잖아." 나미카와는 여전히 냉철하기 그지없었다. "자, 출발하자. 중간에 편의점에 잠깐 들러. 먹을 것을 조달해야지."

다쓰미가 시동을 켜고 차를 출발시키려 했을 때였다. 톡톡 하고 차창을 두드리는 소리가 났다. 조수석 유리 너머에 젊은 여자가 서 있었다.

나미카와가 창유리를 열었다. "어, 웬일이야?"

"외출하는 거야?" 여자가 나미키와에게 물었다. 아는 얼굴인 모양이다.

"응, 잠깐 좀." 나미카와는 다쓰미 쪽을 보며 "나랑 같은 맨션에 사는 친구야"라고 설명하고 다시 그녀에게로 얼굴을 돌렸다. "무슨 볼일 있어?"

"N역까지 좀 태워다줄래? 갑자기 친구 집에 가야할 일이 생겼어."

N역이라면 여기서는 약간 먼 거리다. 도보로는 20분쯤 걸릴 터였다.

제발, 이라고 그녀가 두 손을 맞댔다.

나미카와는 당혹스러운 얼굴로 다쓰미를 돌아보았다. "어쩌지?"

다쓰미는 망설였다. 번거롭기는 하지만 어차피 N역은 지나가는 길이다. 게다가 이 시간에 여자 혼자 밤길을 걷게 한다는 것도 마음에 걸렸다. 잠깐 생각해본 끝에 "응, 괜찮아"라고 답했다.

타, 라고 나미카와가 여자에게 말했다. 고마워, 라고 환한 얼굴로 뒷좌석에 올라타는 것을 확인하고 다쓰미는 사이드 브레이크를 풀었다.

"다행이다. 이런 시간에 밤길 걷는 거, 너무 심란했거든. 이 근처, 컴컴한 데가 많잖아. —아, 나미카와 씨 친구예요?" 그녀가 다쓰미에게 물었다.

"예, 그렇다고 할 수 있죠."

"미안해요. 서두르던 참이었나요?"

"뭐, 꼭 그런 건 아니고……."

"어머, 스노보드 타러 가요?" 뒤쪽 짐칸을 본 모양이었다. "어느 스키장이에요?"

"비밀이야." 나미카와가 말했다. "남들에게 알려주고 싶지 않은 장소라서."

"아이, 더 궁금하잖아."

"그럼 다음에 같이 가자." 그렇게 대답한 뒤에 나미카와는 앞을 가리키며 "편의점이다"라고 작은 소리로 다쓰미를 향해 말했다. 전방 좌측으로 가게가 보였다. 다쓰미는 속도를 낮추고 핸들을 꺾었다.

주차장에 차를 세우고 여자에게는 잠깐 기다려달라고 말한 뒤에 다쓰미와 나미카와는 차에서 내렸다.

"미안하다. 성가신 친구에게 덜컥 걸려버렸네." 나미카와가 작은 소리로 말했다.

"난 괜찮아. 별 문제도 없을 거 같고."

"실은 한 번 했어. 그래서 거절하기가 좀 힘들더라."

했어, 라는 건 물론 섹스를 했다, 라는 뜻일 것이다.

"흥, 그럴 것 같더라니."

"저 친구와 너 사이에는 아무 연관도 없어. 그래서 경찰이 그녀에게 뭔가 알아보러 찾아올 일도 없을 거야. 설령 찾아오더라도 내가 너와 함께 있었다는 것을 알아봤자 별것도 없어. 시간문제일 뿐, 어차피 발각될 일이니까."

"응, 나도 그렇게 생각해."

"만일의 경우를 대비해 이따가 나도 스마트폰 전원을 꺼야겠다. 추적당하면 끝장이니까."

"미안하다, 나 때문에."

"신경 쓰지 마. 나한테는 좋은 경험이야."

"그렇게 말해주니 마음이 놓인다. 그나저나 한 가지만 알려줘라."

"뭔데?"

"저 친구하고는 진짜 딱 한 번?" 다쓰미는 차 쪽을 엄지로 가리켰다.

나미카와는 발을 멈추고 뒤를 돌아보았다. 그러고는 떨떠름한 얼굴을 다쓰미에게로 향했다. "나는 그렇다고 생각하고 있기는 한데……."

"뭐냐, 그 애매모호한 말투는?"

"술 취한 김에 몇 번 이상한 짓을 한 적은 있어. 하지만 그건 했다는 것에 포함되지 않는 거 같아서."

너 혼자만 그렇게 생각하는 거 아니냐고 말하고 싶었지만 이래저래 신세를 지고 있는 처지라서 다쓰미는 그만 입을 다물기로 했다.

먹을 것이며 음료수 등을 사들고 차로 돌아갔다. 화제에 올랐던 그녀는 스마트폰을 만지작거리며, 어서 와, 라고 말을 건넸다. 그녀가 나미카와를 바라보는 시선에는 단순한 지인에 대한 것과는 다른, 뭔가 뜨거운 것이 있다고 다쓰미에게는 느껴졌지만 모르는 척해두었다.

그녀를 N역에 내려주고 드디어 다쓰미와 나미카와는 사토자와 온천스키장으로 향하기로 했다. 나미카와는 그 참에 마쓰시타에게 전화를 걸어 상황을 확인했다. 연립주택 근처에 아직 경찰관이 잠복하고 있다는 소식이었다.

"아마 스물네 시간 감시할 모양이다. 너를 체포할 때까지." 그렇게 말하고 나미카와는 스마트폰을 톡 쳤다. "자아, 이걸로 나도 수배자와 공범이 됐네."

아무래도 스마트폰의 전원을 끈 모양이었다.

9

아침 해를 받아 설면(雪面)이 반짝반짝 빛나고 있었다.

마지막 한 개 남은 폴대를 꽂아 세운 참에 로프가 팽팽한지를 확인했다. 몇 번 손으로 흔들어봤지만 느슨해질 걱정은 없을 것 같다. 빨간 로프로 구분해둔 건너편은 깊은 눈이 쌓인 숲이다. 나무 사이에는 한 줄기의 트랙도 없다. 이런 장면을 목격한다면 스노보드를 타는 데 조금만 자신이 있는 사람이라면 로프 밑으로 넘어가고 싶은 마음도 들게 마련이겠지만 그걸 허락해줄 수는 없다. 이 경사면 아래로는 늪이 있는 것이다. 설붕(雪崩)이 발생하기 쉬운 지점도 군데군데 숨어 있다. 외국인 스키어가 눈에 파묻혀 질식사할 뻔했던 것이 바로 2년 전의 일이다. 그걸 발견하고 구출해낸 스노보더 역시 규칙을 위반한 것이라서 그다지 칭찬해줄 만한 일은 아니었다.

네즈 쇼헤이는 시각을 확인했다. 영업 개시까지 앞으로 30여 분 남았다. 다른 패트롤 대원들이 예정대로 움직여줬다면 모든 활주 금지구역에 로프를 치는 작업은 끝났을 터였다.

코스 옆에 세워둔 스노모빌로 돌아가자 반대편에서 후배 패트롤 대원 나가오카 신타가 나타났다.

"다 끝났습니다."

"응, 수고했어. 그럼 돌아가볼까."

네즈는 스노모빌에 걸터앉았다. 나가오카도 뒷좌석에 앉았다.

뒤에 달린 보트에 대량의 로프와 폴대를 싣고 왔었는데 이제 텅 비었다. 별로 알려지지 않은 사실이지만, 로프는 영업 종료 후에 모조리 회수하고 다음 날 아침에 다시 치는 것이 기본이다. 로프를 그대로 두면 대량의 눈이 내렸을 경우에 파묻혀버릴 우려가 있기 때문이다.

"상당히 높이 쌓였네요. 50센티미터쯤 내렸나?" 나가오카가 큰 소리로 물어왔다. 고함을 지르듯이 대답하기가 귀찮아서 네즈는 고개를 끄덕여주는 것으로 대신했다.

요즘 내리는 눈의 양이 적어서 걱정이었는데 어젯밤부터 펑펑 쏟아지기 시작했다. 이걸로 다시 적설량은 3미터 가까이 될 것이다. 눈은 스키장의 재산이다.

사토자와 온천스키장의 명물 코스인 스카이 하이웨이를 스노모빌로 달려 내려갔다. 되도록 코스 옆쪽으로 달려간 것은 깨끗하게 압설된 코스를 아침 일찍 일어난 스키어나 스노보더들이 마음껏 만끽할 수 있게 해주고 싶었기 때문이다. 오늘 같은 컨디션이라면 그야말로 나이프로 새기듯이 카빙 턴을 즐길 수 있을 것이다.

스카이 하이웨이에서 패밀리 겔렌데*로 들어선 참에 네즈는 속도를 늦췄다. 아직 영업시간 전인데도 코스 옆에 사람이 있었다. 그게 누구인지 먼눈으로도 척 알아봤다. 요즘 들어 자주 나타나는 이인조다.

가까이 다가가 스노모빌을 세웠다.

---

* gelände. 스키를 탈 수 있도록 정비한 경사지, 혹은 스키장 시설 전체를 가리킨다.

"안녕?" 엔진을 끄고 네즈는 인사를 건넸다.

이인조는 둘 다 여자다. 안녕하세요, 라고 소리를 맞춰 그쪽에서도 인사를 해왔다.

"여전히 열심히 하고 있네."

"이제 본 무대까지 이틀밖에 안 남았잖아." 한쪽의 여자, 세리 치아키가 말했다. 지금부터 스노보드를 탈 생각인지 평소의 보드복 차림이었다. 헬멧을 쓰고 그 위에 고글을 장착하고 있었다. 발밑을 보니 보드가 뒤로 엎어진 채 놓여 있었다.

"뭘 그렇게 준비할 게 많아? 신랑신부가 타고 내려오는 것뿐이잖아. 그렇지?" 네즈가 동의를 청한 상대는 뒷좌석의 나가오카였다.

"근데 그게 꼭 그렇지만도 않은 모양이에요. 나도 잘은 모르지만."

나가오카의 말에 "그건 아니지"라고 치아키는 불만스러운 듯 입을 툭 내밀었다. "내가 그렇게 여러 번 설명해줬는데."

"아, 미안한데 나는 도무지 이해가 안 되더라고. 본 무대까지 머릿속에 주입해야 한다고 생각은 하는데……." 나가오카가 죄송하다는 듯이 말했다.

"얘, 너의 형부 되실 분이 저렇게 미덥지 못한 소리를 하는데, 어쩔 거야?" 치아키가 옆에 선 여자에게 말했다. 이쪽은 핑크색 다운재킷에 니트 모자를 쓴 차림새였다.

"괜찮아, 모레까지 내가 철저히 가르칠 거니까." 나루미야 리오가 싱글벙글하면서 말했다. "신타 형부, 내일은 특별훈련이에

요. 각오하셔야 할걸요? 촬영 포인트와 순서, 확실하게 외워야
하니까."

"어휴, 미치겠네." 나가오카는 힘없는 목소리로 탄식했다. "그
러잖아도 창피해서 도망치고 싶은 심정인데."

"이제 와서 새삼스럽게 우는소리를 하면 안 되죠." 치아키가
허리에 손을 척 짚고 말했다.

미치겠네, 라고 나가오카는 되풀이했다. 그 말을 듣고 네즈는
쓴웃음을 억누를 수 없었다.

그들이 이야기하는 것은 모레로 예정된 이벤트에 대한 것이었
다. 그 이벤트라는 게 다름 아닌 나가오카 신타의 결혼식이다.
신부는 리오의 언니 나루미야 하즈키. 나가오카와 마찬가지로
이곳 사토자와 온천가에서 태어나고 자란 여성이다.

단 평범한 결혼식이 아니었다. 이 스키장을 통째로 결혼식장
으로 쓰는 대대적인 겔렌데 웨딩이다.

네즈가 들은 바에 의하면, 원래는 정기적으로 열리는 사토자
와 온천스키장 이사회에서 오고간 대화에서 시작된 일이라고 했
다. 그 자리에서 스키장에 좀 더 손님을 불러들일 만한 아이디어
가 없겠느냐는 토론이 시작되었다. 그 참에 나온 것이 이미 몇몇
스키장에서 하고 있는 겔렌데를 무대로 한 결혼식이었다. 화이
트 웨딩이니 스노 웨딩이니 하는 명칭으로 불리는 행사다. 우리
스키장에서도 그런 것을 한번 해보자, 라는 식으로 얘기가 흘러
간 것이다.

즉석에서 모두 다 찬성한 것은 아니었다. 준비 과정이 너무 힘

들다, 다른 손님들에게 폐가 된다, 라는 의견도 나왔다. 애초에 어떻게 그런 큰 행사를 진행할 것이냐는 근본적인 의문도 쏟아졌다.

그런 가운데, 이사장이자 이 온천가의 대형여관 경영자이기도 한 스키장 사장이 생각지도 못한 말을 꺼냈다.

그러고 보니 〈이타야마야(板山屋)〉의 하즈키 양이 나가오카 신타 군과 결혼한다더라. 하지만 아직 날짜도 결혼식장도 정하지 않았다고 들었다. 시험 삼아 그들의 결혼식을 우리 스키장에서 해보면 어떻겠느냐―.

〈이타야마야〉도 사토자와 온천가에 자리한 전통 있는 노포(老鋪) 여관이다. 나루미야 하즈키는 그 여관의 큰딸이었다. 경영자 나루미야는 스키장의 이사를 맡은 적이 있었다.

이사장은 결코 나쁜 사람은 아니지만 언뜻 떠오른 생각을 대담한 제안으로 툭툭 내뱉는 버릇이 있었다. 그때도 그런 버릇이 나온 것뿐이었을 텐데 몇몇 이사가 나서서, 거참 괜찮은 생각이네요, 라고 찬성했다. 다른 이사들도 적극적으로는 반대하지 않았다. 그러기는커녕 그 결혼식 모습을 촬영해 인터넷에 올리면 스키장을 위해 좋은 홍보가 되지 않겠느냐는 얘기로까지 발전했다.

나중에 이사장과 두 명의 이사가 〈이타야마야〉를 찾아가 나루미야의 의사를 물었다. 의리가 돈독하고 이 마을의 발전을 진심으로 바라 마지않는 나루미야는 이사회의 제안을 단 두 마디째에 선뜻 받아들였다. 어떻게든 딸과 사윗감을 설득해보겠노라고 약속한 것이다.

그리고 아무래도 약혼 중이던 두 사람도 그리 강하게 저항하지는 않은 모양이었다. 오히려 자진해서 이 제안에 응했다는 얘기였다. 하긴 태어나고 자란 마을의 가장 좋아하는 스키장에서 결혼식을 올릴 수 있다는 것을 기뻐한 게 아니라 단지 비용을 모조리 스키장에서 대주겠다는 조건을 듣고 덥석 달려든 모양이지만.

자, 그러니 문제는 그다음이었다. 스키장에서 결혼식을 한다고 해도 사토자와 온천스키장 관계자들 중에 그런 노하우를 갖고 있는 사람이라고는 하나도 없었다. 그런데 여기서 의외의 인물이 손을 들고 나섰다. 신부가 될 나루미야 하즈키의 여동생 리오였다. 리오는 현재 본가의 여관 일을 거들면서 이 지역 정보지를 만드는 일을 하고 있지만, 예전에는 도쿄의 광고회사에서 근무한 적이 있었다. 사랑하는 언니의 결혼식이라면 자신이 프로듀서를 맡겠다고 한 것이다. 카메라맨을 비롯한 스태프도 최대한 낮은 비용으로 데려올 자신이 있다고 호언했다.

겔렌데 웨딩이라고 해도 무엇을 어떻게 해야 좋을지 알지 못했던 이사들에게 그녀의 얘기는 생각지도 못한 구조선이었다. 설령 실패한다고 해도 결혼하는 두 젊은이가 한동네 사람이니 어디에서도 불만이 나올 리 없었다.

그렇게 나루미야 리오 프로듀서의 겔렌데 웨딩 계획이 척척 진행되었다. 그리고 마침내 행사 날이 이틀 뒤로 바짝 다가와 있었다.

"네즈 씨, 마침 잘 만났어. 부탁할 게 있었는데." 치아키가 말했다.

"뭐지?"

"이 코스 위까지 나 좀 태워다줄래? 미리 확인할 게 있어서."

"앞으로 20분 뒤에 리프트 운행이야. 그때까지 기다리지."

"시간이 아까워서 그래. 게다가 가능한 한 다른 손님이 없는 틈에 확인하는 게 좋잖아."

"아무튼 자기 멋대로 한다니까. 보시다시피 정원이 다 찼어."

"됐어요, 네즈 선배. 나는 내릴 거니까." 나가오카가 뒷좌석에서 내려섰다. "치아키 씨, 괜찮아. 어서 타."

"고맙습니다." 치아키가 보드를 품에 안고 올라탔다.

"못 말릴 녀석이네." 네즈는 엔진을 켰다.

스노모빌로 경사면을 타고 올라갔다. 치아키가 "이쯤이면 돼"라고 말한 곳에서 세우고 그녀를 내려주었다.

치아키는 겔렌데를 둘러보며 생각에 잠긴 듯 팔짱을 끼고 있었다.

"뭘 쩔쩔매고 있어?" 네즈가 물었다.

"쩔쩔매는 게 아니라 고민하는 거야. 바람잡이 역할의 스키어와 스노보더들을 어디에 어떤 식으로 배치해야 할지. 타이밍이 중요하고 인원수도 중요하고. 아무튼 신랑신부에게는 평생에 단 한 번의 결혼식이니까 실수는 허락되지 않아. 게다가 이번 일이 잘 되느냐 마느냐에 따라 사토자와 온천스키장의 미래가 달라지잖아."

"지극정성이네. 게다가 아주 신바람이 난 것 같아."

치아키는 네즈 쪽을 노려보는 듯한 눈길을 던졌다. "지금 나 놀리는 거?"

"천만의 말씀." 네즈는 고개를 저었다. "정말 좋은 일이지. 경기 일선에서 물러난 치아키가 어떻게 할지, 내내 마음에 걸렸으니까."

치아키는 지겹다는 듯 머리를 휘휘 저었다.

"걱정해줘서 고맙네요. 하지만 이건 나를 위한 일이 아니야. 내 친구의 언니를 위해 뭔가 해주고 싶다는 것, 그리고 지금까지 나를 키워준 업계에 은혜를 갚고 싶다는 것뿐이라고."

네즈는 쓴웃음을 지으며 손을 내저었다. "알지, 알아. 그렇게 불끈하지 마."

"내가 언제 불끈했다고?" 치아키는 조금 겸연쩍은 표정을 보였다.

나루미야 리오는 처음에 선언한 대로 예전의 인맥을 활용해 스태프를 끌어 모았다. 홍보 비디오를 촬영해줄 카메라맨과 MC, 음향효과 담당자 등이었지만, 네즈가 깜짝 놀란 것은 세리 치아키까지 불러들인 것이었다. 치아키는 전 스노보드 크로스* 선수로, 올림픽을 목표로 뛴 적도 있었다. 그런 그녀에게 왜 이런 일을 제안했는지 처음에는 이해가 안 되었다.

하지만 리오의 설명을 듣다보니 어떤 의도인지 서서히 알 수

---

* cross. 스노보드 4가지 경기 종목 중 하나. 4~6명의 선수가 한 조로 뱅크, 롤러, 스파인, 점프 등 다양한 지형지물로 구성된 슬로프 코스에서 경주를 펼친다.

있었다. 그녀는 단순히 결혼식장을 겔렌데로 옮겨놓는 식의 행사는 하고 싶지 않았던 것이다. 행복한 두 사람을 축복하는 좀 더 화려한 파티로 만들어나갈 생각이었다. 그러기 위해서는 축하 공연이 필요했다. 겔렌데에서의 공연이라고 하면 역시 스키어와 스노보더가 등장하게 마련이다. 하지만 인원수를 늘리는 것만으로는 아무것도 안 된다. 그들의 매력을 최대한으로 이끌어낼 수 있는 공연 연출가가 필요하다. 그래서 발탁한 것이 치아키였다. 실은 그녀는 리오의 친우이자 경쟁자이기도 했다. 리오도 스노보드 선수로 뛰었던 시절이 있는 것이다.

"결혼식이 몇 시부터라고 했지?" 네즈가 물었다.

"모레 오후 1시야. 네즈 씨에게도 초대장을 보냈을 텐데?"

"응, 알아. 늦지 않게 참석해야겠네."

"특등석에서 구경해. 절대로 기대를 저버리지 않는 멋진 공연을 펼칠 테니까." 그렇게 말하고 치아키는 고글을 내려 썼다. 경사면을 정면으로 응시하는 자세는 현역 시절과 전혀 다를 게 없었다. 그 무렵과는 또 다른 기백이 전해져오는 것 같았다.

검은 헬멧에는 핑크색 별 모양 스티커가 붙어 있었다. 대회에서 우승할 때마다 붙였다, 라는 얘기를 네즈는 전에 그녀에게서 들었다.

결국 몇 장까지 붙였느냐고 물어보려고 했을 때, 치아키는 벌써 힘차게 출발하고 있었다.

10

제1회 수사회의에서 드러난 상사들의 모습은 앞으로의 흐름을 충분히 예상하게 하는 것이었다. 경시청 수사 1과에서는 소문에 떠돌던 대로 하나비시 경감이 인솔하는 7팀이 나왔다. 그 하나비시는 고급 정장을 차려입고 앞쪽의 상단에서 골프로 그을린 얼굴에 여유 있는 웃음을 띠고 있었다. 이미 초동수사의 성과를 보고받고 실질적인 수사지휘권을 잡은 사람으로서 이번 사건은 쉽게 풀릴 만한 일이라고 전망한 것인지도 모른다.

공을 빼앗기는 게 결정되다시피 한 게다짝 과장, 즉 오와다는 하나비시와는 대조적으로 불쾌해하는 기색이 역력했다. 계속 양끝이 축 처지게 입을 앙다물고 있어서 그러잖아도 각진 얼굴이 이제는 아예 사다리꼴로 보였다.

오와다 옆에는 난바라가 잔뜩 풀이 죽은 채 앉아 있었다. 회의가 시작되자마자 사건 개요를 설명하고 난 뒤로 이제 더 이상 볼 일이 없다는 듯 하나비시에게서 만판 무시를 당하고 있었다.

"그렇게 하는 게 좋겠어. 와키사카의 발견을 최우선으로 하는 걸로." 수사원들의 보고가 모두 끝난 참에 하나비시가 말했다. "연립주택 임대료와 주차장 월세까지 밀려 있었다니까 돈이 궁했을 거야. 여벌열쇠를 숨겨둔 장소를 잘 아는 부잣집이 있고, 그 전날 그 집에 아무도 없다는 것을 확인했다면 절도 목적으로 침입했을 가능성이 크지. 무엇보다 흉기가 발견된 게 결정적이야. —어떻게 생각해요?" 옆의 오와다에게 의견을 청했다.

"그걸로 좋다고 생각합니다." 오와다는 나직하게 대답했다.

하나비시는 고개를 끄덕이고 부하들을 둘러보았다.

"스마트폰 전원을 꺼둔 채 자택에 돌아오지 않는다는 것은 이미 도주 의사를 굳혔기 때문일 수 있어. 관계자 전원을 접촉해서 와키사카가 들렀던 곳을 캐내도록 전력을 다해주기 바란다. 또한 도주에 자동차를 이용할 가능성이 높다. 각 현경의 교통과와 연대해서 차량 번호 감시시스템 정보를 수집하도록 한다. 단, 와키사카가 범인이라고 아직 확정된 것은 아니다. 뒤를 이어 피해자의 인간관계를 샅샅이 조사하고 현장 주변의 탐문수사 등을 계속해주기 바란다." 그렇게 말하고 하나비시는 다시 오와다 쪽으로 얼굴을 향했다. "그런 업무는 오와다 씨 쪽에 맡겨도 되겠지요? 이쪽 지리에도 밝을 테니까."

"예. 알겠습니다."

두 사람의 대화를 지켜보며 고스기는 허탈감을 느꼈다. 헛수고로 끝날 만한 수사는 모조리 관할서에 떠넘기겠다는 하나비시의 속셈이 뻔히 보이는데도 오와다는 거기에 반발할 수 없는 것이다.

수사회의 종료 후, 수사원은 각 반으로 나뉘어 수사 주임이 지시를 전달하게 되었다. 이 시점에 고스기는 수사 1과의 어느 수사원과 한 조가 되느냐가 정해졌다. 나카조라는 젊은 경장이 파트너였다. 자신감이 넘치는 얼굴 표정을 보고 고스기는 어쩐지 불길한 예감이 들었다.

고스기 일행에게 가장 먼저 떨어진 명령은 와키사카가 소속된 아웃도어 스포츠 동아리를 알아보라는 것이었다. 간밤에 고마이 다모쓰에게서 알아온 정보를 바탕으로 한 것이다.

"동아리 이름은 뭡니까?" 해산한 뒤, 나카조가 고스기에게 물었다.

"그건 아직 알아내지 못 했어요."

"조사를 안 했습니까?"

"이미 밤늦은 시간이라서 알아볼 도리가 없었어요."

나카조는 말없이 스마트폰을 꺼내더니 잽싸게 터치하기 시작했다.

"가이메이대학에는 그에 해당하는 동아리가 다섯 개쯤 있군요." 그렇게 말하더니 스마트폰을 호주머니에 챙겨 넣고 성큼성큼 걸음을 옮겼다. 잔말 말고 따라오라고 하는 것 같았다.

고스기는 자신의 코트를 챙겨들고 허둥지둥 나카조의 뒤를 쫓아갔다.

가이메이대학으로 향하는 지하철 안에서도 나카조는 스마트폰에서 눈을 떼지 않았다. 검색을 하는 것 같은데 고스기에게 그걸 설명해줄 생각은 없는 모양이다.

"좋아, 이거야." 혼잣말처럼 중얼거렸다.

"뭔가 찾아냈어요?"

"다섯 개의 동아리 중, 여름에 계곡등반을 하는 곳은 딱 한 군데예요. 바로 이 동아리." 나카조는 스마트폰 화면을 고스기 쪽으로 내보였다. 회원 중 한 사람이 개설한 트위터인 모양이었다.

동아리 명칭은 '마운틴 몽키즈'였다. 사진도 올라온 것 같았다.

"와키사카와 관련된 것이 나왔어요?"

"그건 지금부터 검색해볼 겁니다." 나카조는 차가운 얼굴로 터치를 재개했다.

대학과 가장 가까운 역에 도착해 두 사람은 지하철을 내렸다. 개표구를 나와 고스기는 대학을 향해 걸음을 옮기려 했지만 왜 그런지 나카조는 멈춰 서 있었다. 그 손에는 여전히 스마트폰이 들려 있었다.

"왜요?"

나카조는 고개를 들었지만 고스기 쪽은 쳐다보지도 않고 주위를 쓱 둘러본 뒤에 이쪽이네, 라고 중얼거리고 걸음을 뗐다. 대학과는 반대 방향이었다.

"어디로 가요? 대학은 저쪽인데." 뒤를 따라가며 고스기가 말했다.

"대학에 가봤자 소용없어요. 학생 한 사람 한 사람에게 물어보고 다닐 겁니까, '마운틴 몽키즈'를 알고 있느냐고?" 걸어가면서 나카조는 말했다.

"학생과에 알아볼 수도 있죠."

흥 하고 나카조는 코웃음을 쳤다.

"그런 작은 동아리를 학생과에서 파악하고 있을 리가 없어요. 설령 정보를 갖고 있더라도 그걸 보여준다는 보장도 없습니다. 대학이나 학교라는 곳은 개인정보 보호의식이 아주 강하니까."

"그럼 어디로?"

"따라오시면 알아요." 대화하는 동안 나카조는 한 번도 고스기 쪽을 쳐다보지 않았다.

잠시 뒤에 도착한 곳은 오코노미야키 가게였다. 영업시간이 오전 11시부터여서 그때까지 아직 한 시간 정도나 남아 있었다. '준비 중'이라는 팻말이 내걸린 문을 열더니 나카조가 안으로 들어갔다.

"죄송하지만 아직 준비 중인데요." 하얀 요리복을 입은 남자가 카운터 너머에서 말했다.

"아, 손님 아니에요." 나카조는 카운터로 다가가며 경찰 배지를 내밀었다. "이런 사람입니다. 수사에 협조 부탁드립니다."

가게 주인인 듯한 남자는 손을 멈추고 얼굴이 약간 팽팽해졌다. "무슨 일입니까?"

"이 식당에 가이메이대학 학생들이 자주 드나들죠?"

"그야 뭐…… 다들 마음에 들었는지 자주 찾아줍니다."

"마운틴 몽키즈라는 동아리도 아시겠네요?"

"아, 예……. 우리 식당에 가끔 와요."

"그 동아리 회원의 트위터에 따르면 거의 매일같이 누군가는 여기에 와 있다던데요?"

"뭐, 그렇기도 하죠."

두 사람의 대화를 듣고 고스기는 그제야 눈치를 챘다. 대학 동아리는 고정 집합장소로 삼는 식당이 있는 경우가 많다. 나카조는 그것을 트위터를 통해 알아본 것이다.

"동아리 회원 중에 연락되는 사람 있어요?"

"회장을 맡은 학생의 휴대전화 번호는 알고 있어요."

후지오카라는 이름의 3학년 학생이라고 가게 주인은 말했다.

"전화 좀 해주시죠." 나카조는 밀어붙이는 투로 지시했다. "그 동아리에 대해 문의하려는 사람이 있으니까 지금 즉시 가게로 나와 달라고 하세요."

가게 주인은 당혹스러운 표정을 보이며 곁에 놓여있던 휴대전화를 집어 들었다. "경찰이라고 말해도 돼요?"

"그러세요. 그러는 게 얘기가 빠르겠네요."

가게 주인은 전화를 걸기 시작했다. 상대가 곧장 받은 모양이었다. 나카조가 지시한 대로 이야기하고 있었다. "무슨 일인지는 나도 잘 모르겠어"라고 말할 때 가게 주인은 슬쩍 입을 툭 내밀었다.

"금방 올 거예요." 전화를 끊고 가게 주인이 나카조에게 말했다.

"번거롭게 해서 미안합니다. 그런데 주인께서는 와키사카라는 학생을 알아요?"

"와키사카 다쓰미? 잘 알죠. 마운틴 몽키즈 회원이에요. 지난주에도 왔었어요."

"어떤 학생이죠?"

"어떤 학생이냐니, 무슨 말인지……."

"성격이 거칠다든가 급하다든가."

나카조가 던져준 단서에도 가게 주인은 반응을 보이지 않은 채, 글쎄요, 라고 고개를 갸웃거렸다.

"어느 쪽인가 하면 느긋한 성품인 것 같은데? 괜찮은 학생이에요. 명랑하고 활달하고, 주위 친구도 선후배도 잘 챙기고."

"그래요?" 나카조는 이미 관심을 잃은 눈치였다. 아마추어가 말하는 인간 평 따위, 믿을 만한 게 못 된다, 라고 그 얼굴에 쓰여 있었다.

"왜요, 와키사카에게 무슨 일 있어요?"

가게 주인의 질문을 나카조는 무시했다. 일반인은 묻는 말에나 대답하면 된다, 라는 식이었다.

그리고 30분쯤 지나 입구의 미닫이문이 열렸다. 검은 다운재킷을 걸친 갈색머리의 젊은이가 얼굴을 내밀었다. 이쪽을 보고 슬쩍 인사를 건넸다.

"후지오카?" 나카조가 경찰 배지를 내밀며 이름을 확인했다.

"그런데요." 학생은 머뭇거리면서 안으로 들어섰다.

"실은 와키사카를 찾고 있어. 연립주택에 가봤는데 집에 없어서 말이지. 뭔가 알고 있나?"

"와키사카 선배는……. 최근에는 못 봤습니다." 딱딱한 말투로 대답했다.

"연락처는?"

"알아요."

"그러면 잠깐 연락 좀 해줄래?"

"지금 여기서요?"

"응."

후지오카는 당황스러운 얼굴로 가게 주인 쪽을 보고 나서 스마트폰을 꺼내 전화를 걸기 시작했다. 하지만 귀에 대고 잠시 뒤에 고개를 저었다. "연결이 안 되는데요."

"그렇다면 와키사카가 있는 곳을 알 만한 사람들에게 물어봐. 그런 거, 너희들 잘하잖아."

"동아리 회원 전원에게 와키사카의 행선지를 아느냐고 메일을 보내면 되지요?"

"응, 그렇지."

후지오카는 고개를 끄덕이고 스마트폰을 터치했다. 익숙한 손놀림이었다.

"보냈어요."

"고마워. 자, 그럼 답장을 기다려보자. 후지오카도 여기 앉아." 나카조는 옆의 의자를 끌어당겨 자리를 잡았다. "뭐 좀 마실래? 아저씨, 영업시간은 아니지만 음료 정도는 되지요?"

"아뇨, 안 마셔도 괜찮은데요." 후지오카는 손을 저으면서 의자에 앉았다.

고스기도 조금 떨어진 자리에 앉아 상황을 지켜보았다.

후지오카가 스마트폰을 터치하기 시작했다. 답장이 온 모양이었다. 화면을 손끝으로 긋는 듯한 동작을 하고 있었다.

"어때?" 나카조가 물었다.

"다들 잘 모르는 모양이에요. 혼자 스노보드 타러 간 거 아니냐고 답장을 보낸 친구가 있는데 딱히 근거가 있는 얘기는 아닌 것 같아요."

"메일은 전원이 다 봤어?"

"아뇨, 아직 안 본 사람도 있어요."

"그러면 좀 더 기다려보자."

그 뒤, 몇 명이 답장을 보내왔지만 와키사카의 행방을 아는 자는 없었다. 후지오카에 의하면, '읽음' 표시가 없는 사람은 나미카와라는 학생 한 명뿐이었다. 법학부 4학년이라고 했다.

"그 나미카와라는 학생은 와키사카와 친한 사이였나?"

"글쎄요⋯⋯. 뭐, 친한 편이었던 것 같기도 해요." 후지오카는 신중한 어조로 답했다.

나카조는 일순 날카로운 눈빛을 고스기 쪽으로 던진 뒤에 다시 후지오카를 보았다. "전화해봐."

"나미카와 선배한테요?"

"그래, 빨리."

나카조의 재촉에 후지오카는 초조한 기색으로 전화를 걸었다. 하지만 스마트폰을 귀에 댄 직후, 그 얼굴이 더욱더 팽팽하게 긴장했다. "연결이 안 돼요."

나카조가 숨을 헉 삼키는 게 느껴졌다. "주소는 알고 있어?"

"이 근처 맨션이에요."

나카조는 자리에서 일어나 후지오카의 팔을 잡았다. "그 맨션으로 안내 좀 해줘야겠어."

"지금요?"

"당연하지. 자, 서둘러!"

나카조는 후지오카의 등을 밀며 가게를 나섰다. 주인에게 인사할 여유 따위는 없는 모양이었다. 고스기는 고맙다는 인사를 건네고 두 사람을 쫓아갔다.

나미카와의 맨션은 오코노미야키 가게에서 도보로 10분쯤 걸리는 곳에 있었다. 와키사카가 사는 연립과는 달리, 널찍한 새 건물이었다. 오토 록이고 방범카메라도 달렸다. 게다가 입구에는 관리인이 있었다.

나카조가 인터폰으로 나미카와의 방을 호출했지만 반응은 없었다.

죄송합니다, 라고 말하고 고스기는 관리인에게 경찰 배지를 내보였다. "여기서 몇 시부터 몇 시까지 근무하십니까?"

"아침 9시부터 저녁 5시까지예요." 머리가 벗어진 관리인이 눈을 깜작거리며 대답했다.

"나미카와라고 아시죠, 302호실의."

"알지요. 가이메이대학 학생이에요."

"오늘 그 나미카와 학생을 봤습니까?"

"오늘? 아, 글쎄 봤었나⋯⋯."

잠깐만요, 라고 고스기 뒤쪽에서 여자 목소리가 들려왔다. 돌아보니 젊은 여자가 이쪽을 올려다보며 서 있었다. "택배 물건을 관리실에 맡겼다던데요."

"그래, 그래." 관리인이 고개를 끄덕였다. "여기, 내가 맡아 뒀어."

잠깐 실례합니다, 라고 고스기에게 양해를 구하고 관리인은 안으로 사라졌다. 곧바로 돌아온 그는 큼직한 종이박스를 안고 있었다. "이거 맞지? 무거우니까 조심해."

고맙습니다, 라고 대답하고 여자는 박스를 받아들더니 약간 불안한 걸음으로 관리실을 나갔다.

"아까 뭐라고 하셨더라?" 관리인이 고스기에게 다시 물었다.

"나미카와 학생을 보셨느냐고요."

"아참, 그랬지. 아니, 오늘은 못 본 것 같아요."

"어제는요?" 나카조가 물었다. "어제는 어땠습니까. 보셨어요?"

글쎄요, 라고 관리인은 억지웃음을 지으며 고개를 갸웃거렸다. "워낙 드나드는 사람이 많아서 말이죠. 방범카메라를 조사해보면 확인이 가능할 텐데."

그만 됐다는 듯이 나카조는 손을 내젓더니 후지오카 쪽을 보았다.

"학생은 이제 가봐. 협조해줘서 고맙다. 이 일은 함부로 입 밖에 내지 않도록 하고. 다시 연락할 수도 있으니까 그때도 잘 부탁한다."

후지오카는 긴장한 표정으로 고개를 끄덕이더니 급한 걸음으로 자리를 떴다.

"일단 집에 올라가봅시다." 나카조가 말했다.

협의 끝에 관리인은 1층 출입구의 오토 록을 열어주었다. 하지만 역시 나미카와의 집을 열어주는 건 거절했다. 입주자 본인의 승낙 없이는 안 된다는 것이다.

"문 앞에서 잠깐 들여다보기만 할 거라니까요." 나카조가 버텼다. "문을 열어줬다는 것은 비밀로 해드릴 테니까."

관리인은 울상이 된 얼굴로 손을 홰홰 저었다. "아이구, 그건 안 된다니까. 좀 봐줘요."

나카조는 혀를 차며, 별수 없네, 라고 중얼거렸다.

나미카와의 집은 3층이었다. 도어폰을 울려봤지만 역시 무반응이었다. 현관문은 잠겨 있었다.

나카조는 어딘가에 전화를 걸기 시작했다. 뭔가 속닥속닥하다가 전화를 끊더니 "고스기 씨는 본부로 들어가시죠. 그다음은 우리 쪽에서 알아서 할 테니까"라고 말했다.

"우리 쪽, 이라면?"

"경시청 7팀에서, 라는 뜻이에요." 나카조는 차가운 얼굴로 이쪽을 바라보았다. "이런 사건에 익숙한 사람들이 아니면 중대한 증거를 망쳐버릴 우려가 있으니까요."

관할서 형사가 하기에는 힘든 일거리다, 라는 얘기를 하고 싶은 모양이었다.

"알겠습니다. 그러면 다음 일, 잘 부탁합니다." 고스기는 머리를 숙이고 엘리베이터 홀로 향했다. 아무렇지도 않은 척했지만 마음속에서는 분노의 불길이 날름거리고 있었다.

맨션을 나와 택시를 잡으려고 인도에 서 있는데 바로 가까이에서 뭔가 큰 소리가 났다. 돌아보니 자전거 여러 대가 쓰러졌고 그것을 한 여자가 다시 세워놓으려 하고 있었다. 자세히 보니 조금 전 관리인에게서 택배 상자를 찾아간 여자였다. 그 상자를 자전거 짐칸에 실으려다가 다른 자전거들까지 넘어뜨린 모양이었다.

고스기가 다가가 자전거 세우는 것을 거들어주었다.

"아, 죄송해요. 고맙습니다." 여자는 감사 인사를 하고 자전거 한 대의 핸들을 잡았다. 그것이 그녀의 자전거인 모양이었다.

"어디 다친 데는 없어?"

"네, 괜찮아요." 여자는 대답하고 나서 고스기의 얼굴을 보더니 놀란 듯 입을 헤벌렸다.

왜 그러느냐고 고스기가 물었다.

여자는 눈을 살짝 치켜뜨며 말했다. "아까 나미카와에 대해 물어보셨지요? 관리인 아저씨한테."

고스기의 눈이 둥그레졌다. "나미카와하고 친한 사이야?"

"친하다고 할 정도는 아니지만……. 아무튼 그 사람을 찾는 거예요?"

"뭐, 그렇다고 할 수 있지. 정확히 말하자면, 나미카와의 친구를 찾고 있어."

"친구라면, 혹시 스노보드 타는?"

그녀의 말에 고스기는 딱 감이 왔다. "뭔가 알고 있구나?"

"알고 있다고 할 정도는 아닌데……." 망설이는 기색을 보이면서도 그녀는 말을 이어나갔다.

고스기가 관할서 형사과로 들어서자 자기 자리에 앉아 있던 난바라가 벌떡 일어나 밖으로 나가자는 듯 슬쩍 턱을 치켜들었다.

난바라는 성큼성큼 복도로 건너가 소회의실 문을 열었다. 안에 아무도 없었다. 책상을 끼고 옆에 있는 파이프의자에 앉더니 고스기를 보며 말했다. "다시 한번 자세히 얘기해봐."

"전화로 설명했던 그대로예요." 의자를 당기면서 고스기는 대답했다.

"그 여학생이 분명 와키사카라고 말했다는 거지?"

"와키사카의 사진을 보여줬더니, 비스듬히 뒤쪽에서 봤기 때문에 단언할 수는 없지만 아마 맞을 거라고 얘기하더라고요."

그녀에 의하면, 어제 밤늦게 외출할 일이 생겨서 맨션 앞으로 나왔는데 길가에 "키가 큰 하얀색 차"가 서 있고 그 조수석에 나미카와가 있었다고 했다. N역까지 태워다 달라고 부탁했더니 허락해주었다. 운전을 한 사람은 모르는 남자였지만, 차 뒤쪽에 실린 짐을 보고 스노보드를 타러 간다고 짐작할 수 있었다. 그녀도 스노보드를 좋아해서 어느 스키장으로 가는지 궁금했는데 비밀이라면서 행선지를 알려주지 않았다. 이윽고 그들은 편의점에 들르기 위해 차에서 내렸다. 그 참에 그녀는 몰래 내비게이션을 눌러 행선지를 알아보았다. 그랬더니 그 행선지는—.

"나가노 현의 사토자와 온천스키장이었대요. 게다가 왜 그런지 유료도로를 이용하지 않는 루트를 선택한 모양이에요."

"N시스템에 걸리지 않으려고 조심한 거네. 틀림없어. 그 두 사람, 도주 중이야. 아마 둘이 공범관계일 거야."

"하지만 왜 스키장 같은 곳에?"

"그건 나도 모르겠지만 아마 그 스키장에 은신할 곳이라도 있는 모양이지. 싸구려 숙소라든가." 난바라가 힘차게 자리에서 일어났다.

"어떻게 하죠?"

"과장님하고 상의해보고 올게. 자네는 여기 있어." 난바라는
소회의실을 나가면서 거칠게 문을 닫았다.

고스기는 후우 하고 숨을 토해냈다.

여학생에게서 귀중한 정보를 얻고 고스기는 곧바로 난바라에
게 연락했다. 전화로 얘기를 들은 계장은 흥분한 말투로 지금 당
장 서로 돌아오라고 명령했다. 나아가 이 일은 절대로 수사 1과
에는 말하지 말라고 못을 박았다. 아무래도 정보를 독점해 수사
1과를 앞질러볼 생각인 모양이었다.

하나비시와 나카조 팀의 뒤통수를 쳐주고 싶은 마음은 고스기
에게도 있었다. 하지만 이쪽 팀만으로 어디까지 해낼 수 있을지
는 의문이었다. 억울하기는 해도 사건 해결을 위해서는 수사
1과에 정보를 건네줄 수밖에 없지 않을까, 라는 냉정한 의견이
머릿속을 차지하고 있었다.

문이 열리고 난바라가 돌아왔다. 그 뒤를 왜 그런지 시라이도
따라왔다.

"부서장님 및 과장님과 상의한 끝에 방침을 정했어." 난바라가
묵직하게 말했다. "와키사카 다쓰미는 우리 쪽에서 모셔올
거야."

"모셔오다니요?"

"우리가 신병을 확보하겠다는 뜻이야. 1과 쪽은 손도 못 대게
할 거야. 정보를 건네주지 않기로 했으니까."

"그게 가능할까요? 하나비시 씨가 눈치를 챌 텐데요."

"물론 우리 인원을 여러 명 배치하면 단박에 눈치를 채겠지. 그래서 소수정예로 가야 해. 다른 서원에게도 알리지 않기로 했어. 이 일을 아는 사람은 우리와 과장님, 그리고 부서장님뿐이야."

"서장님에게도 비밀이에요?"

고스기의 질문에 난바라는 입을 삐죽거렸다.

"흥, 서장은 국가고시 출신의 관리직이야. 언젠가는 본청으로 돌아가실 귀한 몸인데 이런 일에 합세해줄 리가 있어?"

"그래도 정말 괜찮을까요? 정보를 숨긴 것에 대해 나중에 문제가 되지 않겠습니까?"

"정보를 숨긴 것 자체를 우리가 밝히지 않으면 저쪽에서는 알도리가 없어. 사토자와 온천스키장을 알아내 와키사카를 확보하는 데 성공한 이유에 대해서는 나중에 어떤 식으로든 둘러댈 수 있어. 이를테면 수사원의 독자 판단이라든가." 그렇게 말하면서 난바라는 고스기를 가리켰다.

"잠깐만요, 제가 가는 거예요?" 고스기는 몸을 쑥 내밀었다. "사토자와 온천스키장에?"

"그럼 자네 말고 누가 있어? 이 일을 아는 사람은 지극히 한정적이야. 게다가 자네 혼자 가라는 게 아니야. 조수를 한 명 붙여줄게." 난바라는 대각선으로 오른편을 가리켰다. 그곳에 멀뚱히 서 있는 사람은 시라이였다.

"대단한 발탁이네요."

고스기의 말에 시라이는 진한 한숨을 내쉬었다. "예, 고마워서 눈물이 다 납니다."

"자네들 두 사람이 수사 1과와의 연대에서 빠진 것에 대해서는 그쪽에 적당히 설명해둘게. 단, 시간은 딱 사흘이야. 그 사흘 안에 와키사카를 찾아서 확보해야 돼. 성공하면 큰 공을 세우는 거야. 출세의 길은 약속된 거나 마찬가지라고. 한번 열심히 뛰어 봐. 알았나?"

공허하게 들리는 난바라의 격려에 고스기는 대답 없이 손바닥으로 이마를 짚었다. 할 수 있을 거라는 생각이 전혀 들지 않았다.

알았나, 라고 난바라가 거듭 확인했다.

"언제 출발하라는 겁니까?" 고스기가 물었지만 대답은 뻔히 예상이 되었다.

"지금 당장." 예상했던 말을 그대로 난바라가 내뱉었다. "바로 준비해서 사토자와 온천스키장으로 출발해. 단 절대로 다른 사람에게 들키지 않도록 해야 돼. 수사 1과뿐만 아니라 우리 쪽 사람에게도."

"현지 경찰에도 협조를 요청할 수 없다는 얘기네요?" 쓸데없는 질문이라고 생각하면서도 확인해보았다.

"당연하지. 협조를 요청했다가 본청에 문의라도 들어가면 어떡할 거야?"

"그래도 와키사카를 찾으려면 탐문수사를 해야 하잖아요. 다른 관내에서 그런 걸 하려면 그 지역 경찰에 인사라도 해야지,

105

안 그러면 너무 경우 없는 거 아닙니까."

"그러니까 형사라는 신분을 숨기고 찾아보라는 얘기야. 아무튼 눈에 띄지 않게 주의하라고. 연락은 자주자주 하도록 해. 이상이다. 알아들었으면 어서 가!"

고스기는 전혀 알아듣지 못했지만 꾸물꾸물 자리에서 일어나 시라이와 서로 얼굴을 마주보고 나서 회의실을 나왔다. 전직(轉職), 이라는 단어가 머릿속에 떠올랐다.

11

고글을 벗고 곤돌라 창문으로 바깥을 내다보았다. 은빛 세상이 눈 아래로 펼쳐졌다. 기복이 풍성하고 폭이 넓은 코스에서 다양한 색깔의 옷을 입은 스키어와 스노보더들이 저마다의 스타일로 활주하고 있었다. 눈에 뒤덮인 너도밤나무 숲이 그야말로 환상적이고 저 멀리 보이는 능선은 아름답고도 웅대했다.

전국 최대급의 스키장이라는 평판이 사실이었구나, 라고 다쓰미는 생각했다. 거리상 약간 멀다는 이유로 지금까지 한 번도 오지 않았던 게 아쉽기만 했다. 좀 더 일찍 이곳을 알았더라면 대학시절의 스노보드 라이프는 훨씬 충실해졌을 것이다.

"뭘 황홀한 눈빛으로 보고 있어?" 맞은편에 앉은 나미카와가 불만스러운 듯 말했다. 이 곤돌라에 탄 사람은 그들 둘뿐이었다.

"응, 진짜 멋진 스키장이다 싶어서."

다쓰미의 대답에 나미카와의 어깨가 잠깐 들먹거렸다. 고글을 쓰고 있어서 표정은 잘 보이지 않지만 아마 한숨을 내쉰 모양이다.

"그런 태평한 소리를 할 상황이냐, 지금? 대체 어떻게 할 거야. 이대로 가다가는 영원히 '여신'을 못 찾게 생겼잖아."

답답하다는 듯한 나미카와의 추궁에 다쓰미는 반론을 할 수 없었다. 끄응 하고 팔짱을 꼈다.

나미카와가 말한 '여신'이란 물론 신게쓰 고원스키장에서 다쓰미가 만난 여자를 가리키는 것이다. 살인사건의 용의자로 몰린 다쓰미를 구원해줄 유일한 존재니까 여신 중에서도 '구원의 여신'이다.

이곳 사토자와 온천스키장에 도착한 것은 오늘 새벽 6시를 조금 지났을 때였다. 역시나 아직 영업을 시작한 곳이 없어서 다쓰미와 나미카와는 주차장에 차를 세워둔 채 그 안에서 잠깐 눈을 붙이기로 했다. 아침 첫 파우더를 노릴 때마다 자주 하던 일이라 이미 익숙해졌을 텐데도 다쓰미는 눈이 말똥말똥해져서 한숨도 못 잤다. 살인사건의 용의자로 쫓기고 있다는 사실이 너무도 비현실적이기는 했지만, 그렇다고 머릿속에서 떨쳐낼 수도 없었다.

결국 잠을 잤는지 말았는지 애매한 상태로 스키장 영업 개시 시간을 맞이했다. 그렇게 차 안에서 옷을 갈아입고 스노보드를 안고 스키장으로 들어선 것인데—.

겔렌데 지도를 보고는 머릿속이 하얘졌다. 사토자와 온천스키장은 엄청나게 넓었다. 곤돌라는 2기가 있고, 그밖에 리프트가 14기나 있었다. 당연히 코스는 복잡다기하게 뻗쳐 있다. 그 속에서 이름도 모르는 여자를 찾아낸다는 것은 도저히 불가능한 일로 생각되었다.

우선은 스키장 안을 스노보드를 타고 돌아보기로 했다. 하지만 단서가 옷 색깔뿐이고 보니 어떻게도 해볼 수가 없어서 그저 초조함만 커져갔다. 애초에 지금 이곳에서 그녀가 스노보드를 타고 있는지 어떤지조차 확실치 않은 것이다.

코스는 하나같이 훌륭했다. 아무 생각 없이 마냥 스노보드를 즐길 수 있다면 얼마나 행복할까 하는 생각이 들었다. 하지만 지금은 즐길 때가 아니었다. 어서 빨리 찾아야 한다고 초조해하는 마음과 이러고 다녀봤자 찾아낼 수 없다는 허탈함을 가슴에 안은 채 산 아래까지 내려갔고, 다시 이렇게 아무런 전망도 없이 곤돌라에 올라탄 것이었다.

"스노보드를 잘 탄다는 것 외에는 단서가 아무것도 없다는 게 너무 가혹하네. 보드복만 해도 오늘 꼭 그때와 똑같은 옷을 입고 나왔을 거라고 할 수도 없잖아." 나미카와가 탄식했다.

"스탠스는 레귤러였어."

다쓰미의 말에 나미카와는 의자 아래로 주르륵 미끄러졌다. "스노보더의 거의 대부분이 레귤러야. 설령 구피 스탠스*라고 쳐도 그건 그리 대단한 단서가 못 돼."

"절대로 평범한 스노보더는 아니었어. 왜냐면 달랑 혼자서 신게쓰 고원의 코스 밖을 달리고 있었다고. 상당한 자신감이 아니고서는 못할 일이야."

"그렇다고 해도 뭐가 해결되느냐고." 나미카와는 턱에 손을 짚고 고뇌하는 몸짓을 보인 뒤, 글러브를 낀 손으로 무릎을 타악 쳤다. "홈그라운드라고 말했다고 했지, 그 여자가? 사토자와 온천스키장이 자신의 홈그라운드라고."

"그랬지."

"혹시 이 스키장 스태프로 일하는지도 모르겠다. 산에 틀어박

---
* goofy stance. 레귤러 스탠스와는 반대로 오른발이 앞으로 나가는 자세.

힌 스키어나 스노보더 중에 그런 사람들이 많아."

"아, 맞다. 스태프라고 하면…….."

"그 '여신'의 활주가 아마추어를 뛰어넘는 수준이라고 했잖아. 그렇다면 우선 확인해볼 곳은 바로 거기야."

나미카와가 제시한 장소를 듣고 다쓰미는 크게 공감했다.

곤돌라가 도착하자 두 사람은 서둘러 활주를 시작했다. 웅대한 경치를 감상할 틈도, 멋진 설질을 맛볼 여유도 없었다.

거의 논스톱으로 두 사람이 향한 곳은 '스키 스노보드 스쿨' 사무실이었다. '여신'은 이곳의 강사인지도 모른다는 게 나미카와의 추리였던 것이다. 사무실 앞에 도착했을 때는 역시나 다리가 뻐근하고 후들후들했지만 잠시 쉴 새도 없이 유리문을 열고 들어갔다.

사무실 안에는 스쿨에 접수하려는 사람들이 몇 명 와 있었다. 카운터가 있고 그 안에서 남자 직원이 신청서를 받고 있었다. 와키사카, 라고 낮게 부르짖으며 나미카와가 다쓰미의 어깨를 쳤다. "저것 좀 봐."

나미카와가 가리킨 곳을 보고 다쓰미는 눈이 둥그레졌다. 이 스쿨에 소속된 강사들의 얼굴 사진이 줄줄이 붙어 있었기 때문이다. 급히 다가가 시선을 집중했다. 강사는 모두 합해 20명이 넘었다. 그 반절이 스노보드 담당이고, 게다가 그 반절은 여성이었다.

"어때?" 나미카와가 물었다. "강사들이 죄다 예쁘다. 이 사람들 중에 있는 거 아니야?"

다쓰미는 즉답하지 않고 한 사람 한 사람의 사진을 찬찬히 들여다보았다. 나미카와의 말대로 강사마다 용모가 단정했다. 하지만 고개를 가로저을 수밖에 없었다.

"없어?" 나미카와가 낙담한 목소리를 냈다. "좀 더 잘 살펴봐. 비슷한 사람도 없어?"

"이 사람들 중에는 없어. 근본적으로 타입이 달라."

"실패인가……." 나미카와가 어깨를 툭 떨구었다.

저기요, 라고 옆에서 목소리가 들려왔다. 카운터 안의 남자 직원이 수상쩍은 눈빛으로 바라보고 있었다. "우리 강사가, 왜요?"

"아뇨, 실은 사람을 찾고 있어요."

다쓰미가 말했다.

"어떤 사람인데요?"

"이 스키장을 홈그라운드로 하는 여성 스노보더예요. 실력이 뛰어나고, 게다가 상당한 미인입니다."

"예에……." 남자 직원은 당혹스러운 듯 입을 반쯤 헤벌리고 있었다.

"뭔가 짚이는 거 없어요?"

"……그밖에 다른 힌트는?"

"그것뿐이에요."

남자 직원은 어이없다는 듯 쓴웃음을 지으며 어깨를 으쓱 쳐들었다. "우리 스키장에는 프로 못지않은 테크닉을 가진 미인 스노보더가 엄청나게 많아요." 얼토당토않은 소리라는 듯 다쓰미에게서 고개를 돌려버렸다.

가자, 라고 나미카와가 말했다. "여기 있어봤자 헛수고야. 뭔가 다른 단서가 없는지 생각해보자."

다쓰미는 입술을 깨물며 생각을 더듬었다. 신게쓰 고원에서 '여신'을 만났을 때의 일을 다시 떠올려보려고 했다.

아, 맞다, 라고 손뼉을 따악 쳤다. "그녀는 파우더 런을 좋아해. 코스 밖을 달리는 게 금지사항인 줄은 알지만 아무래도 참을 수 없을 때가 있다고 했어."

"코스 밖……." 나미카와가 중얼거렸다. "그거라면 어느 정도 범위가 좁혀질지도 모르겠네. 규정을 어기고 코스 밖으로 나가는 사람은 분명 한정적일 테니까." 목소리를 한껏 낮춘 것은 남자 직원의 귀에 들어갈 것을 우려했기 때문일 것이다.

"근데 스키장이 이렇게 넓잖아. 한마디로 코스 밖이라고 해도 어디를 찾아봐야 할지 모르겠어. 이 지역에 아는 사람이라도 있다면 최상의 비밀장소 같은 곳을 알려줄 텐데."

"지역 토박이들은 외부 사람에게 그런 비밀장소를 웬만해서는 알려주지 않아. 자기들의 파라다이스를 휩쓰는 건 원하지 않을 테니……." 나미카와가 거기서 문득 말을 끊었다.

왜 그러냐, 라고 다쓰미가 물었다.

나미카와가 씨익 웃으면서 벽에 붙은 포스터를 가리켰다. "떡은 떡집에 맡기라는 말이 있잖아. 역시 전문가에게 부탁하는 게 가장 좋지 않겠냐."

그 포스터는 백컨트리 투어를 소개하는 것이었다. 압설 등의 정비가 들어가지 않은 산속을 지형이나 자연을 숙지한 스태프의 안내를 받으며 달려본다는 기획이다. 포스터에는 '겔렌데에서만 즐기지 말고 대자연 속에 뛰어들어 스키와 스노보드를 즐기는 레퍼토리를 늘려보자!'라고 적혀 있었다.

약 30분 뒤, 다쓰미와 나미카와는 스노슈*를 신고 설산을 오르고 있었다. 앞장서서 안내하는 사람은 파란 옷을 입은 젊은 가이드였다. 그리고 다쓰미와 나미카와 뒤로 또 한 명의 가이드가 따라왔다. 이쪽은 다쓰미 쪽보다 훨씬 연상으로 보였다.

예약객이 없었는지 투어를 신청하자 곧바로 출발 준비에 들어갔다. 다쓰미와 나미카와에게는 스노슈 외에 길이 조절 스키 폴, 탐침봉, 비콘, 눈삽, 그리고 그것들을 넣을 백팩 등을 빌려주었다. 탐침봉과 비콘, 눈삽은 설붕 등으로 누군가 눈 속에 파묻혔을 때 사용하는 장비다. 출발 전에 그러한 도구들의 사용법을 가르쳐주는 것인데 다쓰미와 나미카와는 동아리 활동으로 몇 번 체험한 적이 있었다. 덕분에 강습은 짧은 시간에 끝이 났다. 가이드들도 갑작스러운 투어객이 경험자라는 것을 알고 한결 마음이 놓인 눈치였다.

백컨트리는 역시나 눈이 깊었다. 스노슈 덕분에 발이 눈 속에 파묻히는 일은 없었지만 양쪽 발의 간격을 적당히 비울 필요가 있었기 때문에 걸음을 옮기기가 힘들었다. 게다가 경사도가 심해서 가벼운 걸음으로 획획 전진하는 가이드의 발자국을 따라가

---

* snowshoe. 길이 50센티미터, 폭 20센티미터 전후의 판에 부츠를 장착한 스포츠 용구로, 바닥에 톱날이 있어 겨울 전문산행이나 동계올림픽의 스노슈잉 경기 등에 사용된다.

는 사이에 땀이 쏟아지기 시작했다.

"역시 두 분 모두 경험자답게 등산에 익숙하시네요." 가이드가 다쓰미와 나미카와를 돌아보며 감탄한 듯이 말했다. "보통 일반 손님이면 웬만해서는 이만큼 페이스를 올리지 못하거든요."

"아뇨, 가능하면 좀 천천히 가는 게 좋은데……." 다쓰미는 울상을 지으며 솔직하게 말했다.

"그래요? 그럼 페이스를 조금 늦추죠. 그래도 정말 대단합니다." 가이드가 칭찬을 해주었다. 공치사와 격려를 겸한 말일 터였다.

얼굴에도 땀이 나서 다쓰미는 발을 멈추고 고글을 올렸다. 그때, 눈 끝의 시야에 뭔가 뛰어들었다. 경사면의 한참 위쪽에서 사람 모습이 보인 것이다. 초록색 옷을 입고 있는 것 같은데 금세 시야에서 사라졌다.

무단 침입자구나, 라고 다쓰미는 짐작했다. 백컨트리 투어에 이용되는 구역을 몰래 달려볼 속셈인 것이다.

다른 세 사람은 알아보지 못한 모양이었다.

"앞으로 얼마나 더 걸릴까요?" 다쓰미는 앞서가는 가이드의 등에 대고 물었다.

"금방이에요. 10분 정도면 도착할 겁니다."

아직도 그렇게나 올라가야 하는가, 하고 조금 지겨워졌다.

"왜 이 구역을 투어 코스로 선택했어요?" 다쓰미가 물었다.

"아무래도 눈이 쌓이기 쉬운 곳이기 때문이죠. 경사도도 적당하고, 코스 쪽으로 드나들기도 어렵지 않아서 안내가 쉽거든요."

"하지만 그렇게 되면 투어를 신청하지 않고 마음대로 달려보려는 사람도 많지 않아요?"

젊은 가이드는 끄응 하는 소리를 냈다.

"네, 가끔 그런 사람이 있어요. 발견하면 주의를 주기는 하는데."

"정식으로 돈을 내고 타라는?"

"이건 돈 문제가 아니라 안전의 문제예요. 루트를 잘못 잡으면 돌아오지 못할 우려도 있고, 무엇보다 무서운 건 역시 설붕이죠. 오늘처럼 눈이 많이 내린 뒤에는 특히 조심해야 합니다. 이 지역 사람은 그걸 다 알고 때를 골라서 오는데, 어쩌다 찾아온 사람은 백컨트리 투어 구역이니까 안전할 거라고 가볍게 생각하고 아무 때나 들어오더라고요."

가이드의 말을 들으면서 다쓰미는 신게쓰 고원에서 만난 여성 스노보더를 떠올렸다. 그녀는 이곳이 홈그라운드라고 했었다. 지금 그 말을 통해 보면 그녀가 이곳에서 활주할 가능성은 적은 것 같았다.

"그러면 이 지역 사람들이 코스 밖의 구역을 타려고 할 때는 주로 어디로 가죠?"

다쓰미의 질문에 조금 놀란 듯 가이드는 발을 멈추고 돌아보았다.

"코스 밖이라니, 관리구역 이외의 구역 중에서, 라는 뜻이에요?"

"아뇨, 활주 금지구역까지 포함해서, 라는 건데요."

관리구역 이외는 스키장의 관리가 미치지 않는 구역에서 자기 책임에 따른 활주가 가능하다. 그에 비해 활주 금지구역은 관계자 이외에는 침입 자체가 허용되지 않는다.

"그런 곳이 전혀 없다고는 하지 않겠지만……." 가이드는 살짝 고개를 젓고 다시 걷기 시작했다. "손님에게 가르쳐드릴 수는 없어요."

"안 됩니까, 역시?"

"그런 곳에서 타고 싶어요?"

"아니, 그게 아니라 사람을 찾고 있어요."

"사람을?"

"여성 스노보더예요. 친구가 첫눈에 반한 모양인데, 이 스키장에 있다는 것, 그리고 코스 밖 달리기를 좋아한다는 것 말고는 단서가 없어서."

가이드는 걸으면서 뒤를 돌아보았다. "혹시 그런 목적으로 이 투어를 신청했어요?"

"뭐, 겸사겸사."

가이드는 어이없다는 듯 어깨를 으쓱 쳐들었다. "재미있는 분들이네."

"살짝 좀 알려주면 안 될까요, 비밀장소?"

"이거 참, 난처한데요." 가이드는 망설이는 눈치였다.

이제 곧 목적지에 도착하는지 가이드가 발을 멈추고 등에 멘 짐을 내렸다. 또 한 명의 가이드와 둘이서 쌓인 눈을 한 변 30센티미터 가량의 사각기둥 모양으로 파내고 삽을 엎어 손으로 내리쳤다. '컴프레션 테스트'라는 것으로, 눈의 약한 층이 어딘지를 확인하는 것이 목적이다. 표층 설붕의 위험성 등은 이 테스트로 예상할 수 있다.

괜찮네, 라고 연장자 가이드가 중얼거리는 말을 듣고 다쓰미는 안도했다. 어렵게 온 것이라서 최대한 기분 좋게 타고 싶었다.

그때였다. 어디선가 빨간 스키복 차림의 스키어가 나타났다. 한눈에 이 스키장의 패트롤 대원이라는 것을 알았다. 서로 친한 사이인지 연장자 가이드가 인사를 건네며 물었다. "어이, 무슨 일 있었어?"

"무단으로 이 산에 뛰어들었다가 못 돌아온 바보가 있어서요." 키 큰 패트롤 대원이 내뱉듯이 말했다. "혼자 떨어져서 일행을 놓친 모양이에요. 혹시 못 봤어요?"

"아니, 그런 거 살펴볼 생각을 못 했어."

저기요, 라고 다쓰미가 패트롤 대원에게 말을 건넸다. "그 사람, 어떤 색깔의 옷을 입고 있었어요?"

"초록색이라고 들었는데, 왜?"

"그럼 혹시 그 사람인지도 모르겠네요."

"봤어?"

"여기 오는 길에 위쪽에서 언뜻 보였어요. 벌써 타고 내려갔는지도 모르지만."

"어디쯤이지?"

"그러니까 그게……." 입으로는 설명하기가 어려웠다. "아뇨,

됐어요. 저를 따라오세요." 그렇게 말하고 다쓰미는 스노슈로 걷기 시작했다.

"괜찮아, 대강 위치만 알려주면 우리가 찾아볼 테니까."

"아뇨, 함께 가는 게 더 빨라요."

다쓰미는 방금 왔던 길을 단순히 되돌아가는 게 아니라 방향은 그대로 잡고 조금씩 대각선을 그리며 올라갔다. 뒤에서 패트롤 대원도 따라왔다. 스키판으로 올라가는 건 꽤 힘들 텐데, 아마 체력에는 자신이 있는 모양이었다.

이윽고 머릿속으로 점찍어둔 장소에 도착했지만 사람 모습은 없었다. 다쓰미는 주위를 둘러보며 고개를 갸웃거렸다. "분명 이 근처인데……."

경사면 아래쪽을 봤지만 트랙은 없었다. 만일 이곳으로 내려갔다면 흔적이 남았을 터였다.

앗 하고 패트롤 대원이 소리를 높이며 조금 앞쪽으로 이동했다. 그 참에 다쓰미도 알아보았다. 거대한 나무 밑에 누군가 웅크리고 있었다.

그쪽으로 다가가자 초록색 옷을 입은 스노보더가 눈 속에서 무릎을 껴안고 앉아 있었다. 의식은 잃지 않았는지 다쓰미 일행 쪽으로 고개를 돌렸다.

패트롤 대원이 몸을 숙여 들여다보면서 뭔가 말을 건넸다. 스노보더는 대답하기도 힘든 상태인 것 같았다.

"어떻게 된 거예요?" 다쓰미가 패트롤 대원에게 물었다.

"나무에 세게 부딪쳐 움직이지 못하게 된 모양이야."

"큰일이네요. 뭔가 도와드릴까요?"

"지원 요원을 불렀으니까 괜찮아. 이제 투어로 돌아가도 돼. 도와줘서 고마워."

아뇨, 라고 답하고 다쓰미는 조금 전의 지점을 향해 돌아갔다. 이번에는 내리막이라서 아주 편했다. 하지만 이럴 줄 알았으면 스노보드를 떠메고 올 걸, 하고 후회했다.

12

도쿄역에서 신칸센으로 2시간 남짓, 다시 택시를 타고 20분 만에 사토자와 온천가에 도착했다. 손목시계를 보니 오후 4시를 넘어선 시각, 주위는 벌써 어두워져가고 있었다. '어서 오십시 오, 사토자와 온천스키장에'라고 적힌 간판 근처에서 고스기와 시라이는 차를 내렸다. 동네로 들어서자 폭이 약간 좁아진 길이 사방으로 복잡하게 갈라지기 시작했다. 그 길을 끼고 크고 작은 다양한 여관들이 즐비했다. 상점이며 식당도 많았다. 오가는 사 람들 대부분은 얼핏 보기에도 여행객이었다.

"한창 시즌답게 사람들로 북적북적, 활기가 넘치는군요." 시라 이가 느긋한 어조로 말했다.

"온천가에 와본 게 몇 년 만인지 모르겠다. 일 때문이 아니라 놀러온 거라면 진짜 좋을 텐데."

"근데 너무 추워요. 역시 눈의 고장이네요."

맞은편에서 가족으로 보이는 세 사람이 걸어왔다. 마주 지나 치는 참에 가운데 남자애가 이상하다는 얼굴로 고스기 일행을 쳐다본 뒤, 옆의 엄마에게 뭔가 속닥거렸다. 엄마가 "근무 중이 라서 그런 거야"라고 작은 소리로 대답하는 게 귀에 들어왔다.

고스기는 발을 멈췄다. 시라이의 모습을 바라보고 자신들이 어이없는 실수를 했다는 것을 깨달았다.

"이거, 난감하네."

"뭐가요?"

"옷차림 말이야. 주위를 좀 보라고. 이런 차림새로 돌아다니는 건 우리뿐이야."

시라이는 허를 찔린 듯한 표정으로 둘레둘레 돌아보았다. 정장에 넥타이, 그리고 코트에 여행가방. 게다가 가죽구두다. 도쿄역에서는 눈에 띄지 않지만 여기서는 이채를 띠고 있었다.

"어떻게 할까요?"

"어딘가에서 옷부터 조달하자."

고스기는 주위에 시선을 던졌다. 저 앞쪽에 스키장비 대여점이 있었다. '스키복, 보드복 대여'라고 간판에 적혀 있었다.

저기다, 라면서 고스기가 걸음을 뗀 순간, 꽁꽁 언 노면에 구두가 쭉 미끄러졌다. 아차 하고 생각했을 때는 이미 늦었다. 그 자리에서 요란하게 엉덩방아를 찧고 넘어지면서 격통이 허리에서 머리끝까지 훑고 올라갔다.

"앗, 고스기 씨! 괜찮아요?"

시라이의 팔을 붙잡고 일어서면서 고스기는 신음소리를 흘렸다. 왜 내가 이런 일을 겪어야 하는가. 화가 나기보다 스스로가 한심스러웠다.

대여점에 들어가 신청서에 이름을 적고 있는데 고스기의 스마트폰에 전화가 걸려왔다. 난바라였다.

"예에……."

"어때?" 다짜고짜 난바라가 물었다.

"뭐가요."

"찾아낼 것 같으냐고."

"예?" 고스기는 입이 떡 벌어져버렸다. 이 아저씨, 바보 아냐?

"무리한 말씀은 제발 하지 말아주십쇼. 이제 막 스키장에 도착했다니까요. 지금 옷을 바꿔 입으려고 준비 중이에요."

"옷을 바꿔 입다니, 뭔 말이야, 그게?"

"계장님 명령대로, 어느 누구의 눈에도 띄지 않으려는 겁니다."

고스기는 간단히 이유를 설명했다.

난바라가 혀를 차는 소리가 들렸다.

"지금 그렇게 꾸물거릴 때가 아니야. 본청 사람들이 움직이기 시작했다고."

"무슨 일 있었어요?"

"그자들이 나미카와의 집에 밀고 들어갔어. 그래서 와키사카의 지문이 찍힌 빈 캔을 발견했단 말이야."

"나미카와의 집에? 용의자도 아닌데 법원에서 수색영장을 내줬어요?"

"영장을 내준 건 법원이 아니야. 나미카와의 부모야. 아들이 사건에 휘말렸을 가능성이 있으니 집을 조사해도 괜찮겠느냐고 본가에 문의한 모양이야. 영장이 없어도 보증인이 허락하면 집 안에 들어가는 건 가능하잖아."

분명 맞는 말이었다. 고스기는 끄응 신음소리를 흘렸다.

"그 맨션의 방범카메라 영상에서도 나미카와의 관여를 뒷받침하는 장면이 나온 모양이야. 어제 오후 11시경, 스노보드 케이스

등을 들고 나미카와가 맨션을 나갔어. 함께 있던 자는 와키사카라고 봐도 거의 틀림이 없다는 거야."

"행선지에 대해서는……."

"거기까지는 아직 파악하지 못한 것 같아. 그러기는커녕 두 사람이 향한 곳이 스키장이냐 아니냐에 대해서도 의견이 엇갈리고 있어. 방범카메라에 영상이 남을 것을 예상하고 일부러 스노보드를 들고 나갔지만 실제로는 전혀 관계없는 곳으로 도주한 게 아니냐는 설이 나온 모양이야. 역시나 수사 1과, 이래저래 생각하는 게 심오하시더라고."

"그럼 지금 당장 이쪽으로 본청 수사원이 찾아올 일은……."

"응, 그런 일은 없을 거야. 전국의 스키장마다 형사를 보낼 수도 없으니까 우선은 범위를 좁혀보려고 하겠지. 그 사이에 어떻게든 자네들이 와키사카를 찾아야 해."

"아무리 그래도 생각했던 것보다 넓은 동네예요. 이게 쉽게 찾아질지 어떨지……."

"그런 마음 약한 소리를 하면 어떻게 해? 괜찮아, 자네들이라면 틀림없이 할 수 있어. 자기 자신을 믿고 전력을 다해 뛰어봐. 자, 그럼 또 연락할게." 자기가 하고 싶은 말만 일방적으로 던진 뒤, 이쪽의 대답도 기다리지 않고 난바라는 전화를 끊어버렸다.

고스기는 스마트폰을 잠시 노려보았다. 자네들이라면 틀림없이 할 수 있다고? 평소에는 쓸모가 없다느니 재치가 없다느니, 험한 욕만 퍼부었으면서—.

"왜 그러십니까?" 시라이가 다가와 물었다. 이미 대여한 스키복으로 갈아입고 있었다. 장갑과 부츠도 빌린 모양이었다. 별로 어울리지는 않지만 그래도 스키장 풍경에 자연스럽게 녹아드는 차림새였다. 이 정도라면 눈에 띄지 않을 것이다.

고스기는 난바라와 나눈 이야기를 들려주었다.

"하나비시 씨 쪽에서 이 스키장을 알아내면 그때는 끝이겠네요." 시라이는 마치 남의 일인 것처럼 말했다.

"죄다 우르르 몰려오겠지."

"이러느니 아예 본청에 슬쩍 정보를 흘려줄까요? 그러면 얘기가 빠르잖아요."

"그 대신 우리는 벽지로 좌천될걸?"

시라이는 눈썹 끝이 축 처졌다. "그건 안 되죠, 아이가 아직 어린데."

"전직할 곳만 정해지면 이런 고생은 안 해도 될 텐데." 한숨을 내쉬며 고스기는 대여점 카운터로 향했다.

옷을 바꿔 입고 일단 예약해둔 여관으로 향했다. 작고 저렴한 여관이지만 적당히 낡은 구석이 그럴싸한 맛이 있어서 좋았다. 체크인 수속을 마치고 고스기는 여직원에게 와키사카의 사진을 내보였다.

"이런 사람, 혹시 여기에 묵고 있지 않습니까?"

서른을 넘긴 것으로 보이는 여직원은 당혹스러운 얼굴로 고개를 갸웃거렸다. "고객의 얼굴을 모두 다 기억하는 건 아니라서……. 하지만 그런 사람은 못 본 것 같아요."

"그렇습니까."

여직원은 두 사람을 방으로 안내해주려고 했지만 느긋하게 방에 들어앉을 수는 없었다. 짐만 방에 옮겨달라고 부탁해놓고 곧바로 여관을 나왔다.

여관 옆은 기념품 가게였다. 거기에도 들어가 상품 따위에는 눈길도 주지 않고 계산대 쪽으로 갔다. 여자 점원이 무슨 일이시냐고 물었다.

고스기는 여기에서도 와키사카의 사진을 내밀었다. "혹시 이런 손님이 온 적 있습니까?"

여자 점원은 사진을 들여다본 뒤에 아뇨, 라고 고개를 저었다.

그 뒤에도 여관, 상점, 식당 등을 돌아봤지만 수확은 없었다. 눈의 고장은 밤이 일찍 찾아온다. 주위는 완전히 깜깜해져 있었다.

"고스기 씨, 이런 탐문수사로 녀석들이 어디 있는지 알아낼 수 있을까요?" 온천가를 걸어가면서 시라이가 의문을 입에 올렸다. "뭔가 잘못 짚은 듯한 느낌이 들어요."

"왜?"

"그 녀석들은 도망자 신세잖아요. 그런데 당당히 여관에 들어가고 얼굴 드러낸 채 상점이나 식당에 드나들겠어요?"

"그 녀석들은 도망친 곳을 경찰이 알아내지 못할 거라고 생각하고 있어."

"그건 그럴지도 모르지만, 심리적으로 이건 좀 무리가 있는 것 같아요."

고스기는 미간을 찌푸리며 손끝으로 뺨을 긁적였다. 시라이의 말도 일리가 있었다.

"그럼 어떻게 찾아내야 할까."

"그걸 고민 중인데 도무지 묘안이 떠오르질 않네요. 애초에 왜 와키사카는 이런 곳으로 도주했을까요?"

"그걸 알면 왜 이런 생고생을 하겠어? 아무튼 그밖에 다른 안이 없으니까 우선은 물어보고 다닐 수밖에."

"네, 알겠습니다." 그다지 납득하지 못한 눈치였지만 시라이는 고개를 끄덕였다.

그 뒤에도 와키사카 다쓰미의 사진을 들고 점포를 하나하나 돌아봤지만 유익한 정보는 얻을 수 없었다. 밤이 이슥해지자 간판을 내리는 가게가 많아졌다. 오늘은 여기까지 하는 수밖에 없을 것 같았다.

여관으로 들어갔다가 다시 나오는 것도 번거로워서 그대로 어딘가에서 저녁을 먹고 가기로 했다. 여관은 식사 없이 잠만 자는 것으로 예약했었다.

어떤 식당으로 갈까, 하고 딱히 점찍은 곳도 없이 걷다 보니 앞서가던 체격 좋은 두 남자가 익숙하게 한 가게로 들어가는 게 보였다. 손님으로 왁자한 소리가 안에서 들려왔다.

"저기로 가볼까." 고스기는 혼잣말처럼 중얼거리고 그 식당으로 향했다.

13

네즈가 나가오카와 함께 안으로 들어서자 "잘 다녀오셨수?"라고 카운터 안쪽에서 여주인 유키코 씨가 인사를 건넸다. 둥근 얼굴에 체격도 통통하지만 예전에는 알파인 스키로 이름을 떨친 선수였다. '잘 다녀오셨수?'라는 인사는 어젯밤에도 이곳에서 늦게까지 술을 마신 네즈를 놀리려는 것이다.

안녕하세요, 라고 대꾸한 뒤 네즈는 "자리, 만들었어요?"라고 물었다.

"물론이지. 저기 저 테이블." 여주인이 말했다. 오늘 밤은 예약을 해둔 것이다. 평소에는 네즈 혼자라서 카운터석도 괜찮지만 오늘은 나가오카도 함께인 데다 앞으로 세 명이 더 합류하기로 했다.

바로 옆의 6인용 테이블이 준비되어 있었다. 예약, 이라고 적힌 팻말이 보였다.

네즈와 나가오카가 자리에 앉는 참에 드르륵 하고 입구 문이 열리면서 두 명의 남자가 들어왔다. 둘 다 마흔 살 전후쯤일까. 그들을 보고 네즈는 위화감을 느꼈다. 이 시간에도 여전히 스키복 차림이라는 게 우선 마음에 걸렸다. 밤 스키를 탈 예정이라면 이런 이자카야에는 오지 않을 것이다. 게다가 그들의 스키복은 네즈가 잘 아는 대여점의 옷이었다. 대개는 식사 전에 두툼한 스키복을 자기 옷으로 갈아입고 나오는 것이다.

네즈 씨, 라고 나가오카가 부르는 소리에 퍼뜩 정신을 차렸다.

"술은 뭐로 할까요?"

얼굴을 아는 젊은 여자 점원이 당혹스러운 듯 기다리고 있었다.

"아, 미안. 생맥주, 그리고 풋콩하고 무청 절임."

네에, 라고 대답하고 점원은 안으로 들어갔다.

"왜 그래요?" 나가오카가 의아한 듯이 물었다.

"아니, 아무것도 아냐." 그렇게 대답하면서도 네즈의 시선은 두 남자에게로 가 있었다. 수상쩍은 이인조는 카운터석에 나란히 앉았다.

"그나저나 오늘은 아찔했네요, 그런 곳에서 자손사고(自損事故)라니."

나가오카의 말에 네즈는 얼굴을 찌푸리며 고개를 끄덕였다.

"그러게. 행방불명이라는 말을 들었는데, 거기는 활주 금지구역이라 수색을 못해주겠다고 할 수도 없잖아. 게다가 백컨트리 투어로 이용하는 곳이야. 자칫 사고라도 나면 이미지가 나빠져서 앞으로 투어 영업을 하는 데도 문제가 생길 수 있으니까 진짜 골치 아프지."

네즈는 낮의 일을 떠올렸다. 겔렌데 안을 순찰하는 중에 웬 스노보더 그룹이 뭔가 겸연쩍은 기색으로 다가왔다. 얘기를 들어보니, 일행 중 한 명이 아무리 기다려도 돌아오지 않는다는 것이었다. 어디서 타고 내려갔는지를 듣고는 불끈 화가 났다. 활주 금지구역이었기 때문이다. 스키장 측에서 백컨트리 투어에 이용할 정도라면 분명 자기들도 안전할 거라고 생각했다는 것이다.

리프트권 몰수 등의 페널티는 나중 문제였다. 그 즉시 대원들에게 연락해 수색에 들어갔다. 가장 걱정되는 것은 작은 설붕에 휩쓸리거나 균형을 잃고 심설(深雪)에 빠져 매몰되는 것이었다. 자칫하면 질식사하고 마는 것이다.

하지만 다행히도 그런 비극은 피할 수 있었다. 행방불명된 스노보더는 일행을 놓치고 길을 헤매다 미숙한 심설 활주로 보드를 제대로 컨트롤하지 못하는 바람에 나무에 정통으로 부딪혔다. 갈비뼈가 부러지고 그 통증이 너무 심해 꼼짝달싹 못하고 있었던 것이다. 그를 발견한 네즈는 근처를 순찰 중이던 나가오카에게 지원을 요청해 둘이서 양호실까지 실어 날랐다.

부상을 입은 스노보더는 물론이고 그 친구들까지 단체로 따끔하게 혼을 내주었다. 물론 그자들 입장에서는 패트롤 대원의 잔소리 따위보다 자기책임으로 지불해야 하는 구호비용이 훨씬 더 따끔했을 것이다.

여자 점원이 생맥주와 풋콩, 그리고 무청 절임을 내왔다. 우선 "수고하셨습니다!"라고 건배했다. 그 한 잔으로 오늘 하루의 피곤이 씻겨 내려가는 것 같았다.

네즈가 첫 잔을 쭈우욱 들이키는데, "어때요, 못 보셨습니까?"라는 말소리가 들려왔다. 카운터 석에 앉은 조금 전의 이인조 중 한쪽이 여주인 유키코 씨에게 뭔가 내보이고 있었다. 사진인 것 같았다.

유키코 씨는 고개를 갸웃거리며 사진을 돌려주었다. "우리 가게에는 온 적이 없어요."

"그렇군요. 하지만 일단 이 얼굴을 잘 기억해주세요. 혹시 눈에 띄면 우리한테 알려주면 좋겠는데. 전화번호는 여기." 남자는 메모 한 장을 내밀었다.

하지만 유키코 씨는 메모를 받으려 하지 않았다.

"그런 번거로운 일은 사양합니다."

"그럼 다음에 우리가 여기 왔을 때 알려줘요. 그러면 되죠?"

"예, 그건 좋아요."

잘 부탁한다면서 남자는 사진을 다시 건네받았다. 그 사진 속 얼굴을 얼핏 넘어다보던 네즈는 흠칫 놀랐다. 본 적이 있는 얼굴이었기 때문이다.

"그거, 혹시 지명수배자 사진인가요?" 남자의 등에 대고 물었다.

엇 하고 남자는 허를 찔린 듯 등이 꼿꼿해지더니 뒤를 돌아보았다. "누구신지……."

"우리 스키장 패트롤 대장이에요." 유키코 씨가 대신 답했다. "말하자면, 스키장의 경찰이죠."

"그런 말은 하지 말라니까." 네즈는 얼굴을 찌푸리며 손을 저었다.

"그렇다면 마침 잘 됐네." 남자는 사진을 네즈 쪽으로 내보였다. "이 청년, 본 적 있어요? 오늘 여기 스키장에 왔을 텐데."

네즈는 사진을 찬찬히 들여다보았다. 역시 틀림없다, 라고 생각했다.

어때요, 라고 남자가 재우쳐 물었다.

"아뇨." 네즈는 고개를 저었다. "기억에 없네요."

"그래요? 거참, 유감이네." 남자가 사진을 챙겨 넣었다.

"왜 그 사람을 찾고 있죠? 무슨 나쁜 짓이라도 했어요?"

네즈의 질문에 남자는 옆에 앉은 동료를 마주 본 뒤에 다시 얼굴을 이쪽으로 향했다.

"간단히 말하자면, 재벌 2세예요. 그 집 부모가 아들을 찾아달라고 일을 의뢰했거든요. 이래저래 조사해봤더니 이 스키장으로 갔다는 게 밝혀졌어요. 우리, 흥신소 사람들이에요. 흔히 탐정이라고 하는 거."

"그렇군요."

"패트롤 대장이라고 했죠? 혹시 이 사람을 보면 좀 알려줄래요?" 남자는 그렇게 말하며 조금 전 여주인에게 건네려고 했던 메모지를 내밀었다.

네즈는 한순간 망설였지만 그 메모지를 받아들었다. "성함이 어떻게 되십니까?"

"거기 적혀 있어요."

메모에는 '고스기'라는 성씨가 적혀 있었다.

"대장님 이름은?" 고스기가 물었다.

"네즈라고 합니다."

한자로는 '根津'라고 설명해주자 고스기는 "도쿄에 똑같은 이름의 신사(神社)가 있는데?"라고 말했다. 아무래도 그들은 도쿄에서 온 모양이다.

볼일이 다 끝났다고 생각했는지 고스기는 네즈 쪽에 등을 돌렸다. 옆에 앉은 동료와 뭔가 얘기하고 있었지만 어떤 내용인지는 들리지 않았다.

맞은편을 보니 나가오카가 의아한 얼굴을 하고 있었다. 방금 네즈의 행동이 이해가 되지 않는 것이리라. 평소에는 낯선 손님에게 네즈 쪽에서 먼저 말을 거는 일은 없었기 때문이다.

네즈는 말없이 고개를 주억거렸다. 사정은 나중에 얘기하겠다는 뜻을 담은 끄덕임이었다.

입구의 미닫이문이 드르륵 열리고 낮에 만났던 얼굴이 들어왔다. 세리 치아키였다. 오래 기다리셨지요, 라면서 머플러를 풀고 마운틴 파카를 벗기 시작했다.

그녀 뒤에서 안녕하세요, 라고 다시 여자 둘이 나란히 들어섰다. 나루미야 리오와 언니 하즈키였다. 리오는 낮에 입었던 그 핑크색 다운재킷 차림이다. 하즈키도 다운재킷을 걸쳤지만 이쪽은 무릎까지 오는 롱코트 타입이었다.

치아키가 네즈 옆에 앉고 다시 그 옆에 리오가 앉았다. 당연한 듯 하즈키는 나가오카 옆에 가서 앉았다. 다섯이서 술을 마실 때는 매번 이런 식의 자리 배치였다.

카운터석의 고스기 일행이 흘끗 돌아보았다. 갑작스럽게 대단한 미녀가 세 명이나 나타났기 때문일 것이다. 네즈는 어쩐지 자랑스러운 기분이 들었다.

"그 뒤에 어땠어, 준비는 착착 진행되고 있어?" 마실 것과 요리의 주문을 마친 뒤, 네즈는 치아키와 리오에게 물었다.

"그럭저럭, 이랄까. 그렇지?" 리오는 그렇게 말하고 치아키와 눈을 마주쳤다.

"내일은 내가 소집한 스키어와 라이더들이 올 예정이야." 치아키가 말했다. 그녀는 스노보더를 이따금 '라이더'라고 불렀다. "공연 리허설을 할 건데, 네즈 씨, 잘 부탁해."

"응, 시간 잘 지켜줘. 대절해서 쓸 수 있는 건 두 시간. 그거 지나면 로프를 철거할 거야."

"알고 있어. 고마워."

리허설을 위해 겔렌데 일부를 대절하기로 한 것은 이미 스키장 측과도 얘기가 끝났다.

마실 것이 나왔다. 다시금 건배했다.

"드디어 코앞이네." 네즈는 나가오카와 하즈키의 얼굴을 번갈아 보며 말했다.

"뭔가 실감이 안 나네." 나가오카가 쑥스러운 듯 뒷목을 비비며 말했다. "결혼만으로도 벅찬 일인데 게다가 스키장에서 식을 올리다니……. 실수나 하지 않을지 걱정이야."

"그러니까 내일 열심히 해봐요. 철저히 연습하게 할 테니까." 리오가 강한 어조로 말하고 언니 쪽에도 눈길을 보냈다. "언니도, 알지?"

"내일은 웨딩드레스 차림으로 타지 않아도 되지?" 우롱차 잔을 한 손에 들고 느긋한 어조로 하즈키가 물었다.

"당연하지. 리허설 때부터 그랬다가는 너무 눈에 띄어서 안 돼. 모르는 사람이 보면 진짜 결혼식이라고 생각할 거 아냐."

"하지만 드레스 입고 결혼식 날 제대로 활주할 수 있을까? 넘어지면 어떡하지?"

"그럴 리가 있나, 언니가 벌써 몇 년째 스키를 탔는데. 게다가 뛰어난 스키 실력을 보여주자는 게 아니야. 그냥 보겐*이면 된다니까."

"하즈키가 보겐을? 그거, 볼 만하겠다." 네즈는 맥주잔을 손에 들고 눈을 깜빡거렸다. 하즈키는 고등학교 시절에 알파인 스키 선수였다.

"나는 좀 아깝다는 생각이 들어." 치아키가 말했다. "순백의 드레스를 입은 신부가 에지를 살려 하이스피드로 활주하면 진짜 멋진 그림이 나올 거 같은데."

"치아키, 내가 몇 번이나 말했잖아. 이번 이벤트는 언니와 형부의 결혼식이지만, 그와 동시에 사토자와 온천스키장의 웨딩플랜 프로모션이기도 해. 프로급 스키어가 활주하는 영상을 찍어서 내보냈다가는 일반 예비부부들은 당장 발길을 돌릴 거라고. 그런 수준 높은 스키 공연은 전문가들에게 맡기려고 너한테 따로 연출을 부탁한 거잖아. 그거, 잘 알고 있지?"

"그야 잘 알지만⋯⋯."

"그렇다면 더 이상 불평하지 마."

"네에, 네에, 죄송합니다. 이제 더 이상 얘기 안 할게." 치아키가 어깨를 움츠리며 말했다. 친구라고 해도 이번 일에 대해서라

---

* bogen. 스키 회전 기술의 하나로, 스키판의 뒤쪽 끝을 V자형으로 벌리고 속도를 줄이면서 도는 것을 말한다.

면 리오는 철두철미 호랑이 프로듀서의 입장으로 밀고나갈 모양이다. 여간내기가 아닌 치아키도 설설 기는 것 같아서 그런 모습이 네즈에게는 신선하게 비쳤다.

카운터석의 수상쩍은 남자들이 자리에서 일어났다. 고스기는 계산을 마치더니 네즈를 보며 잠깐 인사를 건네고 또 한 명의 남자와 함께 가게를 나갔다.

"아는 사람이에요? 처음 보는 얼굴인데?" 치아키가 물었다.

"응, 아까 잠깐……."

네즈는 세 여자에게 조금 전의 대화를 들려주었다.

"사실은 그 사진 속의 남자를 봤어." 목소리를 낮춰 말했다. 여주인 유키코 씨의 귀에도 들어가지 않았으면 했기 때문이다.

"역시 그렇죠? 뭔가 좀 이상하다 했더니만." 나가오카가 말했다. "근데 누구예요?"

"이름은 나도 몰라. 백컨트리 투어에 참가했던 손님이야."

네즈는 코스 밖에서 부상당한 스노보더를 발견하게 된 경위를 자세히 얘기해주었다.

"그런 거였구나. 네즈 씨가 아까 낮에 얘기했었잖아요. 마침 투어 손님이 목격하고 사고 장소까지 안내해줬다고."

나가오카의 말에 네즈는 고개를 끄덕였다.

"응, 맞아. 꽤 의리 있는 친구였어. 자기 투어도 포기하고 직접 안내해주더라고. 스노슈로 10여 분쯤 올라갔을 거야. 웬만해서는 할 수 없는 일이잖아."

"재벌 2세 중에도 착실한 사람이 있다는 얘기네?" 치아키가 감탄한 듯이 말했다.

"근데 왜 네즈 씨는 본 적이 없다고 했어요?" 나가오카가 물었다.

네즈는 흐흠 하고 고개를 갸웃했다.

"직감이랄까? 어쩐지 그 친구 편을 들어주고 싶더라고. 분명 나쁜 사람은 아니라고 판단했거든. 그래서 이런 때는 입을 다무는 게 낫겠다고 생각했어."

"뭔가 깊은 사연이 있어서 가출한 거 아닐까요?" 리오가 말했다. "돈 많은 사람들도 나름대로 고민이 있을 거야, 틀림없이."

"돈이 많다는 걸 어떻게 알아?" 하즈키가 눈이 둥그레져서 물었다.

"부모가 사립탐정까지 고용해서 찾으려고 한다잖아. 웬만큼 돈이 많지 않고서는 못할 일이지."

"그런가? 리오 너, 머리 좋은데?"

"에이, 그런 것쯤이야 누구라도 알지."

그러고는 다시 결혼에 대한 이야기로 돌아갔다. 나가오카는 데릴사위로 나루미야 가에 들어가기로 정해져 있었다. 나중에는 여관 〈이타야마야〉를 물려받겠지만 우선 당분간은 직원 중 한 사람으로서 일할 예정이라고 한다.

"앞으로 나가오카는 〈이타야마야〉의 주인이고 하즈키는 여주인인가? 그거, 아주 멋있네. 진짜 기대가 된다." 네즈가 말했다. "리오도 여관 일을 거들어줄 거지?"

하지만 리오는 고개를 저었다.

"결혼식이 무사히 끝나면 나는 떠날 생각이에요. 이제 별 볼일 없으니까."

"엇, 그래?"

"리오, 그거 다시 생각해볼 수 없을까? 우리 일이라면 걱정하지 않아도 되는데."

나가오카의 말에 옆에 있던 하즈키도 "그래, 넌 걱정할 거 없어"라고 동조했다.

"무슨 얘기야?" 네즈는 세 사람의 얼굴을 둘러보았다.

"리오가 우리를 위해 지금 자기가 쓰는 방을 비워주겠다는 거예요." 나가오카가 설명했다. "언니 방만으로는 비좁을 거라면서. 방쯤이야 어떻게든 해결할 수 있는데."

"아니에요, 형부, 그런 거 아니라니까." 리오는 미간에 주름을 잡았다. "이건 내 문제예요. 내가 나 자신을 위해 결정한 거라고요. 이제 그만 집을 떠나고 싶어. 그러니까 내가 원하는 대로 하게 해줘요."

예상 밖의 강한 말투에 나가오카와 하즈키는 기가 눌렸는지 입을 꾹 다물었다. 묵직한 공기가 한순간 자리를 휘감았다.

"서른이 되고 보니 이래저래 고민도 많아지더라고요." 치아키가 환한 어조로 말하고 "그치?"라고 리오의 어깨를 두드렸다. "자, 마시자." 하이볼이 든 잔을 리오의 잔에 째앵 맞췄다.

리오의 입가에 웃음이 돌아온 것을 보고 네즈는 안도했다.

그리고 잠시 뒤에 리오와 하즈키는 집에 가보기로 했다. 나가오카도 그녀들을 데려다주러 함께 가게를 나섰다. 내일 또 보자는 인사를 나누고 네즈와 치아키는 그들을 눈으로 배웅했다.

"그거, 무슨 얘기야?" 네즈는 따끈하게 데운 술을 치아키의 잔에 따라주며 말했다. "아까 리오가 말했던 거."

"자기 자신을 위해 집을 떠나겠다는 거?"

"응."

치아키는 술을 홀짝 마시고 긴 한숨을 내쉬었다.

"어려서부터 자신이 원하는 것에 이것저것 도전해봤고, 그런데도 결국 아무 성과도 내지 못한 채 자꾸 나이만 먹는 거야. 문득 깨닫고 보니 주위 친구들은 다 결혼해서 가정을 꾸렸고 자기만 달랑 혼자야. 그런 자신을 고향의 가족들이 받아주니까 우선은 마음 편히 하루하루 살아가지. 고민거리라고는 괜찮은 결혼 상대를 찾는 것뿐이고. 여기저기 선이나 보러 다니다가 안정된 장래를 약속해줄 만한 남자가 눈에 띄면 필사적으로 어필하고⋯⋯. 그런 식으로 사는 것에 의문을 품었다고 해도 이상할 거 하나도 없잖아?"

"리오가 그렇다는 거야?"

"리오뿐만이 아니야. 지방 출신의 여자들은 크든 작든 비슷한 고민을 안고 있어. 도시에 나가 꿈을 이룬 사람이라고 해봐야 얼마 안 되잖아. 대부분 좌절해서 고향으로 돌아와 어떻든 현실과 타협해야 하는 거야. 물론 거기서 행복을 찾는 길도 있고, 실제로 많은 사람들이 그렇게 하고 있어. 리오도 그건 잘 알 거야. 하지만 아마 쉽게 포기가 안 되나 봐. 아직은 뭔가 해볼 수 있을 거라는 희망이. 그래서 하즈키 언니의 결혼을 계기로 새롭게 출발

해볼 모양이야." 치아키는 술병을 들어 자작으로 술을 따랐다. "내가 보기에는 그런 것 같은데, 글쎄, 실제로는 어떤지…….."

"아주 잘 아는데? 자기는 지방 출신도 아니면서."

치아키의 본가는 도쿄였다.

"자신의 자리를 찾고 있다는 점에서는 나도 똑같아." 치아키가 선선히 털어놓았다. "게다가 리오와는 함께한 세월이 길잖아. 단지 말은 저렇게 해도 역시 언니와 나가오카 씨를 배려하는 부분도 있을 거야. 데릴사위를 맞아들이는 판에 여동생이 객식구 노릇을 하고 있으니 미안한 마음도 있지 않겠어?"

"그런 마음이야 충분히 이해가 되지."

시누이는 고추보다 맵다, 라는 속담이 네즈의 머릿속에 떠올랐다. 나가오카의 경우는 시누이가 아니라 처제지만.

"저래 보여도 리오가 꽤 섬세한 성격이거든. 그거 알아? 리오가 이번 시즌에는 아직 한 번도 스키를 안 탔다는 거."

"엇, 그랬나? 왜?"

"아무튼 지금은 언니의 결혼식을 멋지게 연출하는 일에 최대한 집중하고 싶은 모양이야. 기분전환으로 가끔 타는 정도는 괜찮지 않으냐고 말해봤는데, 혹시 다치기라도 하면 큰일이니까 절대 안 된대."

네즈는 살짝 머리를 내저었다. "세끼 밥보다 눈밭을 내달리는 게 더 좋다고 하던 스노보드 마니아인데. 정말 언니를 끔찍이 생각해주는 동생이야."

"정말 그렇지. 저만큼 사이좋은 자매간은 본 적이 없어."

"그나저나 치아키는 어때? 자신의 자리, 찾을 수 있을 것 같아?"

네즈의 질문에 치아키는 으쓱 어깨를 치켜들었다.

"글쎄. 뭐, 어떻게든 되겠지?" 그녀는 점원을 불러 따끈한 술을 추가로 주문했다.

14

"……그리고 그다음 날입니다. 화장실에서 끙끙거린 뒤에 변기 안을 보고는 어머나, 깜짝이야, 글쎄 변이 초록색인 거예요. 이거 큰일 났다, 뭔가 엄청난 병에 걸렸구나, 정말 초조했죠. 하지만 아무래도 좀 이상하다는 생각이 드는 거예요. 너무도 색깔이 아름다웠기 때문이에요. 그야말로 선명한 초록색이었습니다. 마치 그림물감 같다고 생각한 순간, 퍼뜩 머릿속을 스치는 게 있었어요. 간밤에 술을 마시면서 조카의 그림물감을 만지작거렸던 게 생각난 것이죠. 술에 취해 초록색 그림물감을 먹어버린 게 아닌가 하고 일단 확인을 해봤습니다. 그랬더니 초록색 그림물감은 새것 그대로예요. 후유 안도한 다음 순간, 퍼뜩 깨달았습니다. 글쎄 노란색과 파란색 그림물감 튜브만 완전히 납작해져 있더라고요. 네, 그렇습니다. 술에 취한 김에 왜 그런지 노란색과 파란색 그림물감을 먹어버린 것이죠. 그리고 그것이 뱃속에서 뒤섞여 선명한 초록색 변을 본 거예요. ……하하하, 도쿄에 사시는 호텔 직원 M씨, 정말 큰일을 겪으셨네요. '청천벽력'이라는 주제에 딱 맞는 에피소드를 보내주셔서 고맙습니다. 아, 그런 거군요, 뱃속에서 그렇게 멋지게 뒤섞이는 모양이네요. 하지만 앞으로는 부디 조심하시고요."

라디오에서 들려오는 여성 DJ의 방송을 들으면서 다쓰미는 세상에 별의별 바보가 다 있구나, 라고 생각했다. 그러고도 용케

직장인으로 일하면서 먹고사는구나 싶었다.

DJ의 곡 소개가 이어지고 스피커에서 팝송이 흘러나왔다. 다쓰미가 전혀 모르는 곡이라서 스위치를 꺼버렸다. 한 차례 길게 하품을 했다. 두 팔을 한껏 펼쳤더니 주먹이 천장에 닿았다. 시트를 최대한 눕혀도 운전석에 묶인 몸은 편하지 않았다. 게다가 따분해서 죽을 지경이어서 스마트폰의 고마움이 새삼 사무치게 실감났다.

오늘은 결국 그 여자—다쓰미와 나미카와가 '여신'이라고 이름 붙인 여자를 발견하지 못했다. 백컨트리 투어가 끝난 다음에 둘이서 적당히 코스 밖 구역을 둘러봤지만 하나같이 활주가 어려운 장소들이어서 눈 속에서 몇 번이나 바인딩이 풀려버리곤 했다. 역시 인근 지리도 잘 모르면서 무작정 코스 밖으로 나가는 것은 무모한 짓이었다.

리프트와 곤돌라의 영업 종료와 함께 주차장으로 돌아와 옷을 갈아입은 뒤, 기분전환으로 야외 온천에 몸을 담그러 갔다. 약간 뜨거운 정도의 온천물 속에서 팔다리를 쭉 펴자 상쾌한 개방감이 몰려왔다. 하지만 그런 행복한 기분도 차로 돌아오자마자 단숨에 사라졌다. 살인사건의 용의자라니! 바로 내가—! 아직도 전혀 실감이 나지 않는 일이었지만, 싸구려 여관에조차 들어갈 수 없다는 현실이 이건 꿈도 농담도 아니라는 것을 여실히 가르쳐 주었다. 이미 지명수배가 떨어졌을 수도 있으니 되도록 얼굴을 드러내지 않는 게 좋다고 나미카와가 지적한 것이다.

갑작스레 조수석 문이 벌컥 열리고 그 나미카와가 차에 올랐다. 편의점 봉투를 들고 있었다.

"늦었네?" 다쓰미가 말했다.

"생각보다 얘기가 길어졌어. 공중전화를 이용해본 게 몇 년 만인지 모르겠다."

편의점에서 먹을 것을 조달해오는 김에 마쓰시타에게 공중전화로 연락해보겠다고 말했던 것이다.

"뭔가 진전이 있었어?"

"진전이라는 건 좋은 일이 있을 때나 쓰는 단어야." 나미카와는 편의점 봉투에서 샌드위치를 꺼내며 말했다. "이런 경우에는 핍박이라는 단어가 적절하지."

"어떻게 됐는데?"

"마쓰시타의 말에 의하면, 형사가 대학 친구들을 일일이 찾아다니면서 물어보고 있대. 경제학부의 와키사카를 아느냐고. 아무래도 본격적으로 용의자로 취급하기 시작한 것 같아. 네 방, 오늘 다시 수색에 들어갔단다. 어제보다 두 배쯤 되는 경찰들이 들락거리고 있대."

다쓰미는 머리를 부여잡았다. "대체 뭐야, 남의 집을 자기들 마음대로⋯⋯. 와아, 미치겠네."

"수색을 당한 건 네 방뿐만이 아니야." 샌드위치를 덥석 베어 물면서 나미카와가 말했다. "후지오카에게도 연락해봤어. 예상했던 대로 형사들이 '마운틴 몽키즈'도 조사 중인 모양이야. 당연히 너와 친한 나에게도 탐문수사를 하려고 했는데 스마트폰의 전원이 꺼져 있어. 이건 수상하다 하고 내 맨션까지 들이닥쳐서

다 뒤진 거지. 후지오카가 어쩔 수 없이 안내를 해줬다고 얘기하더라고."

"그래서?"

"나는 당연히 집에 없지. 자, 그러면 형사들은 어떻게 했을까."

"어떻게 했는데?"

"확인을 해보려고 센다이의 우리 집에 전화를 했어. 아버지하고 얘기를 했다는데 결과는 내가 예상했던 그대로야. 경시청에서 연락이 왔는데 댁의 아드님의 행방을 파악할 수 없다, 뭔가 짐작되는 건 없느냐, 라고 물었어. 아무것도 없다고 대답하자 범죄에 휘말렸을 우려가 있으니 아드님의 방을 조사하게 해달라고 했다는 거야. 물론 우리 아버지는 허락해줄 수밖에 없지. 경찰에서는 어떤 사건인지 알려주지 않았지만, 혹시 우리 아들이 살해된 건 아닌가 하는 근거도 없는 상상을 하고 어머니가 펑펑 울었다잖냐."

"그럼 네 목소리 듣고 안심하셨겠네?"

나미카와는 입을 삐뚜름하게 틀고 고개를 저었다.

"그야말로 질문 공세를 받았어. 무슨 짓을 한 거냐, 무슨 일이 있었느냐, 지금 어디 있느냐……. 걱정할 것 없다, 나쁜 짓 따위는 안 했다, 하고 몇 번이나 말씀드렸는데도 왕왕 소리를 지르시더라고. 설명하기도 번거롭고 귀가 따가워서 중간에 끊어버렸어."

"거참, 네가 고생이 많다."

다쓰미가 말하자 나미카와는 지긋이 그의 얼굴을 마주 보았다.

"뭘 남의 일처럼 얘기하고 있어? 나까지 본가에 경찰의 손이 뻗쳤어. 너희 고향집에도 틀림없이 형사가 전화했을 거라고."

듣고 보니 맞는 말이었다. "아이쿠, 어떡하냐……."

"나중에 전화해드려. 아무 짓도 안 했으니 걱정 마시라고 다독여드리는 게 좋아."

"제기랄, 왜 일이 이렇게 된 거냐고."

"네가 무단으로 남의 집에 들어갔고 이상한 열쇠에 손을 댔고 마음대로 개의 리드를 가져왔기 때문이지. 그런 짓만 안 했어도 의심받을 일은 없었어."

그 말에는 대꾸할 도리가 없어서 다쓰미는 머리를 쥐어뜯었다.

"자, 그러니 내 방도 다 뒤졌을 거야. 지금쯤 여러 가지 사항을 파악했겠지. 네가 내 방에 왔었다는 것이라든가."

"이 스키장에 온 것도 알아냈을까?"

"그건 잘 모르겠지만, 한 가지 중요한 것이 생각났어."

"뭔데?"

"맨션의 방범카메라. 우리가 집을 나올 때의 상황이 다 찍혔을 거야. 괜히 짐을 들고 나왔지 뭐야." 나미카와는 등 뒤를 엄지로 가리켰다. "스노보드 말이야. 덕분에 어딘가 스키장으로 향했다는 건 들켰을 가능성이 높아. 실수였어. 여기 와서 대여점 장비를 빌려도 되는데."

"하지만 스키장은 전국에 한두 개가 아닌데……."

나미카와가 고개를 끄덕였다.

"맞아. 당장 경찰이 이 스키장으로 몰려올 일은 없을 거야. 하지만 느긋하게 뭉그적거릴 여유는 없어. 우리의 '여신'이 언제까지 이곳에 있을지 알 수 없으니까. 한시라도 빨리 찾아내야 해."

다쓰미는 핸들을 내리쳤다. "어떻게 해야 하나, 대체."

"이렇게 넓은 스키장에서 마구잡이로 돌아다녀봤자 눈에 띌 리가 없어. '여신'이 나타날 만한 장소를 정하고 거기서 기다리는 게 정답이야."

"그래서 일부러 백컨트리 투어까지 신청해서 코스 밖의 비밀 장소를 알아내려고 했는데 결국 실패했잖아."

나미카와는 쯧쯧 하고 혀를 찼다. "그녀가 나타날 만한 장소는 그밖에도 또 있어."

"그런 장소가 있어?"

나미카와가 검지로 자신의 관자놀이를 툭 쳤다.

"머리를 좀 써라, 머리를. 그 여자가 파우더 런을 좋아한다고 했잖아. 일기예보에 의하면 오늘 밤부터 내일 아침에 걸쳐 약 20센티미터의 눈이 내린다고 했어. 그렇다면 내일 아침, 너라면 어떻게 하겠냐?"

다쓰미는 생각을 굴렸다. 잠시 뒤, 친구가 무슨 말을 하려는지 깨달았다. 손가락을 따악 튕겼다. "아침 첫 곤돌라를 탄다!"

"바로 그거야. 곤돌라는 두 군데가 있는데, 상질의 파우더를 노린다면 산꼭대기 근처까지 운행하는 곤돌라를 타겠지. 영업 개시는 오전 8시 반이야."

좋았어, 하고 다쓰미는 목소리에 기합을 넣었다. "8시 반에 곤돌라 승차장으로 간다!"

나미카와는 어이없다는 표정으로 눈꼬리를 축 늘어뜨렸다.

"곤돌라 운행이 시작된 뒤에는 이미 늦어. 선두 그룹을 확인할 수가 없잖아. 영업시간 전에 나가서 줄을 선 사람들을 확인해야지. 만일 그녀가 나온다면 그 사람들 속에 있을 가능성이 높아."

"아차, 그렇구나. 그럼 오전 8시에 곤돌라 승차장으로 가면 되겠네." 다쓰미는 편의점 봉투 속을 들여다보고 명란 삼각김밥을 꺼냈다.

허술한 저녁 식사를 마친 뒤, 다쓰미는 차 밖으로 나왔다. 본가에 전화를 걸기 위해서였다. 나미카와가 구입했다는 전화카드를 들고 공중전화가 있는 편의점으로 향했다.

공중전화 앞에 서서 잠시 허둥거렸다. 전화카드 사용법을 까먹었기 때문이다. 마지막으로 사용한 게 언제였는지도 잘 생각나지 않았다. 초등학생이었고 아직 휴대전화를 사주지 않았던 시절에 몇 번 공중전화를 써본 기억이 있다.

수화기를 들고 익숙하지 않은 손놀림으로 카드를 꽂은 뒤에 본가의 번호를 꾹꾹꾹 눌렀다. 심호흡을 몇 번이나 했다. 문제는 공중전화 사용법 따위가 아닌 것이다. 아버지 어머니에게 대체 무슨 말을 어떻게 해야 하는가.

호출음이 울리기 시작하자 당장 연결되었다. 네, 와키사카입니다, 라고 이름을 대는 것은 어머니의 오래된 전화 응대 습관이다. 목소리가 조금 긴장한 것은 디스플레이의 표시를 통해 공중전화에서 걸려왔다는 것을 알았기 때문일까.

"엄마? 나예요."

숨을 헉 삼키는 기척과 함께 곧바로 흥분한 목소리가 날아왔다. "다쓰미! 대체 뭐 하고 다니는 거야?"

"뭘 하고 다니다니, 그게 실은……." 제대로 말이 나오지 않았다.

"갑자기 경찰이 찾아와서 아드님이 집에 오지 않았느냐고 묻지 뭐야. 집에 안 왔다고 했더니만 연락은 없느냐, 어디 갔는지 아느냐, 아주 심각한 얼굴로 꼬치꼬치 묻더라니까. 너, 무슨 짓을 한 거야?"

"아무 짓도 안 했어요. 그냥 오해를 사서 경찰에 쫓기는 것뿐이야."

"경찰에 쫓긴다고? 애, 그게 무슨 말이야?"

잠깐 바꿔, 라는 아버지 목소리가 들렸다. "어이, 다쓰미. 너, 지금 뭐하고 다니냐?"

똑같은 질문이네, 하고 다쓰미는 기운이 쭉 빠졌다. "아무 짓도 안 했다니까요. 죄지은 거 없어요."

"죄지은 게 없다니, 그게 무슨 소리야?"

"경찰이 뭔가 얘기해준 거 없어요?"

"경찰은 아무 얘기도 안 했어. 어이, 다쓰미, 죄지은 게 없다니, 무슨 얘기냐고."

"무죄라는 거예요, 무죄. 나쁜 짓은 하나도 안 했다는 뜻이에요."

"그렇다면 괜히 숨어서 어물어물하지 말고 경찰서로 가야지."

"근데 그게, 그럴 수도 없다니까요. 그럴 수만 있다면 나도 이 고생을 안 하죠."

"왜 안 되는데? 어떻게 된 일이야?"

"설명하자면 얘기가 길어져요. 아무튼 걱정하지 마세요."

"어떻게 걱정을 안 할 수가 있어. 어이, 다쓰미, 너 지금 어디야? 어디서 전화하는 거야?"

"그건 여기서 대답할 수가 없어요. 이만 끊을게요."

"엇, 다쓰미, 잠깐만……." 다급한 아버지의 목소리를 무시하고 다쓰미는 수화기를 내려놓았다. 굵은 한숨이 길게 새어나왔다. 평소에도 아버지 어머니와의 대화는 피곤하지만 오늘 밤만큼 녹초가 된 건 처음이었다.

자리를 뜨려는 순간, 전화기에서 카드가 쏙 빠져나온 것이 눈에 들어왔다.

15

대 온천탕에서 돌아와 여관방 문을 열자 장지문 너머에서 들리던 텔레비전 소리가 뚝 꺼졌다. 이어서 들린 덜컥 하는 소음은 아마도 리모컨을 황급히 탁자에 내려놓는 소리일 것이다.

장지문을 열자 분명 조금 전까지 풀어진 앉음새로 텔레비전을 보고 있었을 시라이가 탁자 앞에 정좌하고 있었다. 그 위에는 텔레비전 리모컨과 스마트폰이 나란히 놓였다.

"온천물, 진짜 좋다. 자네도 다녀와."

"예. 저기, 조금 전에 계장님에게서 전화가……."

"뭐래?"

"진척 상황을 물어보시더라고요."

진짜 집요한 아저씨네, 라고 고스기는 저도 모르게 중얼거렸다. 이렇게 짧은 시간 안에 상황이 급변하기를 기대하는 건가.

"그래서 뭐라고 했어?"

"있는 그대로 말했습니다." 시라이는 아무것도 없는 텔레비전 화면을 보면서 말했다. "가능한 한 넓은 범위를 탐문했으나 단서는 얻지 못했다, 라고 했어요."

전형적인 공무원의 답변이지만 역시 그런 식으로 대답할 수밖에 없었을 것이다.

"그래서 계장님의 반응은?"

"별로였어요. 고스기 씨가 돌아오는 대로 전화해달라고 하시더라고요."

흥 하고 콧방귀를 뀌면서 고스기는 옆의 냉장고를 열었다. 편의점에서 사온 캔맥주를 꺼내 들고 시라이의 맞은편에 앉았다. 풀탭을 당겨 맥주를 한 모금 마시고 텔레비전 받침대 옆의 충전기에 꽂아둔 자신의 스마트폰을 집어 들었다.

전화를 걸자 "응, 난바라야"라는 무뚝뚝한 목소리가 들려왔다.

"수고 많으십니다. 고스기입니다."

"어디 갔었어?"

"물론 탐문수사를 나갔었죠."

쳇 하고 혀를 차는 소리가 들려왔다.

"정말이야? 온천에서 한바탕 땀 쭉 빼고 기분 좋게 맥주 한잔 들이켜려던 거 아니고?"

투시 능력이라도 있는 건가, 이 아저씨? 고스기의 관자놀이에서 땀이 주르륵 흘렀다. "그, 그건 오해입니다."

"뭐, 됐고. 그보다 아직도 못 찾았다면서? 작은 동네에서 젊은이 하나 찾는 데 왜 그렇게 오래 걸리나."

"그 녀석들, 오늘 막 이곳에 온 참이라 쉽게 얼굴 내밀고 돌아다니지 않을 거예요. 게다가 우리 신분을 밝힐 수 없다는 게 너무 힘듭니다. 경찰이라고 밝히면 사람들이 그나마 협조를 해줄 텐데요."

"글쎄 그건 안 된다고 말했잖아. 어떻게든 머리를 써서 연구를 해봐야지. 괜찮아, 자네들이라면 할 수 있어."

또 그 소리인가, 하고 고스기는 입가를 삐죽거렸다. "네에……."

151

"그리고 새로운 사실이 밝혀졌어. 와키사카와 함께 행동하는 나미카와 말인데, 강도 살인의 공범자라는 강한 의심이 들어."

"그래요? 그건 어떻게 알게 된 겁니까?"

"1과 쪽에서 결국 와키사카의 스마트폰에 손을 뻗쳤어. 하나비시 계장의 지시로 GPS 위치정보를 얻어낸 거야. 현재 와키사카는 스마트폰의 전원을 꺼뒀지만 과거 기록을 조사하는 건 가능해. 그 결과, 사건 당일에 니가타에 갔었다는 게 판명되었어."

"니가타?"

"정확히 말하면 신게쓰 고원스키장이야. 새벽에 도쿄를 떠났다가 밤 7시 넘어서 돌아왔어. 실은 N시스템의 기록을 통해 와키사카의 차량 동선도 밝혀졌는데 그것과도 완전히 일치한다는 거야."

"잠깐만요. 그렇다면 와키사카는 알리바이가 있다는 얘기잖아요. 범행은 불가능한 거 아닙니까?"

"근데 그렇지를 않아. 기록에 남은 것은 어디까지나 스마트폰과 차량의 동선일 뿐이고, 그게 꼭 와키사카 본인의 동선이라고는 할 수 없어."

난바라가 무슨 말을 하려는 것인지 고스기도 즉각 이해했다.

"다른 자가 와키사카의 스마트폰을 들고 와키사카의 차량을 운전했다는?"

"그렇지. 충분히 가능한 일이지."

"그리고 그자가 나미카와라는 거군요?"

"기록상 와키사카의 스마트폰의 최종 위치는 정확히 나미카와의 방이었어. 흉기인 리드는 와키사카의 방에서 발견되었으니까 실행범이 와키사카라는 건 일단 틀림없어. 아마 나미카와는 알리바이 조작을 담당했겠지. 단, 당초 계획으로는 이렇게 사건이 커질 줄은 둘 다 생각을 못했을 거야. 와키사카가 후쿠마루 가에 몰래 들어가 돈이 될 만한 것을 훔쳐오는 정도의 계획이었겠지. 그런데 뜻하지 않게 와키사카가 영감님을 살해해버렸어. 결국 작은 알리바이 조작 정도로는 속일 수 없겠다는 생각에 둘이서 도주를 꾀했다ㅡ. 얘기가 그렇게 된 거야."

그런가요, 라고 대답하면서도 고스기는 위화감을 느꼈다. 일리가 있기는 한데 뭔가 딱 맞아떨어지지 않는 부분이 있었다.

그래서 말인데, 라고 난바라가 뒤를 이었다.

"하나비시 쪽에서는 점점 더 눈이 벌게져서 와키사카와 나미카와의 행방을 쫓고 있어. 성과에 대한 욕심 때문인지 우리 쪽 움직임에는 아예 관심이 없더라고. 현재로서는 사토자와 온천은 전혀 거론되지 않고 있어. 하지만 어떤 일로 그게 튀어나올지 모르는 상황이야. 그러니까 그 전에 어떻게든 찾아내야 해."

"그건 저도 잘 알지만, 단서가 너무 적어요."

"어째서? 얼굴 사진이 있잖아."

"바로 그거예요. 여기 와보고서 통감한 것인데 스키장만큼 범인이 잠복하기 쉬운 장소도 없더라고요."

"왜?"

"얼굴을 가린 상태로도 당당하게 활보할 수 있잖습니까. 고글이나 선글라스를 쓴 채로 돌아다녀도 아무도 이상하게 생각하지 않아요. 페이스마스크라는 것도 있습니다. 머리는 모자나 헬멧으로 가리고 보드복이나 스키복은 체형까지 덮어버려요. 얼굴 사진 따위는 아무 도움도 안 되는 게 아닌가 하는 게 현 시점에서 느끼는 실감입니다."

난바라가 수화기 너머에서 끄응 소리를 냈다. 반론할 말이 없을 거라고 생각했더니만 엉뚱한 대꾸가 돌아왔다. "그런 어려움을 어떻게든 뚫고 나가는 게 프로잖아."

몸에서 힘이 쭉 빠지려고 했다. 그거야말로 도저히 프로의 말이라고 할 수 없는 거 아닌가.

"계장님, 한 가지 부탁이 있습니다."

"지원해달라는 거라면, 그건 안 돼."

"알고 있습니다. 그런 건 기대하지도 않아요. 그 대신 정보를 좀 주십쇼. 와키사카와 나미카와에 관한 정보."

"뭘 알고 싶은데?"

"스키복 색깔."

"스키복?"

"방금도 말했다시피 스키어와 스노보더들 틈에 섞여버리면 찾아낸다는 것은 어려운 일, 아니, 아예 불가능한 일이에요. 식별할 유일한 방법은 스키복과 모자의 색깔이나 무늬입니다. 와키사카와 나미카와가 스키장에서 어떤 색깔과 무늬의 옷을 입었는지 좀 알아봐주십쇼. 그자들이 소속된 동아리 친구들에게 물어보면 알 거예요."

"좋아, 그거라면 누군가에게 지시해서 알아보라고 할게."

"가능하면 사진이 있었으면 좋겠습니다. 색깔이나 무늬는 말만 들어서는 이미지를 파악할 수 없으니까요."

난바라가 다시 혀를 찼다. "원하는 것도 많네."

계장님이 먼저 무리한 지시를 했잖습니까, 라고 쏘아붙이고 싶었지만 꾸욱 참았다. "네, 죄송합니다."

"사진이 입수되는 대로 메일로 보낼게. 잠시만 기다려."

"알겠습니다."

전화를 끊고 스마트폰을 방석 위에 내던졌다.

"또 열심히 하라는 소리만 하신 모양이네." 체념한 듯한 투로 시라이가 말했다.

"괜히 고집부리지 말고 하나비시 씨 팀과 공조해서 수사해줬으면 좋겠는데 말이야. 하긴 고집을 부리는 건 이 아저씨가 아니라 게다짝 과장일 테지만."

고스기는 시라이에게 하나비시 팀에서 와키사카의 GPS 정보를 입수했다는 것을 얘기해주었다.

"그래서 본격적으로 나미카와를 공범으로 취급하기 시작한 모양인데 아무래도 뭔가 좀 이상해."

"뭐가요?"

"와키사카가 빈집털이를 꾀했다, 나미카와는 알리바이 조작에 협조했다―. 그래, 거기까지는 좋아. 기껏해야 절도니까. 하지만 실제로는 살인사건으로 일이 커져버렸잖아. 그런데도 나미카와가 계속 도와주고 있다는 게 아무래도 이상해. 나미카와로서는 깨끗이 경찰에 출두하는 게 더 유리하다고 생각할 거 아니냐고.

반쯤 장난삼아 알리바이 조작을 도와준 것뿐이라고 주장하면 죄가 되지 않을 가능성도 높아. 그 친구는 법학부 학생이야. 그런 걸 몰랐을 리가 없어."

"하지만 실제로는 도망쳤잖습니까." 시라이가 말했다. "아무 짓도 안 했다면 도주할 필요가 없잖아요."

"그렇겠지?" 고스기는 답답해서 캔맥주를 들이켰다.

"그나저나 내일부터 어떻게 할까요? 아까 선배가 전화로 말했던 대로 얼굴 사진만으로 탐문을 계속해봤자 와키사카와 나미카와를 찾기는 불가능할 것 같은데요."

"그래서 스키복 색깔과 무늬를 알아봐달라고 계장에게 부탁했잖아."

"그 정도 단서로 찾을 수 있을까요? 얼마나 많은 사람들이 이 스키장에 오는지, 아시잖아요."

대답할 말이 생각나지 않아서 고스기는 콧잔등을 찡그리며 자리에서 벌떡 일어섰다. 창가로 다가가 커튼을 열었다. 건물의 불빛이 아득히 저 멀리까지 이어졌다. 난바라는 작은 동네라고 말했지만, 조사해본바 크고 작은 여관을 합하면 2백 채 이상이었다. 내일은 그곳을 하나하나 돌아야 한다고 생각하니 벌써부터 기가 질렸다. 게다가 와키사카와 나미카와가 일반 여관에 묵고 있다고만은 할 수 없다. 이런 곳까지 도망쳐온 것은 은신할 만한 곳이 정해져 있기 때문인지도 모른다. 만일 그들을 감춰주는 사람이 있다면 찾아내는 건 한층 더 어려워진다.

도로 위로 한 대의 자동차가 천천히 달려가는 게 눈에 들어왔다. 이 동네는 길이 복잡한 데다 하나같이 폭이 좁다. 게다가 군데군데 눈길이다. 나라면 차고에 집어넣느라 고생깨나 하겠다, 라고 운전 실력에 별반 자신이 없는 고스기는 생각했다.

방석 위에 내던진 스마트폰이 부르르 진동했다. 집어 들고 들여다보니 또다시 난바라에게서 온 것이었다.

"고스기입니다. 그자들의 옷에 대해 알아내셨어요?"

"그건 아직이야. 지금 알아보고 있는 중이라고. 그보다 아까 내가 중요한 걸 확인하다면서 깜빡했어. 자네들, 차량도 알아보고 있지?"

"차량? 무슨 말씀입니까?"

"와키사카의 차 말이야. 그 녀석들이 차로 이동했다면 그 동네 어딘가에 차를 세워뒀을 거잖아. 어때, 아직 안 알아봤어?"

고스기는 침을 꿀꺽 삼킨 뒤에 입을 열었다. "온 동네의 차량을 다 살펴보라는 말씀입니까? 달랑 둘이서?"

"외부에서 들어온 차를 세워둘 곳이라면 한정적일 거라고. 뭐야, 아직 안 봤어?"

"예에, 내일 알아보겠습니다."

"이봐, 고스기." 난바라가 한층 나지막한 목소리를 냈다. "알고 있나, 시간이 없다는 거."

"네, 잘 알죠."

"잘 알고 있는데도 그런 태평한 소리가 나오나? 내일 아침에 다시 한번 똑같은 질문을 할 테니까 그때는 확실히 대답할 수 있도록 해. 알겠어?" 항상 그렇듯이 난바라는 일방적으로 내뱉고 전화를 끊었다.

고스기는 스마트폰을 응시했다. 이제는 화를 낼 기력도 없었다.

옆에 시라이가 서 있었다. 유카타 차림에 수건까지 손에 들고 있었다. 대 온천탕에 갈 생각인 것이리라.

"이봐, 미안하지만 감기 걸리기 싫으면 목욕은 나중에 해." 고스기는 벗어 던져둔 스키복을 가리켰다. "외출할 테니까 준비하라고. 손전등도 잊지 말고."

16

우우우웅, 야수가 포효하고 있었다. 여기가 어디인가. 정글인가.

머리가 멍해진 채 다쓰미는 눈을 떴다.

가장 먼저 시야에 들어온 것은 회색 벽이다. 바로 코앞에 있다. 손을 내밀면 닿을 것 같다.

자세히 보니 그것은 벽이 아니라 자동차 천장이었다. 단, 낯선 천장이다. 즉 이건 내 차가 아니다—.

부스스 윗몸을 일으켰다. 마운틴파카를 둘러쓰고 차 뒷좌석에서 자고 있었다는 것을 알았다. 아랫도리는 담요 대신 보드복과 바지로 대충 덮여 있었다. 어떻게 된 것인지 얼른 생각나지 않아 멀거니 그것들을 바라보았다.

다시금 우우우웅 하는 소리가 바로 옆에서 들려왔다. 하지만 이번에는 그것이 야수의 포효가 아니라는 것을 알았다. 자동차 엔진소리다. 창 너머로 밖을 보니 회색 랜드 크루저가 이쪽 차 옆에 주차하려 하고 있었다.

파카 호주머니를 뒤져 스마트폰을 꺼냈다. 시각을 확인하려는데 전원이 꺼져 있었다. 왜 꺼져 있지? 고개를 갸웃거리며 전원을 켜려고 손끝을 댄 참에 멈칫 동작을 멈췄다.

아, 그래, 전원을 켜면 끝장이야.

점차 기억이 돌아왔다. 그저께부터의 일들이 되살아났다. 악몽이라는 생각밖에 들지 않는 사태였지만 이 차에 타고 있는 것을 보면 역시 현실인 것이다.

다쓰미는 후우 한숨을 내쉬고 스마트폰을 다시 호주머니에 넣었다.

조수석을 돌아보니 나미카와가 다운재킷을 덮어쓰고 좌석을 최대한 뒤로 눕힌 채 자고 있었다. 머리는 후드로 감싸버렸다. 그도 자신의 보드복으로 하반신을 휘감고 있었다.

나미카와, 라고 불러보았다. 대답이 없어서 팔을 뻗어 흔들었다. "야, 나미카와, 일어나."

꼼지락꼼지락 몸을 틀더니 나미카와가 후드를 벗었다. 얼굴을 쓱쓱 비빈 뒤, 다쓰미 쪽을 돌아보았다. 오른쪽 눈에 눈곱이 껴 있었다. "응, 잘 잤냐." 텐션이 낮은 소리로 말했다. "지금 몇 시?"

"나도 모르지. 스마트폰 전원을 껐잖아."

아 참, 그렇지, 라고 중얼거리고 나미카와는 큰 하품을 했다.

"내비게이션을 켜면 시간을 알 수 있을 거야."

"응, 그래." 나미카와는 둔한 동작으로 손을 내밀어 차의 스위치를 켰다.

"몇 시야?" 다쓰미가 물었다.

"8시 15분이네."

"응……."

좀 더 잘까 하고 다쓰미는 다시 몸을 눕혔지만, 다음 순간 헉하고 숨을 삼켰다.

거의 동시에 "큰일났다!"라고 나미카와가 소리를 높였다. 그도 중요한 일이 생각난 모양이었다. "곤돌라, 떠나버리겠어!" 다쓰미는 황급히 몸을 일으켰다.

문을 열고 힘차게 밖으로 나가려다가 문틀에 머리를 쿵 찧었다. 차가 달라져서 문의 높이도 다른 것이다.

밖에는 여자들의 시선도 있었지만 그런 것에 신경 쓸 겨를이 없었다. 급히 옷을 갈아입고 보드를 껴안은 채 거의 뛰다시피 곤돌라 승차장으로 향했다.

도착한 것은 이제 곧 8시 30분이 되려는 때였다. 다행히 곤돌라 영업은 아직 시작되지 않아서 승차장 입구는 닫힌 채였다. 예상했던 대로 아침 첫 눈을 노리고 스키어와 스노보더들이 줄지어 나와 있었다. 다쓰미와 나미카와는 보드를 옆에 내려놓고 줄의 맨 앞까지 갔다.

"어때, 저기 검은 헬멧을 쓴 여자가 있는데, 혹시 깜짝 당첨 아니냐?" 나미카와가 가리킨 여성 스노보더를 보고 다쓰미는 고개를 저었다. "저런 색깔의 보드복이 아니야. 게다가 좀 더 작은 몸집이었어."

다쓰미는 줄을 선 사람들을 찬찬히 훑어보았다. 내국인뿐만 아니라 외국인도 많다. 이 지역의 설질이 홋카이도에 지지 않을 만큼 훌륭하다는 것이 국제적으로도 널리 알려진 것이다.

스키어들이 손에 든 스키판은 모두 폭이 넓고 길었다. 스노보더 중에도 파우더 런 전용 보드판을 안고 있는 사람들이 드문드문 보였다. 모두가 어느 누구도 밟지 않은 영역을 맨 먼저 달려

161

보겠다는 의욕이 가득한 모습이었다.

다쓰미는 신게쓰 고원에서 만났던 여자의 옷차림을 다시금 떠올렸다. 헬멧은 검정색이었다. 보드복은 분명 빨간색과 하얀색의 투톤 컬러다. 어떤 무늬였는지는 생각나지 않았다. 그렇다면 바지 색깔은? 파란색이었던 것 같은데 이건 기억이 잘못된 것인지도 모른다.

나미카와와 함께 줄을 따라 이동하면서 다쓰미는 '여신'을 찾아보았다. 서두르지 않으면 이제 곧 곤돌라 운행이 시작된다.

"저 여자는 어때? 보드복 색깔의 조합이 네가 말했던 그대로야."

나미카와가 가리킨 방향을 보고 다쓰미도 어라 하고 생각했다. 헬멧은 검정색, 보드복은 빨간색과 하얀색의 체크무늬다. 그리고 바지 색깔은 연한 파란색이다. 체격도 비슷했다. 게다가 척 보기에 동행이 없는 것 같았다. 혼자 타면 마음 편해서 좋다, 라고 그녀가 말했던 것이 생각났다.

죄송합니다, 죄송합니다, 라고 연거푸 양해를 구해가며 다쓰미는 줄 가운데로 들어갔다. 사람들의 표정은 고글과 선글라스 때문에 잘 보이지 않지만 몹시 차가운 시선을 던지고 있다는 게 따가울 만큼 느껴졌다. 하지만 지금은 그런 것에 신경 쓸 상황이 아니었다.

빨간색과 하얀색 체크무늬의 여자 앞까지 나아갔다. 그녀는 경계하듯이 뒤로 주춤 물러섰다. 고글 밑에서 매우 의아해하는 표정을 짓고 있을 것이다.

저기요, 하고 다쓰미는 마음을 굳게 먹고 입을 열었다. "잠깐 얼굴 좀 보여주시면 안 될까요?"

여자의 얼굴이 갸우뚱 기울어졌다. 웬 뚱딴지같은 소리냐고 되묻고 싶은 것이리라.

"그저께 신게쓰 고원스키장에 가지 않으셨어요? 거기 가셨지요? 부탁입니다, 얼굴 좀 보여주세요. 부탁드립니다." 다쓰미는 머리를 숙였다.

여자는 잠시 침묵하고 있었지만 이윽고 오른손이 움직였다. 고글을 헬멧 위로 올리고 페이스마스크도 벗었다. "이러면 됐어?"

크으 하고 다쓰미는 비명 같은 소리를 흘렸다. 순간적으로 입이 얼어붙었다.

상대의 목소리는 상상 이상으로 굵었다. 그리고 그 목소리를 낸 입 주위에는 수염이 나 있었다.

죄송합니다, 라고 다쓰미는 다시금 머리를 숙이고 우향우를 했다. 주위의 수상쩍어하는 시선을 받아가며 나미카와에게로 돌아왔다.

"아니야?"

"아니네 마네 할 정도가 아니야."

다쓰미의 말을 듣고 나미카와는 끄응 신음했다. "성별을 착각하다니, 이건 말도 안 돼."

"저 여자는 어때, 라고 말했던 건 너야."

"너도 그 사람 얼굴을 볼 때까지 알아채지 못했잖아. 스키장에서 옷만으로 사람을 찾아낸다는 게 그만큼 어렵다는 얘기네."

"그래도 이것밖에 다른 방법이 없는데 어떡하냐고."

"빨간색과 하얀색 투톤 컬러라고 했는데, 뭔가 좀 더 구체적으로 기억해낼 수는 없겠냐?"

"이게 기억이 날 듯 말 듯 하면서 안 난다니까. 머릿속에 짙은 안개가 낀 듯한 느낌이야."

그때 곤돌라 담당자가 나와 게이트를 열었다. 그에 따라 줄지어 서 있던 사람들이 움직이기 시작했다.

다쓰미와 나미카와는 그 옆에 서서 지나가는 스노보더 한 사람 한 사람을 체크했다. 검은 헬멧에 빨간색과 하얀색의 투톤 컬러, 거기에 파란색 바지라는 조합이 완전히 일치하는 사람은 좀체 눈에 띄지 않았다. 그래도 조금이라도 비슷한 옷을 발견했을 경우에는 일단 말을 걸어 얼굴을 확인하게 해달라고 했다. 명백히 불쾌해하는 기색이었지만 그런 것에 신경 쓸 여유는 없었다.

곤돌라 영업이 시작되고 30분쯤 지나자 줄도 점점 짧아졌다. 하지만 '여신'은 나타나지 않았다.

"아침 첫 파우더를 노렸다면 이 시간에는 이미 곤돌라에 탔어야 해." 나미카와가 초조감이 담긴 소리로 말했다. "예상이 빗나간 건가……."

다쓰미는 널찍한 겔렌데를 내려다보았다. 스키어와 스노보더들이 차례차례 내려왔다. 그들의 온몸에는 새 눈 위를 달리는 충실한 만족감이 넘치는 것 같았다. 다 내려가면 다시 곤돌라를 타고 두 번째 활주를 즐길 생각일 것이다. 다쓰미는 그들이 부럽다는 마음을 억누를 수 없었다. 물론 지금은 그런 걸 부러워할 상황이 아니라는 건 잘 알지만.

그런 생각을 하며 멀거니 서 있는데 누군가 옆에서 "저기요"라고 말을 건네왔다. 파란 스키복을 입은 젊은이가 이쪽으로 다가오는 참이었다. 선글라스를 쓰고 있었다.

누구더라, 이 체격은 어디선가 본 적이 있는데……. 그렇게 생각한 다음 순간, 퍼뜩 기억이 났다. 백컨트리 투어에서 다쓰미 일행을 안내해준 젊은 가이드였다. 분명 이름은 다카노라고 했다.

"안녕하세요?" 다쓰미는 웃으면서 인사를 건넸다. "어제, 고마웠습니다."

"예에, 수고하셨어요." 다카노도 응해왔다. "어제는 나야말로 고마웠죠. 덕분에 큰 도움이 됐는데."

"뭐가요?"

"금지구역에 무단침입한 스노보더에게 패트롤 대원을 안내해 줬잖아요. 스노슈로 일부러 직접 산을 올라가면서까지. 나중에 얘기 들어보니까 그 사람, 갈비뼈가 부러졌대요. 게다가 세 군데나."

저런, 하고 다쓰미는 얼굴을 찡그렸다. "딱하게 됐네요."

"딱한 것이야 자업자득이니 어쩔 수 없죠. 하지만 그때 발견하지 못했으면 진짜로 큰일 날 뻔했어요. 자력으로는 전혀 움직일 수 없었던 모양이라 자칫하면 그대로 밤이 됐을 거예요. 당연히 수색은 불가능해요. 가벼운 차림이었고, 최악의 경우에는 동사

할 우려도 있었어요. 일이 그렇게 되면 그 백컨트리 투어 코스는 이용이 금지되고, 무엇보다 스키장 이미지가 나빠질 참이었다니까. 진짜 위험했어요."

얘기를 듣고서야 다쓰미도 몹시 절박한 상황이었다는 것을 인식했다. 그리고 설산의 루트에 엄격한 것은 패트롤 대원만이 아니라고 새삼 생각했다. 스키장 운영에 관여하는 한 사람 한 사람이 사고가 일어나지 않기를 진심으로 바라는 것이다.

"우리도 조심할게요." 다쓰미는 말했다.

"꼭 그렇게 해줘요. 아, 근데⋯⋯." 다카노는 다쓰미와 나미카와를 번갈아 바라보았다. "둘이 여기서 뭐하고 있어요? 실은 아까부터 사무실에서 지켜보니까 곤돌라로 향하는 사람들에게 뭔가 자꾸 말을 거는 것 같던데."

그냥 좀, 이라고 애매하게 고개를 끄덕이고 다쓰미는 사무실로 시선을 던졌다. 곤돌라 승차장 바로 옆이었다.

"혹시⋯⋯ 헌팅 중?" 다카노가 입가에 웃음을 띠며 물었다.

"아니, 그런 거 아니에요." 다쓰미는 얼굴 앞에서 손을 내저었다. "어제 얘기했잖아요, 친구가 첫눈에 반한 여자를 찾고 있다고. 계속해서 그 작업을 하는 거예요."

다카노는 알겠다는 듯 고개를 위아래로 끄덕였다.

"역시 그렇군. 뭐, 그럴 거라고 생각하긴 했어요."

"그게 무슨 문제라도?"

그러자 다카노는 사무실 쪽을 흘끗 돌아보더니 다쓰미와 나미카와에게로 한 걸음 다가왔다.

"어제 내가 들은 바로는, 그 여자가 코스 밖에서의 파우더 런을 좋아한다면서요? 그래서 우리 스키장의 최상의 비밀장소를 알고 싶다고 했잖아요."

"예, 그랬죠. ……앗, 혹시 알려주시려고?" 다쓰미의 목소리 톤이 높아졌다.

다카노는 다시 사무실 쪽을 흘끗 쳐다보고 다쓰미에게로 시선을 돌렸다.

"나한테 들었다는 건 아무한테도 말하면 안 돼요."

"네, 약속합니다!" 다쓰미보다 나미카와가 먼저 나서서 힘차게 대답했다.

17

건물과 건물 사이의 주차장을 들여다보고 고스기는 지겨운 마음이 들었다. 차량이 십여 대 서 있고 그 속에 원박스 왜건이 몇 대나 눈에 띄었기 때문이다. 눈을 덮어쓰고 있어서 차종은커녕 차체의 색깔조차 판별하기가 힘들었다. 물론 번호판은 더욱더 확인이 안 된다.

대여한 스키복에, 마찬가지로 대여한 부츠를 신은 차림새로 고스기는 주차장으로 들어갔다. 간밤에 또 눈이 쏟아졌는지 걸음을 옮길 때마다 발이 눈 속에 푹푹 빠졌다.

가장 안쪽에 있는 왜건으로 다가갔다. 색깔도 차종도 전혀 다르다고는 생각했지만 일단 부츠를 신은 발로 번호판의 눈을 쓸어냈다. 드러난 것은 지바현의 번호판이었다. 어차피 아닐 거라고 생각했었기 때문에 딱히 실망하지도 않았다.

두 대 건너 역시 왜건이 서 있었다. 이쪽은 차종이 같고 색깔도 비슷했다. 혹시나 하는 기대감을 품고 번호판을 확인해봤지만 안타깝게도 에히메 번호판이었다. 멀리 시코쿠에서 이런 곳까지 차를 몰고 올 게 뭐람, 하고 애꿎은 화풀이로 타이어를 걷어찼다.

두말할 것도 없이 와키사카 다쓰미의 차를 찾고 있는 것이다. 간밤에 난바라의 명령에 따라 밖으로 나왔지만 잠깐만 길을 벗어나도 사방이 깜깜한 암흑이어서 자신들이 어디에 있는지도 알 수 없을 지경이었다. 시라이가 "이러다 우리가 조난당하겠어요"라고 울먹이는 목소리로 말했지만 그게 전혀 농담으로 들리지 않았다. 게다가 지독히 추웠다. 도저히 안 되겠다, 내일 아침 일찍 일어나 찾아보자, 하고 덜덜덜 떨면서 여관으로 돌아갔던 것이다.

오늘 아침에야 둘이 분담해서 동네에 주차된 차량을 살펴보기로 했다. 지도에 의하면 크고 작은 주차장이 곳곳에 점재하고 있었다. 마을을 동측과 서측으로 나누고, 가위바위보에 이긴 고스기가 서측을 선택했다. 하얀 입김을 뿜어가며 둘이 여관을 나선 지 이제 한 시간쯤 되었다.

와키사카 다쓰미의 차는 4WD 왜건, 색깔은 실버라고 했다. 동네를 돌아보고서야 알게 된 것이지만 스키장에서 그보다 더 찾기 힘든 차량도 없었다. 한마디로 왜건이라고 해도 그야말로 다양해서 차종에 따라 미묘하게 형태가 다 다를 텐데도 눈 쌓인 풍경 속에서는 거의 구별이 안 되는 것이다. 실버라는 색깔도 재앙이었다. 눈을 덮어쓰면 어떤 차량이든 죄다 실버로 보인다. 게다가 난바라가 내린 지시 중에는 "구입한 이후로 색깔을 바꿨을 가능성도 있으니까 그 점도 잘 고려해"라는 것도 있었다. 결국 지붕이 높고 사각이 진 차라면 하나도 남김없이 번호판을 확인하는 수밖에 없었다.

다음 왜건이 있는 곳까지 이동하는데 스마트폰이 울렸다. 난바라의 전화는 이제 정말 지겹다고 생각했더니만 다행히 시라이였다.

"찾았어?" 전화를 받자마자 고스기는 물었다.

"안 보이는데요?" 후배가 서슴없이 대답했다.

하긴 그럴 것이라고 고스기는 생각했다. 그렇게 쉽게 일이 풀릴 리가 없다.

"좀 돌아보긴 했어?"

"동네 동측의 반 정도는 끝냈습니다."

"빠르네. 나는 아직 3분의 1이야."

"이쪽은 바람 방향 때문인지 차에 눈이 별로 쌓이지 않았어요. 그래서 멀리서도 차종 등은 금세 확인이 가능하거든요."

그런 거였나. 모처럼 가위바위보에 이겼는데 하필이면, 하고 고스기는 내심 억울했다.

"어떻게 할까요. 계속하실 거예요?" 시라이는 이쯤에서 중단하고 싶은 눈치였다.

"계속해야지, 그럼. 안 그랬다가는 말상 계장한테 잔소리깨나 들을 텐데."

난바라 얘기다.

"그렇겠지요? 네, 알겠습니다. 다시 시작할게요." 시라이가 대답했다. 눈길에 혼자 멀뚱히 서 있는 모습이 눈에 선했다.

고스기는 다음 왜건을 보고 얼굴을 찌푸렸다. 이중 주차의 안쪽에 박혀 있어서 번호판은 물론 차종조차 제대로 판별되지 않는 것이다. 하지만 그냥 넘어갈 수는 없었다. 색깔이 실버였다. 귀찮더라도 직접 그쪽으로 들어가 확인하는 수밖에 없다.

원래부터 좁은 간격으로 주차해둔 데다 눈까지 쌓여서 차와

차 사이는 한층 더 걷기가 힘들었다. 고스기는 몸을 옆으로 돌려 게처럼 이동했다. 겨우겨우 목적한 차 옆까지 들어가 번호를 확인하려고 했지만 앞차와의 간격이 너무 좁아 번호판이 보이지 않았다.

혀를 끌끌 차면서 게걸음으로 좀 더 들어갔다. 차 뒤의 번호판을 보려고 한 것이다. 그런데 이쪽도 담장과 아슬아슬할 만큼 바짝 붙어 있어서 영 보이지 않았다. 게다가 이 차는 와키사카의 차와 똑같은 모델이다. 이건 어떻게든 확인하지 않고서는 성이 차지 않는다. 번호판이 안 보인다면 차 안의 상태라도 확인하는 수밖에 없다.

고스기는 창유리에 덮인 눈을 쓸어내고 안을 들여다보았다. 어두워서 얼굴을 바짝 대고 시선을 집중했다. 둘둘 말린 담요 같은 것이 보였다. 그리고 편의점 봉투 몇 개. 노숙을 할 준비처럼 보이지 않는 것도 아니다―. 그렇게 생각한 직후였다.

"이봐요, 거기!" 어디선가 사람 소리가 들려왔다.

자신에게 하는 말인 줄은 생각도 못하고 고스기가 계속 차 안을 들여다보고 있자 그 목소리가 더욱 크고 날카로워졌다.

"당신 말이에요, 당신! 내 말 안 들려요?"

고스기는 몸을 세우고 둘레둘레 둘러보았다. 주차장 한복판에 방한코트를 입은 여자가 서서 이쪽을 노려보고 있었다.

나 말인가요, 라고 묻듯이 고스기는 자신의 코끝을 가리켰다.

"그래요, 당신. 거기서 뭐하는 거예요? 그거, 우리 손님 차라고요."

아무래도 이 주차장의 관리자인 모양이다.

"아니, 딱히 뭘 한다기보다 그냥……." 일이 재미없게 됐다고 생각하며 고스기는 다시 게걸음으로 차 옆을 빠져나왔다.

머릿속으로 변명할 말을 생각하며 머뭇머뭇 여자 앞으로 갔다. 어설피 도망치기라도 하면 신고를 할지도 모른다.

그러자 여자 쪽에서 어라라 하는 묘한 소리를 냈다. "어제 그 손님 아니에요?"

엇 하고 고스기는 얼굴을 들었다. 상대 여자와 눈이 마주쳤다. 머리를 뒤로 올려 묶었고 둥근 얼굴에 화장기라고는 없었다. 나이는 삼십대 후반 정도일까. 방한코트가 좋은 체격을 강조해주고 있었다.

고스기 쪽에서는 본 기억이 없었다. 누굴까 하고 생각하고 있는데 여자가 크게 고개를 끄덕였다.

"역시 맞네. 어제 그 이상한 손님이야. 재벌 2세인지 누군지를 찾고 있다고 했잖아요."

그 말을 듣고서야 고스기는 알아보았다. 새삼 상대 여자의 얼굴을 빤히 보았다. 전혀 낯선 얼굴이라고 생각했는데 윤곽이며 이목구비의 배치가 어젯밤 만난 인물과 합치되었다.

아하, 하는 소리가 새어나왔다. "그 식당 여주인!"

맞아요, 라고 그녀는 웃는 얼굴로 고개를 끄덕였다. 식당에서는 기모노 차림이었던 탓인지, 지금이 오히려 훨씬 더 젊게 보인다. 화장을 하지 않았기 때문인지도 모른다.

"어제는 덕분에 저녁 잘 먹었어요." 고스기가 말했다.

"저야말로 감사하죠. 언제든지 또 찾아주세요." 그렇게 여주인은 일단 고개를 숙이더니 "……라고 하면 좋겠지만"이라면서 얼굴을 들고 고스기를 쓰윽 노려보았다. "그것과 이건 별개예요. 우리 손님 차에 못된 짓을 하는데 그냥 못 본 척 넘어갈 수는 없어요."

"못된 짓이라니, 무슨 그런 말씀을……. 여기, 댁의 주차장이에요? 그 식당과는 거리가 꽤 되는 것 같은데."

"우리가 그 식당 외에 여관도 하고 있어요."

저기, 라고 여주인은 턱으로 맞은편 건물을 가리켰다. 전통가옥의 아담한 여관으로, 〈기나시〉라고 적힌 간판이 걸려 있었다. 그러고 보니 어젯밤에 고스기가 시라이와 함께 갔던 이자카야는 〈식당 기나시〉였다.

"그건 그렇고, 여기서 뭐 하고 있었죠?" 위협적인 목소리로 추궁해왔다.

"아니, 아무것도 안 했어요."

"그게 말이 돼요? 손님 차 안을 들여다보는 것을 내 눈으로 똑똑히 봤는데? 솔직히 털어놓지 않으면 경찰에 신고할 거예요."

"앗, 잠깐만." 고스기는 펼친 오른쪽 손바닥을 내밀었다. "알았어요, 말하죠. 어제 얘기했던 그 재벌 2세 때문이에요. 그자가 타고 온 차를 혹시 어딘가에 주차해놓지 않았나 하고 차례차례 살펴보는 중입니다. 조금 전에는 번호판을 확인하려고 한 거고."

여주인은 미심쩍은 시선으로 고스기를 노려보았다. 믿지 못하겠다는 눈빛이었다.

"정말이에요. 거짓말 아니니까 믿어봐요."

그녀는 의심의 눈초리를 거두지 않은 채 팔짱을 척 꼈다. "어디 번호판이죠?"

"어디라니, 무슨……."

"댁이 찾는다는 재벌 2세 말이에요. 차가 나가노 번호판? 아니면 도쿄 번호판?"

"아니, 둘 다 틀렸어요. 도요하시 번호판인데요."

도요하시, 라고 여주인의 입이 움직였다. 그 얼굴은 수상쩍게 여긴다기보다 그녀 나름대로 뭔가를 생각해보는 것 같았다.

"왜요?" 고스기가 물었다.

여주인은 탐색하듯이 가늘게 뜬 눈으로 고스기를 쳐다보았다. "당신, 누구예요?"

단도직입적인 질문에 크게 당황해버렸다.

"누, 누구냐니……."

"그 도요하시 번호판 숫자, 이거 아닌가요?" 그리고 여주인은 네 자리 숫자를 말했다.

고스기는 저도 모르게 숨을 멈추고 그녀를 마주보았다. 정확히 와키사카 다쓰미의 차 번호였다.

"역시 그렇군요." 그의 표정을 보고 여주인이 말했다. "당신, 어딘가의 재벌 2세를 찾는다고 했는데 그건 거짓말이죠?"

"어떻게 댁이 그 번호를 알고 있어요?"

"내가 먼저 물어봤잖아요. 대답해요, 당신 누구예요?"

고스기가 입을 꾹 다물자 그녀는 방한코트 호주머니에서 스마트폰을 꺼내들었다.

"대답을 못 하시겠다면 신고할 거예요. 그게 가장 빠른 해결 방법이니까."

고스기는 후유 하고 하얀 숨을 토해냈다. 포기하는 수밖에 없었다.

"알았어요. 솔직히 얘기하죠. 스마트폰은 넣어둬요. 나, 이런 사람입니다." 그렇게 고스기는 경찰 배지를 내보였다.

여주인은 미간을 좁혔지만 전혀 뜻밖이라는 표정은 아니었다. 그러기는커녕 고개를 연신 끄덕이며 "역시 그렇죠. 네, 경찰이실 거라고 생각했어요"라고 말했다. 그새 공손한 말투로 돌아와 있었다.

"역시…… 라는 건?"

"어제 밤늦게 온천가 여관조합에서 팩스가 들어왔거든요. 아까 말했던 차 번호는 거기에 적혀 있었어요."

"여관조합에서? 그게 무슨 얘기예요?"

"그건 제가 묻고 싶은 말이에요. 도무지 뭐가 뭔지 모르겠다니까요."

"팩스라니, 어떤 팩스가 왔는데요?"

"어떤 팩스냐면……. 말로 설명하려면 복잡하니까 함께 가시죠. 직접 보시는 게 얘기가 빠르겠네요." 휙 발을 돌리더니 성큼성큼 걸어갔다.

고스기는 여주인의 뒤를 따라 여관 현관문을 통해 안으로 들어갔다. 그녀는 무인 카운터 안으로 들어가더니 팩스 용지 한 장

175

을 내밀었다. "이거예요."

고스기는 받아들고 내용을 확인했다. 팩스 수신인은 '사토자와 온천가 여관조합 관계자 여러분께'라고 되어 있었다. 제목은 '나가노 현경으로부터 차량 문의'라는 것이었다. 차량 번호가 적혔고, 이 차량을 발견하는 대로 연락해달라고 나가노 현경으로부터 여관조합 측에 요청이 들어왔다, 라는 내용이었다. 그 번호는 물론 와키사카의 차 번호였다.

그런가, 라고 중얼거리며 고스기는 팩스 용지를 여주인에게 돌려주었다. "그렇게 된 거였어."

"대체 무슨 일이에요? 팩스 받은 직후에 조합 사무국장님에게 전화로 물어봤는데 그쪽도 자세한 사정은 모르는지 설명을 못 하시더라고요. 아무튼 현경에서 내려온 지시를 팩스로 보낸 것뿐이라던데요. 고스기 씨, 라고 하셨던가요? 무슨 일인지 알고 계시면 설명 좀 해주시겠어요?"

"예, 설명해드리죠. 하지만 그 전에 내 파트너부터 이쪽으로 오라고 해야겠네요." 고스기는 자신의 스마트폰을 꺼내며 말했다.

18

2인승 리프트에서 내려서자마자 다쓰미는 둘레둘레 주위를 둘러보았다. 옆에서 나미카와도 사방을 살펴보고 있었다.

정상적인 코스로 활주한다면 이곳에서의 선택지는 두 군데밖에 없었다. 방금 타고 온 리프트의 서측에 있는 코스를 타고 가거나 스카이 하이웨이라는 이름의 롱 코스로 향하는 것이다. 스카이 하이웨이는 사토자와 온천스키장의 명물 코스 중 하나이기도 했다.

하지만 다쓰미와 나미카와의 목적은 정상적인 코스로 가는 게 아니었다.

"대체 어디야." 다쓰미가 혼잣말처럼 중얼거렸다.

"리프트에서 내려서 오른쪽으로 나가라고 했어." 나미카와가 다카노에게서 들었던 정보를 입에 올리며 그쪽 방향을 가리켰다. "우선 저기로 가보자."

처음 찾아온 스키장 안을 이동하는 것은 아무리 활주에 익숙한 사람이라도 어쩐지 불안하게 마련이다. 하물며 정상적인 코스 밖으로 나가는 것이라면 두근거리는 기대감보다 불안감이 더 크다. 과연 이 방향이 맞을까 하는 의심에 사로잡힌 채 다쓰미는 나미카와와 함께 스케이팅으로 슬슬 이동했다.

곧이어 앞쪽으로 오르막이 나타났다. 당연히 보드는 미끄러지지 않는다. 바인딩을 풀고 보드를 껴안은 채 걸음을 옮겼다. 발밑을 보니 발자국 여러 개가 있었다.

언덕의 경사도가 서서히 높아졌다. 하지만 길을 잘못 든 건 아니라는 확신이 들었다. 발자국뿐만 아니라 스키어들이 판을 엎은 상태로 올라간 흔적도 있었기 때문이다.

언덕 중간에 앞길을 가로막듯이 로프가 있었다. 하지만 발자국은 끊기는 일 없이 그 너머로 이어졌다.

다쓰미와 나미카와는 보드를 껴안고 로프 밑으로 건너갔다. 오르막 경사의 좁은 길이 다시 이어졌다. 물론 정상적인 코스 길이 아니다. 규칙을 위반한 무법자들이 만들어놓은, 이른바 짐승 길이다.

그대로 한참 걸어가자 문득 시야가 툭 트였다. 발밑의 땅이 평평하고 수많은 사람들이 밟고 지나가면서 단단해진 흔적이 있었다. 스노보더들이 이곳에서 보드를 장착한 모양이었다. 앞쪽으로 시선을 던지자 발자국은 없고 그 대신 스키어나 스노보더들이 타고 간 트랙이 나무 사이를 누비듯이 내달리고 있었다.

다쓰미는 한숨을 내쉬었다. "이런 곳은 누군가 일부러 알려주지 않고서는 절대로 못 오겠다."

정말 그렇다고 나미카와도 공감을 표했다. "산에 대한 것은 그 지역 사람에게 물어보는 게 가장 빠르다니까."

이 스키장을 홈그라운드로 하는 사람이 파우더를 원한다면 바로 이곳이다, 라고 다카노가 은밀히 알려주었던 것이다.

다쓰미는 자신의 보드를 눈 위에 내려놓았다. 그리고 바인딩을 장착하기 위해 허리를 숙였다.

"뭐 하냐?" 나미카와가 물었다.

"뭐 하냐니, 보드 붙이려고 하고 있지."

나미카와는 보드를 눈 속에 척 꽂아 넣고, 흐늘흐늘 주저앉는 시늉을 했다. "너, 바보냐?"

"뭐?"

"보드를 붙이고 어떻게 할 건데? 여기서 트리 런을 즐길 셈이야? 그러고서도 '여신'을 찾아낼 수 있을 거 같아?"

"즐길 것까지야 없지만, 보드를 타면 안 되는 거야?"

어이없다는 듯이 나미카와는 양팔을 펼쳐 슬쩍 처들었다.

"왜 보드를 타겠다는 거냐고. 어설피 돌아다녀봤자 여신을 만날 확률은 떨어질 뿐이야. 너도 보다시피 이곳은 스타트 지점이야. 즉 이 아래쪽의 코스 밖 구역을 달리려는 자들은 반드시 이곳을 지나가게 된다는 얘기야."

나미카와가 하려는 말을 드디어 다쓰미도 이해했다. "그럼 여기서 기다리자고?"

"이제야 내 말을 알아들은 모양이네." 나미카와는 보드를 뒤집어 눈 위에 내려놓고 그 옆에 털썩 주저앉았다.

아닌 게 아니라 나미카와의 말은 합당한 것이었다. 일행을 놓쳤을 때, 공연히 이리저리 이동해서는 안 된다는 게 스키장에서의 규칙인 것이다. 다쓰미도 보드를 뒤집어서 내려놓은 뒤, 자리를 잡고 앉았다.

잠시 후에 삼인조 스노보더들이 나타났다. 하지만 빨간색과 하얀색 투톤 컬러의 보드복을 입은 사람은 없었다. 게다가 체격으로 추측컨대 전원이 남자인 것 같았다. 그들은 다쓰미와 나미카와를 보고 잠깐 의아하다는 몸짓을 보였지만 곧바로 자신들과는 관계없는 존재라고 결론을 내렸는지 서둘러 보드를 장착하고 숲속으로 달려갔다. 이 지역 사람들인지 지형을 숙지하고 있는, 그야말로 익숙한 느낌의 활주였다. 휘날리는 눈보라가 그 스피드에 화려함을 더해주었다.

"캬아, 멋있다." 다쓰미는 저도 모르게 탄성을 흘렸다. "진짜 상쾌하겠네. 나도 타고 싶다."

"지금 네가 그렇게 징징거릴 상황이냐? 함께 따라다녀야 하는 내 기분도 좀 헤아려달라고." 나미카와가 내뱉듯이 말했다. "맛있는 먹잇감을 눈앞에 두고도 기다려야 하는 개의 기분……. 아니, 이건 너무 심심한 표현이지. 전라의 미녀가 침대 위에서 손짓을 하는데도 손끝 하나 댈 수 없는 기분……. 지금 내가 그 정도로 괴로운 심정이란 말이야."

"그, 그래, 그건 상당히 괴롭겠다."

"지옥의 고통이지. 이번 일만 잘 정리되면 너는 진짜 크게 한턱 내야 돼."

"음, 약속할게. 삼겹살 오코노미야키든 야키소바 곱빼기든 다 사줄 테니까."

"그런 저렴한 걸로 되겠냐? 스페셜 돼지고기 김치 몬자야키*도 추가할 거니까 그렇게 알아."

---

* 잘게 썬 각종 야채와 고기를 묽은 밀가루 반죽과 함께 즉석에서 철판에 부쳐내는 요리.

"좋지. 베이비스타 라멘*도 토핑으로 얹어줄게."

"오, 그거 좋다."

"어째 몹시 배가 고프네."

"나도 그래. 이런 얘기, 그만하자."

그런 잡담을 나눠가며 기다리고 있으려니 그 뒤에도 몇 명의 스노보더와 스키어가 나타났다가 다쓰미와 나미카와의 선망의 시선을 받으며 파우더가 듬뿍 쌓인 숲 사이로 사라져갔다. 그들 중에는 감격의 포효를 올리는 자도 적지 않았다. 그럴 때마다 다쓰미는 제 귀를 틀어막고 싶었다.

결국 한 시간 가까이 그곳에서 버텨봤지만 여신은 나타나지 않았다.

"낚시터를 바꿔야겠어." 나미카와가 엉덩이를 툭툭 털고 일어섰다. "다카노 씨에게 얘기해서 다른 장소를 알려달라고 하자. 아마 아직 다른 비밀장소가 많을 거야."

"알려줄까?"

"안 될지도 모르지만 일단 매달려보는 수밖에 없어."

보드를 장착하고 두 사람은 나무 사이로 들어갔다. 이미 몇십 명이 활주한 뒤인 만큼 트랙이 그어지지 않은 장소는 거의 없었다. 그래도 어딘가에 손대지 않은 파우더가 남아 있지 않은지 저절로 찾아보게 되는 것이 스노보더의 습성이다. 하산 루트에서 벗어나면 위험하다는 것을 잘 알면서도 자꾸만 옆길로 빠지고

---

* 일본 식품회사 오야쓰 컴퍼니(Oyatsu Company)의 대표적인 인기상품으로, 라면을 튀긴 스낵 과자. 바삭거리는 식감을 살려 몬자야키에 토핑으로 얹기도 한다.

싶어진다. 그런 모험이 허탕으로 끝나는 경우가 대부분이지만 극히 드물게 맹점처럼 깜빡 놓치고 간 파우더 존을 찾아내는 일도 있어서 도무지 멈출 수가 없다.

그런 식으로 평소와 똑같이 타고 내려가는 동안에 다쓰미는 유난히 나무가 밀집한 구역으로 들어선 것을 깨달았다. 나무가 너무 많아서 어느 쪽으로도 내려가기가 힘들 것 같았다. 주위를 둘러보며 속도를 늦추다가 이윽고 정지했다. 앞쪽에 있을 터인 나미카와의 모습이 보이지 않았다.

다쓰미는 사방을 살펴봤지만 역시 나미카와는 어디에도 없었다. 여기가 어디쯤인지, 위치관계도 잘 알 수 없게 되어버렸다.

아차차 하고 초조해졌다. 대략적인 방향은 파악했다고 생각했는데 아무래도 하산 루트를 놓쳐버렸는지도 모른다.

"나미카와!" 큰 소리로 불러보았다. 하지만 소리가 메아리칠 뿐, 어디서도 대답은 들려오지 않았다.

미치겠네, 하고 페이스마스크 아래에서 입가를 비틀며 숨을 내쉬었다. 무엇보다 이곳은 활주 금지구역이고 침입해 들어온 것도 처음이다. 이 앞이 어디로 어떻게 연결되는지 전혀 알지 못한다. 섣불리 내려갔다가 늪이나 절벽으로 굴러떨어질 우려도 있다. 설붕도 걱정스럽다.

이런 경우에 어떻게 해야 하는지는 정해져 있었다. 원래 장소로 돌아가는 게 가장 안전한 것이다. 아무리 귀찮더라도 그 방법밖에 없었다.

다쓰미는 몸을 돌려 경사면을 올려다보았다. 나무가 울창하게 들어차 자신이 어디서 왔는지 전혀 알아볼 수 없었다. 길을 잃지 않고 돌아가려면 타고 온 트랙을 따라 걸어가는 게 가장 현명하다.

마음을 접고 바인딩을 풀려고 허리를 웅크렸을 때였다. 나무 사이로 언뜻 빨간 것이 보였다. 그것은 예상을 뛰어넘는 엄청난 속도로 이동해 순식간에 바로 위까지 다가왔다. 물론 그때쯤에는 그것이 스노보더라는 것을 알았다. 동시에 대단하다고 경탄했다. 상당한 경사도에 나무까지 밀집한 곳인데도 전혀 속도를 늦추려 하지 않는 것이다.

그 스노보더는 다쓰미가 서 있는 자리의 몇 미터 위에서 눈보라를 피워 올리며 방향을 전환했다. 그러고는 망설임 없는 기세로 내처 달려갔다. 이 구역의 지형을 완벽하게 알고 있는 것 같았다.

그 뒷모습을 보고 다쓰미는 온몸에 전기가 내달리는 듯한 충격을 느꼈다. 대담하고도 공격적인 자세, 정확하고 민첩한 보드 컨트롤 기술—. 바로 그녀, 다쓰미를 궁지에서 구원해줄 그 '여신'이 틀림없었다. 무엇보다 보드복이 그것을 확신하게 해주었다. 빨간색과 하얀색의 투톤 컬러다. 정확히 말하면 하얀 바탕에 빨간색의 큼직한 물방울 무늬였다. 맞아, 바로 저거야, 하고 다쓰미의 기억이 되살아났다. 신게쓰 고원에서 만난 그녀가 입고 있었던 것이 바로 그 무늬였다. 방금 전까지도 기억나지 않았다는 것이 오히려 이상할 만큼 강렬한 이미지의 보드복이었다. 그리고 헬멧은 검정색, 바지는 옅은 파란색이다.

멀거니 바라보고 있을 때가 아니었다. 다쓰미는 즉각 출발했다. 그녀의 뒤를 쫓아 나무 사이를 획획 빠져나갔다. 어떻게든 그녀를 시야에서 놓쳐서는 안 된다.

하지만 그녀의 스피드와 테크닉은 예사롭지 않았다. 나무를 피하려고 아주 잠깐이라도 감속했다가는 금세 거리가 크게 벌어질 것 같았다. 다쓰미는 나무와 충돌할 것 같은 공포와 싸워가며 죽을 둥 살 둥 달렸다. 온몸에서 식은땀이 쏟아졌다.

어떻게든 따라잡아야 한다―. 그런 생각으로 무리하게 좁은 나무 사이를 빠져나가려고 했을 때였다. 뭔가가 발에 걸리는 감촉이 있었다. 아차, 했을 때는 이미 늦었다. 마치 유도의 다리 후리기에 걸린 것처럼 몸이 앞으로 날아가 눈밭 위에서 한 바퀴 휘익 돌아 착지했다.

다급하게 윗몸을 세웠지만 고글에 눈가루가 달라붙어 아무것도 보이지 않았다. 모자와 함께 통째로 쥐어뜯듯이 고글을 벗고 재빨리 시선을 앞으로 향했다.

그녀의 모습은 아득히 저 먼 곳에 있었다. 화려한 눈보라를 휘날리는가 싶더니 그다음에는 자취도 없이 사라졌다. 아무래도 산등성이를 넘어간 모양이다.

다쓰미는 더 이상 꼼짝도 할 수 없었다. 멍하니 주저앉아버렸다. 그토록 찾아 헤매던 '여신'이 돌연 나타난 것도 놀랍고 그와 동시에 순식간에 놓쳐버렸다는 사실도 도저히 믿어지지 않았다. 어떻게 이럴 수가 있는가―.

어이, 하는 소리가 들려왔다. 귀에 익은 목소리였다. 다쓰미는 그쪽으로 고개를 돌렸다. 어이, 하는 똑같은 목소리. 한참 위쪽에서 들려오는 것이었다.

고개를 빼고 경사면을 올려다보니 나미카와가 나무 사이를 신중하게 내려오는 참이었다.

19

팩스를 훑어보더니 시라이는 둥그레진 눈으로 고스기를 바라보았다.

"어떻게 된 겁니까. 왜 나가노 현경에서 와키사카의 차를 찾고 있어요?"

"왜 그럴 거 같아?"

"경시청의 요청에 따라……."

고스기는 천천히 고개를 위아래로 끄덕였다. "응, 그렇게 생각할 수밖에 없어."

"잠깐만요. 그러면 수사본부 측에서는 와키사카 일행이 이 스키장으로 도주한 것을 이미 파악한 건가요?"

"아니, 그렇지는 않을 거야. 그쪽에서 그걸 알아냈다면 말상 계장이 우리한테 뭔가 말을 해줬을 테니까."

"근데 왜 나가노 현경에서 이런 팩스를 보냈을까요?"

"모르겠어?"

고스기가 되묻자 시라이는 잠시 생각해보더니 금세 고개를 저었다. "잘 모르겠는데요."

그래, 라고 고스기는 후배 형사의 손에서 팩스용지를 받아들고 다시 한번 읽어본 뒤에 테이블에 내려놓았다. 그로서는 생각할 수 있는 경우는 단 한 가지밖에 없었다.

여주인이 쟁반에 찻잔 두 개를 들고 나와 공손한 손놀림으로 테이블에 차려주었다. 고맙습니다, 라고 고스기가 인사를 건넸다.

여관 〈기나시〉의 로비에 와 있었다. 스키복을 벗고 소파에 둘이 나란히 자리를 잡았다.

찻잔에서는 고소한 메밀차 향기가 풍겨왔다. 한 모금 후루룩 마시자 몸속 심지에서부터 따듯해지는 것 같았다. 하아 하고 저도 모르게 긴 숨을 내쉬었다.

"진짜로 감사하네요." 시라이의 말에는 실감이 담겨 있었다. 아침부터 바깥을 헤집고 돌아다녔으니 그도 몸이 꽁꽁 얼어붙었을 것이다.

"파트너도 나타나셨고, 계속해서 그다음 얘기를 해줄래요?" 여주인이 고스기를 올려다보며 말했다. 그녀는 테이블 옆의 바닥에 무릎을 짚고 있었다. 조금 전에 내준 명함에는 가와바타 유키코라는 이름이 인쇄되어 있었다.

고스기는 얼굴을 찌푸렸다.

"우리만 자리에 앉아 있어서야 대화하기가 어렵죠. 유키코 씨도 소파에 앉아요."

하지만 그녀는 고개를 저었다.

"주인이 소파를 차지하고 앉을 수는 없어요. 언제 손님이 들어와서 보게 될지 모르니까. 나는 여기서도 괜찮아요. 그보다 어서 얘기나 해봐요."

"어느 선까지 얘기하셨어요?" 시라이가 옆에서 슬쩍 물었다.

"그냥 대략적인 요점만."

"요점이라면?"

"이게 살인사건의 수사라는 거."

유키코는 테이블에 놓인 팩스 용지를 탁탁 내리쳤다.

"내가 이곳에 시집오고 15년이 됐지만 이런 팩스가 여관조합에서 날아온 일은 아마 처음일 거예요. 적어도 내 기억에는 이런 일은 없었어요. 이게 무슨 일인가 하고 궁금하던 참이었는데 설마 살인범의 차를 찾고 있었다니⋯⋯."

"살인범이라고 확정된 건 아니고요. 어디까지나 용의자예요." 고스기가 못을 박고 나섰다.

"우리한테는 그게 그거죠. 진짜 무섭네. 어떻게든 한시바삐 잡아주세요."

"알고 있어요. 그러려고 우리가 이곳에 왔는데요."

"하지만 단 두 분뿐이잖아요. 왜 이렇게 인원이 적어요? 아무리 시골 동네라지만 너무 소홀히 취급하는 거 아니에요?" 유키코의 말투가 약간 날카로워졌다.

"아니, 실은 이래저래 사정이 좀 있어요."

"어떤 사정? 살인범을 체포하는 데 수사 인원에 쩨쩨하게 굴다니, 이건 좀 이상하잖아요. 나가노 현경도 마찬가지예요. 아무리 도쿄에서 일어난 사건이라지만 살인자가 이 동네로 들어왔다는 것을 다 알면서도 여관조합에 차 번호만 알려주고 끝이라니, 이건 근무 태만도 너무 심한 태만이죠." 흥분이 고조되는지 유키코의 목소리가 점점 커져갔다.

"아니, 아니, 목소리가 너무 커요." 고스기가 두 손을 내밀며 현관 쪽으로 시선을 던졌다. 숙박객으로 보이는 가족 일행 세 명이 스키 준비를 하고 외출하는 참이었다.

잘 다녀오세요, 라고 유키코는 상냥하게 인사를 건네고 다시 고스기 쪽을 쓰윽 노려보았다. "나는요, 자세한 설명을 들어야겠어요."

"좋아요, 지금 얘기하죠. 나가노 현경은 하나도 잘못한 거 없어요. 경시청에서 아마 이런 식으로 요청이 들어왔을 겁니다. 나가노 현 내에 있는 모든 스키장 주변에서 이러이러한 번호의 차가 목격되었는지 확인해달라―. 모든 스키장 주변, 이라는 거예요. 현재로서는 어느 스키장인지 확정되지 않았으니까."

유키코는 영문을 모르겠다는 듯 고개를 갸웃거렸다. "왜요?"

"어느 스키장인지 특정할 수 없기 때문이죠. 그것뿐만이 아니에요. 경시청이 요청한 곳은 아마 나가노 현경에만 국한된 게 아닐 겁니다. 니가타, 군마, 후쿠시마처럼 관내에 스키장이 있는 모든 현경 본부에 똑같은 내용으로 요청이 들어갔을 걸요."

"왜 그런 일을……."

"수사본부에서 파악한 것은 용의자가 어딘가의 스키장으로 도주했다는 것뿐이고, 구체적인 장소까지는 아직 모르기 때문이에요. 그런 상황에서 그자들을 찾아내자면 전국 스키장에 죄다 요청하는 수밖에 없어요."

"아, 그렇구나." 옆에서 시라이가 오른쪽 주먹으로 왼손의 손바닥을 타악 쳤다. "꼭 이쪽 스키장이라고 파악한 건 아니었군요."

"그렇게 생각할 수밖에 없잖아."

분명 맞는 말씀, 이라고 시라이는 몇 번이나 고개를 끄덕였다.

고스기는 팩스를 집어 들었다.

"경시청에서 나가노 현경에 보낸 정보는 아마도 차의 특징과 차 번호뿐일 거야. 그런 알량한 정보로 어떻게든 해보라니, 이건 말이 안 되는 지시여서 나가노 현경으로서도 아주 난감했겠지. 스키장 주변의 관할서에 연락해 나가보라고 하자니 인원 면에서 한계가 있어. 별수 없이 스키장의 관광협회나 여관조합에 연락해 정보를 수집하기로 결정했을 거야. 그게 바로 이 팩스야."

"그렇다면 범인이 반드시 우리 사토자와 온천가로 도주했다고 정해진 건 아니네요. 스키장이라면 전국 여기저기에 아주 많으니까 오히려 우리 동네에 오지 않았을 가능성이 훨씬 높죠. 그렇잖아요?"

다짐을 받으려는 듯이 묻는 유키코의 얼굴에서 고스기는 시선을 피해버렸다. 그렇다, 라고 답해줄 수가 없었다.

그런데 말이에요, 라고 유키코가 미간에 주름을 잡은 채 고개를 갸웃했다.

"그런 거라면 얘기가 좀 이상하네. 왜 고스기 씨는 우리 동네로 오셨어요? 아니면 전국 스키장마다 형사를 두어 명씩 보내서 그이들도 각자 나름대로 고스기 씨처럼 탐문수사도 하고 차도 찾고 다니는 건가? 나는 경찰에 대해서는 잘 모르지만, 아무리 생각해도 그럴 리는 없을 거 같은데요."

"아니, 그건 말이죠, 역시 이래저래 사정이 좀 있어요." 시라이가 당황한 기색으로 말했다. "물론 모든 스키장마다 형사를 보내는 경우는 없죠. 네, 그건 무리예요. 하지만 몇몇 대표적인 스키장만이라도 일단 확인차 파악해두는 게 좋지 않겠느냐, 얘기가 그렇게 되어서 경찰을 몇 명씩 보낸 거예요. 그래서 사토자와 온천스키장은 나하고 고스기 씨가⋯⋯. 그렇죠, 선배님?"

애써 입을 맞춰보려는 후배의 물음에 고스기는 응하지 않았다. 선배님, 이라고 시라이가 거의 울먹거리는 듯한 목소리를 냈다.

"어떤가요, 고스기 씨?" 유키코가 싸늘한 얼굴로 물었다. "시라이 씨의 말씀이 맞아요?"

어떻게 대답해야 할지 망설이는데 옆에 놓아둔 스키복에서 스마트폰의 착신음이 들려왔다. 잠깐 실례, 라고 말하고 고스기는 스키복 호주머니에서 스마트폰을 꺼냈다. 예상한 대로 난바라에게서 온 전화였다.

자리에서 일어나 조금 떨어진 곳까지 나가 전화를 받았다. 안녕하십니까, 라고 억양 없는 목소리로 아침인사를 했다.

"안녕하시기는 뭘 안녕하셔? 전혀 안녕하시지를 못 해. 자네들 대체 지금 뭐하고 있어?" 난바라가 아침부터 콧김을 씩씩거리고 있었다.

"계장님이 지시하신 대로 사토자와 온천가의 차들을 점검하고 다니는 참입니다."

"그래서 어떻게 됐어, 찾았어?"

"찾았다면 진즉에 연락을 드렸겠지요."

한순간의 침묵 뒤에 우당탕탕 하는 소리가 들렸다. 대략 의자라도 걷어찬 것이리라.

"지금 그 말투, 대체 뭐야!"

"그보다 계장님, 이쪽에서 좀 묘한 얘기를 들었습니다."

"묘한 이야기? 어떤 건데?"

고스기는 그 팩스에 대한 것을 짤막하게 설명했다.

난바라는 끄응 신음소리를 내더니 "벌써 그런 것이 돌고 있어?"라고 씁쓸한 듯이 말했다.

"본청에서 요청한 곳이 나가노 현경만은 아닐 거예요. 관내에 스키장이 있는 현경본부라면 모두 똑같이 와키사카의 차를 찾아달라고 요청했겠지요. 그렇잖습니까?"

"⋯⋯뭐, 그렇겠지."

"역시 하나비시 씨, 대단하네요. 일하는 스케일이 엄청나게 커요."

"그러니까 그쪽이 더 이상 앞질러가지 않게 자네들이 차를 빨리 찾아내야 할 거 아니야."

"하지만 이런 통보가 나돌고 있는 이상, 만일 와키사카의 차가 이 동네에 있다면 우리가 발견하기 전에 누군가는 찾아낼 것 같은데요."

"그걸 좀 어떻게든 해결해보는 게 자네들이 할 일이잖아."

대체 무슨 수로 어떻게든 해결하라는 거냐고 되묻고 싶은 대목이었지만 그런 말씨름을 하는 것도 쓸데없이 느껴져서 일단 화제를 바꾸기로 했다.

"그나저나 와키사카와 나미카와의 스키복 색깔과 무늬는 알아냈습니까?"

"아참, 그거! 그것에 대해서라면 수확이 있었어. 그 녀석들이 가입한 동아리에서 사진을 입수했어. 가장 최근의 단체사진에 찍혀 있는 게 지금 입고 다니는 스키복일 것이라는 정보야. 내가 이따가 그 사진은 메일로 보내줄게."

"예에, 잘 부탁드립니다. 그러면 계장님, 하나비시 씨 쪽은 아직 사토자와 온천이라고 콕 찍어낸 것은 아니지요?"

"당연하지. 거기라고 콕 찍지 못했으니까 전국 현경마다 모조리 차 수색을 의뢰한 거야."

계장님, 이라고 고스기는 스마트폰을 잡은 손에 힘을 넣었다.

"방금 전에도 말씀드렸지만, 만일 와키사카의 차가 이 동네에 있다면 그쪽의 누군가가 먼저 찾아낼 가능성이 높아요. 설령 그렇게 되지 않더라도 하나비시 씨가 보통 사람이 아니잖습니까, 그밖에 좀 더 대담한 방법으로 치고 나올 수도 있어요. 그렇게 수단방법을 가리지 않고 와키사카 일행이 이 스키장에 온 것을 알아내버리면 거기서 모든 게 끝이에요. 하나비시 씨는 총동원령을 내려서라도 와키사카 일행의 신병을 확보하려고 할 겁니다. 당연히 공은 모두 수사 1과에게로 돌아가겠죠. 그러니까 일이 그렇게 되기 전에 차라리 와키사카가 여기 사토자와 스키장에 와 있다는 정보를 얼른 하나비시 씨 쪽에 흘려주는 게 두고두고 우리로서도 얼굴이 서는 일이 아닌가 하고……."

이봐, 라고 난바라가 고스기의 말을 가로막았다. "자네, 지금 진심으로 하는 소리야?"

"그야 물론 진심으로 하는 얘기지요. 우리 서를 생각해서 하는 말이라고요."

"우리 서는 어찌 되건 상관없어. 자네, 똑같은 얘기를 과장에게 할 수 있어?"

"오와다 형사과장님 말씀입니까?"

"그래, 하나비시 씨가 공을 세울 수 있게 정보를 제공해주라고 얘기할 수 있느냐 말이야."

고스기는 심호흡을 하고 입을 열었다. "네, 할 수 있습니다. 정 그러시면 이대로 전화를 과장님께 돌려주셔도……."

뚝 하고 전화가 끊겼다. 고스기는 전화를 귀에 댄 채 멍하니 서 있다가 고개를 휘휘 젓고는 자리로 돌아왔다.

"계장님이 뭐래요?" 시라이가 눈치를 살피는 듯한 시선을 던져왔다.

고스기는 한쪽 뺨을 쭉 올리고 어깨를 움츠렸다. "열심히 뛰어보라네. 격려를 해주시더라고."

"통화하는 소리가 잠깐 귀에 들어왔는데, 도저히 그런 얘기라고는……."

"격려를 해주셨다니까. 그냥 그렇게 받아들이기로 했으니까 그런 줄 알아."

네에, 라고 시라이가 애매한 표정으로 고개를 끄덕였을 때, 이번에는 그의 스마트폰이 소리를 올렸다.

"메일이 도착했어요. 사진이 첨부되었는데요?" 시라이는 스마트폰을 터치해 화면을 고스기 쪽으로 내보였다.

그곳에 표시된 것은 눈 덮인 풍경을 배경으로 찍은 단체사진이었다. 알록달록한 스키복을 입은 남녀가 다양한 포즈를 취하고 있었다. 대부분 고글을 쓰고 있어서 나이는 짐작하기 어려웠지만 분위기는 분명하게 젊은이들의 것이었다.

와키사카가 소속된 동아리의 사진이야, 라고 고스기는 시라이에게 설명해주었다.

"네, 그런 것 같네요. 그리고 여기 오른쪽에서 세 번째와 다섯 번째가 와키사카와 나미카와라고 합니다." 시라이는 다시 스마트폰을 터치해 고스기에게 내보였다.

와키사카는 장난기 가득한 표정으로 손가락 두 개를 번쩍 들고 있었다. 그것을 보고 요즘 젊은 녀석들도 V포즈를 취하는구나, 라고 고스기는 멍하니 생각했다. 와키사카의 스키복은 상의가 회색, 바지는 선명한 핑크색이었다. 모자도 핑크색이다. 나미카와는 파란색 상의에 노란색 바지, 갈색 모자라는 조합이었다.

"참새 눈물만큼의 단서라는 게 바로 이런 경우네." 고스기는 힘없는 쓴웃음을 흘렸다.

말없이 두 사람의 대화를 듣고 있던 유키코가 고스기의 얼굴을 빤히 쳐다보았다.

"내 얼굴에 뭔가 묻었습니까?"

"얼굴에는 아무것도 안 묻었어요. 하지만 방금 전화 통화에서 고스기 씨의 입을 통해 이런저런 걱정스러운 말들이 들리던데요. 와키사카, 라는 건 범인의 이름 아닌가요? 그리고 그 사람이 지금 이 동네에 있다, 라는 뜻의 얘기를 몇 번이나 하는 것 같았는데."

"아니, 그건 그런 게 아니고요." 시라이가 중간에 끼어들었다. "그냥 그럴 가능성이 있다는 것이죠. 이래저래 분석해본 결과, 여기 사토자와 온천가에 은신했을 가능성이 약간 있다…… 네, 말하자면 그런 정도의 얘기예요. 어디까지나 추측의 영역을 넘지 않는……."

"소용없어." 고스기는 후배 형사의 어깨를 두드리며 유키코 쪽을 보았다. "그런 얘기를 사실로 받아들일 만큼 이 여주인께서는 둔감하지 않아."

"그래도……." 시라이가 말끝을 흐렸다.

"그래도 계속 시치미를 떼려고 하면 다음에는 아마 이런 질문이 날아오겠지. 왜 형사라는 것을 숨겼습니까. 왜 재벌 2세를 뒤쫓는 흥신소 사람이라고 거짓말을 했습니까. ―어때요, 그렇죠?"

유키코는 입가를 풀며 빙긋이 웃었다. "아무래도 뭔가 깊은 속사정이 있는 모양이네."

"예, 어이없을 만큼 허접한 속사정이 있죠. 본사와 지점 간의 세력 다툼…… 이라고 하면 그나마 얘기해볼 가치라도 있겠지만 이건 그것보다 훨씬 더 한심한 얘기예요."

"앗, 선배님, 선배님." 시라이가 눈꼬리를 축 늘어뜨리며 만류했다. "그런 말을 하시면 안 되죠."

"까짓 것, 상관없어. 이제 이런 귀찮은 짓거리에 끌려 다니는 것도 지긋지긋해. 이건 내 독단으로 얘기한 거야. 자네는 모르는 일로 해줄 테니까 밖에 나가 있어."

하지만 시라이는 자리를 뜨려고 하지 않았다. "그럴 수는 없잖아요……"라고 고개를 툭 떨구었다.

"안 나갈 거야? 똑같이 징계를 먹을 수도 있어."

"됐습니다. 비겁한 사람은 되고 싶지 않네요."

"흠, 그렇다면 마음대로 해."

고스기는 유키코 쪽을 돌아보며 자신들 둘이서만 이 동네에 파견된 이유─, 즉 직속 상사가 그 윗분의 기분을 맞춰주겠답시고 어처구니없을 만큼 무리한 짓을 밀어붙이게 된 경위를 가능한 한 짤막하게 설명했다.

이야기를 다 듣고 유키코는 그제야 이해가 된다는 듯 고개를 끄덕였다.

"한마디로, 고스기 씨의 윗분께서 경시청에서 나온 엘리트 수사관의 뒤통수를 치겠다는 것이네요. 그래서 범인이 이 동네로 도주했다는 정보를 숨기고 있는 거예요."

고스기는 입가를 삐뚜름하게 틀고 오른쪽 어깨를 쓱 치켜들었다. "어린애 같은 짓거리죠."

"정말 그러네요. 하지만 사내들이란 대부분 다 그렇지 않나요?" 유키코가 시원하게 말했다. "언제까지고 어린애예요. 별것도 아닌 일에 승부욕이 발동해서 고집을 피우고 오기를 부린다니까. 본인이야 그래도 괜찮을지 모르지만 그걸 따라줘야 하는 쪽은 너무 힘들지요. 게다가 한편으로는 그런 승부욕이 그 사람의 장점이기도 하니까 얘기가 복잡해지는 것이고…….”

그녀의 말에 고스기는 어라 하고 생각했다. 좀 더 화를 낼 거라고 생각했는데, 어느 쪽인가 하면 두둔해주는 입장을 취하고 있었다.

하지만, 이라고 유키코는 말을 이어나갔다.

“이게 살인사건이고 보면 얘기가 달라져요. 범인이 우리 동네로 도주해왔는데 사나이 고집 다툼 때문에 형사님을 두 분밖에 보내지 않았다는 얘기를 듣고서야 나도 그냥 입 다물고 있을 수가 없죠. 경관을 총동원, 까지는 아니더라도 정예부대를 보내 한시바삐 처리해주는 게 경찰로서 꼭 해야 하는 일 아니에요?”

“맞는 말씀이에요.”

“동의를 해주신다는 것은…….” 유키코가 진지한 눈빛으로 고스기를 바라보았다. “내 생각대로 일을 처리해도 괜찮다는 뜻인가요?”

“어떻게 할 겁니까?”

“나도 가업으로 이런 장사를 오래 해온 사람이에요. 이 지역 경찰 중에 아는 사람도 꽤 많죠. 그중에는 높은 분도 있어요. 그런 사람들에게 부탁해서 방금 그 이야기가 도쿄에 전해지도록 해볼까 하는데요. 그렇게 하면 수사본부라고 했던가요, 그쪽 사람들이 움직여주지 않겠어요?”

고스기는 고개를 끄덕였다. “좋습니다. 그렇게 해요.”

“아니, 그건 안 됩니다.” 시라이가 자리에서 일어섰다. “우리, 당장 모가지라고요.”

"이건 내가 독단으로 발설한 거야. 역시 자네는 이 자리에 없었던 것으로 하자. 자네는 괜찮을 테니까 안심하라고."

"그게 뭡니까, 대체." 시라이가 얼굴을 일그러뜨렸다.

"정말 그래도 되나요?" 유키코가 다짐을 해왔다.

"예, 그래요."

"상사의 사나이 체면을 살려줘야 한다, 라는 생각은 없다는 거죠?"

고스기는 흥 하고 코를 울렸다.

"과장이 직접 머리를 숙여가며 부탁한 거라면 그나마 얘기가 달라졌겠죠. 하지만 그런 것도 아니에요. 과장의 비위를 살살 맞춰주려는 계장이 지시를 내린 것뿐이에요. 그러니 유키코 씨가 어떻게 처리하건 나는 괜찮습니다."

유키코는 고개를 끄덕였다. 그러시다면, 하고 한쪽에 벗어둔 방한코트에서 스마트폰을 꺼냈다. 그것을 보고 시라이가 머리를 부여잡았다.

그때였다. 현관문이 드르륵 열리고 젊은이 한 명이 들어섰다. "안녕하세요?"

스마트폰을 터치하려던 유키코가 그쪽을 보고 의외라는 표정을 보였다. "어라, 웬일이야?"

젊은이는 유키코에게로 다가오더니 "이거요"라며 팸플릿인 듯한 것을 내밀었다. "내일 겔렌데 웨딩의 자료예요."

"어머, 벌써 내일이야?"

"네, 잘 부탁드립니다." 젊은이가 머리를 숙였다. "꼭 참석해주세요."

"물론 참석하고말고. 하즈키한테도 인사 전해줘. 가장 눈에 띄는 자리에서 가장 눈에 띄는 차림으로 축하해줄 테니까 하즈키도 마음껏 즐기라고 해."

젊은이는 웃는 얼굴로 "네, 전해드릴게요"라고 말하고 나갔다.

그를 배웅한 뒤, 유키코는 팸플릿을 살펴보고는 심각한 느낌의 한숨을 토해냈다. "그렇구나, 이게 있었네……."

"내일 무슨 행사가 있어요?" 고스기가 물었다.

"결혼식."

"오호, 경사네."

"단 평범한 결혼식이 아니에요." 유키코는 팸플릿을 고스기 쪽으로 내밀었다. "겔렌데에서 올리는 결혼식이죠. 우리 스키장에서 이런 행사를 하는 건 처음이에요. 그야말로 최대의 이벤트인 셈이에요."

고스기는 팸플릿을 보았다. '사토자와 온천스키장의 새로운 매력을 연출한다!'라는 제목이 크게 인쇄되어 있었다. 내용을 읽어보니 이번 결혼식은 말하자면 예행연습이고 이번 경험을 토대로 문제점이나 개선점을 철저히 찾아내 좀 더 매력적인 이벤트로 발전시키자는 것인 모양이었다.

"뭐야, 결혼식이라고 해도 진짜 결혼식은 아닌가."

고스기의 중얼거림에 유키코가 "그렇지 않아요"라면서 그의 손에서 팸플릿을 채갔다.

"정식으로 올리는 결혼식이고 엄연히 신랑신부가 있어요. 우리 동네에 사는 젊은이들이죠. 특히 신부 쪽은 여관 동업자의 딸이고, 그 애가 고등학생 때부터 잘 아는 사이예요."

"그렇군요. 그래서 가장 눈에 띄는 자리에서, 라는 건가."

유키코는 팸플릿을 하늘하늘 흔들면서 그 자리를 천천히 오락가락했다. 뭔가 망설이는 눈치였다.

"뭘 고민하고 있지? 그보다 먼저 해야 할 일이 있잖아요. 경찰 윗분에게 전화한다는 것은 어떻게 됐어요?"

그러자 그의 목소리가 스위치라도 된 것처럼 유키코의 발이 딱 멈췄다. 그녀는 천천히 그를 보았다. "고스기 씨, 하루만 기다리기로 하죠."

"기다리다니, 뭘요?"

"범인이 이 동네에 들어왔다는 것을 경찰에 알리는 거 말이에요. 그걸 내일로 미룰게요. 내일 결혼식이 끝나는 것을 지켜본 다음에 전화할 거예요."

"왜요?"

"그거야 뻔하잖아요. 결혼식을 성공적으로 마무리하고 싶어서 그래요. 내일 결혼식에는 젊은 신랑신부의 장래만 걸려 있는 게 아니에요. 이 스키장의 미래도 걸려 있어요. 그런데 도쿄에서 경찰관이 우르르 들이닥치면 모든 게 엉망이 될 거 아니에요."

"그건…… 아닌 게 아니라 그렇겠네."

"그렇죠? 그러니 딱 하루만 기다릴게요. 그때까지는 두 분의 정체를 아무에게도 말하지 않을 테니까 하고 싶은 대로 마음껏 수사하셔도 돼요."

"하고 싶은 대로……." 고스기는 코 옆을 긁적이면서 시라이와 얼굴을 마주보더니 어깨를 흔들며 쓴웃음을 지었다.

"어라, 내키지 않는 모양이시네? 내일 내가 경찰에 연락한다고 하니까 이제 범인 찾을 마음도 없어졌어요?"

"그건 아니지만 수사를 해보려야 해볼 도리가 없어요. 달랑 둘이서 할 수 있는 일이라야 뻔하잖아요. 경찰 배지 없이는 우린 아무 쓸모도 없다는 걸 그야말로 통감했어요."

"아이구, 완전히 자신감을 상실하셨네. 정 그러시다면 내가 도와드릴까?"

스스럼없이 흘러나온 유키코의 말에 고스기는 눈썹을 꿈틀했다. "도와준다고? 수사에 협력해주겠다는 거예요?"

"혹시 도움이 된다면 그러겠다는 거예요. 나도 한시바삐 범인이 잡히기를 바라니까. 물론 방해가 된다면 괜히 나서지는 않겠지만."

고스기는 다시금 시라이와 마주보았다. 후배 형사는 허를 찔린 듯한 얼굴이었다. 자신도 아마 똑같은 표정일 것이라고 생각했다.

유키코에게로 시선을 돌렸다. 진심으로 하는 말인가. 그녀는 태연한 얼굴로 그의 대답을 기다리고 있었다. 농담으로 한 말은 아닌 것 같았다.

고스기는 입가를 풀며 푸훗 하고 웃었다. "재미있는 분이시네."

"그래요? 나는 진지하게 얘기한 건데. 하지만 재미없는 사람이라는 말보다는 훨씬 듣기 좋군요. 우선 그 점에 감사 인사를 드려야겠네. 그나저나 어때요, 도움은 필요 없어요?"

"아뇨, 꼭 부탁드립니다. 방금 말했다시피 우리는 무기가 될 만한 게 하나도 없어요. 지원군도 없지, 이 지역 지리에도 어둡지, 경찰 배지도 제시를 못해요. 솔직히 둘이서 이제 어떻게 해야 할지 갈피를 못 잡던 참입니다."

"작은 것 같으면서도 의외로 넓은 동네니까 그럴 만도 하죠. 게다가 지금 이 시기에는 관광객이 보통 많은 게 아니에요. 자, 그럼 우선 뭘 도와드리면 되죠?"

"도와준다기보다 오히려 유키코 씨가 주체가 되는 게 좋겠는데요. 그래서 우리한테 찬찬히 가르쳐줬으면 합니다."

"가르쳐주다니, 뭘요?"

"그건 이미 정해졌죠." 고스기는 자리에서 일어나 창가로 다가가더니 멀리 보이는 곤돌라를 가리켰다. "전국 최대급 스키장에서의 숨바꼭질에 이기는 방법을."

20

조금 전에 '여신'을 봤다는 다쓰미의 말을 나미카와는 선뜻 믿지 못하는 눈치였다. 눈 속에서 길을 잃고 혼란에 빠져 우연히 지나가던 스노보더를 그런 식으로 착각한 게 아니냐고 의심했다.

"절대로 그런 거 아냐." 다쓰미는 단언했다. "테크닉이 대단하다느니 보드복이 똑같다느니, 꼭 그런 것뿐만이 아니야. 뭐랄까, 좀 더 직감적인 것, 분위기나 전체적인 무드 같은 것이랄까……." 제대로 표현이 되지 않아 안타까웠다.

"아우라라든가?"

반신반의하는 가운데서도 나미카와가 툭 던져준 그 말에 "그래, 바로 그거!"라고 다쓰미는 덥석 달려들었다.

"아우라야, 아우라. 연예인이나 프로 스포츠선수들도 독특한 아우라가 있잖아. 길거리를 그냥 걸어가는 것뿐인데도 어쩐지 눈에 띄고 몸 주위가 환하게 빛나는 것처럼 보이는 거. 그런 것이 신게쓰 고원의 그녀에게 있었어. 그리고 조금 전에 목격한 스노보더에게도 분명 그게 있었어. 완전히 똑같은 종류의 아우라야. 그게께 내가 만났던 그 여자가 틀림없어."

좋아, 라고 나미카와는 고개를 끄덕였다.

"네가 그렇게까지 말한다면 믿어보자. 근데 어디에서 나타났어?"

"글쎄 그걸 잘 모르겠단 말이야. 우리가 온 곳과 루트가 다르다는 건 확실해. 완전히 다른 경사면 위쪽에서 내려왔어. 대체 어디에서 타고 내려왔을까."

"아마 이 지역 사람이 아니면 알지 못하는 비밀스러운 입구가 있을 거야. 어쨌든 이만큼이나 광대한 스키장이잖아. 코스 밖은 무한의 미로야."

나미카와의 말에 다쓰미는 백 퍼센트 동의했다. 그러잖아도 설산의 지형은 사람의 감각을 어지럽힌다. 아무리 가고 또 가도 똑같은 경치가 이어진 것처럼 보이고, 잘 안다고 생각했던 곳인데 전혀 다른 곳으로 착각하는 일도 드물지 않다.

"문제는 어디로 내려갔느냐는 거야." 나미카와가 말했다. "그것만 알면 혹시 아래에서 찾을 수 있을지도 몰라. 어느 쪽으로 내려갔지?"

"저기 저쪽." 다쓰미는 그녀가 사라진 곳을 가리켰다. "그다음에는 어디로 갔는지 모르겠어. 내가 넘어지는 바람에."

"그러면 우선 가보는 수밖에 없겠다."

그녀가 내려간 것으로 생각되는 흔적을 둘이서 더듬어갔다. 여전히 나무가 빽빽이 들어차서 '여신'처럼 경쾌하게 달려가기는 어려웠다. 새삼 그녀가 얼마나 테크닉이 뛰어난지를 깨달았다.

그래도 갑작스럽게 툭 트인 장소가 나타나는 일도 있어서 그런 곳에서는 두 사람의 실력 정도로도 충분히 파우더 런을 즐길 수 있었다. 스키나 스노보드가 그려낸 여러 줄기의 선—즉 트랙이 생겨난 것을 보면 알고 있는 사람들에게는 그곳이 고정 루트인지도 모른다.

하지만 고약하게도 그런 트랙들은 중간에 사방으로 뿔뿔이 갈라졌다. 어떤 트랙은 다른 능선을 타고 넘어갔고 어떤 트랙은 다시 울창한 나무숲 속으로 사라졌다. '여신'이 그중 어떤 길로 갔는지, 물론 알 도리가 없었다. 나미카와가 말한 대로 무한의 미로였다.

아무런 전망도 없이 두 사람이 적당히 달려 내려가자 이윽고 평탄한 도로가 나왔다. 그 너머는 늪이었다. 따라서 앞쪽의 늪 가장자리를 타고 내려갈 수밖에 없었다. 거기에 다다르자 이제 남은 것은 거의 외줄기 길이었다.

저 앞으로 로프가 보이기 시작했다. 정규 코스로 돌아가는 것이다. 그 너머에 빨간 스키복을 입은 스키어가 서 있는데, 왜 그런지 다쓰미 일행 쪽을 향하고 있었다.

흠칫했다. 그 스키복이라면 본 적이 있다. 어제 백컨트리 투어 때, 산속에서 만난 패트롤 대원의 제복이다. 옆에서 나란히 달리던 나미카와도 알아봤는지, 이거 큰일이네, 라고 중얼거리는 소리가 들렸다.

이 판국에 도망치는 건 불가능한 일이다. 다쓰미는 체념하고 그대로 머리를 숙인 채 로프 밑을 건너갔다.

패트롤 대원이 다가왔다. 혼이 날 각오를 하고 다쓰미는 어깨를 웅크렸다.

"어라, 너희는……." 하지만 키 큰 패트롤 대원이 내놓은 말은 예상 밖의 것이었다. "어제 그 친구들?"

엇 하고 다쓰미는 얼굴을 들었다.

"어제 백컨트리 투어에 참가했었지?"

그 말을 듣고 다쓰미는 알아보았다. 행방불명된 스노보더의 조난 장소까지 다쓰미가 길을 안내해주었을 때 만난 바로 그 패트롤 대원이었다. 다쓰미는 저도 모르게 아하, 하는 소리를 흘렸다.

"역시 그렇군." 패트롤 대원이 빙그레 웃었다. 이름표에 '네즈'라고 적혀 있었다. "어제는 고마웠어. 덕분에 일이 수월하게 풀렸어."

"아뇨……. 아까 가이드 다카노 씨에게서 들었는데 그 스노보더, 갈비뼈가 부러졌다고 하던데요."

"그렇다니까. 자칫 발견이 늦어졌으면 큰일을 치를 뻔했는데 정말 다행이야. 정식으로 인사할게." 네즈는 정중히 머리를 숙였다.

"아니에요, 설산을 즐기는 사람으로서 당연히 할 일을 했을 뿐인데요, 뭐."

"실로 기특한 말씀을 하시네." 네즈는 얼굴을 들고 다쓰미와 나미카와를 번갈아 바라보았다. "근데 방금 내가 여기서 지켜본 바로는 그리 칭찬할 수 없는 일을…… 아니지, 상당히 혼이 날 일을 한 것 같은데." 두 사람이 활주해온 곳을 가리키며 말했다.

죄송합니다, 라고 다쓰미는 사과했다. "정규 코스를 탈 생각이 었는데 어디서 길을 잘못 들었는지 어느새 코스를 벗어나서……."

네즈는 다쓰미 쪽으로 얼굴을 향하고 잠시 아무 말이 없었다.

고글 때문에 눈매가 보이지 않았지만 이쪽을 노려본다는 것을 다쓰미는 느꼈다.

"빤한 거짓말은 좋지 않아." 정색하는 어조로 패트롤 대원은 말했다. "거짓말을 한다는 건 반성을 안 했다는 뜻이라서 더욱더 그냥 봐줄 수가 없어."

"죄송합니다. 거짓말이었어요."

"대체 어디서 코스 밖으로 나갔지? 내가 여기서 자주 감시하지만 이 지역 출신도 아닌 사람이 이런 곳에서 나타나는 일은 거의 없는데."

다쓰미는 스카이 하이웨이의 반대 측으로 올라가 로프를 넘어갔다고 털어놓았다.

"아, 거기?" 네즈는 고개를 끄덕이면서도 뭔가 석연치 않다는 기색으로 말을 이었다. "상당한 단골 고객도 그곳은 잘 모르는데 말이야. 어떻게 알아냈어?"

"그건 뭐, 그냥 어쩌다 보니." 다쓰미는 목을 움츠렸다.

"혹시 누군가 알려줬나?"

"아뇨, 그, 그게……."

네즈가 뭔가 눈치챈 듯 아, 하고 입을 벌렸다.

"아까 가이드 다카노하고 얘기했다고 말했지? 그 친구한테서 들었구나."

"아뇨, 아닙니다. 그냥 우리가 찾아냈어요. 다카노 씨와는 관계없습니다." 목소리가 갈라져버렸다.

"괜히 속이려고 해봤자 소용없어. 누군가 알려주지 않는 한,

그런 곳에 들어갈 리가 없지. 다카노가 알려줬어? 솔직히 대답해."

포기하는 게 좋을 것 같았다. 실은 그렇습니다, 라고 다쓰미는 작은 소리로 인정했다.

네즈는 못 말리겠다는 듯이 머리를 내저었다. "주의를 줘야 할 사람이 대체 무슨 짓을 한 거야."

"그 사람을 나무랄 일이 아니에요. 우리가 붙잡고 매달렸어요. 사람을 찾고 있으니 아무도 모르는 파우더 존을 알려달라고 사정사정했다니까요."

네즈는 고개를 갸웃했다. "사람을 찾고 있다고?"

다쓰미는 어제 다카노에게 들려준 이야기를 여기서도 되풀이했다. 친구가 수수께끼의 여성 스노보더를 보고 첫눈에 반했다, 그 여자를 찾고 싶은데 알고 있는 건 이 스키장에 있다는 것과 아무도 모르는 비밀의 파우더 존에 있을 가능성이 높다는 것뿐이다, 라는 내용이다.

"근데 그 여자로 보이는 스노보더를 방금 전에 목격했어요."

"오호, 어디서?"

"그게 잘은 모르겠는데 역시 코스 밖이었어요. 우리와는 전혀 다른 곳에서 나타나 눈 깜짝할 사이에 어디론가 사라졌습니다."

"내가 십여 분 전부터 여기에 있었는데 아무도 못 봤어."

"그래요? 대체 어디로 간 거야."

"사정은 잘 알겠는데 어떤 이유가 됐건 활주 금지구역에의 침입은 인정해줄 수 없어. 앞으로 또 눈에 띄었을 경우에는 리프트권을 몰수하고 이 스키장에서 내보낼 거야. 어제 일도 있고, 너희에게 그런 대응은 하고 싶지 않으니까 제발 부탁한다."

네즈의 말투는 결코 고압적이 아니라 오히려 애원하는 것처럼 들렸다. 패트롤 대원으로 일할 정도니까 스키나 스노보드 경험은 풍부할 것이고 비압설 존, 특히 사람이 타고 간 적이 없는 코스 밖 구역을 달리는 즐거움도 잘 알고 있을 터였다. 하지만 위험성을 가볍게 볼 수 없다는 사명감 때문에 일부러 엄격한 태도를 취하고 있는 게 틀림없었다. 이런 사람들이 있어서 우리가 안심하고 스키장에 올 수 있다, 라고 다쓰미는 새삼 생각했다.

네, 알겠습니다, 라고 다쓰미는 머리를 숙였다. "앞으로 주의하겠습니다."

부탁해, 라고 네즈는 말하고 발길을 돌려 멀어져갔다. 그 늠름한 등을 바라보며, 이제부터 어떻게 해야 하나, 하고 다쓰미는 생각했다. 코스 밖으로 나가지 않고서는 '여신'을 찾아내지 못할 텐데⋯⋯.

네즈가 저만치에서 문득 걸음을 멈췄다. 다쓰미 쪽을 돌아보더니 잠시 망설이는 얼굴을 보이다가 다시 이쪽으로 다가왔다.

"이건 말을 해야 할지 말아야 할지 모르겠는데⋯⋯." 망설임을 표한 뒤에 한 차례 심호흡을 하고 입을 열었다. "너희를 찾고 다니는 사람들이 있어."

네즈의 말은 전혀 예상치 못한 것이었다. 다쓰미는 당황스러웠다.

"어떤 사람들입니까!" 물어본 것은 지금까지 침묵하고 있던 나미카와였다. 목소리에 절박함이 담겨 있었다.

"나한테는 흥신소 사람이라고 했어. 탐정이래."

탐정, 이라고 나미카와는 의아한 얼굴로 중얼거렸다.

"어젯밤에 온천가 식당에서 봤어. 두 명이 한 팀이야. 식당 여주인에게 너희 사진을 보여주면서 그곳에 온 적이 없느냐고 확인하고 있더라고. 어쩐지 마음에 걸려서 무슨 일이냐고 물어봤더니 가출한 젊은이를 찾고 있다는 얘기였어. 그 집 부모한테 부탁받고 하는 일이라고 하던데?"

다쓰미는 나미카와와 얼굴을 마주보았다. 부모님이 흥신소에 부탁했다? ─그런 일은 있을 리가 없었다.

"그래서 어떻게 됐습니까?" 나미카와가 네즈에게 물었다. "낮에 백컨트리 투어에 참가했던 사람들이라고 말했어요?"

네즈는 고글의 위치를 바로잡은 뒤, 다쓰미에게로 얼굴을 향했다. "아, 말해주는 게 좋았나?"

헉 하고 다쓰미는 저절로 등을 꼿꼿이 세웠다.

"너희도 뭔가 사정이 있는 것 같고, 그 수상쩍은 자칭 탐정에게 굳이 협력해줄 이유도 없어서, 모른다, 본 적이 없다, 라고 대답했어. 근데 솔직히 말해주는 게 좋다고 한다면 다음에 그 사람들 만났을 때 얘기해주도록 할게."

아뇨, 아뇨, 라고 황급히 손을 내저은 것은 나미카와였다.

"정말 잘하셨어요. 고맙습니다. 자세한 사정은 밝힐 수 없지만 그 사람들, 탐정 아니에요. 이 친구 부모님에게서 부탁을 받았다는 것도 거짓말입니다."

네즈는 고개를 끄덕이지도 내젓지도 않고 우뚝 서 있었다. 어느 쪽 말을 믿어야 하는지 저울질하는 것처럼 보였다.

이윽고 키 큰 패트롤 대원은 "응, 알았어"라고 말했다.

"나로서는 이 스키장에서 다툼이 일어나는 것만 아니라면 어느 쪽이건 상관없어. 어때, 그건 약속해줄 거지?"

물론입니다, 라고 말하고 나미카와는 다쓰미 쪽을 보았다.

약속합니다, 라고 다쓰미도 딱 잘라 대답했다.

네즈는 크게 고개를 끄덕이고 다시 몸을 돌리려고 했다. 하지만 도중에 움직임을 멈추고 아주 조금 고개를 갸우뚱했다.

"너희가 찾는 여성 스노보더가 너희와는 전혀 다른 곳에서 나타났다고 했지?"

네, 라고 다쓰미는 대답했다. "우리가 로프 밑으로 넘어간 장소보다 한참 왼쪽 방향이었어요."

"그렇군." 네즈는 알겠다는 듯 입가를 풀며 피식 웃었다.

"왜요?"

다쓰미가 물어보자 네즈는 기묘한 침묵을 보였다. 대답하기 난처하다기보다 대답하는 것 자체를 망설이는 것 같았다.

"스카이 하이웨이에서는 타봤어?" 이윽고 네즈가 물었다.

"아뇨, 아직. 그 직전에 반대 방향으로 나가버려서……."

그러고는 언덕을 올라가 로프 밑을 넘어갔던 것이다.

실은, 이라고 네즈가 말했다. "스카이 하이웨이로 들어가자마자 바로 옆에 이 동네 악동들이 침입하는 포인트가 있어."

"그래요?"

"스카이 하이웨이는 산등성이를 타고 만들어진 코스라 마음만 먹으면 어디서라도 내려갈 수 있지. 나무의 밀도가 적은 곳도 있으니까 루트만 잘 선택하면 상당히 긴 파우더 런을 즐길 수 있어. 단 아래쪽에 늪이 있고 설붕 위험이 높은 포인트가 곳곳에 숨어 있어서 활주를 허가해주지 못하는 거야. 코스 옆으로 높직하게 눈을 쌓아올려 정규 코스 쪽에서는 보이지 않게 해뒀지만, 그거야 아는 사람들에게는 아무 효과도 없어. 우리 스키장을 속속들이 아는 사람이라면 오늘 같은 컨디션에 그곳을 활주하지 않는 일은 없다고 할 수도 있지. 우리 패트롤 대원으로서는 그야말로 난감한 일이지만."

다쓰미는 거기까지 들은 참에 흠칫했다. 네즈가 '여신'이 내려온 장소를 짐작하고 넌지시 알려준 것이다.

"고맙습니다. 참고할게요." 다쓰미는 두 손을 바지선 옆에 딱 붙이고 머리를 숙였다.

"인사는 됐어. 그 대신 너희는 절대로 거기서 코스 밖으로 나가지 마."

"예, 맹세합니다."

다쓰미가 힘차게 대답하자 네즈는 한 손을 번쩍 들어 보이고 등을 돌려 걸음을 옮겼다.

나미카와가 옆으로 다가왔다. "어떻게 하지?"

다쓰미는 두 팔을 펼쳤다.

"방금 그 얘기 못 들었어? 스카이 하이웨이에 가봐야지. 거기서 기다리면 그 여자가 나타날 수도 있잖아."

213

"좋아, 나도 동감이야. 하지만 그 전에 먼저 확인해둘 게 있어." 나미카와는 다쓰미의 코끝을 가리키며 말했다. "대체 누가 너를 찾고 있느냐는 것."

공중전화를 이용하려면 결국 어젯밤의 그 편의점까지 나가야 했다. 다쓰미는 요즘 아이들은 공중전화 사용법을 알지 못한다는 기사를 최근에 읽었던 게 생각났다.

나미카와가 연락한 곳은 이번에도 후지오카의 스마트폰이었다.

"응, 나미카와야. 그 뒤에 별다른 움직임은 없었어? ……그야 당연히 경찰의 동향을 묻는 거지. 새로운 질문 같은 것은 없었는지…… 응, 역시 그렇군." 나미카와는 수화기를 귀에 댄 채 다쓰미 쪽으로 얼굴을 돌렸다. "오늘 아침 일찍 경찰에서 연락이 왔는데, 우리 동아리에서 갔었던 스키장과 숙박시설을 죄다 알려달라고 했대."

다쓰미는 한숨을 내쉬고 고개를 끄덕였다. 나미카와의 맨션을 나설 때의 모습이 방범카메라에 찍혔을 터라서 스키장에 왔다는 것은 이미 들켰을 거라고 각오했었다.

"그래서 어떻게 했어? 합숙 기록 등을 내줬어?" 나미카와가 후지오카에게 확인했다. "……응, 좋아. 그렇게 하면 돼. 굳이 감출 필요 없어. 전부 다 보여줘도 상관없으니까. 어쨌거나 우리가 와 있는 곳은 동아리에서는 한 번도 온 적이 없는 곳이야. 나도 처음이고 와키사카도 마찬가지야. ……그건 말 못하지. ……아니,

너를 못 믿어서가 아니라 만일의 경우를 생각해서 그런 거야. ……힌트? 설질이 최상급이라는 거? 야야, 그런 걸 즐기고 있을 여유가 있겠냐? 지금 놀러온 게 아니잖아. ……글쎄 그걸 설명하자면 얘기가 길어진다니까. 이번 일이 해결된 다음에 다 얘기해줄게. 그럼 일단 전화 끊는다. ……엇, 뭐라고? 스키복?" 나미카와의 얼굴에 심각한 기척이 스쳐갔다. "……응, 그래서 어떻게 했어? ……아, 그때 그 사진. ……응, 그래, 알았어."

나미카와는 수화기를 제자리에 올려놓고 고개를 갸웃거리며 전화카드를 뽑았다.

"뭐래?" 다쓰미가 물었다.

"너하고 나의 스키복에 대해 꼬치꼬치 물어본 형사가 있었대."

"스키복이라면…… 이거?" 다쓰미는 자신이 입고 있는 보드복을 가리켰다.

맞아, 라고 나미카와는 답했다.

"스키장에 갈 때 어떤 차림이었는지 최대한 정확히 말해달라고 한 모양이야. 위아래 스키복의 색깔과 무늬, 그리고 모자와 장갑까지. 사진을 달라고 해서 작년 합숙 때 찍은 단체사진을 내줬대."

그 사진이라면 다쓰미도 갖고 있었다. 회색 스키복에 핑크색 바지, 비니도 핑크색이다. 즉 지금 입고 있는 옷차림과 완전히 똑같다. 파란색 스키복에 노란색 바지의 나미카와의 차림새도 그때와 전혀 달라진 게 없었다.

"자, 정리해보자." 나미카와가 말했다. "우리가 어딘가 스키장으로 갔다는 건 경찰이 이미 알고 있어. 하지만 구체적으로 어떤 스키장인지는 아직 몰라. 그러니 동아리에서 갔던 곳이 어디어 디냐고 후지오카에게 물어봤겠지. 어때, 여기까지는 이의 없지?"

응, 없어, 라고 다쓰미는 고개를 끄덕였다.

"한편, 경찰은 우리 옷차림을 자세히 알아보고 다녔어. 그건 어떻게 봐야 할까. 옷차림이라는 단서만으로 전국 스키장에 수 배령이라도 내릴 생각인가?"

"에이, 설마."

"나도 그건 아닐 거라고 생각해. 하지만 혹시 뭔가 근거를 갖고 스키장의 범위를 좁히고 있는지도 몰라."

"무슨 근거? 우리가 여기에 온 것을 알 방법이라고는 없잖아."

"맞는 말이야. 하지만 여기서 마음에 턱 걸리는 것이 그 네즈라는 패트롤 대원의 말이야. 자칭 탐정이라는 사람들이 너를 찾고 있다고 했잖아."

"그러면…… 그 사람들, 혹시…… 형사?"

"그 사람들이 형사라면 조금 전의 이야기와 모순되지. 경찰은 구체적으로 어떤 스키장인지 아직 파악하지 못했잖아. 게다가 경찰이라면 신분을 감출 이유가 없는 거 아냐?"

"그럼 대체 뭐하는 자들이야?"

"모르겠어. 어쩌면 경찰과는 별도로 사건을 쫓고 있는 사람들인지도 모르겠다. 경찰을 따돌리려고 하는 것인지도."

"경찰을 따돌린다……. 그러면 혹시 파파라치 기자?"

"이를테면 그런 것일 텐데⋯⋯." 나미카와는 다쓰미를 빤히 보며 고개를 갸웃거렸다.

"왜 그러냐?"

"네가 유명한 인물이라면 또 모르지만, 흔해빠진 대학생이잖아. 경찰을 따돌려봤자 별로 대단한 기사거리도 안 될 거란 말이지."

흔해빠진 대학생이라는 말이 적잖이 거슬렸지만, 다쓰미는 반론할 수 없었다. "그건 그러네."

"역시 경찰인가. 그렇게 생각할 수밖에 없겠지? 하지만 왜 흥신소 탐정이라고 거짓말을 했을까? 이거야, 도무지 무슨 영문인지를 모르겠네."

"애초에 우리가 여기에 온 것을 어떻게 알았을까."

"그래, 다시 그 의문이야." 나미카와는 팔짱을 꼈다. "다람쥐 쳇바퀴 돌듯 다시 원점으로 돌아왔어."

다쓰미는 그 자리에서 발을 굴렀다. "야, 어떻게 해야 되냐."

"아무튼 한 가지, 지금 즉시 해야 할 일이 있어."

"뭔데?"

나미카와는 비니모자를 벗었다. "옷을 바꿔 입는 거."

21

유키코는 테이블 위에 두 장의 지도를 펼쳤다. 한 장은 사토자
와 온천가의 마을 지도로, 다양한 시설과 상점이 상세히 기재되
었다. 또 한 장은 스키장의 겔렌데 지도였다.

"자, 그러면 작전회의를 시작해볼까요? 우선 궁금한 것은, 그
범인이 왜 여기 사토자와 온천가로 왔을까요?"

"자꾸 똑같은 소리를 하는 것 같지만, 그자는 아직 범인으로
정해진 게 아니에요. 용의자일 뿐이지."

고스기의 지적에 유키코는 얼굴을 찌푸렸다.

"이 상황에 자잘한 호칭 따위는 따지지 말기로 하죠. 일단 시
간이 없잖아요. 그보다 어때요, 범인이 이 동네로 온 이유, 그건
알아냈어요?" 유키코는 두 형사의 얼굴을 번갈아 바라보며 질문
한 뒤에 마지막으로 시라이에게서 시선을 멈췄다.

시라이는 침묵한 채 아랫입술을 툭 내밀고 항복, 이라는 포즈
를 취했다.

"그걸 전혀 모르겠어요." 고스기가 대답했다. "현재까지 확실
한 것은 그자들이 탔던 차의 내비게이션이 이곳 스키장으로 향
하도록 세팅되었다는 것, 그리고 그자들이 스노보드를 갖고 나
갔다는 것뿐이에요."

그러자 유키코는 몇 차례 눈을 깜빡거리더니 다시 이상하다는
듯 두 형사를 차례로 바라보았다.

"왜요?" 고스기가 물었다.

"왜요, 가 아니죠. 어째서 그걸 좀 더 일찌감치 말하지 않았어요?"

"그거라니요?"

"스노보드를 갖고 나갔다는 거 말이에요. 그런 거라면 범인의 목적은 명백하잖아요?"

"설마 스노보드를 타기 위해 이곳으로 왔다, 라는 말을 하려는 건 아니지요?"

"그럴 리가 없다는 건가요?"

"당연하죠. 살인 용의자이고, 스마트폰 전원을 꺼뒀을 정도니까 명백히 도주 의사가 있는 겁니다. 그런 사람이 태평하게 스노보드를 즐길 리가 없죠."

"그럼 잠깐 물어보겠는데, 도주하는 데 혈안이 된 사람이 굳이 스노보드를 갖고 나갈 이유가 그것 말고 또 있나요? 있다면 좀 알려주시죠."

유키코의 지적은 타당한 것이었다. 실은 고스기도 내내 마음에 걸렸던 일이다.

"수사본부에서는 수사를 교란시키기 위한 것이 아니냐, 도주한 곳을 스키장이라고 생각하게 의도적으로 스노보드를 들고 나간 게 아니냐, 라는 의견이 있었던 모양인데……."

유키코는 소리 없이 웃더니 고개를 저었다.

"그런 거라면 스키복만 걸쳐 입고 나오면 되죠. 두 분은 스노보드 케이스를 짊어져본 적 있어요? 그게요, 상당히 무거워요.

차에 싣는다고 해도 부피가 꽤 크다고요. 보드를 탈 목적이 아니라면 그건 진짜 거치적거리는 물건이에요."

"그래도 살인 용의자로 몰린 상황에서 도주 중에 스노보드를 타다니, 그건 좀⋯⋯."

"예, 아무래도 그건 좀 아니죠." 시라이도 옆에서 가세해주었다.

유키코는 의미심장한 웃음을 두 사람에게 던졌다.

"두 분도 그렇고, 도쿄 수사본부 사람들도 뭔가 착각하고 있는 거 아닌가? 나는 척 듣자마자 그게 걸리는데요?"

"착각? 어떤 식으로 착각했다는 거예요?" 고스기가 물었다.

"도주 중에 스노보드를 타다니, 나도 그건 아니라고 생각해요. 정말로 계속 도주할 생각이라면 좀 더 나중의 일을 고려하겠지요. 어디에 잠복할까, 도주 자금은 어떻게 마련할 것인가 등등. 하지만 그게 아니라 스노보드를 타기 위해 도주한 것이라면, 그건 좀 이해가 되기도 해요."

"스노보드를 타기 위해?"

유키코가 하는 말의 의미를 고스기는 제대로 이해할 수 없었다. 시라이를 보니 그도 고개를 갸웃거리고 있었다.

"범인이 스노보드 마니아라고 했죠?" 유키코가 확인하듯이 물었다.

"그런 모양이에요. 대학에서도 그쪽 동아리에 가입했다고 하니까."

유키코의 눈썹이 치켜 올라갔다. "뭐야, 범인이 대학생이에요?"

"맞아요. 내가 말을 안 했던가?"

"나는 지금 처음 들었죠. 말이 나온 김에 묻겠는데, 그 살인사건이 계획적인 것이었어요? 아니면 우발적으로 살해해버렸다는 느낌인가요? 어느 쪽이에요?"

"현재로서는 충동적인 것으로 보고 있어요. 돈을 훔칠 목적으로 남의 집에 몰래 들어갔는데 그 집 사람에게 들키는 바람에 뜻하지 않게 살인을 저지른 것이죠."

"아하, 그런 거라면 더욱더 앞뒤가 딱 맞아요." 유키코는 알겠다는 듯 고개를 끄덕였다.

"무슨 말이지? 우리도 알아듣게 설명해 봐요."

"별로 어려운 얘기도 아니에요. 말하자면 최후의 만찬 같은 거예요."

"최후의 만찬? 그게 뭡니까. 점점 더 무슨 말인지 모르겠네."

"그 대학생은 잡혀가는 건 이미 각오했을 거예요. 하지만 잡혀가기 전에 딱 한 번 최상의 파우더 스노 위를 달리고 싶었어요. 실컷 타고 이제 여한이 없다고 생각되면 그때 경찰에 자수한다 ─. 그럴 작정이었던 게 아닐까요? 그러니 최후의 만찬이죠. 스노보더에게 최상의 파우더 스노는 그야말로 만찬이니까."

고스기는 후유 한숨을 내쉬고 의자 등받이에 몸을 맡겼다. "그건 납득하기 어려운 얘기예요."

"고스기 씨는 스노보드를 타본 경험이 있어요?"

"전혀. 스키라면 젊은 시절에 잠깐 탔었지만."

"스키로 눈이 높이 쌓인 곳을 달려본 일은?"

"그건 없어요. 압설한 코스만 달렸죠."

"그렇다면 모를 수도 있어요. 자, 이런 예라면 어떨까요. 당신이 진심으로 사랑한 여자가 있다. 체포된다면 더 이상 만날 수 없다. 그럴 때 어떻게 하시겠어요. 마지막으로 한 번 만나서 품에 안고 싶지 않겠어요?"

"와키사카에게는 여기서 스노보드를 타는 게 그런 것이라는?" 고스기는 저도 모르게 용의자의 이름을 입 밖에 내버렸다.

"사람에게 무엇이 가장 소중한지는 제각각 다 달라요. 행방을 감췄다고 그걸 꼭 도주라고 단정하는 것은 너무 성급한 거 아닌가요? 그게 아니라면 범인이 스노보드를 안고 이런 곳까지 온 이유를 달리 설명할 수 있나요?"

반론이 생각나지 않아 고스기가 침묵하자 시라이가 한 손을 들었다.

"유키코 씨에게 한 표! 나는 격하게 동의합니다. 와키사카는 계속 도주할 생각은 아니에요. 여기서 스노보드를 실컷 즐기고 나면 미련 없이 출두할 생각이다. 함께 있는 나미카와도 그걸 잘 알고 있기 때문에 동조해주기로 했다—. 그렇게 생각하면 앞뒤가 딱 맞아요."

고스기는 입을 꾹 다물었다. 끄응, 낮은 신음소리를 흘리고 입을 열었다. "응, 일리는 있는데." 가까스로 그 말만 했다.

"두 분이 그런 가설을 받아주신 것으로 치고, 자, 어떻게 할까요?" 유키코가 고스기의 얼굴을 들여다보았다.

"어떻게 하다니?"

"범인들은 계속 도주를 이어갈 생각은 없어요. 아무리 최후의 만찬이라도 며칠씩이나 여기서 스노보드를 타지는 않겠죠. 분명 머지않아 자수할 테니까 서둘러 찾을 필요도 없지 않을까요? 자수하면 죄도 가벼워질 테니까 본인들을 위해서도 좋은 일인 것 같은데."

"계속 도주할 생각이 아니라는 것은 어디까지나 유키코 씨의 단순한 억측이에요. 설령 지금은 그렇다 쳐도 얼마든지 생각이 바뀔 우려가 있어요. 머지않아 자진해서 나올 거라는 낙관적인 전망만 하면서 기다리고 있을 수는 없죠. 그리고 착각하는 것 같은데, 현 단계에서 경찰에 자진 출두해도 그건 자수로 인정되지 않아요. 자수로 인정되는 것은 범죄 자체가 발각되기 전이거나 범인이 누구인지 전혀 파악하지 못한 경우에만 한정됩니다."

"그렇군요. 그럼 역시 범인을 찾아내겠다는?"

"당연하죠." 고스기는 대답했다. "그게 우리 일인데."

후우 하고 유키코의 어깨에서 스르륵 힘이 빠져나갔다.

"알았어요. 나도 도와드리겠다고 말한 이상, 끝까지 함께 할게요. 자꾸 똑같은 소리를 하는 것 같지만, 범인이 이곳에 온 이유는 스노보드를 타기 위해, 라는 가설은 받아들인 거죠?"

"그건 뭐, 그렇다고 할까……." 고스기는 코 밑을 쓱쓱 비볐다.

그렇다면, 이라고 유키코는 테이블 위에 펼쳐둔 지도에 시선을 떨구었다.

"이런 곳에 있어봤자 시간 낭비예요. 수색을 해야 할 곳은 동네 안이 아니죠. 여관이나 상점가를 돌아봤자 눈에 띌 리가 없어요."

"그럼 어디로 가면 되는데요?"

유키코는 자리에서 일어나 빙긋이 웃으면서 창밖을 가리켰다.

"아까 고스기 씨가 말했잖아요. 숨바꼭질의 무대는 전국 최고의 사토자와 온천스키장이에요. 젊은 시절에 스키를 탔다고 했죠. 그 실력 좀 보여주시겠어요? 자, 나가자고요."

22

나미카와의 말을 듣고 다카노는 눈을 몇 차례 깜빡거렸다.
"……보드복?"

"네, 진짜 어떤 것이든 상관없어요. 오래된 것이든 넝마 같은
것이든 다 좋아요. 여차하면 꼭 보드복이 아니어도 괜찮아요. 흔
한 스키복이라도." 나미카와는 말을 하면서 이따금 주위를 살펴
보았다. 누군가 지켜보는 건 아닌지 확인하는 것이다. 그런 심정
은 다쓰미도 마찬가지였다. 곁에서 두 사람의 대화를 들으면서
도 입구 문이 열릴 때마다 저절로 뒤돌아보곤 했다.

백컨트리 투어를 신청할 때 왔던 '스키 스노보드 스쿨' 사무실
이었다. 다카노를 호출해 한쪽 구석에서 선 채로 얘기를 나누고
있었다. 내용은 급히 보드복 두 사람 분을 구해줄 수 없겠느냐는
부탁이었다. 다카노가 눈이 휘둥그레질 만도 하다. 하지만 지금
다쓰미와 나미카와가 의지할 사람이라고는 다카노밖에 없었다.

"보드복은 그야 뭐, 동네 친구들에게 말하면 얼마든지 조달할
수 있죠. 근데 누가 입을 거예요? 그리고 대여점 옷은 안 돼요?"
다카노가 당연한 의문을 입에 올렸다.

나미카와는 다쓰미 쪽을 보았다. 그가 고개를 끄덕였다. 다카
노에게 어떻게 설명할지는 이미 상의해두었다.

"실은……." 나미카와가 입을 열었다. "우리가 쫓기고 있
어요."

다카노는 깜짝 놀란 듯 주춤 물러섰다.

"아, 걱정 마시고요. 무슨 험악한 일은 아닙니다. 실은 이 친구가 아이치 현에서도 손꼽히는 재벌가의 장남이에요." 나미카와는 엄지손가락을 다쓰미에게로 향했다. "어디를 가든 보디가드라고 할까, 보호자와 감시자가 따라다녀서 마음대로 행동할 수 없는 처지예요. 그런 숨 막히는 나날 속에서 유일하게 숨통이 트이는 게 스노보드였죠. 보호자와 감시자도 이 친구가 스노보드를 타는 동안만은 따라붙지 못하니까요. 그래서 며칠 전에 그런 식으로 자유롭게 스노보드를 타다가 한 여성 스노보더를 만난거예요. 이 친구가 그 여자에게 첫눈에 반해버렸는데……."

"엉?" 다카노는 몸이 뒤로 젖혀졌다. "그건 누군가 다른 친구 얘기라고 하더니……."

죄송합니다, 라고 다쓰미가 사과했다. "어쩐지 쑥스러워서 거짓말을 했어요."

"그런가요……."

"거짓말을 했던 건 용서해주시고요." 나미카와는 성실하기 그지없는 표정으로 말했다. "이 친구가 한 번도 연애라고는 해본 적이 없는 범생이예요. 그런 만큼 이번의 그 여자에 대한 마음은 열렬하고 진지해서 어떻게든 한 번 더 그녀를 만나고 싶다, 만나지 못할 바에는 죽겠다, 라는 말까지 하고 있어요."

저런저런, 이라면서 다카노는 둥그레진 눈으로 다쓰미를 보았다. 마치 희귀동물을 보는 듯한 눈빛이었다. "거참, 마음고생이 심하겠네."

"그래서 친구인 내가 도와주기로 한 것인데, 난감하게도 그녀의 연락처는커녕 이름도 묻지 않았대요. 유일한 단서는 사토자와 온천스키장이 홈그라운드이고, 스노보드를 엄청 잘 타고, 트리 런을 좋아한다는 것뿐입니다. 네에, 그래서 이렇게 찾아 나서게 된 것인데, 방금도 말했듯이 이 친구가 워낙 지켜보는 사람들이 많아서 마음대로 돌아다닐 수가 없어요. 여자를 찾아 스노보드 여행이라니, 아예 말도 못 꺼내죠. 이 친구, 부모가 정해준 약혼자가 있거든요."

흥이 올랐는지 나미카와의 얘기가 점점 더 비약하기 시작했다. 미리 상의한 적도 없는 설정이 튀어나오는 바람에 곁에서 듣고 있던 다쓰미까지 깜짝 놀라서 엇 하고 저도 모르게 친구의 옆얼굴을 돌아보았다.

"아, 약혼자는 없었나?" 나미카와가 물었다.

"아니, 그러니까 그게, 약혼자라고 할 정도는 아니라도……." 어물어물 얼버무렸다.

"그래, 정식 약혼자는 아니었구나. 하지만 그 비슷한 거지?"

다쓰미는 어쩔 수 없이 고개를 끄덕였다. "그렇지."

어라라, 하고 다카노가 다쓰미의 얼굴을 지긋이 들여다보았다. "요즘 시대에도 그런 일이 다 있네."

다행히 이런 얘기를 믿어주는 것 같았다. 순박한 청년이다.

그래서 말인데요, 라고 나미카와가 이야기를 이어갔다.

"이 스키장까지는 가까스로 감시자의 눈을 피해 도망쳐왔어요. 근데 어디서 정보가 샜는지, 이곳에 있다는 정보가 부모님에게 알려져서 당장 데려오라는 지시를 받고 벌써 사람들이 들이 닥친 모양이에요."

예에, 라고 다카노는 당황하는 표정을 띠고 있었다. 이런 이야기에 어떻게 반응해야 할지 알 수 없는 것이리라.

"하지만 추적자가 들이닥쳤어도 이 친구로서는 여기서 떠날 수가 없죠." 나미카와는 다쓰미의 어깨를 툭툭 두드렸다. "어쨌든 사랑하는 여자를 만나볼 처음이자 마지막 기회니까요. 나로서도 어떻게든 이 친구의 바람을 들어주고 싶어요. 하지만 스키장이라는 한정된 공간에서 적의 눈을 피해가며 돌아다닌다는 게 그리 쉬운 일은 아니네요. 특히 큰 문제가 보드복이에요. 추적자가 우리 옷을 이미 다 파악하고 있거든요. 분명 이 옷을 표적으로 삼을 거라고요. 그래서 반드시 옷을 바꿔 입어야 하는데, 대여점에는 갈 수가 없어요. 적이 그 가게를 감시할 가능성이 있거든요."

그래서, 라고 나미카와는 목소리 톤을 올리더니 얼굴을 다카노에게 바짝 들이댔다.

"고민 끝에 다카노 씨에게 의지할 수밖에 없다고 생각하게 됐네요. 백컨트리 투어에서 만난 것뿐인 사이인데 참으로 염치도 좋다는 비난이 떨어지리라는 것은 잘 알고 있죠. 하지만 다른 선택지가 없어요. 부탁드립니다. 우리 두 사람 분의 보드복, 어떻게 좀 조달해줄 수 없을까요? 친우를 위한 일입니다. 부탁드립니다."

나미카와가 깊숙이 머리를 숙이는지라 다쓰미도 옆에서 급히 따라 했다. 허리를 꺾으면서 친구의 달변에 새삼 경탄했다. 어딘가 억지스럽기는 하지만, 일단 앞뒤가 맞는 이야기를 꾸며냈다. 역시 나미카와는 제법 뛰어난 변호사가 되겠다고 생각했다. 흑을 백이라고 그럴싸하게 구슬리는 것쯤은 식은 죽 먹기일 것이다.

"이러지들 말아요. 여기서 이러면 내가 난처하잖아요."

"그러면 부탁을 들어주시는 건가요?"

"아무튼 고개부터 들어요. 사무실 사람들이 이상하게 생각할 텐데."

옆에서 나미카와가 고개를 든 것 같아 다쓰미도 몸을 일으켰다. 다카노는 카운터 쪽을 흘끗 돌아보더니 "일단 나갑시다"라고 말했다. 카운터에서 남자 직원이 의아한 눈빛으로 이쪽을 보고 있었다.

사무실 밖으로 나오자 다카노는 고개를 떨구고 생각에 잠긴 듯 침묵하고 있었다. 나미카와도 입을 다문 채 물끄러미 그를 지켜보았다.

이윽고 다카노가 얼굴을 들었다. "알았어요. 두 사람 분의 보드복, 구해볼게요."

"정말요? 고맙습니다!" 나미카와가 다시 머리를 숙였다.

다쓰미도 따라 하려는데 다카노가 얼굴을 찌푸리며 손을 내저었다.

"그 인사는 제발 좀 하지 말아요. 너무 눈에 띈다니까. 아, 히나타 곤돌라는 알아요?"

"거리가 짧은 쪽 곤돌라지요?" 나미카와가 확인했다.

"맞아요. 그 곤돌라 종점에서 보드를 타고 내려오면 오른쪽에 건물 몇 채가 보일 거예요. 그중에 〈뻐꾸기〉라는 레스토랑이 있어요. 우리 아버지가 경영하는 가게인데, 거기서 잠깐 기다려요. 보드복을 가져갈 테니까."

"〈뻐꾸기〉라고요. 예에, 알겠습니다."

"그럼 이따가." 그렇게 말하고 다카노는 사무실로 들어갔다.

나미카와가 후우 하고 굵은 숨을 내쉬었다. "성공이다."

"절대 무리일 거라고 생각했는데, 일단 부탁하고 볼 일이네."

"어떤 일이든 지레 포기하면 안 된다는 얘기지. 자, 가자."

두 사람은 건물 옆에 세워둔 보드를 챙겨 들고 히나타 곤돌라를 향해 걷기 시작했다. 다쓰미는 걸음을 옮기면서도 누군가에게 들키는 건 아닌지 불안하기만 했다. 패트롤 대원 네즈에 의하면 다쓰미 일행을 찾아 이미 이곳에 들이닥친 자들이 있는 것이다.

아무리 생각해도 그들은 경찰이 틀림없을 텐데 왜 그런지 정체를 감추고 있는 모양이었다. 그 이유는 모르겠으나 그건 다쓰미 일행에게 다행스러운 일이었다. 경찰에게 쫓기는 중이라고 하게 되면 네즈라는 사람도 그렇게 호의적으로 대해주지는 않았을 것이다. 다카노에게도 이번처럼 부탁을 할 수 없었을지도 모른다.

히나타 곤돌라는 6인용이다. 보통은 앞뒤 창을 등지고 세 명씩 마주앉지만 이 곤돌라는 다르다. 한가운데 칸막이가 있어서 그

것을 등지고 세 명씩 창 쪽을 향해 앉는 것이다. 바깥 풍경을 좀 더 즐길 수 있게 하려는 배려였다.

다쓰미와 나미카와가 곤돌라 앞쪽에 앉자 낯선 남녀가 뒤따라 올라왔다. 가운데 칸막이가 있지만 목소리를 차단해줄 만한 물건은 아니었다. 이 안에 있는 동안은 작전회의는 못 하겠다고 다쓰미는 체념했다.

"역시 이 스키장은 설질이 아주 좋아." 뒤쪽의 남자가 말했다. "눈이 확실히 더 가볍잖아."

"이번 주에는 특히 더 좋은 것 같더라고. 오늘 밤에도 눈이 좀 내린 뒤에 내일은 날씨가 맑다니까 그야말로 최고의 컨디션이 되겠지?" 여자가 응했다.

"응, 그러면 좋지. 치아키 씨는 날씨가 제일 걱정이라고 했거든. 평소에는 눈이 내려주는 게 좋지만 내일만은 적당한 게 좋다더라고. 설마 이 시기에 비가 오지는 않겠지만 자칫 대설일 수도 있잖아."

"눈보라 속에 웨딩드레스 차림으로 보드를 타야 하는 상황이 되면 진짜 힘들지."

"그건 참가자들도 마찬가지야. 한자리에 서서 신랑신부가 내려오기를 기다려야 하잖아. 뭐가 어찌 됐건 결혼식이 빨리 끝나기만을 바랄 거라고. 게다가 날씨가 안 좋으면 가장 힘들어지는 건 촬영팀이야. 대설이면 거의 찍히는 게 없어."

"그래도 지금 하늘 보니까 괜찮을 것 같다. 로맨틱한 겔렌데 웨딩이 될 거야."

"우리도 열심히 연습하자고. 그야말로 멋진 공연을 보여줘야지."

두 사람의 대화를 들으면서 대체 무슨 얘기일까 하고 다쓰미는 멍하니 생각했다. 웨딩드레스 차림으로 보드를 탄다느니 겔렌데 웨딩이니 하는 걸 보면 눈 위에서 결혼식을 하는지도 모른다. 세상에는 아주 특이한 생각을 하는 사람이 다 있다. 그런 행사가 내일 거행된다는 건가. 규모는 어느 정도나 될까. 그 결혼식으로 우리 쪽의 행동에 뭔가 악영향이 미치는 건 아닐까. 다쓰미는 내심 걱정스러웠다.

곤돌라가 종점에 도착했다. 나미카와의 뒤를 따라 다쓰미도 내려섰다.

"내일 여기서 결혼식을 하는 모양이네." 걸으면서 나미카와가 작은 소리로 말을 걸어왔다. 당연히 그도 듣고 있었던 것이리라.

"어디서 하는 거지?"

"나중에 알아보자. 아마 구경하는 건 자유일 테니까."

"구경하고 싶어, 그런 걸?"

다쓰미가 물어보자 나미카와는 멈춰 서서 이쪽을 보았다. 고글 때문에 표정은 알 수 없었다.

"구경하고 싶지 않다고는 하지 않겠어. 어떤 결혼식인지 궁금하긴 해. 하지만 그런 것을 구경할 여유가 우리한테 있겠냐?"

"그렇다면 왜……."

"우리에게는 구경할 여유가 없지만 그 여자, 즉 '여신'도 그럴 거라고는 할 수 없지. 여자들은 남의 결혼식, 특히 웨딩드레스에 관심이 많다고 하잖아. 평소에는 코스 밖에서만 놀던 그 여자도 신부의 모습을 보려고 구경하러 나오리라는 건 충분히 가능한 얘기야."

다쓰미는 장갑 낀 손으로 자신의 허벅지를 딱 쳤다. "그렇구나! 구경꾼들 틈에 그녀가 있을 수도 있어."

"그렇지. 다양한 가능성을 고려해봐야 해. 일단 우리는 시간이 없으니까."

가자, 라면서 나미카와가 다시 걸음을 옮겼다.

겔렌데로 나가 스노보드를 장착하고 달리기 시작했다. 잠시 내려가자 다카노의 말대로 오른쪽에 띄엄띄엄 건물이 보였다. 가까이 가보니 〈뻐꾸기〉라는 간판이 있었다. 로그하우스 분위기에 측면은 대형 유리로 되어 있었다.

안으로 들어가 두 사람은 창가 테이블석에 앉았다. 상의를 벗고 있는 참에 젊은 남자 점원이 주문을 받으러 왔다. 키는 크지만 호리호리한 체격으로, 아직 고등학생 정도로 보였다.

"야, 에너지 좀 보충하자."

나미카와의 제안으로 생맥주를 주문하기로 했다. 메뉴에 프랑크푸르트 소시지가 추천 상품이라고 적혀 있어서 그것도 추가했다.

레스토랑은 반쯤 손님이 차 있었다. 내국인보다 유럽이나 미국 쪽 사람이 더 눈에 띄었다.

벽은 몇 장의 패널 사진으로 꾸며져 있었다. 알파인 스키어가 멋진 활강 솜씨를 보여주는 사진이다. 어딘가 대회에서 촬영한 모양이었다. 시상대에 올라선 사진도 있었다. 그것을 보고 흠칫했다. 한가운데 서 있는 사람이 다름 아닌 다카노였기 때문이다. 풀네임은 다카노 세이야였다.

"다카노 씨가 보통 가이드가 아니었네." 나미카와도 사진을 본 모양이다. "톱클래스의 스키어였어."

다쓰미는 주방으로 시선을 던졌다. 얼굴은 잘 보이지 않지만 나이 지긋한 아저씨와 아주머니의 모습이 보였다. 다카노의 부모님일까. 사진을 가게 안에 장식할 만큼 자랑스러운 아들인지도 모른다.

생맥주가 나왔다. 건배를 할 이유라고는 하나도 없었지만 허공에서 잔을 마주친 뒤에 하얀 거품이 풍성하게 얹힌 맥주를 마셨다. 종일 돌아다닌 탓에 목이 말랐다. 사막에 물을 뿌린 것처럼 온몸에 싸르르 흡수되는 감각이 느껴졌다.

이어서 프랑크푸르트 소시지가 나왔다. 케첩과 머스터드가 듬뿍 뿌려져 있었다.

"와아, 진짜 맛있겠다."

나미카와가 프랑크푸르트 소시지에 손을 내밀려던 때였다. 저기요, 라고 젊은 점원이 입을 열었다. "나미카와 씨와 와키사카 씨예요?"

"응, 그래." 나미카와가 대답했다.

"형이 보드복을 전해주라고 해서요."

나미카와가 엇 하는 소리를 냈다. "그럼 다카노 씨의?"

"예, 동생이에요."

아하, 하고 이번에는 다쓰미가 말했다. "그래, 그러네."

찬찬히 보니 눈매가 꼭 닮은 것이다.

동생은 다카노 유키라고 이름을 밝혔다.

"형이 일 때문에 올 수 없어서 나한테 대신 전해주라고 했는데, 지금 여기로 가져와도 돼요?"

물론이지, 라고 나미카와가 고개를 끄덕였다.

"그럼 잠시만." 유키가 머리를 한 차례 숙이고 안으로 들어갔다.

그 뒷모습을 지켜보며 다쓰미는 다카노가 얘기했던 게 생각났다. 그는 무엇보다 스키장의 이미지가 나빠지는 것을 염려했었다. 자신은 가이드로 근무하고 부모님은 겔렌데 안의 레스토랑을 경영하고 동생도 거기서 일하고 있다. 그들의 삶은 이 스키장과 함께 존재하는 것이다.

다카노의 동생 유키가 돌아왔다. 왜 그런지 또 한 명, 동갑으로 보이는 고등학생과 함께였다. 두 사람은 각자 하나씩 종이가방을 들고 있었다.

"내 보드복과 친구 보드복을 챙겨왔어요." 유키가 말하면서 옆의 친구를 소개했다. 초등학교 때부터 친구인 가와바타 겐타라고 했다. 어딘가 까불이 같은 느낌의 학생이었다.

두 사람이 내민 종이가방 한쪽에는 갈색 무늬, 또 한쪽에는 미채색 무늬의 보드복이 들어 있었다. 이건 현재 다쓰미와 나미카와가 입고 있는 옷과는 비슷한 구석이라고는 찾을 수가 없는 무늬다.

"고맙다. 정말 고마워." 나미카와가 감사 인사를 했다.

"계단 내려가면 화장실 있으니까 거기서 갈아입으면 돼요." 유키가 말했다.

"응, 그렇게. 그리고 형한테서 얘기 들었는지도 모르겠지만." 나미카와가 목소리를 낮췄다. "이런저런 사정이 있어서 이 스키장에 우리를 찾고 다니는 자들이 있어. 혹시 너희도 그자들과 마주칠지도 모르겠는데 그럴 때는……."

알아요, 라고 유키가 고개를 위아래로 끄덕였다. "두 분에 대한 얘기는 절대로 안 할 거예요. 걱정 마세요." 자신 있게 단언했다.

"그렇게 말해주니 한결 마음이 놓인다. —그렇지?" 나미카와는 다쓰미에게 동의를 청했다.

잘 부탁한다, 라고 다쓰미도 머리를 숙였다.

저기요, 라고 가와바타 겐타라는 학생이 입을 열었다. "추적자들은 누구예요? 어떻게 생겼는지 알아요?"

다쓰미는 나미카와와 서로 마주보고 나서 "이인조라는 얘기는 들었는데……."

"이인조……. 그렇구나."

"근데 왜?"

"아뇨, 아무것도 아니에요." 가와바타 겐타가 슬쩍 손을 내저었다. 하지만 그의 눈 속에 강한 호기심의 빛이 깃들어 있는 것이 다쓰미는 약간 마음에 걸렸다.

23

몇 미터쯤 앞서 가던 유키코가 걸음을 멈췄다. 뒤에서 발소리가 따라오지 않는 것을 깨달은 모양이다. 뒤돌아서서 고스기를 보더니 온몸으로 큰 한숨을 내쉬는 시늉을 했다.

"뭘 그렇게 꾸물거려요?"

스키판을 내려놓고 헉헉 어깨 숨을 몰아쉬던 고스기는 겨우 호흡을 가다듬고 입을 열었다.

"조금만 더 천천히 가죠. 이 부츠, 영 걷기가 힘들어요. 게다가 스키판은 너무 무겁고."

"스키 부츠는 원래 걷기가 힘든 거예요. 아니면 스노보드 부츠로 할래요? 그건 좀 편한데."

"아뇨, 스노보드는 아예 해본 적이 없어요."

"그럼 툴툴거리지 말고 어서어서 걸어와요. 꾸물거리다가는 해 떨어져요. 아직 스키장에 들어서지도 못했는데."

"얼마나 더 걸려요?"

"서두르면 5, 6분 만에 도착해요. 자, 힘내요." 유키코는 빙글 몸을 돌려 다시 걷기 시작했다.

아직도 그렇게나 남았나, 하고 맥이 빠진 채 고스기는 스키판을 떠메고 익숙하지 않은 스키 부츠로 걸음을 내딛었다.

앞서서 가는 유키코의 발걸음은 쌩쌩했다. 스키복으로 갈아입은 뒷모습이 그야말로 운동선수의 아우라를 풍기고 있었다.

여관 〈기나시〉를 나와 그녀가 고스기 일행을 데려간 곳은 대여점이었다. 그곳에서 스키 도구 일습을 빌리라고 지시했다.

"스키장에서 숨바꼭질을 하는데 긴 장화를 신고 뛸 수는 없잖아요." 그녀의 말투에는 이 상황을 즐기는 듯한 여운이 있었다.

고스기가 스키를 타본 것은 벌써 20여 년 전 일이다. 그런 얘기를 했지만 그녀는 전혀 감안해주지 않았다. "에이, 금세 익숙해져요."

그때 머뭇머뭇 손을 들고 나선 것은 시라이였다. 스키라고는 평생 타본 적이 없다, 라는 것이다. "왜냐면 제가 남쪽 출신이잖습니까."

아무리 일손이 아쉬워도 초보자는 데려가봤자 거치적거리기만 할 게 뻔했다. 고스기는 유키코와 상의해 시라이에게는 온천가 대여점을 돌아보게 하기로 했다. 와키사카 일행이 변장을 하기 위해 대여점에서 옷을 빌릴 가능성이 있었기 때문이다.

그렇게 고스기 혼자 유키코를 따라 스키장으로 가게 된 것인데 오랜만에 신어본 스키 부츠는 너무 딱딱하고 묵직했다. 게다가 눈길이고 보니 발이 자꾸 미끄러져서 걸음을 떼는 것만으로도 바짝 긴장해버렸다. 공연히 힘이 들어간 탓인지 잠깐 걸었는데도 벌써 얼굴에서 땀이 흘렀다.

스키판에도 위화감을 느꼈다. 고스기가 기억하는 것보다 훨씬 더 짧았다. 그거야 뭐 괜찮다지만 모양새까지 크게 달라진 것 같았다. 카빙 스키라는 것인 모양인데 과연 제대로 탈 수 있을지 의문이었다. 그것에 대해서도 유키코는 "발에 익으면 그럭저럭 탈 만해요"라고 할 뿐이었다.

드디어 저 앞에 건물이 보이기 시작했다. 곤돌라 역사인 모양이었다. 〈나가미네 곤돌라〉라고 적힌 간판이 서 있었다. 유키코에 의하면 이 스키장에는 곤돌라가 2기가 있는데 이쪽 곤돌라를 타야 단숨에 산꼭대기 근처까지 올라갈 수 있다고 했다. 소요시간은 약 15분. 중간에 내리는 역도 있다고 하니까 거리가 상당히 길다.

유키코가 준비해준 리프트권을 손에 들고 승차장으로 향했다. 띄엄띄엄 스키장 손님이 줄을 서 있었지만 곤돌라를 함께 타야 할 정도는 아니었다.

담당자는 삼십 대의 햇볕에 그을린 남자였다. 그는 사무적인 모습으로 손님을 곤돌라 안으로 안내하다가 유키코를 보더니 얼굴이 환해졌다. "어, 안녕?"

아무래도 유키코와 잘 아는 사이인 것 같았다. 그녀는 고글을 모자 위에 얹고 있어서 얼굴이 그대로 보이는 것이다.

"응, 잘 지냈어?" 유키코는 그에게 인사를 건네며 말했다. "긴히 부탁할 게 있는데, 잠깐 괜찮아?"

담당자는 당황스러운 듯 눈을 깜빡거렸다. "지금?"

"그래, 미안하지만."

"뭐, 괜찮긴 한데…… 그럼 잠깐 기다려."

남자는 고스기 쪽을 흘끔 쳐다보더니 저만치 서 있던 다른 젊은 담당자를 불러 자리 교체를 부탁했다.

셋이서 곤돌라 승차장을 조금 벗어나자 유키코가 말했다. "고스기 씨, 그 대학생 사진 좀 보여줘요."

고스기는 스마트폰을 터치했다. 와키사카와 나미카와가 보드복 차림으로 나온 사진을 열어서 남자 쪽으로 내보였다.

"이런 옷차림의 이인조, 혹시 못 봤어? 여기 이 회색과 파란색 보드복을 입은 두 사람인데."

유키코의 물음에 남자는 고개를 갸우뚱했다.

"글쎄 비슷한 사람이라면 몇 명 본 것 같긴 한데……. 미안해, 기억이 안 나네."

그럴 만도 하다고 고스기는 생각했다. 차례차례 손님이 몰려오는 것이다. 그들의 옷차림을 일일이 기억하고 있을 리 없다.

"그럼 이제부터 유심히 살펴봐. 이런 이인조가 눈에 띄는 대로 나한테 연락해달라고. 여기 내 휴대전화 번호 있으니까." 그러면서 유키코는 호주머니에서 명함을 꺼냈다.

남자는 명함을 받아들더니 다시 한번 스마트폰 화면을 들여다보았다.

"뭐야, 이 두 사람? 무슨 나쁜 짓이라도 했어?"

"그건 지금은 비밀이야. 아무튼 찾아주면 이다음에 우리 요리, 서비스해드릴게."

남자는 실눈이 되어 웃었다. "거, 좋지. 알았어, 유의해서 살펴볼게."

부탁한다고 말하고 유키코는 고스기에게 눈짓을 건네 다시 승차장 앞에 줄을 섰다.

잠시 뒤에 들어온 곤돌라에 둘이서 올랐다. 12인승이라고 하더니 역시나 안이 널찍했다.

"유키코 씨가 도와줘서 정말 다행이에요." 고스기가 말했다. 진심이었다. "곤돌라 담당자에게 그런 식으로 부탁하는 건 경찰 배지라도 제시하지 않는 한, 우리로서는 도저히 못 할 일인데."

유키코가 웃으면서 고개를 끄덕였다. "예, 그건 그렇죠."

"발이 넓은 것에도 감탄했어요. 식당과 여관 경영자다워요."

그러자 그녀는 흥하고 코를 울렸다. "그건 좀 틀린 말인데요?"

"엇, 어떤 식으로 틀린 말이라는……."

"내가 이 동네 출신이라서 아는 사람이 많은 거예요. 게다가 이런 말 하기는 좀 그렇지만, 내가 이 근처에서는 모르는 사람이 없을 만큼 유명인사였어요. 물론 〈기나시〉의 여주인이 되기 전의 얘기지만."

무슨 말인가 하고 고스기가 고개를 갸우뚱하자 "이거요"라면서 그녀는 잡고 있던 스키판을 흔들었다.

"이래봬도 젊은 시절에는 알파인 스키 선수로 이름을 날렸거든요. 한마디로 알파인이라고 해도 테크니컬 종목과 스피드 종목이 있어. 우리나라 선수가 세계에서 통하는 것은 테크니컬 종목뿐이라고들 하는데, 내가 잘했던 것은 스피드 쪽. 게다가 다운힐. 젊은 시절에는 신슈의 총알 아가씨라는 별명으로 통했잖아요. 하긴 그때는 몸무게가 지금보다 10킬로그램 이상 적었어요."

와아, 하고 고스기는 새삼 그녀의 몸을 바라보았다. 그러니 운동선수의 아우라를 풍길 만도 했다.

"웬만큼 큰 대회에는 다 나갔으니까 온 동네가 나서서 응원해 주던 시절도 있었어요."

"대단하네요. 그렇다면 말 그대로 유명인사가 틀림없네." 고스기는 납득하고 고개를 끄덕였다. "이 동네 슈퍼스타가 이제는 식당과 여관의 명물 여주인이 됐군요."

"네, 덕분에 그럭저럭 꾸려가고 있죠."

"아까 듣기로는, 십여 년 전에 시집을 왔다고 한 것 같은데."

유키코는 턱을 끄덕였다.

"기억도 잘하시네. 맞아요, 15년 전이에요."

"남편분 집안이 지금 그 여관을?"

"조부 대부터 하던 여관이에요. 우리 집 남자도 스키 선수여서 현역 시절에는 일단 소속 회사의 회사원으로 이름이 올라가 있었는데 은퇴한 뒤로 이 온천가에 돌아와 여관을 물려받았죠. 나하고 결혼한 것은 경영자가 되고 5년쯤 지난 무렵이었어요."

"그러면 올해로 여관 경영 20년째네요. 식당이나 여관에서 그런 남자분은 못 봤는데 어디 외출이라도 하셨나."

고스기가 혼잣말처럼 중얼거리는 소리에 유키코는 실눈을 뜨고 입 끝을 올리며 웃었다. 뭔가 쓸쓸해 보이는 웃음이었다.

"외출이라면 외출이겠네요. 이제는 돌아오지 못할 사람이지만."

"예?"

"저기로 가버렸어요." 그렇게 말하며 그녀는 오른손으로 위를 가리켰다. "벌써 8년이나 됐네. 간암이었어요."

아, 저런, 하고 고스기는 소리를 흘렸다. "그렇군요⋯⋯."

"병이 발견된 게 식당 개업 직후여서 정말 힘들었어요. 지금 이 타이밍에 이건 아니지, 하고 본인에게 따지고 싶었을 정도예요. 너무 딱해서 차마 말은 못했지만."

"그 이후로 유키코 씨 혼자 식당과 여관을 꾸려온 거예요?"

네에, 라고 그녀는 대답했다.

"하지만 별로 힘들다고 생각한 적은 없어요. 주위에서 다들 도와줬으니까. 그러니 나도 어떤 형태로든 은혜를 갚아야죠. 이 온천가에도, 이 스키장에도."

"살인범이 들어왔다면 찾아내는 데 팔을 걷어붙이고 나서는 것도 마다하지 않겠다는?"

"예, 바로 그런 얘기." 유키코는 웃는 얼굴을 보이고 다시 고글을 썼다. 곤돌라가 종점에 도착하려 하고 있었다.

곤돌라에서 내려 역사 밖으로 나온 뒤에도 유키코는 선뜻 스키를 타지 않았다. 판을 떠메고 내처 눈 위를 걸어갔다. 고스기는 그 뒤를 따라가며 이유를 물었다.

"이 스키장은 곤돌라 하나로 단박에 산꼭대기까지 갈 수 있는 그런 작은 규모의 산이 아니에요. 아무튼 됐으니까 따라와요." 그녀는 걸음을 멈추지 않은 채 숨이 흐트러지는 일도 없이 대답했다.

한참 올라간 곳에서 유키코가 드디어 스키판을 내렸다. 그다음 리프트 승차장까지 타고 가는 것이라고 했다. 그 말을 듣고 고스기는 긴장했다. 20여 년 만의 스키인 것이다. 젊은 시절에는 나름대로 꽤 탔었지만 지금은 어떨지 알 수 없다.

문득 깨닫고 보니 유키코의 모습이 사라지고 없었다. 벌써 가버린 모양이었다. 고스기는 급히 스키판에 발을 얹었다.

머뭇머뭇 출발했지만 생각한 것보다 훨씬 더 속도가 빠른 것에 화들짝 놀랐다. 허리가 자꾸 뒤로 빠지는 것을 자각했지만 영 바로잡히지 않았다. 급히 스키판을 여덟 팔 자로 펼치고 필사적인 마음으로 속도를 줄였다. 멋지게 타는 건 도저히 무리여서 기껏해야 보겐이었다.

식은땀을 흘리며 천천히 타고 내려갔더니 저 앞에서 유키코가 기다리고 있었다.

"오랜만에 타는 것 치고는 의외로 잘 하는데요? 다시 봤어요."

고스기는 고개를 저었다. "전혀 안 돼요. 엉거주춤한 거, 내가 아는데, 뭘." 헉헉거리는 목소리가 나왔다.

"스스로 알 정도면 대단한 거예요. 조금만 더 익숙해지면 괜찮아요. 자, 쭉쭉 달려봅시다."

유키코는 쓱 몸을 돌려 경쾌하게 달리기 시작했다.

고스기가 악전고투하며 따라갔더니 아닌 게 아니라 그 앞에 리프트가 있었다. 4인승으로, 다시 좀 더 위쪽으로 올라갈 수 있는 것이다. 유키코는 여기에서도 담당자를 불러 고스기의 스마트폰 속 사진과 비슷한 이인조를 발견하면 연락해달라고 부탁했다.

그 리프트를 타고 갔는데도 아직 산 정상이 아니고 다시 또 한 번 리프트가 있었다. 여기서도 당연한 듯이 유키코는 담당자에게 똑같은 부탁을 했다. 그녀의 발이 넓다는 것에 일일이 감탄하는 것은 이제 그만두기로 했다.

리프트에서 내리자 그곳은 드디어 정상이었다. 360도, 눈부실 만큼 아름다운 설경이 다양한 형태로 펼쳐지고 아득히 저 너머의 능선도 또렷이 보였다. 고스기는 저도 모르게 감탄의 한숨을 토해냈다. "드디어 여기까지 왔어."

"뭘 흡족한 얼굴로 내다보고 있어요? 아직 일이 반도 안 끝났다고요. 다른 리프트와 곤돌라 담당자들에게도 얘기를 해둬야죠."

"이번에는 어디로 가요?"

"이 스키장에 곤돌라 두 기가 있다고 했잖아요. 범인들이 어디를 어떻게 달릴 생각인지는 모르지만, 곤돌라 두 개 중 하나는 반드시 탈 거예요. 일단 저쪽 곤돌라 승차장 쪽으로 가자고요." 말을 마치자마자 유키코가 출발했다.

"앗, 잠깐만요." 고스기는 서둘러 뒤를 쫓아갔다.

뒤에서 보는 유키코의 자세는 아마추어의 눈에도 그야말로 훌륭하게 보였다. 고스기 쪽에 맞춰주느라 속도를 낮춘 탓도 있겠지만, 전혀 힘이 들어가는 게 없었다. 그러면서도 동작의 정확도는 다른 스키어와는 비교가 안 될 정도였다. 쓸모없는 낭비가 없고, 이때다 하는 순간에는 적확한 움직임이 가능하기 때문일 것이다.

그런 그녀의 뒤를 열심히 따라가는 사이에 고스기는 조금씩 스키에 대한 감각이 되살아나는 것이 느껴졌다. 속도에도, 카빙 스키라는 새로운 도구에 대한 감도 점점 익숙해지는 것 같았다. 원래 운동신경이 나쁜 편은 아니다. 서서히 대담하게 달리는 것을 스스로도 알 수 있었다. 공포심이나 불안감만 뛰어넘으면 그다음에 찾아오는 것은 상쾌함뿐이다. 바람을 가르며 눈 위를 질주하는 것이 점점 즐거워졌다.

"예전 실력이 슬슬 나오는 거 같은데요?" 잠시 휴식을 취하는 참에 유키코가 말을 건네왔다. "처음 탈 때와는 완전히 달라요."

"예, 약간 감이 오네요."

"그렇다면 좀 더 달려볼까요?"

"아뇨, 적당히, 적당히." 고스기가 급히 말했지만 싸악 무시하고 유키코는 달려가기 시작했다. 정말로 속도를 올리고 있었다. 고스기는 서둘러 쫓아갔다. 큰일이네, 라고 중얼거리면서도 오랜만에 가슴이 뛰는 것을 자각했다.

그나저나―.

이 스키장은 정말 넓다. 전국 최대급이라는 광고 문구가 거짓말이 아니었다. 아무리 가고 또 가도, 바닥을 지치고 지쳐도, 계속 이어지는 경사면과 형태도 다르고 폭도 다른 코스가 기다리고 있었다. 마침내 곤돌라 승차장이 보일 무렵에는 숨이 헉헉거려서 거의 죽을 지경이었다.

"이제 조금만 더 가면 되니까 힘내요!"

유키코가 날려준 격려에 고스기는 녹초가 된 몸에 채찍질을 해가며 계속 달렸다.

승차장 입구에는 〈히나타 곤돌라〉라고 적힌 간판이 나와 있었다. 조금 쉬고 싶었지만 유키코가 척척 앞으로 걸어가는 바람에 따라갈 수밖에 없었다.

담당자는 젊은 남자였다. 다행히 스키장 손님이 끊긴 참이었다. 이번에도 유키코는 그에게 다가가 말을 건넸다. 고스기는 호주머니에서 스마트폰을 꺼내 미리 와키사카의 사진을 찾아 두 사람에게로 다가갔다.

담당자는 스마트폰 화면을 보자마자 입을 헤벌렸다. "아, 이 사람들……."

"봤어?"

유키코의 물음에 그가 고개를 끄덕였다. "여기 곤돌라 탔었지. 한 시간쯤 전이었던 것 같아."

"그렇게 오래됐어? 틀림없지?"

"아마도." 그는 스마트폰 화면을 가리켰다. "이 회색 옷 입은 사람이 갖고 있는 스노보드가 내 거하고 똑같아. 그래서 기억이 나지. 이게 한정 모델이라서 웬만해서는 갖고 있는 사람이 없어."

유키코가 고스기 쪽을 보았다. 그는 마주 고개를 끄덕여주었다. 아무래도 틀림없는 것 같았다.

"그 뒤로는 못 봤고?"

"응, 이쪽 곤돌라에 또 타지는 않았어."

"알았어, 고마워. 혹시 또 눈에 띄면 연락해줘." 유키코는 자신의 명함을 그에게 내밀었다.

24

경사면 위쪽에서 나타난 것은 단체 스키어였다. 대열을 지어 겔렌데에 흐르는 음악에 맞춰 화려한 곡선을 그리며 내려왔다. 그들이 폴에 묶고 있는 것은 기다란 핑크색 천이었다. 가벼운 소재인지 그들의 움직임을 따라 하늘하늘 허공에서 춤을 추었다.

와아, 하고 네즈의 입에서 탄성이 터져 나왔다. "진짜 아름답잖아."

하지만 옆에 있는 치아키와 리오는 대답이 없었다. 돌아보니 둘 다 진지한 표정으로 앞을 향하고 있었다. 스포츠 선글라스 때문에 잘은 모르겠지만 양쪽 다 눈빛이 예리해져 있을 게 틀림없었다.

스키어들 뒤쪽에서 이번에는 스노보더 그룹이 등장했다. 양손에 꽃다발을 들고 있는 것 같았다. 똑같은 간격을 유지하며 그들은 그라운드 트릭*을 펼쳐 보이기 시작했다. 게다가 저마다 자기 멋대로 좋아하는 기술을 펼치는 게 아니라 어느 타이밍에 무엇을 할지 미리 정해둔 모양이었다.

"동작이 안 맞아." 치아키가 불만스러운 듯이 말했다.

"오른쪽 팀이 조금씩 늦는 거 같다." 리오도 동의했다.

"음악이 잘 안 들리는지도 모르겠어. 이따가 꼭 확인해봐야겠네."

---

* 스노보드 프리스타일의 일종. 하프파이프와 점프램프 등을 사용하지 않고, 슬로프를 활주하며 설면 위에서 펼치는 전반적인 기술을 가리킨다.

"내일까지 맞출 수 있겠어?"

"틀림없이 맞추도록 해야지. 걱정하지 마."

사토자와 온천스키장 최초의 겔렌데 웨딩을 내일로 앞두고, 프로듀서와 민완 조수는 둘 다 타협 따위 결코 허락하지 않겠다는 말투였다. 어설픈 공치사는 안 하는 게 좋겠다, 라고 네즈는 미리 감을 잡았다.

그 뒤에도 몇 팀의 스키어와 스노보더들이 나타나 독창적인 공연을 펼쳐나갔다. 마지막 한 팀이 활주를 마치는 것을 지켜본 뒤에 치아키와 리오는 뭔가 상세한 회의에 들어갔다. 속닥속닥 작은 소리로 이야기하고 있어서 네즈의 귀에 그 내용까지는 들리지 않았다.

손목시계를 보고 시각을 확인했다. 내일의 리허설을 위해 코스 일부를 대절해서 쓰고 있었다. 시간이 너무 길어지면 다른 스키장 손님들에게 민폐가 된다.

"그럼 나는 카메라맨과 상의해보고 올게." 리오가 말했다.

"응, 부탁해." 치아키는 들고 있던 태블릿을 들여다보기 시작했다.

"주인공의 모습이 안 보이네?" 네즈가 말했다. "신랑신부는 오늘 리허설에는 등장하지 않는 건가?"

"나가오카 씨는 개별적으로 특별훈련을 받는 중이야. 실은 하즈키 씨도 오늘 한 차례 달려줬으면 했는데 웨딩드레스 사이즈에 잘못된 데가 있다나. 그래서 지금 나가노에 나갔어. 리오는 별문제 없다고 하더라고. 신부는 보겐으로 내려오는 것뿐이니까."

"웨딩드레스 차림으로 탈 거잖아. 그것만으로도 충분히 멋있을 것 같은데?"

"그랬으면 좋겠는데…… . 그밖에 뭔가 마음에 걸린 건 없어?"

"나는 그냥 아마추어야."

"그러니까 의견을 듣고 싶지. 뭐든 생각난 것을 말해봐."

글쎄, 라고 잠시 생각해본 뒤에 네즈는 대답했다. "굳이 말하자면 스키복인가."

"스키복?"

"스키어와 스노보더들의 옷이 제각각인 게 좀 그렇다. 애써 화려한 활주를 하는데, 아쉬워."

"아, 그거?" 치아키는 크게 고개를 끄덕였다. "그거라면 괜찮아. 다 생각해둔 게 있으니까."

"그래?"

"내일 본 무대에서 깜짝 놀랄걸?"

"오, 기대되는데? 그럼 그건 해결됐다고 치고." 네즈는 손목시계에 시선을 떨구었다. "이제 슬슬 끝내줘야 할 시간이야."

치아키는 얼굴 앞에 오른손을 번쩍 세웠다. "미안. 15분만 연장해줘."

"다음에는 위쪽 코스를 대절해서 촬영할 거잖아. 시간이 없어."

"그쪽은 어떻게든 될 거야. 여기가 가장 중요한 부분이거든. 제발 좀 봐줘!" 치아키는 태블릿을 겨드랑이에 끼고 네즈를 향해 양손을 맞댔다.

네즈는 한숨을 내쉬었다. "진짜로 딱 15분이야."

"약속할게. 고마워. 아, 다행이다." 치아키는 스키어와 스노보더들이 모여 있는 곳을 향해 급한 걸음으로 달려갔다.

네즈는 무전기를 손에 들었다. 코스를 대절해서 쓰고 있어서 곳곳에 파수꾼 삼아 세워둔 패트롤 대원들에게 15분 연장된다는 소식을 전달했다.

치아키는 몸짓 손짓을 섞어가며 출연자들에게 뭔가 설명하고 있었다. 달리는 속도나 동작의 타이밍에 대해 지시하는 것 같았다. 그 모습을 네즈는 조금 떨어진 자리에서 지켜보았다.

"자, 그럼 한 번만 더 해봅시다! 파이팅!" 치아키가 손뼉을 치며 말했다.

스키어와 스노보더들이 리프트 승차장을 향해 이동하기 시작했다. 그것을 보고 네즈는 치아키에게로 다가갔다.

"저렇게 많은 인원을 용케도 숫자 채워서 잘 불러들였네."

"십대 때부터 이 세계에서 놀았잖아. 이래봬도 내가 발은 꽤 넓은 편이야."

"그 인맥을 살리면 무슨 일이든 못 할 게 없겠네."

"무슨 일이든?" 치아키는 뜻밖이라는 얼굴로 네즈를 돌아보았다. "이를테면 어떤 일을?"

"그건…… 지금 당장 생각나지는 않지만 이래저래 많을 것 같아. 사업이라든가."

"흐음, 그렇게 생각했구나." 치아키는 천천히 고개를 끄덕였다. 그 눈빛이 그녀 치고는 드물게 시들해져 있었다.

"왜, 무슨 할 말이라도 있어?"

치아키는 잠시 생각에 잠긴 표정이더니 이윽고 입을 열려고 했다. 하지만 그 직후, 뭔가 알아차린 얼굴로 호주머니에서 스마트폰을 꺼냈다. 전화가 걸려온 모양이었다. 내키지 않는 표정으로 슬쩍 혀를 찼다.

"여보세요? 응, 나야. ……어디냐니, 사토자와 온천이지. ……내가 말했었잖아, 친구 결혼식이 있다고. ……알고 있어, 다음 주에는 집에 갈 거야. ……알았어, 알았어, 정장 입으라는 거잖아. 준비해뒀어. ……알았어. 잘 할 거야 ……이제 그만 끊어도 돼? 내가 지금 좀 바빠서 그래. ……노는 거 아니라니까. 그만 끊을게. ……네에, 그럼 다음 주에 봐요." 전화를 끊고 머리를 내저으며 치아키는 툭 내뱉었다. "어휴, 성가셔."

네즈는 쓴웃음을 지었다. "누구랑 통화한 거야? 유난히 퉁명스럽게 대꾸하던데."

치아키는 얼굴을 찌푸리며 스마트폰을 호주머니에 챙겨 넣었다. "엄마."

어라, 하고 네즈는 그녀의 얼굴을 마주보았다. "치아키 입에서 부모님 얘기라니, 처음 들었네."

"뭐, 별로 얘기하고 싶지 않았으니까."

"정장을 입으라고 하시는 것 같던데, 뭐야, 선이라도 보는 건가."

물론 농담 삼아 한 말이었지만 치아키는 전혀 웃을 마음이 없는 모양이었다.

"글쎄요, 어떤 의미에서는 선을 보는 거나 마찬가지일 수도 있지."

"……무슨 일인데?"

치아키는 어깨를 움츠리고 한쪽 뺨을 치켜들었다. "집에서 하는 사업을 물려받으라는 거야. 벌써 몇 년 전부터 하시는 얘기야. 요즘 직원을 새로 채용했는데 그 사람들하고 미리 인사를 나눠두는 게 좋다나."

"집에서 하는 사업이라니?"

"보육원이야. 그렇게 크지는 않지만."

네즈는 한순간 말을 잃고 치아키의 얼굴을 빤히 보고 말았다. 이 여성 스노보더를 처음 만난 게 벌써 몇 년 전 일이다. 네즈는 스노보드 크로스에서 은퇴한 직후였고 치아키는 아직 현역 선수였다. 서로에 대해 알자마자 의기투합했다. 그 이후로 겨울만 되면 긴밀하게 연락을 주고받았고 때로는 함께 활주하기도 했다. 하지만 각자의 사생활에 대한 얘기를 한 적은 없었다. 그녀의 본가가 보육원을 경영한다는 것도 처음 듣는 얘기였다.

"아버지가 이사장, 어머니가 원장이야. 아버지는 일흔셋, 엄마도 벌써 육십대 중반, 이제 슬슬 앞일이 걱정스러울 만도 하시지."

"다른 형제는?"

"없어. 외동이야." 치아키는 고개를 저었다. "그래서 계속 경영할 거라면 물려받을 사람은 나밖에 없어."

"세습제야?"

"그런 보육원이 많은 것 같아. 가족이 물려받으면 이래저래 이점이 많은 모양이라서." 문득 치아키가 후훗 하고 자조적인 웃음을 보였다. "뭐뭐한 모양, 이라는 식으로 말하면 안 되겠지? 앞으로 경영을 떠맡아야 할 사람이."

"오래 전부터 정해져 있던 일이야?"

"막연하게는 정해져 있었어. 그래서 이래봬도 내가 보육사 자격증도 있어. 하지만 젊은 시절에는 내가 원하는 일을 하게 해달라고 부탁했어. 내가 어디까지 할 수 있을지, 가능성에 도전해보고 싶어서."

"그게 스노보드 크로스?"

"말하자면 그런 셈이지. 내 입으로 이런 얘기 하는 건 좀 그렇지만 나름대로 성공한 편이라고 생각해. 올림픽에 출전하지는 못했어도 후회는 없어. 그래서 이제 슬슬 다음 단계로 건너가야 한다는 것도 이론적으로는 잘 알고 있어. 젊은 시절, 이라는 것도 진즉에 지나갔고."

"그래서." 치아키가 말을 이어갔다. "가업을 물려받는 걸로 정해지면 더 이상 이쪽 세계로는 돌아오지 않을 생각이야. 두 번 다시 스노보드는 타지 않으려고."

네즈는 놀라서 눈이 둥그레졌다. "농담이지?"

"진심이야. 보육원 경영, 그 정도의 각오는 필요하거든. 그쪽도 이쪽도 적당히 다 잘하겠다는 식의 달콤한 낙관론은 분명 통하지 않을 거니까. 취미로 계속 타면 되는 거 아니냐고 하는 사람도 있을 테지만 그런 어중간한 태도, 나한테는 맞지 않아."

정면으로 이쪽을 바라보는 치아키의 당찬 눈빛을 마주하고 이건 진심이구나, 라고 네즈는 확신했다. 치아키가 누구보다 자기 자신에게 엄격하고 단호한 성격이라는 건 잘 알고 있다.

"그럼 내일 행사가 끝나면……."

응, 이라고 치아키는 분명하게 고개를 끄덕였다.

"흰 눈의 세계와는 작별이야. 그러니까 내일 출연자들이 만드는 신랑신부의 꽃길은 나의 꽃길이기도 해."

"그렇구나." 네즈는 목소리를 낮췄다. 자신 쪽이 의기소침해진 것을 깨달았다.

"네즈 씨도 집안 사업을 물려받았다고 했잖아?"

"응, 니가타의 작은 건축사무소지만."

겨울철 이외에는 네즈도 그곳에서 건축사로 일하고 있다. 겨울철에는 눈 때문에 건축 일을 할 수 없어서 스키장으로 들어와 패트롤 대원을 하고 있는 것이었다.

"예전에 네즈 씨가 꿈에 대한 얘기를 해준 적이 있었어." 치아키가 말했다. "유원지 같은 스키장을 만들고 싶다는 거. 설원의 거대한 미로와 눈의 제트코스터, 그리고 또 뭐였더라."

"와이어 액션 하프파이프*, 스키 패러글라이딩."

아하하하, 하고 치아키가 손뼉을 치며 웃었다. "맞아, 그거! 죄다 외국어네."

---

* half-pipe. 파이프를 세로로 자른 듯한 반원통형 슬로프. 점프와 회전 등의 공중연기가 가능하다.

"그러게. 그런 얘기를 하던 시절도 있었지."

네즈의 말에 치아키가 문득 진지한 얼굴로 돌아왔다. "이제 포기했어? 꿈은 이제 접은 거야?"

아니, 라고 그는 고개를 저었다. "포기하지 않았어. 지금도 가슴속에 간직하고 있지."

"그 말을 들으니 마음이 한결 놓인다." 치아키는 빙긋이 웃고 경사면을 올려다보았다. "그 꿈, 나도 함께하고 싶었는데."

네즈는 그녀의 옆얼굴을 보았다. 하고 싶은 말이 있었지만 입 밖에는 내지 않았다.

25

2인승 리프트에서 내려선 참에 고스기는 주위를 둘러보았다. 몸을 숙이고 바인딩을 장착하는 스노보더가 몇 명 보였지만 찾고 있는 보드복은 눈에 띄지 않았다.

"여기도 없는 건가……."

한 시간 전쯤에 히나타 곤돌라에 두 사람이 탔었다는 증언을 바탕으로 고스기는 유키코와 둘이서 와키사카 일행이 내려갔을 만한 장소를 이 잡듯이 뒤지는 중이었다. 비슷한 보드복이 이따금 눈에 띌 때마다 단단히 벼르고 달려갔지만 가까이 가보면 미묘하게 다른 색깔이거나 동행한 친구의 보드복이 전혀 다르곤 했다.

고스기는 시계를 들여다보고 끄응 신음했다. 시간만 흘러가고 있었다.

유키코가 겔렌데 지도를 펼쳤다.

"오늘 운행 중인 주요 리프트와 곤돌라는 한바탕 다 훑었어요. 범인들이 이 스키장에 있다면 어딘가에서 우리가 쳐둔 그물망에 걸렸어야 해요."

"바꿔 말하면, 아직도 그 그물망에 걸리지 않았다는 것은 이미 이 스키장에는 없다는 건가."

유키코는 지도를 접어 호주머니에 넣으면서 고개를 저었다. "그렇게 말하기 시작하면 끝장이에요. 틀림없이 여기 있다고 믿어야죠."

"하지만 한 시간 전에 곤돌라 승차장에서 목격됐는데 그 뒤 자취도 없이 사라졌다면 역시 스키장을 떠났다고 할 수밖에……."

고스기가 말하는 중에 유키코가 제지하듯이 손을 내밀었다. 그녀의 호주머니에서 착신음이 울리고 있었다.

"거 봐요, 왔잖아요." 그녀는 스마트폰을 꺼내 귀에 댔다. "응, 나야. 수고가 많네. ……엇, 탔어? 언제? ……응, ……알았어, 고마워." 전화를 끊고 스마트폰을 다시 챙겨 넣었다. "고다마 리프트 A 담당자의 연락이에요. 사진 속 두 사람이 방금 전에 탔대요."

"고다마 리프트 A?"

"따라오면 알아요."

힘차게 스키를 저어가는 유키코의 뒤를 고스기는 허둥지둥 쫓아갔다.

잠시 뒤 4인승 리프트 승차장에 도착했지만 표시를 보니 그곳은 고다마 리프트 A가 아니었다. 유키코에 의하면, 이 리프트를 타고 올라간 곳에 고다마 리프트 A의 승차장이 있는 모양이었다.

"보드복이 그 사진하고 똑같았대요. 옷을 바꿔 입지는 않았나 봐요." 리프트에 나란히 앉은 뒤에 유키코가 말했다.

"아직 경찰의 손이 이 스키장까지는 뻗치지 않았다고 생각하고 방심한 모양이네."

"한 사람은 회색 상의에 핑크색 바지라고 했죠? 그리고 또 한 사람은 파란색에 노란색?"

"맞아요. 눈에 잘 띄는 배색이니까 여럿이 활주하는 속에서도 찾기 쉬울 거예요."

고스기는 리프트에서 아래를 내려다보았다. 폭이 널찍한 코스에 수많은 스키어와 스노보더가 달리고 있었다. 거리가 길고 경사도가 낮아서 초보자나 초급자가 연습하기에 좋은 코스인 것 같았다.

"가족끼리 오면 정말 재미있겠네."

고스기가 저도 모르게 중얼거리는 말을 듣고 "한번 와요"라고 유키코가 말을 받았다. "아이는? 있죠?"

"안타깝게도 독신이에요."

"어라, 그래요? 아까워라."

"그 덕분에 언제라도 벽지에 전출 가능한 요원으로 취급당하고 있죠. 이번에 결국 와키사카를 체포하지 못한다면 그게 현실이······."

될지도 모른다, 라고 말하려던 순간이었다. 무심코 내려다본 곳에 선명한 파란색 상의에 형광빛의 노란색 바지를 입은 스노보더의 모습이 보였다. 설마, 하고 주위를 살펴보다가 숨을 헉 삼켰다. 회색 상의에 핑크색 바지 차림의 스노보더가 바로 옆에서 나란히 달리고 있었다. 게다가 두 사람은 명백히 친구 사이로 보였다.

앗 하고 먼저 목소리를 높인 것은 유키코였다. "있어요, 저기, 저기!"

"나도 막 발견한 참인데."

"회색에 핑크색, 파란색에 노란색. 틀림없는 것 같네요."

"틀림없어요. 저 녀석들!"

그 두 명의 스노보더는 기분 좋게 달리고 있었다. 이윽고 고스기와 유키코 바로 아래쪽을 통과해갔다.

"어휴, 당장 뛰어내릴 수도 없고."

설면에서 리프트까지의 높이는 3미터 가까이나 된다. 뛰었다가는 가벼운 부상으로는 끝나지 않을 것이다.

리프트 위에서 뒤를 돌아보았다. 두 명의 스노보더는 키커*에 도전하고 있었다. 먼저 뛰어오른 건 파란색 옷을 입은 녀석으로, 멋지게 한 바퀴를 돌아 착지했다.

어라, 하고 유키코가 말했다. "진짜 대단하네. 저건 상당히 뛰어난 실력인데?"

"아주 잘 놀고들 있네, 살인사건 용의자 주제에." 고스기는 입을 악물며 두 사람을 노려보았다.

"저만한 실력이면 어디든 별 어려움 없이 달릴 것 같아요. 어디로 튈지 모르니까 서둘러 쫓아가야겠어요."

유키코는 그렇게 말했지만 리프트에서 내리지 않는 한, 서두를 방법이 없다. 고스기는 안전 바를 내리쳤다.

마침내 리프트가 종점에 도착했다. 유키코는 정지하는 일 없이 곧장 코스로 뛰어들었다. 고스기도 그 뒤를 따랐다.

지금까지보다 훨씬 빠른 속도로 유키코는 내달렸다. 제대로

---

* kicker. 높이 날아오르거나 회전할 수 있게 경사지 코스에 설치한 가파른 도약대.

턴 따위는 할 것도 없이 거의 직선 활강이었다. 아무리 완만한 경사면이라도 더럭 겁이 났지만 고스기 역시 여기서 뒤처질 수는 없었다. 자세를 낮추고 전력을 다해 따라붙었다.

어디까지 이렇게 달려야 하나 하고 불안해지기 시작할 때, 갑자기 유키코가 브레이크를 걸었다. 황급히 대응하려다가 고스기는 자칫 균형을 잃고 넘어질 뻔했다.

"윽, 무슨 일이에요?"

유키코는 오른손에 든 스키 폴로 공중을 가리켰다. 그 끝에 시선을 던지던 고스기는 앗 하는 소리를 올렸다. 리프트 위에 그 두 사람의 모습이 있었다.

"저 녀석들, 또 올라가잖아? 다시 이 코스를 타고 내려올 생각인가?"

"그럴지도 모르죠. 아무래도 완전히 방심한 것 같아요. 이렇게 눈에 띄는 곳에서 몇 번씩이나 타다니."

"진짜 사람을 우습게 봤군. 좋아, 서둘러 쫓아가죠."

고스기는 달려가려고 했지만 유키코가 움직이지 않았다.

"왜요, 어서 쫓아가야지!"

"굳이 쫓아갈 필요도 없어요. 저 녀석들, 아마 다시 이 코스를 타고 내려올 거예요. 그냥 여기서 기다리면 돼요."

"아, 맞다. 그러네."

고스기는 유키코와 함께 코스 옆으로 비켜서서 두 사람이 내려오기를 기다리기로 했다.

"그나저나 저 녀석들, 아주 신이 났는데? 도저히 살인을 저지르고 도망친 놈들로는 보이지 않아."

"나도 그렇게 생각했어요. 옷 색깔이 우연히 똑같을 뿐이고 우리가 잘못 본 건가."

"에이, 그런 우연이 있겠어요? 한 명이라면 모르지만 둘 다 완전히 똑같은데."

그렇긴 하지만, 이라고 유키코는 석연치 않은 기색으로 고개를 갸웃거렸다.

"엇, 온다!" 고스기는 경사면 위를 가리켰다. 회색 옷과 파란색 옷을 입은 두 사람이 튀어 오르듯이 나타난 것이다.

"가요!" 유키코가 힘차게 출발했다.

이인조는 이따금 빙글빙글 솜씨 좋게 회전해가며 달려왔다. 마치 춤을 추는 것 같았다. 그 동작으로는 어디로 튈지 예측하기가 어려웠다. 고스기와 유키코는 다른 스키어와 스노보더들의 움직임에 주의해가며 두 사람의 진로로 이동했다.

그들이 가까이 다가온 순간에 고스기는 스키 폴을 움켜쥔 채 양팔을 크게 펼쳤다. "거기 두 사람, 멈춰!" 배에 힘을 주고 외쳤다.

거기 서, 라고 유키코도 함께 소리를 질러주었다.

소리가 가닿았는지 이인조의 움직임에 변화가 나타났다. 브레이크를 걸고 고스기의 몇 미터 앞에서 나란히 서듯이 정지했다. 고글을 쓴 데다 페이스마스크로 입가를 가려서 어떤 표정인지는 전혀 알 수 없었다.

고스기는 스키판을 붙인 채로 걸어 올라가 회색 옷을 입은 인물 쪽으로 얼굴을 향했다. "와키사카 다쓰미, 맞지? 할 얘기가 있으니까 잠깐 함께 가줘야겠어."

그러자 맞은편의 두 사람이 얼굴을 마주보았다. 의미심장하게 슬쩍 서로에게 고개를 끄덕였다.

왜 그러냐고 물어보려고 했을 때였다. 두 사람은 폴짝 뛰어 몸의 방향을 바꾸었다. 그리고 다음 순간, 고스기 옆을 빠져나가듯이 휘익 달려갔다.

어엇 하고 고스기가 급히 팔을 뻗었지만 파란색 옷을 입은 쪽이 그 손을 힘껏 뿌리쳤다. 갑작스런 일에 고스기는 엉덩방아를 찧으며 주저앉았다.

"앗, 고스기 씨, 괜찮아요?" 유키코가 달려왔다.

"괜찮아요. 제기랄, 어서 쫓아가요."

서둘러 몸을 일으키고 두 사람을 쫓아갔다. 와키사카 일행은 코스의 분기점에서 숲길로 들어섰다.

숲길은 경사도가 낮았다. 그런 탓에 고스기와 유키코는 스키 폴을 짚으면서 가야 했다. 하지만 추진력이 없는 스노보드는 훨씬 더 힘들 터였다. 그렇게 생각하는데 아니나 다를까 앞쪽에 이인조의 뒷모습이 보였다. 속도가 나지 않아 허둥거리는 게 보였다.

됐다, 잡을 수 있겠다, 라고 생각한 직후였다. 이인조의 모습이 돌연 사라졌다. 무슨 일이 일어났는지 선뜻 알 수 없었다.

그 자리에 가보고서야 깨달았다. 숲길은 구불구불 굽어드는 길이라서 그들은 숏컷을 하듯이 숲속으로 뛰어 들어간 것이다.

그 뒤를 쫓아야 할지 말지 망설이고 있었더니 "그대로 임도(林道)로 들어가요!" 등 뒤에서 유키코의 목소리가 들렸다. "고스기 씨 실력으로는 어려워요. 게다가 이 숲은 험해요. 그 녀석들도 그리 쉽게는 내려갈 수 없어요."

이 지역의 명인이 하는 말이니 틀림없을 터였다. "알았어요."

물론 유키코는 두 사람을 쫓아 숲속으로 들어갔다. 나무 사이를 휙휙 빠져나가는 게 보였다. 심설용 스키판도 아닌데 정말 대단한 실력이다.

고스기는 그대로 임도를 달려갔다. 서서히 경사가 급해져서 스키판에도 속도가 붙었다.

몇 군데의 커브를 돌아선 뒤였다. 오른쪽 대각선 위쪽으로 펼쳐진 숲속에 와키사카 일행의 모습이 보였다. 유키코의 말대로 밀집한 나무들 탓에 그다지 속도를 내지 못한 모양이었다.

이 정도면 임도에서 잠복이 가능할지도 모른다고 고스기는 생각했다. 두 사람이 나타나면 몸으로 덮쳐서라도 멈춰 세우자고 단단히 기합을 넣었다.

하지만 아주 조금 모자랐다. 오른쪽 숲에서 불쑥 나타난 두 사람이 임도를 가로질러 그대로 왼편 숲속으로 뛰어든 것이다. 망설임이라고는 전혀 느껴지지 않는 대담한 동작이었다.

뒤를 이어 유키코가 숲에서 튀어나와 고스기 옆에 정지했다. 눈보라가 높직하게 피어올랐다.

"그 녀석들, 저기로 내려갔어요." 고스기는 두 사람이 내려간 곳을 가리켰다.

"그런 거 같네요. 미안해요, 잠깐 실수를 했어요. 중간에 스키 판이 눈에 빠져버려서."

"아뇨, 그런 곳을 달려온 것만 해도 대단하죠."

"감투상으로는 아무 의미도 없어요. 여기서 따라잡지 못한 건 치명적이네요." 유키코는 분한 기색이었다.

임도를 타고 내려가자 폭이 넓은 코스가 나왔다. 하지만 그 두 사람의 모습은 어디에도 없었다. 보기 좋게 놓쳐버린 것 같다.

유키코가 분통이 터지는지 스키 폴을 힘껏 설면(雪面)에 꽂았다.

26

오후가 되어서도 희끗희끗 내리던 눈이 이제는 완전히 그치고 구름 틈새로 파란 하늘이 얼굴을 내밀었다. 곤돌라에 동승한 남녀가 말했던 대로 내일은 날씨가 맑을지도 모른다. 겔렌데에서 결혼식을 올릴 예정인 두 사람은 지금쯤 가슴이 두근두근하겠다고 다쓰미는 생각했다.

어이, 하고 미채색 무늬의 보드복으로 몸을 감싼 나미카와가 말을 건네왔다. "지금 태평하게 하늘이나 올려다볼 때냐? 멍하게 있다가는 못 보고 놓쳐버린다고."

"아, 응⋯⋯." 다쓰미는 고개를 끄덕이고 눈 밑에 펼쳐진 하얀 숲을 바라보았다.

다카노 유키에게서 빌려온 보드복으로 갈아입은 뒤, 다쓰미와 나미카와는 여신을 찾으러 스키장 안을 활주하고 다녔다. 하얀색 바탕에 빨간색의 큼직한 물방울무늬―. 드문 디자인이라서 눈에 금세 띈다. 시간문제일 뿐, 쉽게 찾아낼 거라고 예상했다.

하지만 현실은 삼엄했다.

단둘이서 사람을 찾아내기에는 이 스키장은 너무도 광대했다. 그나마 상대가 어딘가 한군데 머물러 있어준다면야 처음부터 차례대로 훑어나가면 언젠가는 만날 수 있겠지만, 유감스럽게도 그렇지 않다. 이쪽이 이동할 때마다 지금 이 순간 어딘가에서 길이 어긋나는 게 아닌가 하는 불안이 생겨나고 만다.

한참 고민한 끝에 찾아온 것이 이 장소였다. 스카이 하이웨이 입구에서 아주 조금 코스 밖으로 벗어난 곳이다. 네즈에 의하면 이 지역 심설 마니아들에게 가장 인기 있는 지점이라는 모양이다. 어설피 여기저기 돌아다니는 건 중지하고 '여신'이 나타나기를 기다리기로 한 것이다.

여기서 기다린 지도 그럭저럭 한 시간쯤 되지 않았을까. 아닌 게 아니라 이 지역 사람으로 보이는 스키어나 스노보더가 간간이 나타났다. 활주 금지구역인데도 그들은 익숙한 기색으로 나무들 사이를 타고 내려갔다.

하지만 그 속에 여신의 모습은 없었다. 만일 나타난다면 둘이서 즉시 따라갈 수 있게 양쪽 발에 보드도 장착해뒀지만 계속 주저앉아 있을 뿐이다.

"오늘은 더 이상 안 나오는 거 아니냐?" 숲 사이를 누비듯이 여러 줄기의 트랙이 그려진 것을 보며 다쓰미가 말했다. "파우더 마니아가 노리는 건 눈 내린 직후의 아침 첫 활주야. 이 시간에는 굳이 코스 밖으로 나갈 이유가 없어."

그건 그렇다, 라고 나미카와도 동의했다. "이제 어떡하지?"

"만일 '여신'이 아직 이 스키장에 있다면 좀 더 출몰 가능성이 높은 장소에서 지켜보는 게 나을 거 같아."

"무슨 말인지는 알겠는데 구체적으로 그게 어디냐고. 리프트 승차장이나 곤돌라 승차장? 이 스키장에 그게 몇 군데나 되는 줄 알아?"

다쓰미는 고개를 가로저었다.

"승차장이 아니라 하차장을 노려야지. '여신'이 어떤 코스를 달릴 생각인지는 모르지만, 어쨌거나 하루에 몇 번은 반드시 타야 하는 리프트가 있어."

나미카와는 생각을 굴리듯이 침묵한 뒤에 다쓰미를 손끝으로 가리켰다. "산꼭대기 리프트?"

"바로 그거야. 시간이 벌써 이렇게 됐으니까 이제 슬슬 퇴장할 수도 있어. 근데 그 전에 마지막 활주를 위해 산 정상에 올라갈 것 같단 말이지."

"음, 그럴싸한 얘기다." 나미카와는 고개를 끄덕이고 자리에서 일어나 엉덩이에 묻은 눈을 털어냈다. "가보자."

산꼭대기 리프트를 타려면 일단 산기슭까지 내려가 곤돌라를 이용하는 수밖에 없다. 다쓰미는 나미카와와 함께 코스 밖을 달려 내려갔다. 네즈에게 들키면 또다시 혼이 날지도 모르지만 어쩔 수 없었다.

앞쪽으로 로프가 보이기 시작했다. 그곳만 지나가면 정규 코스다. 하지만 건너가려는 참에 다쓰미는 급브레이크를 걸었다. 로프 건너편에 패트롤 대원의 모습이 있었기 때문이다. 단지 등을 돌리고 있어서 아직 다쓰미와 나미카와를 알아보지는 못한 모양이었다.

"미치겠네." 나미카와가 다쓰미 곁으로 다가왔다. "저 사람, 뭐 하는 거야?"

다쓰미는 경사면 위쪽으로 시선을 던졌다. 다른 패트롤 대원 한 명이 설면에 팻말을 세우고 있었다. 그 팻말에 '대절 폐쇄 중'

이라고 적혀 있었다.

"이런 시간에 코스를 통째로 빌렸다는 건가. 어떻게 된 거야."
다쓰미는 중얼거렸다.

낸들 알겠냐, 라고 나미카와도 고개를 갸웃거릴 뿐이었다.

잠시 뒤, 여러 명의 스키어가 줄지어 내려왔다. 하나같이 멋진
폼이어서 스키는 타지 않는 다쓰미도 그들이 단순한 아마추어가
아니라는 것을 알 수 있었다. 폴에는 똑같이 핑크색의 가늘고 긴
천을 달고 있었다. 전원이 정확한 라인을 그리며 달렸기 때문에
기다란 한 줄기 띠가 구불구불 설면을 내려가는 것처럼 보였다.

뒤를 이어 나타난 것은 스노보더 그룹이었다. 이쪽도 보통 사
람들이 아니었다. 춤추듯이 다쓰미의 눈앞을 스쳐갔다. 와아, 굉
장하다, 라고 나미카와가 옆에서 탄성을 흘렸다.

이윽고 스키어와 스노보더가 속속 달려왔다. 하지만 자기들
마음대로 타는 게 아니라 명백히 일정한 규칙성이 느껴졌다. 아
래쪽에서 올려다본다면 더 확실하게 보일 것이다.

"이거, 내일 행사 준비인지도 모르겠다." 나미카와가 말했다.

"행사 준비?"

"아까 곤돌라에서 겔렌데 웨딩 얘기를 하던 사람들이 공연을
하네 어쩌네 했었잖아. 그 공연이라는 게 이거 아니야?"

아하, 하고 다쓰미가 수긍한 직후였다.

새로운 그룹이 위에서 미끄러져 내려왔다. 스키어와 스노보더
가 섞여 있었다. 지금까지와 다른 점은 모두가 양손에 꽃다발을
든 것이다. 역시 결혼식 행사의 일부인 모양이다.

그중 한 사람을 보고 다쓰미는 골똘히 시선을 집중했다. 하얀색 바탕에 빨간색 물방울무늬의 보드복에 옅은 파란색 바지, 검은 헬멧—. 바로 그 여신이 틀림없었다.

"어어어……." 다쓰미는 그것을 나미카와에게 전하려고 했지만 얼른 말이 되어 나오지 않았다.

"뭐야, 왜 그래?"

다쓰미는 숨을 가다듬고 그녀가 타고 내려간 쪽을 가리켰다.

"방금 그 여자, '여신'이야!"

나미카와가 발돋움으로 몸을 쭈우욱 늘였다. "뭐라고? 진짜야?"

"틀림없어. 빨리 쫓아가야 해."

앞으로 내달리려는 다쓰미의 어깨를 "아, 잠깐!"이라고 나미카와가 움켜잡았다. "앞에 패트롤 대원이 있잖아."

"그래도 어물거리다가는 놓쳐."

"너, 잊어버렸냐? 형사가 이 스키장에 와 있을 가능성이 있다고. 괜히 불상사를 만들어 그 형사들에게 들키기라도 하면 어쩔 거야. 일단 조금 더 상황을 지켜보자."

이론의 여지가 없는 말이었다. 다쓰미는 대꾸하지 못한 채 하릴없이 오른손을 부르쥐고 허공에 힘껏 내둘렀다.

27

경사가 완만한 임도로 들어서자 앞서가던 유키코가 마치 다운힐 선수 같은 자세를 취했다. 고스기도 흉내를 내봤지만 스피드가 너무 빨라서 엉거주춤 주저앉을 뻔했다. 발밑의 트랙이 단단해서 넘어지면 멍이 드는 정도로는 끝날 것 같지 않았다.

논스톱으로 도착한 곳은 나가미네 곤돌라 하차장이었다. 스키판을 벗어서 통로 옆에 세워놓고 곤돌라에서 내리는 사람들을 지켜보았다.

방금 전에 유키코의 스마트폰으로 나가미네 곤돌라 담당자에게서 그 이인조가 탑승했다는 소식이 들어온 것이다. 마침 고스기와 유키코는 산꼭대기 근처에 있었다. 곤돌라 하차장에서 기다리면 머지않아 와키사카와 그의 친구가 나타날 터였다. 이걸로 드디어 추적극도 끝이 날 것 같았다.

고스기는 손목시계를 들여다보았다. 곤돌라 승차 시간은 약 15분.

"이상하네." 유키코가 하차장을 보며 중얼거렸다. "이제 슬슬 나타나야 하는데?"

"우리가 여기 도착했을 때, 이미 내린 뒤였을까요?"

"그건 아니에요. 충분히 여유가 있었어요."

"음, 그렇죠."

고스기의 스마트폰이 착신을 알렸다. 시라이에게서 온 것이었다.

"대여점은 전부 다 돌았어요. 하지만 와키사카와 그 친구 녀석이 옷을 빌려간 흔적은 없습니다." 후배 형사가 말했다.

"그럴 거야. 그 녀석들, 아무래도 옷을 그대로 입고 있는 것 같아."

"어휴, 그렇군요. 그럼 저는 이제 어떻게 할까요?"

"어디서 잠깐 대기하고 있어. 이제 슬슬 정리될 것 같으니까."

"정말요?"

"다 유키코 씨 덕분이야."

그 바로 뒤에 유키코도 스마트폰을 꺼내 귀에 댔다. 한두 마디 얘기하자마자 그녀의 표정이 심각해졌다. 고스기를 보며 고개를 젓고 있었다.

"나중에 다시 연락할게." 고스기는 시라이에게 말하고 전화를 끊었다. "왜 그래요?"

"당했네요. 그 두 녀석, 다른 리프트로 가버린 모양이에요. 승차장 담당자에게서 연락이 왔어요."

"다른 리프트? 이 곤돌라에 안 탔어요?"

"타기는 했는데, 중간 역에서 내린 모양이에요."

앗 하고 고스기는 입을 헤벌렸다. 이 곤돌라에는 중간 하차역이 있다는 게 생각났다.

"그쪽으로 가죠. 잘하면 먼저 도착할 수도 있어요."

걸음을 옮기는 유키코의 뒤를 고스기는 열심히 따라갔다.

이윽고 스키판을 장착하고 눈 위를 미끄러져 갔다. 유키코의 움직임에 망설이는 기척이라고는 없었다. 두 사람이 탄 리프트의 하차장을 향해 최단 루트로 가는 모양이었다.

저만치에 하차장이 보이기 시작했다. 유키코가 멈춰 서길래 고스기도 그 옆에 가서 섰다. 사방을 살펴보니 저 아래쪽으로 파란색 보드복이 보였다. 옆에는 회색 보드복을 입은 인물도 있었다. 그 두 사람이 틀림없었다.

"가요!" 유키코가 다시 출발했다.

고스기도 무아지경의 상태로 내달렸다. 이제는 겁을 내고 말고 할 상황이 아니었다.

한참을 달려가니 코스 중간에 유키코가 멈춰 서 있었다. 길이 갈라진 것이다.

"어느 쪽으로 갔죠?"

"모르겠어요. 여기서는 어디로든 갈 수 있어서." 그렇게 말한 뒤 유키코는 "아, 잠깐만요"라면서 장갑을 벗고 스키복 호주머니를 뒤지기 시작했다. 전화가 걸려온 모양이었다.

"네…… 아, 수고가 많네. ……엇, 지금? ……아, 그렇구나." 유키코는 스마트폰을 귀에 대고 둘레둘레 주위를 살폈다. "알았어. 진짜 고마워." 전화를 끊고는 고스기를 보았다. "연락이 왔어요. 그 두 사람, 여기 바로 밑의 리프트 승차장에 나타났대요."

"바로 밑의? 어떤 리프트예요?"

"조금만 더 가면 보일 거예요."

유키코가 달리기 시작해서 고스기도 허둥지둥 출발했다. 잠시 뒤 리프트 기둥이 보였다. 공중에 와이어가 걸렸고 2인승 리프트가 움직이고 있었다.

앗 하는 소리가 저절로 튀어나왔다. 그 두 사람이 타고 있었기 때문이다. 회색과 파란색 보드복의 콤비. 틀림없었다.

그러자 그쪽에서도 알아봤는지 고스기와 유키코를 향해 손가락질을 하고 있었다. 뒤를 이어 그들이 보인 행동에 아연할 수밖에 없었다.

이쪽을 향해 손을 흔든 것이다. 마치 여기까지 올 테면 와보라고 놀리는 것처럼.

"뭐야, 저 녀석들, 아주 사람을 갖고 노네." 고스기는 스키 폴로 설면을 내리쳤다. "서두르죠. 리프트 승차장, 어느 쪽이에요?"

하지만 유키코는 입을 꾹 다물고 멀어져가는 두 사람 쪽을 지긋이 보고 있었다.

유키코 씨, 라고 고스기가 불렀다.

그녀는 퍼뜩 정신을 차린 듯 등을 곧추세웠다. "아, 예……, 미안해요."

"무슨 일인데요?"

"아뇨, 잠깐 생각나는 게 있어서."

"리프트 승차장으로 가요. 서두르지 않으면 이번에야말로 놓쳐버려요."

하지만 유키코의 반응은 둔했다. 선뜻 움직이려고 하지 않았다.

고스기 씨, 라고 그녀가 말했다. "뭔가 좀 이상하지 않아요, 저

두 사람?"

"예?"

"아까 고스기 씨가 말했던 대로예요. 살인을 저지르고 도망치는 것처럼 보이지 않아요."

"그건 그렇지만…… 그럼 저 녀석들은 누구지요?"

유키코는 생각에 잠긴 듯 슬쩍 고개를 갸웃거린 뒤 "지금 몇 시예요?"라고 물었다.

고스기는 손목시계를 보았다. "오후 3시를 조금 지났어요."

"3시……. 그렇다면 이제 시간이 다 됐네." 혼잣말처럼 중얼거렸다.

"시간이 됐다니, 무슨 시간이?"

하지만 유키코는 그 질문에는 대답하지 않고 "따라오세요"라면서 활주를 시작했다.

28

다쓰미가 햄버거 가게를 나서자 마침 옆의 식당에서도 나미카와가 나오는 참이었다. 하지만 그 표정은 환하지 않았다. 저쪽도 수확이 없었던 모양이구나, 라고 내심 짐작했다.

서로 접근하자마자 "그쪽도 실패?"라고 나미카와가 물었다. 다쓰미 역시 떨떠름한 표정이었기 때문일 것이다.

"모르는 척하고 점원에게 물어봤는데 그런 단체 손님은 온 적이 없대."

다쓰미의 대답에 나미카와는 고개를 끄덕였다. "이쪽도 마찬가지야. 애초에 그렇게 많은 인원이 들어갈 수 있는 식당도 아니었어."

"그럼 이제 어쩌냐."

"진짜 어떻게 해야 하냐." 나미카와는 팔짱을 끼고 하릴없이 주위를 둘러보았다. 다쓰미도 덩달아 시선을 굴려봤지만 찾는 사람이 눈에 들어올 듯한 예감은 없었다.

물론 그 '여신'을 찾고 있는 것이다. 하얀색 바탕에 빨간색 큼직한 물방울무늬의 보드복을 입은 그 여자. 그녀가 내일 치러질 겔렌데 웨딩에서 공연을 펼치는 출연자라는 건 확실했다.

패트롤 대원의 눈을 피해 다쓰미와 나미카와는 그녀들이 타고 내려간 코스에서 한참 우회해 산기슭까지 급히 내려왔다. 하지만 겔렌데의 어디를 둘러봐도 화려한 퍼포먼스를 펼친 그 단체의 모습은 없었다. 아무래도 그들이 내려온 자리를 잘못 짚은 모양이라고 깨달았다.

서둘러 가장 가까운 리프트를 타고 다른 장소를 찾아봤지만 그럴싸한 단체는 눈에 들어오지 않았다. 이미 공연 연습이 끝난 것인지도 모른다.

하지만 희망까지 끊긴 건 아니었다. 리허설은 끝났어도 내일의 행사를 위해 아직 서로 상의할 일이 많을 터였다. 몇몇 스태프라도 어딘가에 남아 있을 것이라고 추측했다.

그래서 생각해낸 것이 식당이나 커피점을 둘러보자는 것이었다. 둘이 구역을 나눠 겔렌데 근처의 가게들을 한 집 한 집 들여다보았다.

하지만 기대와는 달리 그럴싸한 사람들은 어디에도 없었다. 물론 그 여신의 모습도.

"별수 없다. 마지막 수단을 써야겠어." 나미카와가 말했다.

"마지막 수단이라니?" 다쓰미가 물었다.

"다카노 씨에게 부탁해서 겔렌데 웨딩 행사의 스태프를 소개해달라고 하는 거야. 그 사람이라면 누가 됐든 관계자를 알고 있지 않겠냐?"

"또 그 사람한테 부탁을? 그건 좀 미안한데……."

"우리가 지금 그런 걸 따질 때냐고. 달리 뾰족한 수가 없으니 매달려봐야지."

"그야 그렇지만……."

"다만 이런 얘기가 퍼지는 건 바람직하지 않아. 추적자들의 귀에 들어가기라도 하면 그때는 아웃이니까."

"그래서 최후의 수단이라는 거구나."

"그렇지."

둘이서 다카노가 근무 중인 사무실을 찾아갔다. 오늘 벌써 두 번째다. 카운터의 남자 직원이 다쓰미와 나미카와를 보고 의아한 표정을 지었다. 아까 왔을 때와는 보드복이 다르기 때문일 것이다.

다카노를 만나고 싶다고 말했더니 남자 직원은 슬쩍 손을 내둘렀다.

"그 친구, 지금 자리에 없어요. 아까 누군가 전화를 했는지, 위로 올라가더라고요."

"위, 라는 건 그 〈뻐꾸기〉 레스토랑 말인가요?"

다쓰미의 질문에 남자 직원은 "예, 거기"라고 고개를 끄덕였다.

고맙다는 인사를 건네고 두 사람은 사무실을 나왔다.

마침 잘됐네, 라고 나미카와가 말했다.

"이제 슬슬 히나타 곤돌라 운행이 끝날 시간이야. 그거 타고 〈뻐꾸기〉로 가자."

"오케이."

다쓰미와 나미카와가 원래 입고 온 보드복은 〈뻐꾸기〉에 맡겨둔 상태다. 오늘 폐점 후에 가지러 가겠다고 말했었다. 그 참에 빌려 입은 보드복도 돌려줄 예정이었지만 아무래도 이대로 내일까지 입어야 할 것 같았다.

히나타 곤돌라 승차장은 역시나 사람들의 발길이 부쩍 줄어들었다. 뒷정리를 하는 담당자에게 인사를 하고 두 사람은 곤돌라에 올랐다. 담당자는 다쓰미가 들고 있는 보드를 보고 뭔가 할 말이 있는 듯한 얼굴이었다. 아마 귀한 한정판 모델이기 때문인지도 모른다.

곤돌라에서 내리자 보드를 장착하고 〈뻐꾸기〉 레스토랑으로 향했다. 북적거리던 겔렌데도 점점 한산해져가고 있었다.

〈뻐꾸기〉 앞에서 멈춰서 보드를 스탠드에 세웠다. 입구의 문에는 '준비 중'이라는 팻말이 걸려 있었다. 오늘 영업은 끝났다는 것이리라. 다카노 유키에게서는 폐점시각이 오후 3시 반이라고 들었다.

문을 열고 레스토랑 안으로 들어갔다. 바로 옆 테이블에 다카노 세이야와 유키 형제가 나란히 앉아 있었다. 그 맞은편에 앉은 사람은 동생 유키의 친구다. 분명 이름이 가와바타 겐타였다.

안녕, 하고 다쓰미는 인사를 건넸다.

"보드복, 고마웠어. 덕분에 살았다. 근데 안타깝게도 우리 일이 잘 안 풀렸어. 그래서 가능하면 내일까지 좀 더 입었으면 좋겠는데."

말을 하면서 다쓰미는 뭔가 분위기가 이상하다고 느꼈다. 다카노 형제의 표정이 왜 그런지 바짝 굳어 있었다. 가와바타 겐타도 마찬가지였다. 뭔가 미안한 기색으로 한껏 어깨를 웅크리고 있는 것이다.

더욱더 기묘한 것을 깨달았다. 빈 의자에 보드복 상의 두 벌이 걸려 있는데 한쪽은 회색이고 다른 한쪽은 파란색이다. 다쓰미와 나미카와의 보드복인 게 틀림없었다.

무슨 일이냐고 물어보려 했을 때였다.

"거기, 와키사카 다쓰미, 맞지?" 시야 밖에서 이름을 확인하는 자가 있었다.

다쓰미는 소리가 난 쪽을 돌아보았다. 창가 테이블석에 앉아 있던 사십 대 전후로 보이는 남자가 천천히 몸을 일으켰다. 그 맞은편 자리에는 조금 더 젊은 듯한 여자가 앉아 있었다.

큰일이다, 라고 나미카와가 귓가에 대고 중얼거렸다. 동시에 다쓰미도 심상치 않은 사태라는 것을 깨달았다. 순간적으로 몸을 홱 돌렸지만 어디서 나타났는지 체격 좋은 남자가 입구를 가로막듯이 서 있었다.

다쓰미는 다카노 형제 쪽을 보았다. 무슨 일이 일어났는지, 왜 일이 이렇게 되었는지, 도무지 알 수가 없었다.

"미안합니다." 다카노 세이야가 사과의 말을 건넨다. "동생들이 시시한 짓거리를 한 것 같은데."

"죄송합니다." 다카노 유키가 손을 맞댔다. "너무 재미있어서 그만⋯⋯."

가와바타 겐타도 꾸벅 머리를 숙였다.

"어떻게 된 거야?" 다쓰미는 두 사람을 번갈아 보았다.

"동생들이 두 사람의 보드복을 입고 스키장에 나가면 재미있 겠다고 생각한 모양이에요. 일부러 추적자의 눈에 띄어서 자기들도 쫓겨 다니는 스릴을 즐겨보려고 했는지⋯⋯."

다카노의 설명을 듣고 다쓰미는 머리가 핑 도는 것 같았다. 이렇게 인성이 착한 형을 둔 고등학생이 왜 그런 엉뚱한 생각을 한 것인가.

"작전이었어요. 교란 작전." 가와바타 겐타가 얼굴을 들었다. "형들을 찾아다니는 사람을 헷갈리게 하려고 그랬어요. 붙잡히게 할 생각은 전혀 없었어요. 게다가 우리 정도의 보드 테크닉이면 틀림없이 잘 도망칠 수 있다고 생각했는데."

입을 툭 내밀고 애써 변명하는 그 얼굴을 보고 주모자는 이 녀석이겠구나 하고 다쓰미는 짐작했다.

"잘 도망쳤더라도 정체를 들켜버려서는 아무 의미도 없잖아."

형 다카노의 꾸지람에 가와바타 겐타는 다시 목을 움츠렸다.

무슨 말인지 알 수 없어서 다쓰미는 입을 꾹 다물었다.

"동생들이 한바탕 추격극을 즐기다가 여기로 돌아왔더니 저 두 분이 기다리고 있었다는 거예요." 다카노가 설명해주면서 테이블석의 남녀 쪽을 향했다.

"진짜 엄청 놀랐어. 설마 우리 뒤를 쫓아온 게 작은엄마였다니." 가와바타 겐타가 머리를 긁적이며 투덜거렸다.

"그건 내가 할 소리지." 창가의 여자가 말했다. "처음 딱 봤을 때부터 뭔가 좀 이상하다 했어. 우리 스키장에서도 제일 널찍한 코스에서 일부러 눈에 띄게 보드를 타더라고. 아주 날고뛰고 재주를 부리면서. 도저히 도주 중인 사람이 할 만한 행동이 아니다 싶었어. 그 뒤에도 계속 그런 식으로 우리 쪽 추적을 따돌리다니, 외부 사람이라면 절대 그렇게는 못하지. 우리 동네 악동 녀석들이겠구나, 딱 감이 오더라니까. 그런 악동들의 소굴이라면 바로 이 레스토랑이야. 추적을 중단하고 여기서 가만히 지켜보고 있었더니 내 짐작대로 이 녀석들이 키들거리면서 돌아오더라고. 게다가 한 녀석은 우리 조카야. 참 내, 어이가 없어서."

"근데 작은엄마는 왜 그쪽 편을 들어요? 상식적으로 이 사람들을 도와줘야 맞잖아요, 어떻게 생각해봐건."

그러자 여자는 뭔가 말을 하려다 입을 다물고 곁에 서 있는 남자를 올려다보았다.

"아무래도 감쪽같이 속인 모양이네." 남자는 옅은 웃음을 지으며 다쓰미에게로 다가왔다. "대체 뭐라고 얘기한 거야?"

대꾸할 말이 없어서 다쓰미가 침묵하고 있자 "뭐, 됐어"라면서 남자는 상의 안주머니에서 뭔가를 꺼내 내보였다.

"고스기 형사야. 우리하고 도쿄로 가줘야겠어. 무슨 용건인지는 알고 있지? 아니면 이 자리에서 설명해줄까? 그런 얘기가 이 사람들 귀에 들어가는 건 원하지 않겠지?" 그가 내민 것은 경찰배지였다. '고스기 아쓰히코'라는 이름이 다쓰미의 눈에 들어왔다.

허억, 하고 가장 먼저 목소리를 높인 것은 가와바타 겐타였다. "어떻게 된 거야?"

쉿 하고 다카노 세이야가 만류했다. 그의 얼굴 표정도 험상궂게 변해 있었다.

다카노 유키는 눈만 둥그렇게 뜬 채 꼼짝도 하지 않았다. 너무 놀라서 반응을 보이지 못하는 것 같았다.

"잠깐만요." 나미카와가 다쓰미 옆으로 왔다. "이건 오해예요. 와키사카는 범인이 아닙니다."

"해명은 경찰서에 가서 하도록 해."

고스기가 다시 다쓰미에게 다가가자 나미카와가 그 앞을 가로막았다.

고스기의 눈썹이 꿈틀 치켜 올라갔다. "공무집행 방해로 체포되고 싶나?"

"범인이라니, 체포라니, 이게 뭔 소리야." 가와바타 겐타가 작은 소리로 누구에게랄 것도 없이 중얼거렸다. "뭐가 뭔지 모르겠네, 진짜."

"조용히 해!" 여자가 일갈했다. "넌 입 다물고 있어."

고스기는 나미카와의 몸을 밀치고 다쓰미를 노려보며 슬쩍 턱을 들었다. "변장놀이는 이제 끝났어. 본인 옷으로 갈아입고 나와."

"제발 와키사카가 하는 얘기를 잠시만 들어주십시오." 나미카와가 애원하듯이 말했다.

"글쎄 그건 서에 가서 듣겠다고 했잖아. 임의 동행을 거부하면 다른 수단을 동원해야 돼. 와키사카에게는 주거침입으로 체포영장이 발부되었다고."

"이 친구는 아직 이곳을 떠날 수 없습니다. —와키사카, 너도 뭔가 말 좀 해봐. 네 일이잖아."

나미카와의 그 말에 다쓰미는 침을 꿀꺽 삼키고 입을 열었다.

"저는 범인이 아닙니다. 후쿠마루 씨를 살해하다니, 저는 그런 짓을 한 적이 없어요."

"사, 살해? 말도 안 돼!" 가와바타 겐타가 부르짖었다. 여자가 "겐타, 조용히 하라니까!"라고 다시 나무랐다.

고스기는 다쓰미의 얼굴을 지긋이 들여다보았다.

"범인이 아니라면 왜 도주했지? 둘 다 스마트폰 전원을 꺼둔 건 도주를 위한 것이잖아."

"꼭 그것 때문만은 아니에요."

"다른 이유가 있다고? 뭐, 됐어. 어쨌든 이 사건을 인지하고서 취한 행동이야. 그 시점에는 아직 이 사건에 대해 일절 보도된 적이 없었어. 범인도 아닌데 어떻게 이 사건을 알았지?"

"실은 저희도 이래저래 복잡한 사정이 있습니다."

"흥, 그래? 그 복잡한 사정이라는 것도 서에 가서 찬찬히 얘기를 들어보자."

"안 됩니다. 제가 여기서 꼭 해야 할 일이 있어요. 어떤 여자를 찾아야 합니다. 저 학생들에게도 그렇게 얘기하고 옷을 빌렸던 거예요."

고스기는 다카노 유키 쪽을 보았다.

"첫눈에 반한 여자를 찾기 위해서라고 했어요." 다카노 세이야가 대표하듯이 앞으로 나서며 말했다.

"오, 아주 기묘한 이유를 둘러대셨군."

"첫눈에 반했다는 건 거짓말이었어요. 하지만 저한테는 정말로 중요한 여자예요. 내 알리바이를 증명해줄 사람입니다. 그 여자를 찾으려고 우리가 여기까지 온 거라고요."

29

털썩 하는 소리가 들려왔다. 지붕에서 눈 더미가 떨어진 모양이다.

시라이가 자리에서 일어나 창문으로 다가갔다. 하지만 그가 염려한 것은 눈이 떨어진 게 아닌 모양이었다.

"밖이 꽤 어두워졌는데요? 역시 산간지역은 해가 짧네. 스키 타는 사람도 부쩍 줄었어요."

"우리도 이제 슬슬 내려가야 합니다. 이 근처는 조명이 닿지 않거든요." 다카노 세이야가 고스기 일행과는 조금 떨어진 자리에서 말했다.

그의 동생과 친구, 즉 다카노 유키와 가와바타 겐타는 이미 이 자리에 없었다. 먼저 집에 돌려보냈기 때문이다. 계속 여기 남아서 이야기를 듣고 싶어했지만 살인사건 수사에 관한 내용을 고등학생들의 귀에 들어가게 할 수는 없었다.

"시라이, 자네는 어떻게 내려가려고?" 고스기는 여전히 창밖을 내다보는 후배 형사에게 물었다. "그보다 여기 올라올 때는 어떻게 왔어?"

유키코의 제안으로 이 레스토랑에 온 뒤에 고스기는 시라이에게도 연락해 이쪽으로 오라고 지시했던 것이다. 하지만 이동 수단까지는 지시한 적이 없다. 그럴 필요가 없다고 생각했었기 때문이지만, 가만 생각해보니 시라이는 스키도 스노보드도 탈 줄 모르는 것이다.

시라이의 발을 보니 긴 장화를 신고 있는 채였다.

"어떻게 왔냐니…… 그야 곤돌라를 타고 왔죠."

"곤돌라 역사에서 여기까지는?"

"걸어왔어요."

코스 옆을 터벅터벅 걸어오는 시라이의 모습이 머릿속에 선하게 떠올랐다.

"돌아갈 때는 어쩌지? 이미 곤돌라는 운행이 끝났어."

"진짜요?"

"걸어서 내려갈 수밖에 없겠네."

"예에?"

"기껏해야 3킬로미터 정도야."

"설마, 말도 안 돼." 시라이는 울상이 되어 양쪽 눈썹 끝을 축 늘어뜨렸다.

"괜찮습니다." 다카노가 웃음을 건넸다. "제가 업고 내려가면 돼요."

"정말? 후유, 다행이다."

"그건 안 하는 게 좋을 텐데. 이 친구, 몸무게가 거의 백 킬로그램이야." 고스기가 다카노를 돌아보며 말했다.

"그렇게 많이 안 나오거든요? 90킬로그램 조금 넘는 정도라고요."

"괜찮아요. 항상 하는 일인데요, 뭐." 다카노는 대수롭지 않다는 듯이 말했다. "산속에서 스키장 손님이 다리에 부상을 입거나 했을 때는 등에 업은 채 타고 내려가니까요."

꼭 부탁 좀 합시다, 라고 시라이가 허리를 90도로 꺾었다.

그 모습을 지켜본 뒤에 고스기는 테이블 맞은편의 두 사람에게로 시선을 돌렸다. 와키사카와 나미카와는 순순한 표정으로 입을 꾹 다물고 있었다.

고스기는 테이블에 놓인 수첩을 보았다. 그곳에 휘갈겨 써넣은 것은 와키사카 일행에게서 들은 이야기의 메모였다. 신게쓰 고원스키장, 여성 스노보더, 셀카, 오후 3시경 등의 키워드가 줄줄이 이어졌다.

한숨을 내쉬며 머리를 벅벅 긁었다.

왜 곧바로 경찰에 가서 말하지 않았는가. 왜 이 스키장으로 왔는가. 왜 스마트폰 전원을 꺼버렸는가―. 다양한 질문을 던져보았다. 그것에 대해 두 사람은 막힘없이 술술 대답했다. 어떤 질문에 대해서도 그에 합당한 답을 갖고 있었다. 고스기에게는 이제 더 이상 물어볼 것이라고는 없었다.

침묵을 깨듯이 상의 안에서 스마트폰이 울렸다. 호주머니에서 꺼내 액정화면을 보고 고스기는 미간을 찌푸렸다. 이번에도 역시 난바라에게서 온 것이었다.

잠깐 실례, 라고 고스기는 상의를 집어든 채 자리에서 일어섰다.

그 상의를 입으면서 레스토랑 밖으로 나온 다음에 전화를 연결했다. "네, 고스기입니다."

"대체 뭐 하는 거야? 자주자주 연락하라고 몇 번을 말해야 알아듣나, 엉!" 난바라가 짜증을 목소리에 얹어 부르짖었다.

"죄송합니다. 목격 증언을 찾는 데 정신이 없다 보니……."

"그래서 찾았어? 그 스키복을 입은 이인조."

"아뇨, 비슷한 옷을 입은 사람이 너무 많아서 영 찾기가……."

혀를 차는 소리가 들려왔다.

"어물어물하고 있을 상황이 아니라니까. 일이 영 재미없게 됐
단 말이야."

"무슨 일 있었습니까?"

"1과 쪽에서 와키사카의 차를 찾아냈어. 후지오카라는 동아리
후배가 그걸 자기 주차장에 감춰뒀더라고. 와키사카 일행은 후
지오카의 차를 타고 도주했던 모양이야. 자네한테 정보를 준 여
대생이 얻어 탄 차가 바로 후지오카의 차였어."

후지오카라면 고스기도 알고 있다. 대학 근처 오코노미야키
집에서 만났던 대학생이다. 그에게서 차를 빌렸다는 얘기는 조
금 전에 와키사카에게서 직접 들었다.

난바라는 후지오카의 차 번호를 알려주었다. 즉각 찾아내라는
것이겠지만 물론 고스기는 그걸 받아 적을 생각은 없었다.

"도주 차량을 특정하고 나니까 하나비시 씨가 아주 기세등등
이야. N시스템을 체크하는 건 물론이고 전국의 스키장과 그 주
변의 방범카메라 영상 데이터를 모조리 입수해 인해전술로 찾아
낼 계획인 모양이야. 이르면 내일 아침에라도 그곳을 알아낼 것
같아."

"그거, 재미없게 됐네요."

"아주 재미없지. 일이 그렇게 되면 하나비시 씨 성격상, 수사원을 총동원할 거라고. 우리 쪽에는 승산이 없어. 따라서 제한시간은 내일 오전까지야. 그때까지 무슨 수를 써서라도 와키사카를 찾아서 신병을 확보해야 돼. 알겠나?"

고스기가 대답을 하지 않자 "이봐, 내 말 듣는 거야?"라고 난바라가 고함을 쳤다.

"네, 듣고 있습니다. 계장님, 다른 쪽 선은 어떻게 됐습니까?"

"다른 쪽 선이라니, 무슨 얘기야?"

"범인이 따로 있을 가능성 말이에요."

"뭐야?" 난바라가 어이없다는 소리를 올렸다. "갑자기 웬 뚱딴지같은 얘기야?"

"와키사카가 범인이 아닐 가능성도 전혀 없지는 않다고 생각하는데요."

"그자는 도주를 했어. 도주한 놈을 안 잡고 뭘 어쩌겠다는 거야?"

"와키사카에게는 와키사카 나름의 사정이 있는지도 모르잖습니까."

"무슨 사정?"

"그건……." 고스기는 말끝을 흐렸다. 아직 발설할 단계가 아니라고 생각했다.

"쓸데없는 생각은 하지 마. 아무튼 좋은 소식 기다릴 테니까 열심히 해봐." 항상 하던 대로 일방적으로 자기 할 말만 내던지고 난바라는 전화를 뚝 끊어버렸다.

스마트폰을 호주머니에 챙겨 넣고 고스기는 머리를 저었다.

"윗분에게 얘기 안 하실 거예요?" 뒤쪽에서 목소리가 들려왔다. 돌아보니 유키코가 웃고 있었다. "저 두 사람 찾았다는 거."

"유키코 씨는 어떻게 생각해요?"

"뭘요?"

"저 친구들 말이에요. 사실대로 말하는 것 같아요?"

유키코는 슬쩍 어깨를 움츠렸다.

"지어낸 얘기라면 진짜 대단한 얘기꾼이죠. 아주 잘 짜인 스토리니까. 하지만 내 생각에는 저 대학생들, 거짓말하는 건 아닌 것 같아요. 이래 봬도 내가 사람 보는 눈에는 좀 자신이 있거든요."

"나도 동감이에요." 고스기는 고개를 끄덕였다. "저 친구들이 하는 말에는 설득력이 있어요. 섣불리 경찰에 자진출두하면 그 자리에서 구속되고 알리바이 증인을 찾아볼 기회를 잃게 된다, 그래서 일단 도주했다, 라는 얘기도 그렇죠. 이 스키장에 온 뒤의 행동에도 일관성이 있어요."

"보드복을 바꿔 입으면서까지 그 여성 스노보더를 찾아내려고 했죠."

"맞아요. 하지만 이런 얘기를 해봤자 계장님은 전혀 귀를 기울여주지 않을 거예요. 와키사카가 진범이냐 아니냐, 지금 그런 건 문제가 아니다, 아무튼 신병을 확보해라, 당장 데려와라, 하고 소리나 지르겠죠."

"그렇군요……. 그럼 이제 어떻게 할 생각이에요?"

"글쎄 어떻게 해야 할지······."

고스기는 점점 인적이 끊기는 겔렌데로 시선을 던지며 얼굴을 찌푸렸다.

30

방바닥에 큰 대 자로 벌렁 누웠더니 온몸의 세포가 한꺼번에 긴장에서 풀려나는 듯한 감각이 몰려왔다. 다쓰미는 팔다리를 한껏 펼치고 끄으응 하는 신음소리를 올렸다. 개방감 때문인지 눈꺼풀이 점점 무거워졌다. 그대로 눈을 감아보았다. 순식간에 의식이 가물가물해지려는 찰나, "야, 야!"하고 부르는 소리에 눈을 번쩍 떴다. 나미카와가 입구에 서 있었다.

"지금 잘 때가 아니잖아."

"응, 응, 알았어." 다쓰미는 몸을 일으켜 책상다리를 하고 앉았다. "방바닥에 누워보는 게 너무 오랜만이라 나도 모르게……."

나미카와도 자리에 앉아 방 안을 둘러보았다. "우리, 진짜 운이 좋았다."

"그 여자가 여관 여주인일 줄이야. 〈뻐꾸기〉 레스토랑에서 그 형사……, 이름이 고스기 씨라고 했던가? 그 사람이 말을 건넸을 때는 이제 다 끝났다고 생각했는데."

"말귀를 못 알아듣는 아저씨가 아니라서 진짜 다행이었지. 그 대로 도쿄 수사본부에 연락해버렸으면 우리는 지금쯤 여기 없었을 거야. 와키사카 너는 취조실 의자에 꽁꽁 묶여 있었을 거라고."

나미카와의 말이 전혀 농담으로 들리지 않아서 다쓰미는 몸을 부르르 떨었다.

"진짜 아슬아슬했다. 고스기 씨가 내일까지 기다려주겠다고 말했을 때는 저절로 안도의 한숨이 나오더라니까. 게다가 이런 여관에서 재워주기까지 하다니, 이건 완전히 역전 만루 홈런을 친 기분이야."

고스기가 알리바이의 '여신'을 찾아내는 것을 내일 오전까지 기다려주겠다, 라고 말한 것이다. 단 조건이 있었다. 둘 다 소재지를 명확히 해서 도주 우려가 없다는 것을 보여 달라는 것이었다.

거기서 손을 들고 나선 사람이 그 여주인이었다. 자신이 경영하는 여관에서 맡아주겠다, 라고 제안한 것이다. 그게 바로 이 여관방이다. 숙박비에 대해서는 "나중에 얘기하자"라고 양해해주었다.

"그나저나 고스기 형사가 제시한 내일 오전 중이라는 제한시간은 틀림없이 지켜야 해." 나미카와가 말했다. "방금 후지오카에게 공중전화로 확인하고 왔어. 고스기 형사가 말한 그대로였어. 오늘 낮에 네 차를 주차장에 감춰뒀던 게 들통이 난 모양이야. 형사들이 추궁하는 바람에 우리에게 차를 빌려준 것을 실토했다고 하더라고."

"역시 그렇게 된 거였구나."

후지오카를 나무랄 수는 없다. 그를 이런 일에 끌어들인 자신이 나쁜 것이다.

"고속도로는 이용하지 않았지만, N시스템과 똑같이 차 번호를 감시하는 시스템은 전국 곳곳에 설치되어 있어. 경시청에서 마음만 먹으면 원격지의 방범카메라 영상 데이터를 깡그리 수집하는 것도 가능해. 고스기 형사가 말한 대로 내일 오후에는 수사원들이 들이닥친다고 생각해두는 게 좋아."

"어휴, 우르르 몰려오는 건가."

"그러니 그 전에 어떻게든 '여신'을 찾아야 해."

"그렇지." 다쓰미는 팔짱을 꼈다. "저절로 짜안 하고 나타나주면 좋을 텐데……."

응, 저절로 짜안 하고 나타나줄 거야, 라는 낙관적이고도 무책임한 대사를 나미카와가 입에 올릴 리는 없다. 묵직한 침묵이 방안을 가득 채우려고 하는 참에 문을 두드리는 소리가 들렸다.

네에, 라고 나미카와가 대답했다.

문이 열리고 다카노 세이야가 얼굴을 내밀었다. 다쓰미가 인사를 건넸다. "아까는 이래저래 정말 미안합니다."

"그보다 잠깐 괜찮아요?" 다카노가 안으로 들어왔다. "그거, 확인해봤는데."

"결혼식 말입니까?"

다쓰미의 물음에 다카노는 고개를 끄덕였다.

"내가 아는 사람 중에 행사 관계자가 있어서 물어봤어요. 둘이 말했던 대로 내일 결혼식을 위해 스키어와 스노보더들을 여러 명 부른 모양이에요. 신랑신부를 축하하기 위한 활주 공연을 한대요."

"예, 바로 그거예요." 나미카와가 검지를 바짝 세웠다. "틀림없네요."

"그 공연을 지휘하는 사람이 누군지도 알았어요. 프로 스노보더 선수인데 나도 잘 아는 사람이에요."

세리 치아키라는 여성 스노보더라고 다카노는 말했다. 예전에는 스노보드 크로스에서 올림픽 출전을 목표로 활동한 적이 있다고 했다.

"아, 그래!"하고 다쓰미는 낮에 곤돌라에 동승했던 남녀의 대화가 퍼뜩 생각났다. 그들도 치아키라는 이름을 입에 올렸었다.

"그 치아키 씨와 연락이 됐어요. 어제의 리허설 공연에 관해 물어볼 게 있으니 잠깐 만나달라고 했더니 좋다는 대답이 돌아왔어요."

"와아!" 나미카와가 손뼉을 딱 쳤다. "이제 '여신'의 정체를 알아낼 수 있겠네."

"어디로 가면 돼요?" 다쓰미가 나카노에게 물었다.

"장소는 어디라도 괜찮다고 하길래 〈기나시〉에서 만나기로 했어요. 이 여관 여주인이 하는 식당이에요."

"가자!" 나미카와가 잽싸게 자리에서 일어섰다.

식당은 여관에서 도보로 몇 분 거리였다. 미닫이문을 여는 것과 동시에 "어서 오세요"라고 카운터 안에서 상냥한 목소리가 날아왔다. 기모노 차림이어서 일순 알아보지 못했지만 이 여주인은 〈뻐꾸기〉 레스토랑에서 만났던 여자였다.

"저 안쪽 테이블로 가줄래?" 여주인이 말했다.

테이블은 6인용이었다. 상대가 몇 명이 올지 알 수 없어서 다쓰미 일행 세 명은 옆으로 나란히 자리를 잡았다.

잠시 뒤에 드르륵 미닫이문이 열리는 소리가 났다.

다카노가 돌아보고 아, 하고 환한 목소리를 냈다. 이어서 슬쩍 손을 들었다.

식당으로 들어선 사람은 두 명의 남녀였다. 다쓰미는 남자 쪽을 올려다보고 어라, 하고 생각했다. 패트롤 대원 네즈였기 때문이다.

"뭐야, 치아키를 만나고 싶다는 두 사람이 너희였어?" 네즈도 뜻밖이라는 얼굴로 다쓰미 일행의 맞은편에 앉았다.

네즈와 함께 온 여자는 당찬 느낌의 얼굴이었다. 호리호리하지만 강단 있어 보이는 몸매였다. 다쓰미 일행을 향해 "안녕?"이라고 인사를 건네고 네즈 옆에 자리를 잡았다.

여자 점원이 주문을 받으러 와서 생맥주 다섯 잔을 주문했다.

"그 파우더 스노의 미녀는 찾았어?" 네즈가 다쓰미와 나미카와를 번갈아 보면서 말했다.

"그게 뭐야?" 세리 치아키가 쓴웃음을 지으며 미간을 좁혔다. "엄청 촌스러운 얘기로 들리는데."

"여기 이 두 사람의 친구가 첫눈에 반한 여자야. 단서는 파우더 스노를 좋아하는 미녀 스노보더, 라는 것뿐이래."

"그런 게 아닙니다. 그런 낭만적인 얘기가 아니고요. 실은 훨씬 더 심각한 사정이 있어요." 나미카와는 그다음 얘기는 직접 하라는 듯이 다쓰미 쪽을 돌아보았다.

다쓰미는 한 차례 헛기침을 하고 입을 열었다.

"예, 급한 사정이 있어서 그 여자 분을 내일 점심때까지 꼭 찾아야 해요. 못 찾으면 정말 큰일이 납니다. 제 인생이 걸린 문제예요."

"큰일이라니, 무슨 큰일? 그 여자를 찾아내면 뭘 할 생각인데?"

"증언을 부탁할 거예요."

"증언?"

네즈는 당혹스러운 표정으로 옆의 세리 치아키와 마주보았다. 그녀도 놀란 기색이었다.

생맥주가 나왔다. 각자 말없이 잔에 손을 내밀었다. 물론 건배 따위를 할 분위기는 아니었다.

"뭔가 좀 번거로운 일인 거 같은데." 네즈가 경계하는 표정을 보였다.

"네, 그렇습니다. 분명히 말해서, 아주 번거로운 일이에요."

다쓰미는 주위 손님들의 귀를 의식해가며 짤막하게 지금까지의 경위를 이야기했다. 살인사건이 얽힌 일이라는 것을 알고 네즈와 세리 치아키의 얼굴이 심각해졌다.

"그 여자 분에게는 폐를 끼치지 않도록 하겠습니다. 증언을 해주시기만 하면 돼요." 다쓰미는 두 사람에게 호소했다.

"무슨 얘기인지는 대충 알겠어." 세리 치아키가 맥주를 꿀꺽 마시고 말을 이어갔다. "하지만 그 일과 내일 결혼식 행사가 무슨 관계가 있지? 왜 나를 만나자고 한 거야?"

"오늘 겔렌데에서 그 여자를 발견했거든요. 대절해서 쓰던 코스에서 프로급의 스키어와 스노보더들이 차례차례 활주를 했었잖아요. 그 속에 있었습니다."

"아마 그때일 거야." 네즈가 세리 치아키에게 말했다. "프로모션 비디오용 리허설에서 코스 위쪽을 달렸을 때."

"어떻게 그 여자라는 걸 알았어?"

"보드복이 똑같기 때문이에요. 특징 있는 옷이라 금세 알아봤어요. 실은 아침에도 목격했습니다. 코스 밖의 구역에서 트리런을 하는 걸 봤어요."

"어떤 보드복인데?"

"하얀색과 빨간색의 투톤 컬러예요. 좀 더 자세히 말하자면, 하얀색 바탕에 빨간색 물방울무늬."

"다른 출연자들 중에는 그런 옷을 입은 사람이 없었다는 거야." 다카노가 말했다. 존댓말을 쓰지 않는 것은 그만큼 친숙한 사이이기 때문일 터였다. "그래서 치아키 씨에게 물어보면 그게 누군지 알 거라고 생각했어."

세리 치아키는 슬쩍 고개를 끄덕이고 나서 다쓰미 쪽을 향했다.

"이틀 전에 신게쓰 고원에서 만났다고 했지? 그 여자 얼굴은 봤어?"

"예, 봤습니다."

"얼굴을 기억해? 만나면 알아볼 수 있어?"

"알아볼 수 있을 거예요. 제 눈에 강하게 새겨져 있으니까."

흐음, 하고 그녀는 뭔가 음울한 표정으로 다시 맥주를 마셨다.

"치아키 씨, 협조 좀 해줘." 다카노가 말했다.

부탁드립니다, 라고 다쓰미가 머리를 숙였다. 옆에서 나미카와도 똑같이 하고 있었다.

"아니, 인사는 됐고." 세리 치아키가 말했다. 차가운 말투였다. "그런 일이라면 나도 도와주고 싶지만 사실관계가 빗나간 일에 동조할 수는 없어."

"사실관계가 빗나간 일이라니, 무슨 말이에요?" 다쓰미는 세리 치아키의 기가 센 듯한 눈을 마주보았다.

"사람을 착각했다는 거야. 리허설에서 본 사람은 당신이 찾는 그 여자가 아니야."

"그걸 어떻게 아시지요?"

"그건……." 그녀는 등을 곧추세우고 정면으로 다쓰미를 응시했다. "리허설에서 그 보드복을 입고 달린 사람이 바로 나였으니까."

엇, 하고 다쓰미의 눈이 휘둥그레졌다.

"하얀색 바탕에 빨간색 물방울무늬의 보드복이야. 바지는 옅은 파란색이고, 양쪽 손에 꽃다발을 들고 있었지?"

"예……."

세리 치아키는 빙긋이 미소를 지었다. "그렇다면 역시 나야. 최종 확인을 위해 내가 직접 올라가서 타고 내려왔었거든."

다쓰미는 말문이 턱 막혔다. 연거푸 눈만 깜빡거렸다.

"이참에 말하자면, 이번 시즌에 나는 한 번도 신게쓰 고원스키장에는 간 적이 없어. 따라서 여기 와키사카 씨를 만난 적도 없어." 세리 치아키는 알아듣게 설명하려는 듯 천천히 말한 뒤에

"사람을 착각한 거야"라고 마지막에 덧붙였다.

다쓰미는 머릿속에 있던 뭔가가 와르르 무너지는 느낌이었다. 사고가 정지되어 자신이 지금 어떤 표정을 하고 있는지도 알지 못했다.

"오늘 아침은 어때요?" 나미카와가 물었다. 목소리가 갈라져 있었다. "코스 밖에서 트리 런을 하지 않았습니까?"

"미안하지만 그것도 내가 아니야. 오늘 아침에는 코스 밖의 구역이라고는 달린 적이 없어." 여기에서도 세리 치아키는 부정했다. "너무 바빠서 그럴 여유도 없었어."

"그렇다면 아침에 본 그 여자가 우리가 찾는 사람일 거야." 나미카와가 다쓰미에게 말했다.

다쓰미는 어쩔 줄 모르고 머리만 내저었다. "둘 다 똑같은 보드복이었는데······."

"그건 전혀 불가능한 일은 아니잖아." 네즈가 말했다. "스키복이나 보드복은 비슷한 것이 많아. 사람을 착각하는 건 흔한 일이지."

"하지만 그 보드복은 상당히 특이한 디자인이에요. 똑같은 옷을 입은 사람이라고는 그 여자 말고는 본 적이 없습니다." 다쓰미는 도저히 포기할 수 없었다.

"맞아, 그건 그럴 거야." 세리 치아키가 진지한 표정으로 동의했다. "그 옷, 꽤 특이한 무늬니까 여기저기 나돌 만한 디자인은 아니지. 아니, 그보다 그 옷은 아무도 안 입을 거야."

"무슨 얘기야?" 네즈가 물었다.

"그 보드복은 모 스키장에서 대여용으로 만든 거예요. 그래서 시판된 적은 없어요. 디자인이 좀 기발하다고 할까 너무 화려하다고 할까, 아무튼 눈에 딱 띄는 디자인이었지? 볼링의 대여용 슈즈처럼 슬쩍 훔쳐가는 걸 방지하려고 일부러 그렇게 만들었다고 들었어."

"네, 정말 어디서나 눈에 띄는 옷이었어요." 다쓰미가 말했다.

"하지만 벌써 몇 년 전에 제작한 것이라 너무 낡아서 이번에 일괄 처분하기로 했대. 그런 얘기를 전해 듣고 그렇다면 우리가 쓰는 게 좋을 것 같아서 내가 받아온 거야. 네즈 씨도 말했었지만, 겔렌데 웨딩 공연 때 옷이 제각각인 게 나도 마음에 걸렸어. 그 옷이라면 하얀색과 빨간색이라 결혼식에 잘 어울리는 색깔이잖아. 지나칠 만큼 화려한 점도 이번 행사에는 대환영이야. 모두 합해 50벌쯤, 택배비는 우리 쪽 부담으로 부쳐달라고 했어. 그중한 벌이 오늘 내가 입은 그 옷이야. 눈 위에서 어떤 식으로 보이는지 확인해두려고 일부러 입어봤으니까."

"그랬구나. 그 화려한 옷에 그런 사연이 있는 줄은 몰랐네." 네즈가 감탄한 듯이 말했다.

"아무래도 자금이 부족하니까 이래저래 절약해서 메워나가야지." 세리 치아키가 코끝을 바짝 치켜들었다.

"잠깐만요. 그럼 내가 오늘 아침에 코스 밖의 구역에서 목격한 여자 스노보더도?"

다쓰미의 말에 세리 치아키는 고개를 위아래로 슬쩍 끄덕였다.

"그 옷을 입고 있었다면 내일 공연에 참가하는 출연자 중 한 사람일 거야. 공연 출연자들에게는 며칠 전에 그 옷을 보냈으니까."

그거네, 라고 나미카와가 손가락을 따악 튕겼다. "오늘 아침에 본 스노보더와 동일 인물인지 어떤지는 모르지만, 와키사카가 신게쓰 고원에서 만났던 여자도 이번 공연 출연자 중의 한 사람인 거예요."

"응, 그럴 가능성은 있지." 세리 치아키는 고개를 끄덕였다.

"그렇다면 치아키, 확인을 좀 해주는 게 어떨까?" 네즈가 말했다. "공연 출연자들에게 메일을 보내면 되잖아. 그저께 신게쓰 고원스키장에 갔던 사람이 있었느냐, 그리고 그 참에 내일 공연의 보드복을 거기에 입고 갔었느냐 라는 것도 물어보고."

세리 치아키가 대답을 하기도 전에 나미카와가 머리를 숙였다. "부탁드립니다!"

그것을 보고 다쓰미도 급히 그를 따라 머리를 숙였다.

"별수 없네, 성가시기는 하지만."

세리 치아키가 부루퉁하게 대답하는 것을 듣고 "고맙습니다!"라고 다쓰미는 나미카와와 소리를 맞춰 감사 인사를 건넸다.

31

위를 올려다보니 하늘에 별이 아름다웠다. 도시에서는 볼 수 없는 광경이다. 오늘 밤 또다시 눈이 조금 내릴 것이라는 일기예보가 있었지만, 저렇게 하늘이 맑은데 정말 눈이 올까 하는 의심이 들고 말았다. 하지만 정말로 눈이 내릴지도 모른다. 설산에서는 날씨가 어떻게 변할지 예상할 수 없는 것이다.

어둠침침한 도로 끝에 주황색 불빛이 은은하게 보였다. 좀 더 가까이 가면 〈식당 기나시〉라는 간판 글씨도 확인할 수 있을 것이다. 고스기는 걸음을 서둘렀다.

저녁 식사는 여관 옆 식당에서 마쳤지만 그대로 방에 들어갈 마음이 나지 않아 혼자서 터덜터덜 걸어 나온 길이었다. 시라이는 피곤하다면서 냉큼 여관방으로 돌아갔다. 아마 뜨거운 온천물에 몸을 담근 뒤에 느긋하게 캔맥주라도 마실 생각일 것이다.

고스기가 식당 근처까지 간 참에 갑작스럽게 입구의 미닫이문이 열리고 손님 여러 명이 우르르 나왔다. 와키사카와 나미카와, 그리고 다카노도 있었다. 고스기는 재빨리 주위를 둘러보고 바로 곁에 주차된 소형트럭 뒤로 몸을 숨겼다.

젊은이들이 삼삼오오 사라져가는 것을 지켜본 뒤에 고스기는 다시 식당으로 향했다.

드르륵 미닫이를 열자 어라, 하고 유키코가 놀란 얼굴을 보였다. "조금 전에 그 사람들이……."

"응, 알아요." 고스기는 카운터로 다가가 의자를 빼냈다. 식당 안에는 손님 한 팀이 테이블석에 남아 있을 뿐이었다.

유키코가 물수건을 내주었다. 고맙다고 말하고 받아들면서 고스기는 생맥주와 풋콩을 주문했다.

"그 대학생들, 뭔가 진전이 있었어요?"

"자세한 얘기는 못 들었지만 그래도 수확은 있었던 모양이에요. 와키사카의 알리바이를 증명해줄 여자를 찾을 희망이 생겼다나."

"그래요? 거, 다행이네. 내일 오전 중까지 찾아내면 그 친구들뿐만 아니라 우리도 살려주는 셈인데."

유키코가 생맥주 잔을 고스기 앞에 놓고 이어서 풋콩 접시를 내왔다. "무슨 얘기예요, 살려주는 셈이라니?"

고스기는 맥주를 한 모금 마시고 손을 내밀어 풋콩을 집었다.

"와키사카에게는 미안하지만, 늦어도 내일 오후에는 그의 신병을 확보하고 그걸 상사에게 보고해야 돼요. 당연히 즉각 도쿄로 데려오라는 명령이 떨어질 거예요. 그때까지도 증인이 될 여자를 찾지 못하면 일이 정말 귀찮아져요."

"사정을 설명하고 도쿄에 데려가는 걸 조금 늦춰달라고 할 수는 없어요?"

고스기는 아랫입술을 툭 내밀고 고개를 가로저었다.

"그런 얘기가 통할 상대가 아니에요. 아무튼 즉각 연행하라고 왕왕 떠들게 틀림없어요."

"하지만 지금 단계에서 도쿄로 데려가면 와키사카의 무죄를 증명할 기회는 사라질 텐데?"

"그러니 빠른 시간 안에 증인을 찾아내는 게 우리까지 살려주
는 일이라는 거예요. 와키사카 본인은 혐의가 풀려서 좋고, 나는
그 친구를 용의자로 취급하지 않아도 되니까 좋고. 서로 마음 편
히 도쿄에 돌아갈 수 있겠죠. 그런데 만일 증인을 찾지 못한 채
가게 되면 그럴 수가 없어요. 마음 편한 건 고사하고 도쿄에 돌
아가자마자 본격적으로 와키사카에 대한 취조가 시작될 테니까
나는 그 뒤치다꺼리를 해야 되겠죠."

어라라, 하고 유키코는 석연치 않은 얼굴로 고개를 갸웃했다.

"정말 이상한 얘기네. 증인을 찾건 찾지 못하건 고스기 씨는
와키사카가 범인이 아니라고 생각하고 있잖아요. 그런데도 그런
일을 해야 돼요?"

"어쩔 수 없어요. 우리는 장기 말이거든요. 장기 말은 입 딱 다
물고 하라는 대로 움직이는 수밖에 없어요. 대세는 거스를 수 없
습니다." 고스기는 풋콩을 입에 던져 넣고 잔을 기울였다.

잘 먹었습니다, 라는 소리가 등 뒤에서 들려왔다. 남아 있던
마지막 손님들이 자리에서 일어나는 참이었다.

유키코는 그쪽의 계산을 마치고 가게 문을 닫은 뒤에 카운터
로 돌아왔다.

"나도 그만 가주는 게 좋아요?"

"아뇨, 천천히 드세요. 맥주, 좀 더 내올까요?"

"맥주는 이제 됐어요. 독한 술을 좀 마셔야겠네요. 추천하는
술은 뭐죠?"

그렇다면 이거, 라면서 유키코가 내놓은 됫병에는 '미즈오*'라는 글자가 박혀 있었다.

"오, 좋은데요. 유키코 씨도 한 잔, 어때요?"

"고맙죠. 잘 마실게요."

잔에 따른 미즈오 술로 건배했다. 향기가 깊고 뒷맛이 깔끔한 술이었다.

"그렇군요, 장기 말은 대세를 거스를 수 없는 건가." 잔을 골똘히 바라보며 유키코가 불쑥 말했다. 조금 전 이야기를 계속 이어갈 모양이었다.

"예에, 다 그런 거예요."

하지만, 이라고 유키코가 얼굴을 들었다. "한 번은 거스르려고 했었지요?"

"예?"

"오늘 아침에요. 내가 이 지역 경찰에 연락해 다 말해버리겠다고 했을 때, 고스기 씨는 그걸 막으려 하지 않았어요. 당황해서 만류하는 시라이 씨에게, 까짓 것, 상관없다, 이제 이런 귀찮은 짓거리에 끌려 다니는 것도 지긋지긋하다, 그러셨잖아요."

아, 하고 고스기는 슬쩍 턱을 끄덕였다. "그랬었나……."

"그때 생각했어요. 꿈틀하는 게 있는 분이구나, 하고."

"꿈틀하는 거?"

유키코는 잔을 입으로 옮긴 뒤 뺨을 풀면서 후훗 웃었다.

"우리 남편이 스키 선수 은퇴하고 여관을 물려받겠다는 말을

---
* 나가노 현의 대표적인 명주

꺼냈을 때, 주위에서 다들 반대했다고 하더라고요. 아니, 주위뿐만이 아니었죠. 여관 경영하던 부모님까지 관두는 게 좋다고 했대요. 거품경기가 꺼지면서 스키 붐도 끝나버려서 스키장이고 여관이고 죄다 파리를 날리기 시작하던 때였으니까요. 근데 우리 남편은 그런 때일수록 자기 같은 스키 마니아가 나서야 한다면서 반대를 무릅쓰고 강행했어요. 실제로 이것저것 안 해본 게 없었던 모양이에요. 여행대리점과 협상도 하고, 텔레비전 방송으로 홍보도 하고. 그런데도 성과가 나지 않아서 손님의 발길은 멀어져가기만 했죠. 내가 시집온 게 한참 그런 시기여서 속내를 알고는 깜짝 놀랐어요. 이 지역 전체의 부채가 20억 엔에 달했으니까. 이건 진짜 안 되겠다 싶어서 솔직히 달아나고 싶었어요."

그녀의 이야기가 어디로 향하는지 어디에 자리를 잡을지 짐작도 안 되었지만 고스기는 술로 입을 축여가며 "흠, 그래서요?"라고 이야기를 재촉했다.

"그런 때, 대기업이 스키장을 매입하려고 한다는 얘기가 날아들었어요. 당연히 그걸 마침 좋은 기회라고 보는 사람도 많았죠. 스키장은 대기업에게 맡기고 우리는 우리의 생활을 지켜나갈 수 있게 각자 새로운 길을 모색하면 되지 않겠느냐는 거예요. 그런 목소리에 정면으로 반발한 것이 우리 남편이었어요. 동네의 가장 큰 자산을 팔아치운다는 건 영혼을 파는 것이나 마찬가지라고 하더라고요. 한 사람 한 사람은 하찮은 벌레만한 존재인지도 모르지만, 지렁이도 밟으면 꿈틀한다, 그 꿈틀하는 걸 모으면 틀림없이 큰 힘이 된다고 주장했죠. 그건 이상론이다, 대세는 거스를 수 없다는 말이 쏟아졌지만 그 사람은 포기하지 않았어요. 이윽고 동조해주는 사람이 하나둘씩 불어나고 다시 한번 모두가 힘을 합쳐 어떻게든 해보자고 얘기가 됐죠. 하지만 그렇게 되고 보니 우리 남편의 책임이 막중한 거예요. 노력해봤는데 안 됐습니다, 라고 해서 끝날 일이 아니니까. 잠자는 시간까지 줄여가며 그야말로 마차의 말처럼 일했어요. 너무 일을 많이 하다가 자신이 암에 걸린 것도 깨닫지 못할 만큼."

쾌활하게 털어놓는 그녀의 표정은 결코 어둡지 않고 마치 즐거운 추억 이야기를 하는 것 같았다. 그런 만큼 더더욱 끝부분에 대수롭지 않게 덧붙인 에피소드에 고스기는 가슴이 뜨끔했다.

"그거 알아요? 간은 침묵의 장기래요. 아픔을 호소하지 않는 거예요. 암이 발견되었을 때는 이미 말기인 사례가 드물지 않아서 우리 남편도 꼭 그런 경우였어요. 순식간에 바짝 여위고 움직이지도 못하고……. 마지막에 나한테 했던 말은, 미안하다, 뒷일을 잘 부탁한다, 라는 것이었죠. 뒷일이라는 게 뭐였을까. 우리는 자식이 없으니까 굳이 부탁한다면 여관이라는 얘기예요. 그 여관을 지켜내자면 그 사람이 원했던 대로 이 스키장에 예전 같은 활기를 불어넣는 수밖에 없어요. 내가 뭘 할 수 있을지는 모르겠지만 할 수 있는 건 뭐든 하자고 각오했어요. 지렁이 같은 미물도 밟으면 꿈틀한다―. 네, 나도 그렇게 생각해요. 다른 사람들이 어이없어하건 말건, 비웃음을 사건 말건, 상관없어요."

유키코의 뜨거운 말에 고스기는 얼렁뚱땅 맞장구를 치는 대꾸는 할 수 없었다.

"그 바람이 이루어지기를 빌겠습니다." 말에 진심을 담았다.

그녀는 손을 자신의 뺨에 대고 쑥스러운 듯한 웃음을 보였다.

"분수에 맞지도 않는 연설을 줄줄 늘어놨네요."

"아니, 정말 좋은 이야기였어요."

유키코는 등을 꼿꼿이 세우고 똑바로 얼굴을 향했다. "그래서, 고스기 씨의 '꿈틀하기'는 어떻게 되죠?"

"나요? 그건 어떻다기보다……."

"고스기 씨 역시 아무 야심도 없이 경찰관이 된 건 아니잖아요. 경찰 조직이 어떤 것인지 나는 짐작도 못 하겠지만, 옳다고 생각하는 것을 못 할 만큼 자기 자신을 죽여야 하는 곳인가요?"

고스기는 얼굴을 찌푸리고 입이 삐뚜름해졌다. "귀에 따가운 말씀을 하시네."

"불쾌했다면 미안해요. 남의 일이라고 쉽게 얘기하고 있죠? 하지만 고스기 씨는 꿈틀하는 게 있는 사람이라고 생각했기 때문에 하는 말이에요. 장기 말이라고 그저 하라는 대로 움직이기만 해도 되나요? 때로는 자신의 의사에 따라 움직여보는 것도 나쁘지 않을 것 같은데. 그 결과, 한 방 크게 역전의 공을 세워버리면 진짜로 속이 시원할걸요?"

경묘한 말솜씨에 고스기는 쓴웃음을 지었다. 남의 일이라고 정말 쉽게 얘기하고 있다. 하지만 이상하게도 화는 나지 않았다.

"나한테 어쩌라는 겁니까?"

"그런 거야 아마추어인 나는 모르지요. 하지만 이것만은 말할 수 있어요. 경찰관은 범인을 체포하는 것이 할 일이죠. 범인이 아니라는 것을 잘 알고 있는 사람을 잡아갈 시간이 있다면 진범을 찾아내는 데 힘을 쏟는 게 더 좋은 거 아닌가요?"

고스기는 잔을 입으로 옮기던 손을 멈췄다.

"유키코 씨……, 당신 역시 재미있는 사람이네."

"또 그 칭찬? 고맙네요. 쓸데없는 말참견이었다면 부디 용서해주시기를." 그녀는 정중히 머리를 숙이고 잔에 남은 술을 홀짝 마셔버렸다.

32

텔레비전의 일기예보를 보고 있는데 도코노마*의 전화기가 요란하게 울리기 시작했다. 다쓰미가 다가가 수화기를 드는 것과 나미카와가 리모컨으로 텔레비전을 끄는 것이 거의 동시였다.

네, 라고 다쓰미가 답하자 "외선 전화가 왔습니다"라는 남자 종업원의 목소리가 들렸다. "세리 씨라는 분인데 연결해드릴까요?"

"아, 네, 부탁합니다." 수화기를 바꿔 쥐면서 가벼운 긴장감을 느꼈다.

전화선이 연결되는 기척에 이어서, 여보세요 라는 소리가 들렸다. 세리 치아키의 목소리였다.

"예, 예."

"와키사카 씨?"

"그렇습니다. 세리 치아키 씨지요?"

"그래요. 미안하네, 늦어져서."

"아뇨, 전혀. 그보다 어땠어요? 찾았습니까?"

나미카와가 옆으로 다가와 귀를 가까이 댔다.

"그게, 영 찾아지지를 않아."

엇 하고 다쓰미는 나미카와를 보았다. "어떻게 됐는데요?"

"우선 내일 공연에 출연하는 스키어와 라이더에게서는 전원

---

* 일본식 방의 상좌(上座)에 바닥을 한 단 높게 만들어 족자, 도자기 꽃 등으로 장식하는 곳.

답장이 왔어. 그것에 따르면 그저께 신게쓰 고원에 갔었다는 사람은 한 명도 없어."

"그럴 리가……."

"다시 한번 확인하겠는데, 그저께 맞아? 날짜를 잘못 알고 있는 건 아니지?"

"그건 아니에요. 분명히 그저께예요."

흐음 하고 세리 치아키가 신음하는 소리가 들렸다.

"그렇다면 미안하지만 이번 공연 출연자 중에는 없어. 다른 곳에 알아보는 수밖에 없을 거 같아."

"아니, 그래도…… 그 보드복을 갖고 있는 건 공연 출연자들뿐이잖아요."

"그건 그렇긴 한데, 꼭 단언할 수는 없어. 아까 만났을 때도 말했지만 그 보드복은 대여점 물건을 얻어온 거야. 나처럼 옷을 얻어간 사람이 전혀 없다고는 할 수 없잖아."

"그런 사람이 우연히 오늘 이 스키장에 왔다는 거예요? 하지만 그런 우연은 있을 수 없을 것 같은데요."

"그런 얘기를 나한테 하면 난처하지. 나는 그쪽의 부탁을 받고 공연 출연자들에게 메일을 보낸 것뿐이야. 그 보드복을 입고 그저께 신게쓰 고원스키장에 갔던 사람, 혹은 오늘 아침에 우리 스키장의 코스 밖 구역을 활주했던 사람은 없느냐고 문의해봤어. 여자뿐만 아니라 남자에게도. 그리고 그 결과를 지금 이렇게 전해주는 거고."

"네……. 그렇죠. 죄송합니다." 다쓰미는 목소리 톤을 낮췄다.

"혹시나 해서 보드복을 남에게 빌려준 적이 있는지도 확인했어."

"그런데 그런 사람도 없었군요?"

그렇다고 세리 치아키가 대답했다.

"다시 확인하겠는데, 정말 그 보드복이었어? 하얀색 바탕에 빨간색 물방울무늬의? 다른 무늬와 착각했을 가능성은 없을까?"

"그건 아니에요. 분명 그 무늬였어요. 그런 특징적인 무늬, 잘못 볼 리가 없어요."

다쓰미의 대답이 타당하다고 생각했는지 "그건 그렇다"라고 세리 치아키는 가라앉은 목소리로 말했다.

나미카와가 전화를 바꿔달라는 듯이 오른손을 내밀었다. 곁에서 듣고 있었기 때문에 대부분의 내용은 파악한 모양이었다. 다쓰미는 수화기를 그에게 건네주었다.

"여보세요, 전화 바꿨습니다. 나미카와예요." 그가 빠른 말투로 입을 열었다. "나도 옆에서 듣고 있었는데, 이번 공연 출연자 중에 우리가 찾는 여자는 없었다는 것이지요? ……예, 그렇습니까. 하지만 출연자 전원이 반드시 사실대로 대답했다고 할 수는 없지 않을까요?"

친구의 뜻밖의 말에 곁에서 듣고 있던 다쓰미는 흠칫 놀랐다.

"……그렇죠. 거짓말을 할 가능성도 있다는 얘기예요. ……이유는 모르겠습니다. 이건 가능성의 문제예요. ……그러니까 와키사카가 실제로 만나서 확인해보는 게 가장 좋지 않을까요? ……네, 그렇습니다. 출연자 전원의 얼굴을 와키사카가 볼 수 있게 하는 거예요. ……아, 잠깐만요." 나미카와는 수화기를 손으로 막고 다쓰미의 얼굴을 보았다. "그 여자 얼굴은 기억하고 있지? 직접 만나면 알아볼 수 있는 거지?"

다쓰미는 깊숙이 고개를 끄덕였다. "알아볼 수 있어."

"알아볼 수 있대요." 나미카와가 수화기에 대고 말했다. "……네. ……9시, 나가미네 곤돌라 승차장. ……알겠습니다. 와키사카와 함께 가겠습니다. ……네, 잘 부탁드립니다." 수화기를 내려놓고 나미카와는 얼굴을 들었다. "옆에서 너도 들은 대로야."

"여신이 거짓말을 할지도 모른다고 생각한 거야?"

"그럴 가능성이 완전히 제로인 건 아니잖아." 나미카와는 원래 자리로 돌아가 책상다리를 하고 앉았다. "하지만 나도 한없이 제로에 가깝다고는 생각해."

"진짜 알다가도 모르겠네. 대체 어떻게 된 거야." 다쓰미는 몇 번이나 머리를 내저었다. "틀림없이 그 보드복이었는데 왜 자기라고 나서는 사람이 없는 거냐고."

"정말 불가사의하다. 신게쓰 고원에서 만난 '여신'인지 아닌지는 둘째 치고, 오늘 아침에 네가 그 보드복을 입은 스노보더를 목격한 것은 사실이잖아. 적어도 그 여자만은 나타나야 정상인데 말이야."

"그렇지? 어휴, 어떻게 된 거냐, 대체."

다쓰미가 머리를 쥐어뜯는 참에 똑똑 노크하는 소리가 들렸다.

누군가 하고 의아해하면서 다쓰미는 입구를 향해 말했다. "네,

들어오세요."

조심스럽게 문을 열고 얼굴을 내민 것은 뜻밖의 인물이었다. 다쓰미는 당황해서 앉음새를 바로잡았다. 나미카와도 얼른 책상다리에서 정좌로 바꿨다.

"아니, 됐어. 여기는 너희 방이잖아." 고스기가 손을 위아래로 흔들었다.

그렇기는 해도 다리를 풀고 편히 앉아도 되는지 알 수 없었다. 다쓰미는 무릎을 꿇고 두 손을 허벅지에 얹은 채 말없이 형사를 올려다보았다.

고스기는 입구에 서서 방 안을 둘러보았다. "지금 잠깐 괜찮을까? 얘기를 좀 들어봤으면 하는데."

"네, 괜찮습니다." 다쓰미는 급히 고개를 숙였다.

고스기가 구두를 벗고 안으로 들어왔다. 하얀 비닐봉투를 들고 있었다. 나미카와가 방석을 준비하는 것을 보고 "아니, 그런 거 챙겨주지 않아도 돼"라면서 방바닥에 그대로 책상다리를 하고 앉았다. "너희도 편하게 앉아. 이래서야 얘기하기도 힘들잖아."

다쓰미와 나미카와는 슬쩍 얼굴을 마주본 뒤에 꿇었던 무릎을 풀었다.

고스기는 입고 온 스키복을 벗더니 비닐봉투를 탁자에 내려놓고 안에서 캔맥주를 꺼냈다. "어때, 너희도 함께 마실래?"

고맙습니다, 라면서 나미카와가 한 개 가져오는 것을 보고 다쓰미도 손을 내밀었다.

고스기는 풀탭을 당겨 맥주를 한 모금 마시고 "그래서, 어떻게 됐어?"라고 물었다. "알리바이를 증명해줄 여자, 찾아낼 것 같아?"

"아뇨, 그게 좀 잘 안 풀려서⋯⋯." 다쓰미는 캔맥주를 든 채 고개를 떨궜다.

"잘 안 풀려? 어떤 상황인데?"

"유력하다고 생각하는 곳에 문의해봤는데 그에 해당하는 사람이 없다는 거예요. 그럴 리가 없는데⋯⋯."

"거, 큰일이네." 고스기는 미간에 주름을 잡았다.

고스기 형사님, 이라고 나미카와가 말했다.

"내일, 저희가 전력을 다해 그 여자를 찾아볼 예정입니다. 하지만 내일 오전 중에는 좀 어려울지도 모르겠어요. 조금만 더 기다려주실 수 없을까요? 내일 밤까지라든가."

고스기는 날카로운 눈빛으로 나미카와를 바라보고, 이어서 다쓰미 쪽을 향했다.

"그건 나한테 말한다고 해결될 일이 아니야. 시간문제일 뿐, 도쿄의 수사본부는 너희가 이곳에 와 있다는 것을 곧 알아낼 거야. 나는 그 사람들을 가로막을 만한 입장이 못 돼. 그러니까 잡혀가기 싫다면 여기서 도망치는 수밖에 없어."

"하지만 그랬다가는 그 여자를 찾아볼 기회가 없어져요." 다쓰미가 말했다.

"게다가 영원히 도망 다닐 수도 없는 문제고⋯⋯." 나미카와가 중얼거렸다.

"그 말이 맞아. 그러니 어떻게든 내일 이른 시간에 그 여자를 찾아야 해. 이 일에 대해서라면 나는 그것밖에는 할 말이 없다."

다쓰미는 이마에 손을 짚고 얼굴을 일그러뜨렸다. 답답해서 몸이 달아올랐다.

"단지 너를 구해줄 방법이 한 가지가 더 있어." 고스기가 캔맥주를 탁자에 내려놓았다. "후쿠마루 씨를 살해한 것이 네가 아니라면 범인은 따로 있다는 얘기야. 그게 누군지 밝혀내면 너의 무죄를 증명할 수 있어."

다쓰미는 형사를 마주보았다. "그건 그렇지만 진범을 찾아낼 수 있을까요?"

"확답할 수는 없지만 일단 뛰어볼 생각이야. 그게 우리 경찰에 주어진 본연의 업무니까." 고스기는 벗어둔 스키복 호주머니에서 스마트폰과 수첩을 꺼냈다. "자, 수사에 협조해줄 거지?"

다쓰미는 등을 곧추세우고 고개를 깊이 끄덕였다. "제가 할 수 있는 일이라면 뭐든지 하겠습니다."

좋아, 라면서 고스기는 수첩을 펼쳤다. 그 모습을 보며 다쓰미는 신기하다는 느낌이 들었다. 오로지 자신의 알리바이를 증명하는 것으로만 머릿속이 가득했었지만, 고스기의 말처럼 이 사건에는 진범이 따로 있는 것이다. 그 점에 대해서는 여태껏 한 번도 생각하지 못했다.

"우선 사건의 개요를 얘기해보자."

수첩을 보면서 고스기가 이야기하기 시작한 내용은 다음과 같은 것이었다.

사건은 한낮에 일어났다. 사체의 첫 발견자는 파트타임 일을 마치고 귀가한 후쿠마루 가의 주부 가요코였고, 현관문은 잠겨 있지 않았다. 거실장 서랍에서 현금이 없어졌고, 불단에 올려두었을 터인 사망한 개 페로의 리드도 사라졌다—.

다쓰미는 후쿠마루 가에서 벌어진 일을 그제야 비로소 자세히 알게 되었다. 얘기를 듣고 보니 그야말로 전형적인 강도 살인사건이었다. 자신이 그런 사건의 범인으로 의심받고 있다는 사실에 새삼 온몸이 오싹했다.

고스기가 수첩에서 얼굴을 들었다. "뭔가 질문 있나?"

다쓰미는 잠시 생각해본 뒤에 물었다. "후쿠마루 씨는 그때 방에서 무엇을 하고 있었습니까?"

"텔레비전을 보면서 바둑 연구를 하고 있었던 게 아닌가, 하고 판단한 모양이야. 사체 발견 시에 텔레비전이 켜져 있었어. 그리고 옆에는 바둑판이 있고 바둑돌 몇 개가 놓여 있는 상태였다는 거야."

아, 하고 다쓰미는 고개를 끄덕였다. 그 광경이 눈에 선하게 떠올랐다. 후쿠마루 씨가 자주 그런 식으로 방에서 시간을 보냈던 게 생각났다. 그런 얘기를 했더니 "바둑 좋아하는 노인으로서는 그야말로 행복한 한때였겠네"라고 고스기는 잘 알겠다는 듯이 고개를 끄덕이고 수첩을 덮었다.

"자아, 이상의 이야기를 듣고 뭔가 생각난 것이 있나? 그리 긴 기간은 아니었지만 너는 최근까지 피해자를 매일같이 접했던 사람이야. 함께 사는 아들이나 며느리보다 오히려 어떤 의미에서는 피해자에 대해 더 잘 알고 있는 게 아닌가 싶은데."

흐음, 하고 다쓰미는 고개를 갸웃거렸다.

"글쎄요, 아닌 게 아니라 후쿠마루 씨는 아들이나 며느리와는 별로 얘기를 안 한다, 라는 말을 하신 적이 있기는 해요."

"범인이 개의 리드를 흉기로 사용한 것을 보면 피해자를 살해한 것은 계획적인 범행은 아니었을 것으로 판단되고 있어. 그런 점을 감안하면서 뭔가 마음에 짚이는 건 없어?"

"범인의 당초 목적은 단순한 절도였다, 라는 건가요?"

"분명 그런 가능성도 있어. 네가 의심을 받고 있는 것은 그쪽 선이야."

아휴, 하고 다쓰미는 머리를 부여잡았다.

하지만, 이라고 고스기가 말을 이어갔다.

"너 이외의 사람이 범인이라면 어떻게 그 집에 침입했느냐 하는 의문이 생기게 돼. 열려 있었던 것은 현관문뿐이야. 그렇다면 현관으로 드나든 것으로 보는 게 타당하겠지. 돈을 훔칠 목적으로 현관문을 통해 침입한 사람이 집 안에 주인이 있다고 그걸 충동적으로 살해했다는 것은 부자연스러워."

동감입니다, 라고 나미카와가 강한 어조로 말했다.

나는, 이라면서 고스기가 입술을 잠깐 핥았다.

"범인은 침입한 것이 아니라고 생각해. 피해자와 아는 사이여서 그가 열어준 문으로 들어왔다고 보는 거야. 단지 방금도 말했듯이 그 시점에는 살해할 마음 같은 건 없었어. 그런데 그 뒤에 피해자와의 사이에 뭔가 트러블이 발생하면서 충동적인 살인으로 발전한 게 아닐까?"

"그거, 합당한 추리라고 생각합니다." 나미카와가 눈을 반짝이며 뒤를 밀어주었다. 법학부인 만큼 이런 추리에는 흥미가 있는 것이다.

"여기서 떠오르는 문제가 피해자의 인간성이야." 고스기가 다쓰미를 지긋이 쳐다보았다. "후쿠마루 진키치 씨가 누군가에게 원한을 샀다든가 누군가와 다툼이 있었다든가 하는 이야기는 못 들었나?"

다쓰미는 후쿠마루와 나눈 대화들을 기억 속에서 검색해보았다. 그 노인과는 어떤 이야기를 했었던가.

"어때?" 고스기가 대답을 재촉했다.

"그런 이야기를 들은 기억은 없어요. 둘이 얘기한 것이라고 하면 페로, 그 개에 대한 것뿐이라서……."

"그러면 후쿠마루 씨는 어떤 인물이었지? 성격이 급하다든가 무신경한 편이라든가, 그런 건 없었어?"

"글쎄요, 그런 건 없었던 것 같은데요."

"기르던 개가 자전거 사고로 부상을 당했다고 너를 산책 담당에서 해고했다고 하지 않았나? 그때는 어땠지? 몹시 심하게 나무랐어?"

"아뇨, 그건 제가 잘못한 일이었어요. 주의를 게을리하는 바람에 일이 그렇게 되어서 저는 정말로 죄송한 마음뿐이었습니다. 그런데도 그리 심하게 나무라시지 않았어요. 애지중지하던 개를 남의 손에 맡겨버린 게 잘못이었다, 라는 뜻으로 말했고 그래서 더 미안한 마음이 들었습니다."

"피해자는 남에게서 원망을 살 만한 사람은 아니었다, 라는 건가?"

다쓰미는 깊이 고개를 끄덕였다.

"예, 선량한 분이었어요. 저한테도 잘 해주셨고, 언젠가 생선 초밥을 사주신 적도 있어요."

"생선초밥?"

"낮에는 늘 혼자라서 점심식사는 편의점 도시락 등으로 해결 하시는 것 같았는데, 어쩌다 한번씩 배달음식을 시켜먹는 일이 있었어요. 어느 날인가, 배가 고프다면 내가 사주마, 그러시면서 내 몫까지 주문해줬습니다."

"돈 씀씀이가 좋은 편이었네."

"임시 수입이 생겼다면서 그날은 특히 기분이 좋으셨어요."

흐흠 하고 고스기는 음울한 얼굴로 고개를 끄덕였다. 그가 짜 본 시나리오와 피해자 후쿠마루 진키치의 인간성이 합치되지 않 았기 때문인지도 모른다. 하지만 사실이 그러니 어쩔 수 없다고 다쓰미는 생각했다. 거짓말을 할 수는 없다.

"잠깐 말씀드려도 될까요?" 나미카와가 슬쩍 손을 들었다. "범 인의 유류품이나 흔적 같은 건 발견되지 않았습니까?"

"그런 게 있었으면 이렇게 고생할 일도 없지." 고스기가 쓴웃 음을 지으며 말했다. "가장 큰 흔적이 바로 그거야. 여벌열쇠에 서 검출된 와키사카의 지문. 그 바람에 일이 이렇게 이상하게 꼬 인 것이지."

죄송합니다, 라고 다쓰미는 고개를 떨구었다.

"뭐, 나도 사건현장을 내 눈으로 직접 본 것은 아니야. 메일로 들어온 이미지 파일을 확인했을 뿐이니까." 고스기는 스마트폰을 터치한 뒤에 화면을 다쓰미 쪽으로 내보였다. "이거야."

그곳에 나온 것은 눈에 익은 방이었다. 텔레비전이 있고 불단과 작은 찬장이 나란히 자리를 잡았고, 키 낮은 테이블과 좌식의자가 있다. 테이블 곁에는 바둑판이 있고 그 위에 바둑돌 몇 개가 놓였다.

방바닥에 하얀 줄로 뭔가 형태가 그려져 있었다. 사람 윤곽선이라는 것을 곧바로 알았다. 그곳에 후쿠마루 노인이 그런 모양으로 쓰러져 있었던 것이리라.

"어때, 뭔가 짐작 가는 건 없어?" 고스기가 물었다.

"테이블에 책이 놓여 있는데요." 다쓰미가 그 부분을 가리키며 말했다.

"응, 그러네."

"이건 무슨 책입니까?"

고스기가 터치해서 화면을 확대했다. 《바둑 원 랭크 업》이라는 책 제목이 보였다.

이상하네, 라고 다쓰미가 혼잣말처럼 중얼거렸다.

"뭐가 이상하지?" 고스기가 물었다.

"이 책은 제가 알바로 드나들던 무렵에 후쿠마루 씨가 구입한 건데 영 잘못 샀다고 몇 번이나 얘기했었습니다."

"잘못 샀다고? 왜?"

"이미 다 아는 내용뿐이라서 전혀 도움이 안 된다는 거였어요. 서점에서 앞부분만 대충 훑어보고 샀는데 그 뒷부분부터는 쓸 만한 내용이 없었다, 속았다, 라고 하셨습니다."

"그렇다면." 나미카와가 옆에서 말을 끼웠다. "그런 책을 새삼스럽게 다시 꺼내서 읽어보고 있었다는 건 좀 이상하다, 라는 얘기인 거지?"

그렇지, 라고 다쓰미가 대답했다.

"하지만 꼭 그렇다고 단언할 수는 없지. 재차 읽어보고 좋은 점을 발견했을 가능성도 있으니까."

고스기의 반론에 다쓰미는 목소리 톤이 툭 떨어졌다. "네, 그건 그렇죠."

"그밖에는 어때? 뭔가 눈에 띄는 건 없나? 아무리 작은 것이라도 좋으니까 말해봐."

다쓰미는 다시 스마트폰 화면을 찬찬히 들여다본 뒤에 고개를 갸우뚱했다. "그밖에는 아무것도……."

그래, 라고 고스기는 고개를 끄덕이면서 스마트폰을 다시 자기 앞으로 가져갔다.

"벌써 시간이 이렇게 됐네. 그만 가봐야겠다. 밤늦은 시간에 미안해."

"아니에요. 저야말로 아무 도움도 되지 못해서 죄송합니다."

"네가 사과할 일이 아니지. 어떤 의미에서는 피해자인데. 어쨌거나 운이 없었네. 내일 일이 걱정이다. 증인이 되어줄 여자를 찾아내면 좋을 텐데."

"어떻든 열심히 알아보겠습니다."

"기적이 일어나기를 빌어볼게." 고스기는 스키복을 들고 자리에서 일어섰다. "이런 때, 진심으로 그런 생각이 들어. 만일 저승에서 이쪽이 보인다면 후쿠마루 씨가 어지간히 답답해하시겠구나 하는 생각."

저승에서 이쪽이 보인다면ㅡ. 고스기 형사가 무심코 던진 그 말은 다쓰미의 머릿속에 박힌 뭔가를 자극했다. 잊고 있던 뭔가가 생각날락말락 할 때의 느낌과 비슷했다. 그는 허공의 한 점을 응시했다.

"와키사카." 옆에서 나미카와가 말을 건넸다. "왜 그래?" 몸을 툭 치고 있었다.

그 순간, 다쓰미의 머릿속에 걸린 뭔가가 툭 떨어졌다. 형사님, 이라고 고스기의 얼굴을 올려다보았다. "현장 사진을 다시한번 보여주시겠습니까?"

고스기는 호주머니에서 스마트폰을 꺼내 터치한 뒤에 이쪽으로 내밀었다. 조금 전의 사진이 나와 있었다.

"이 사진에는 텔레비전이 꺼져 있지만, 사체가 발견되었을 당시에는 켜져 있었다고 하셨지요?"

"응, 그렇다고 들었어."

"후쿠마루 씨가 보고 있었던 게 뭐였어요? 텔레비전 방송입니까? 혹시 DVD 아니었습니까?"

"그거, 중요한 거야?"

"네, 상당히 중요합니다."

고스기는 생각에 잠긴 표정으로 다쓰미의 손에서 스마트폰을 가져갔다. 재빠른 손놀림으로 전화번호를 누르더니 귀에 댔다.

"시라이? 나야. ……잠깐 들러볼 데가 있어서. 응, 참고인에게서 얘기를 좀 들어보려고. ……자세한 건 나중에 얘기하자. 그보다 알아볼 게 있어. 피해자가 당시에 방에서 보고 있던 게 텔레비전 방송이었어? 아니면 DVD를 보고 있었나? ……DVD라고? 확실하지?"

"어떤 DVD였습니까?" 옆에서 다쓰미가 물었다.

"어떤 DVD였어? ……엇, 뭐라고?" 고스기의 눈이 둥그레졌다. "진짜야? ……응, 알았어. 다시 연락할게." 전화를 끊고는 "허, 놀랍네"라고 중얼거렸다.

"어떤 DVD였는지 제가 맞춰볼까요?" 다쓰미가 말했다. "섹시 탤런트 동영상 DVD였지요? 어때요, 맞습니까?"

"맞아, 네 말대로야. 그걸 어떻게 알았어?"

"후쿠마루 씨의 취미 중 하나였거든요. 텔레비전 받침대의 서랍 속을 못 보셨습니까? 상당한 수집가였어요."

"나이가 여든이었는데도?"

"바둑을 연구할 때, 그걸 항상 켜놓는 게 습관이 되셨던 것 같아요. 머리가 피곤해졌을 때, 잠시 한숨 돌리는 데는 안성맞춤이라고 하셨습니다."

"아하, 그런가. 하지만 그런 거라면 딱히 이상한 건 아무것도 없잖아." 고스기는 스마트폰 화면을 다시 다쓰미 쪽으로 향했다. "네가 방금 말했던 상황이 그대로 나와 있어."

"아뇨, 이건 이상합니다." 다쓰미는 화면의 일부를 손끝으로 가리켰다. "여기 불단이 열려 있어요."

"불단?"

"그런 DVD를 좋아하시는 것 같아서 제가 최신 동영상으로 한 장 선물해준 적이 있습니다. 후쿠마루 씨가 아주 기뻐하면서 당장 봐야겠다고 했어요. 그런데 DVD를 플레이어에 넣기 전에 후쿠마루 씨가 불단의 문을 닫는 거예요. 이유를 물어봤더니 불단이 열려 있으면 죽은 아내가 내려다보는 것 같아서 마음이 불편하다고 하셨어요. 그래서 그런 DVD를 볼 때는 반드시 불단의 문을 닫아둔다고 하시더라고요."

고스기는 스마트폰 화면을 들여다보았다. "하지만 이 사진에는 불단의 문이 열려 있네……."

"그래서 이상하다고 말씀드린 겁니다."

"문 닫는 것을 깜빡한 거 아닌가?" 나미카와가 옆에서 말했다.

"그건 아니야." 다쓰미는 즉석에서 그 의견을 부정했다. "그런 허술한 성격이 아니셨어."

"그럼 범행 후에 범인이 열어뒀다든가?"

"아니, 그건 있을 수 없어." 이번에는 고스기가 부정했다. "범인이 흉기로 사용한 리드는 원래 불단 안에 올려져 있던 물건이야. 문이 닫혀 있었다면 그 리드가 범인의 눈에 띄지 않았을 거라고."

그렇군요, 라고 나미카와가 중얼거렸다. "그럼 어떻게 된 거지?"

"DVD를 플레이어에 넣은 사람이 후쿠마루 씨라면 불단은 반드시 닫혀 있었을 거야." 다쓰미는 말했다. "그런데 불단 문이 열려 있었다는 것은 DVD를 플레이어에 넣은 사람이 후쿠마루 씨가 아니라는 얘기야."

"범인이 플레이어에 DVD를 넣었다는 건가?" 고스기가 물었다.

"네, 그렇게 생각할 수밖에 없습니다."

"무엇 때문에 DVD를?"

"그건…… 저도 모르겠습니다."

"와키사카, 한 가지만 물어보자." 나미카와가 말했다. "후쿠마루 씨가 바둑을 두면서 시청한 것이 섹시 동영상 DVD뿐이었어? 그밖에 다른 DVD는 전혀 안 봤던 거야?"

"잘은 모르겠지만, 아마 스토리가 있는 영화 쪽은 안 봤을 거야. 바둑 틈틈이 배경음악 삼아 틀어둔 것뿐이니까. 어디까지나 잠시 한숨 돌리는 데 필요한 것이었어."

"나미카와, 무슨 말을 하고 싶은 거지?" 고스기가 답답하다는 듯이 재우쳐 물었다.

"제 생각에는 이렇습니다. 아무것도 들어 있지 않은 플레이어에 범인이 DVD를 세트할 이유 같은 건 없어요. 굳이 그런 행동을 한 것은 플레이어에 이미 어떤 DVD가 들어 있었고 범인은 그것을 반드시 바꿔둘 필요가 있었던 게 아닌가, 라고요."

그러니까 그건, 이라고 고스기는 둘째손가락을 바짝 세웠다. "원래 플레이어에는 범인에게 불리한 DVD가 들어 있었던 게 아니냐, 라는 얘기네?"

"네, 그렇습니다."

"어떤 DVD지?" 다쓰미가 나미카와에게 물었다.

"그걸 생각해보라는 거야. 불단이 열려 있었으니까 섹시 동영상 DVD는 아니라는 게 확실하잖아? 그래서 너한테 물어본 거야. 그런 섹시 동영상 DVD 외에 후쿠마루 씨가 바둑을 두면서 시청할 만한 것이 또 없었느냐고."

"글쎄 뭐가 있었을까……."

"잠시 한숨 돌리기 위해 보는 것이라면 자연이나 동물 다큐멘터리 영상 쪽이 아닐까? 기분전환이 되잖아."

고스기의 의견에 다쓰미는 동의할 수 없었다. "후쿠마루 씨는 그런 건 별로 좋아하지 않으셨던 것 같아요."

"잠시 한숨 돌리기 위해 보는 것이 아니라면 어떨까?"

나미카와의 말에 다쓰미와 고스기는 동시에 그를 돌아보았다.

"한숨 돌리기도 아니고 기분전환도 아니고, 바둑판을 옆에 두고 진지하게 DVD를 시청한 것이라면? 그런 DVD라면 어떤 것이 있을까?"

아, 그렇구나, 라고 고스기의 목소리가 팽팽해졌다. "바둑 DVD야!"

제대로 짚었다는 듯이 나미카와가 고개를 끄덕였다. "네, 그런 가능성도 있지 않겠습니까?"

"맞아, 그러고 보니 후쿠마루 씨가 얘기했었어. 텔레비전은 뉴스 말고는 거의 안 보지만 바둑 방송만은 자주 챙겨 본다고."

"틀림없네, 그거야." 고스기가 단언했다. "후쿠마루 씨는 바둑 관련 DVD를 보고 있었어. 하지만 그걸 그대로 플레이어에 넣어 둔 상태라면 범인에게는 아주 불리한 증거가 될 수 있었어. 왜냐 하면 그 DVD는……."

"범인이 가져온 것이라서!" 다쓰미와 나미카와의 말소리가 겹 쳐졌다.

"후쿠마루 씨가 아무 쓸모도 없다고 했던 바둑 책을 그 테이블 에 올려놓은 것도 범인이 한 짓이에요. DVD를 보면서 바둑을 연구하고 있었다는 것을 감추기 위한 눈속임입니다." 다쓰미는 단언했다.

고스기는 스마트폰을 움켜쥐고 다시 자리에서 일어섰다.

"좋아, 수사 방침이 정해졌어. 이런 데서 느긋하게 온천을 즐 길 때가 아니야. 내일 첫 차로 나는 도쿄에 돌아갈 거야."

"우리는 어떻게 해야 하죠?" 다쓰미가 물었다.

문으로 향하려던 고스기는 발을 멈추고 돌아보았다.

"나는 진범을 찾기 위해 전력을 다해 뛸 거야. 하지만 금세 잡 아낼 수 있을지 어떨지는 알 수 없어. 지금 상황에서는 여전히 네가 첫 번째 용의자야. 잡혀가면 지옥의 취조가 기다리고 있는 거야."

다쓰미는 침을 꿀꺽 삼켰다. 위협의 말로는 들리지 않았다. "그러면 어쩌죠?"

"무슨 수를 쓰든 증인이 될 그 여자를 찾아내. 경찰에 사정을 얘기하면 어떻게든 될 것이라는 생각은 절대 하지 마. 경찰은 결코 용의자가 유리해지는 증거를 적극적으로 찾아주지 않아. 네 몸은 너 스스로 지켜야 해. 그게 안 될 경우에는 온 힘을 다해 도망쳐. 절대로 잡혀서는 안 돼."

빠른 말투로 내뱉고 고스기는, 자, 그러면 이만, 이라면서 방을 나갔다.

33

눈을 뜨자 어딘가에서 전자음이 울리고 있었다. 귀에 익은 자명종 알람소리였지만 오늘 아침은 왠지 신선하게 들렸다. 네즈는 침대에서 일어나 테이블 위에 놓인 시계의 스위치를 껐다. 베갯머리에 두지 않는 것은 얼른 끄고 다시 자버리는 것을 방지하기 위해서다.

네 발로 기어 냉장고 앞까지 이동하고 페트병 생수를 꺼내 다시 테이블 앞으로 돌아왔다. 침대에 기대앉아 페트병 마개를 열어 물을 마셨다. 테이블에는 다 마신 하이볼 캔 여러 개가 있었다. 갈증이 난 것은 어젯밤에 좀 지나치게 마신 탓인가. 〈식당 기나시〉에서 치아키 일행과 술을 마셨는데도 집에 돌아온 뒤에 혼자 또 마셨던 것이다.

빈 하이볼 캔 옆에는 오래된 노트가 펼쳐진 채로 놓여 있었다. 오래 전에 썼던 것을 서랍에서 꺼내온 것이다. 펼쳐진 페이지에 그려진 것은 눈의 제트코스터 디자인화였다. 설원의 경사면에 구불구불한 반원형 홈을 만들고 그곳을 썰매로 달려 내려오는 것으로, 이미지로서는 봅슬레이에 가깝다. 네즈의 계산으로는, 최대로 달리면 시속 30킬로미터쯤은 나오고 체감 속도는 그보다 훨씬 더 빨라서 상당히 스릴 넘치는 어트랙션이 될 터였다. 구상은 벌써 십여 년 전부터 시작했다. 당시 일하던 스키장 임원에게 제안했다가 바보라는 소리만 들었다. 너무 위험하고 유지비가 많이 든다, 라는 것이었다.

　아닌 게 아니라 그렇다, 라고 네즈는 쓴웃음을 지었다. 자신이 관리자 입장이었어도 틀림없이 반대했을 것이다. 꿈이나 이상만으로 비즈니스는 성립하지 않는다.

　노트를 손에 들고 다른 페이지를 넘겨보았다. 와이어 액션 하프파이프, 라고 적힌 페이지에는 곧바로는 이해할 수 없는 복잡한 일러스트가 그려져 있었다. 스노보더를 와이어로 공중에 매달고 하프파이프에서 프로 못지않게 뛰어오르는 감각을 맛보게 해준다는 아이디어였다. 일러스트 옆에 써넣은 숫자는 유지관리비며 인건비를 계산한 것이다. 중간에 계산을 포기해버린 것은 너무도 엄청난 액수가 나온다는 것을 깨달았기 때문이다.

　노트를 덮고 한숨을 내쉬었다. 다시 페트병의 물을 마셨다.

　치아키의 얼굴이 머릿속에 떠올랐다.

　그 소중한 친구에게 아무것도 해주지 못하는 자신이 답답하고 안타까웠다. 고민하는 그녀에게 해줄 말이 고작해야 "나는 꿈을 포기하지는 않았다"라는 거짓말뿐이라니 얼마나 한심한 일인가.

　자리에서 일어나 창문의 커튼을 열었다. 아직 조금 어둑어둑하지만 하늘을 올려다보니 구름이 말끔히 사라진 게 확인되었다.

　이 정도라면 멋진 꽃길이 되겠구나, 라고 생각했다.

34

열차가 다카사키 역을 통과한 잠시 뒤에 고스기의 상의 안에서 스마트폰이 부르르 진동했다. 표시를 보니 난바라에게서 온 것이었다. 몸을 일으키고 옆자리에서 *끄덕끄덕* 졸고 있는 시라이의 어깨를 쳐서 깨웠다. 후배 형사는 잠에 취한 눈으로 다리를 당겨주었다.

통로를 걸어가면서 스마트폰을 터치해 전화를 연결했다. 네에, 라고 작은 소리로 대답했다.

"나야." 말상 계장의 무뚝뚝한 목소리가 말했다.

"안녕하십니까, 좋은 아침입니다." 고스기는 연결통로로 나와서 출입구 옆 벽에 몸을 기댔다.

"어떻게 됐어?"

"뭐가요?"

"뭐긴 뭐야, 그놈들 차는 찾았어? 어제 도주차량의 번호를 알려줬잖아." 빠른 말투로 물어왔다. 아침 일찍부터 안달복달하고 있는 모양이다.

고스기는 심호흡을 한 차례 하고 입을 열었다. "못 찾았습니다. 아니, 그보다 찾지 않았어요."

"뭐라고? 어쩔 작정인데?" 난바라가 물었다. 입에서 침이 튀는 모습이 눈에 선하게 떠오르는 것 같았다.

계장님, 이라고 고스기는 침착한 어조로 말했다. "이번 사건의 범인은 사토자와 온천스키장에는 없습니다."

"엉? 이제 와서 새삼스럽게 무슨 소리야? 하나비시 쪽에서 드디어 움직이기 시작한 판에."

"무슨 일 있었어요?"

"있었네 마네 할 정도가 아니야. 와키사카와 그 친구 녀석이 탄 차가 나가노 현내의 N시스템에 걸렸다고. 그 덕분에 행선지가 몇 군데로 좁혀진 거야. 그중 하나가 사토자와 온천스키장이었고, 그 입구에 설치된 방범카메라 영상이 들어왔어."

"거기에 찍혀 있었던 거예요?"

"아주 선명하게 찍혔더라고." 난바라가 내뱉듯이 말했다. "그저께 새벽에 주차장으로 들어가는 모습이 잡혔어. 방금 전에 나가노 현경에 수사 협조 요청이 들어갔어. 이제 곧 그쪽 수사원이 스키장에 출동할 거야. 시간문제일 뿐, 와키사카와 그 친구의 신병이 곧 확보될 것으로 보고 이쪽에서도 인계할 수사관이 벌써 출발했어."

"그렇습니까. 생각보다 전개가 빠르네요."

"뭘 남의 일처럼 얘기하고 있어? 왜 냉큼 차를 찾아내지 못하지? 들은 바에 의하면 특별한 장소에 세워둔 것도 아니더라고. 지금부터라도 늦지 않아. 전력을 다해 어떻게든 먼저 와키사카와 그 친구를 확보해. 왜 자네들이 먼저 출동했는지에 대해서는 적당한 이유를 이쪽에서 만들어둘 테니까."

고스기는 대답하지 않았다. 어떻게 설명해야 좋을지, 생각하고 있었기 때문이다.

이봐, 라고 애가 타는 듯한 소리가 들려왔다. "내 얘기 듣는 거야? 이봐, 고스기, 뭐라고 말 좀 해봐."

"다 쓸데없는 짓입니다."

"뭐야? 방금 뭐라고 했어?"

"다 쓸데없는 짓이라고 말했습니다. 와키사카는 범인이 아니에요. 진범은 따로 있습니다."

"고스기, 자네 머리가 돌았나?"

"머리가 돈 건 누굽니까?"

말문이 턱 막힌 한순간의 틈이 있은 뒤에 "다시 한 번 말해봐!" 라고 난바라가 을러댔다.

고스기는 혀를 찼다. "밟으면 꿈틀하는 밸도 없습니까?"

"밟으면 꿈틀…… 지금 뭐라는 거야?"

"계장님, 이건 기회예요. 본청 사람들의 코를 납작하게 눌러줄 수 있어요. 저한테 맡겨주십쇼. 저를 한 번만 믿어달라고요."

"무슨 소리야, 대체. 자네 지금 어디 있어?"

"신칸센 안이에요. 도쿄로 가고 있습니다."

뭐얏, 하는 난바라의 목소리를 무시하고 고스기는 전화를 끊은 뒤 그대로 다른 사람에게 전화를 걸었다.

안녕하세요, 라고 유키코의 목소리가 상냥하게 인사를 해왔다. 착신 표시로 고스기에게서 온 전화라는 것을 알았던 것이리라.

"어제는 고마웠어요. 이래저래 큰 신세를 졌네요." 고스기는 말했다.

"아이, 아니에요. 도움이 되었다면 다행이죠."

"큰 도움이 됐어요. 유키코 씨가 아니었다면 어떻게 되었을지. 저, 그래서 말인데요, 죄송하지만 한 가지만 더 부탁 좀 해도 되겠습니까. 그 두 사람—와키사카와 나미카와에게 꼭 전해줄 말이 있어요."

"네네, 뭐든 말씀만 하시죠. 지금 메모할 테니까."

"메모할 정도의 얘기는 아니에요. 수사본부 사람들이 두 사람의 소재지를 알아냈다, 이제 곧 사토자와 온천스키장으로 나가노 현경의 수사원들이 몰려갈 것이다. 알리바이를 증언해줄 여자를 찾지 못할 경우에는 즉각 도망쳐라—. 이상입니다."

"엇, 여기에 경찰이 몰려와요?" 유키코가 놀란 소리를 냈다. "오늘 중요한 결혼식 행사가 있는데? 어떻게 좀 막을 수 없어요?"

"나는 어떻게 할 도리가 없어요. 아무튼 그 두 사람에게 전해주십쇼."

꼭 전해주겠다는 그녀의 대답을 듣고 고스기는 전화를 끊었다. 그러자 그 직후 옆의 문이 열리고 시라이가 객실에서 나왔다. 스마트폰을 들고 있었다.

"계장님 전화예요. 어떻게 된 거냐, 왜 도쿄로 돌아오는 거냐, 꽥꽥 소리를 지르시는데……."

"서에 돌아가면 자세히 설명하겠다, 할 일이 없어 심심하시면 피해자의 바둑 친구나 찾아보시라고 전해." 시라이에게 지시하고 고스기는 빙글 몸을 돌려 화장실을 향해 걸음을 옮겼다.

35

아침 식사를 마치고 다쓰미와 나미카와가 방에서 옷을 갈아입고 있는데 〈기나시〉의 여주인이 찾아왔다. 그녀의 말을 듣고는 소름이 쫙 끼쳤다. 고스기 형사에게서 연락이 왔는데, 드디어 수사본부가 이곳을 알아내 이제 곧 경찰이 몰려올 것 같다, 라는 것이었다.

"이제 곧? 이건 너무 빨라요." 나미카와가 벌떡 일어섰다. "얘기가 다르잖아요."

"증언해줄 여자를 찾지 못할 경우에는 즉각 도망쳐라, 라고 고스기 씨가……."

여주인의 말에 다쓰미는 머리를 부여잡았다. "대체 어떻게 해야 되냐고."

"지금 머리 쥐어뜯을 때가 아니야." 나미카와가 다쓰미의 등을 쳤다. "아무튼 치아키 씨를 찾아가보자."

준비를 마치고 여관을 나왔다. 보드복은 다카노 쪽에서 빌린 것을 입었다. 하지만 안심할 수는 없었다. 경찰은 어떻게 해서든 두 사람을 찾아내려 할 것이다.

나가미네 곤돌라 역사가 저만치에 보이기 시작했다. 세리 치아키와 오전 9시에 거기서 만나기로 했었다.

역 건물로 다가가던 다쓰미의 눈이 둥그레졌다. 그곳에 수십 명의 스키어와 스노보더가 모여 있는데 모두 똑같이 그 무늬, 즉

337

하얀색 바탕에 빨간색의 큼직한 물방울무늬 보드복을 입고 있었다. 바지 색깔은 옅은 파란색이다.

"우와, 장관이네." 옆에서 나미카와가 감탄의 목소리를 쏟아냈다.

둘이서 멀거니 서 있는 참에 한 여자가 뛰어왔다. 스포츠 선글라스를 쓰고 있었지만 세리 치아키라는 것을 금세 알아보았다. 그녀도 똑같은 보드복을 입고 있었다. 안녕, 이라고 쾌활하게 인사를 해왔다.

"안녕하세요? 죄송합니다, 바쁘신데." 다쓰미가 사과했다.

"진짜 바빠. 그러니까 얼른얼른 해치우자. 이쪽으로 와."

세리 치아키의 손짓에 따라 그녀를 뒤따라갔다.

똑같은 보드복 차림의 사람들 쪽으로 가더니 "여성 라이더들, 잠깐 주목해줄래?"라고 목소리를 높였다. "조금 전에 얘기했지? 다들 여기 이 사람에게 얼굴 좀 보여줘. 고글과 페이스마스크를 잠깐 벗으면 돼. 미리 말하지만, 연인 선택하는 게 아니니까 일부러 예쁜 표정 지을 거 없어."

세리 치아키의 가벼운 농담에 웃음이 일었다. 여성 라이더들은 일제히 고글과 페이스마스크를 벗었다. 비니모자나 헬멧모자까지 벗는 사람도 있었다.

"찬찬히 잘 봐."

나미카와의 재촉에 다쓰미는 그녀들에게로 다가갔다. 여성 라이더들은 흥미진진한 표정으로 기다리고 있었다. 남의 시선에는 익숙한지 수줍어하는 기색은 전혀 없었다. 오히려 다쓰미 쪽이 바짝 긴장했다.

여성 라이더들은 미인이 많았다. 하나같이 화장이 진한 편이지만 요란할 정도는 아니었다. 이 자리가 연인 선택 같은 것이라면 얼마나 좋을까, 하고 이 판국에도 시답잖은 것을 생각하고 말았다.

마지막 한 사람까지 확인했다. 그 여자도 미인이지만 다쓰미의 '여신'은 아니었다.

"없는 모양이네?" 세리 치아키가 말했다. 다쓰미의 표정을 보고 눈치챈 것이다.

"여기에 모두 다 나온 것이지요?" 일단 확인해보았다.

"응, 전원이 다 모였어. 이 사람들 말고는 없어."

세리 치아키의 대답에 다쓰미는 고개를 툭 떨구었다. 모든 희망이 끊겨버렸다.

"충분히 봤으면 우리는 그만 가도 될까? 서둘러 위로 올라가야 하는데."

"네, 됐습니다. 정말 고마웠습니다." 다쓰미는 세리 치아키를 향해 머리를 숙였다.

그녀는 고개를 끄덕이더니 스키어와 스노보더들에게 곤돌라에 타라고 지시했다. 똑같은 옷을 입은 단체가 줄줄이 승차장으로 향하기 시작했다.

다쓰미는 나미카와를 보았다. 지금까지 중요한 때마다 타개책을 강구해주던 친구도 역시나 이번만은 묘안이 떠오르지 않는지 힘없이 고개를 내저었다.

세리 치아키가 다시 다가왔다. 보드를 품에 안고 다른 한쪽 손에는 헬멧을 들고 있었다.

"미안해, 도움이 되어주지 못해서."

아뇨, 아닙니다, 라고 다쓰미는 고개를 저었다.

"알리바이의 증인, 이라고 했던가? 꼭 찾기를 빌게."

"고맙습니다."

자, 그럼, 이라면서 그녀는 헬멧을 들어 올렸다. 그 순간, 다쓰미의 눈에 들어온 것이 있었다.

앗 하고 저절로 입이 떡 벌어졌다. "그, 그거……, 그 헬멧……."

"응? 왜 그래?"

"스티커……, 헬멧의 스티커요. 그 별 모양 스티커!" 다쓰미는 헬멧 뒤쪽에 붙은 스티커를 가리켰다. 핑크색의 작은 별이 나란히 붙어 있었다. "신게쓰 고원에서 만난 여자의 헬멧에도 똑같은 스티커가 있었어요."

"이제 와서 그런 소리 해봤자 소용없어. 이미 치아키 씨가 아니라는 건 밝혀졌잖아. 그 여자도 우연히 똑같은 스티커를 붙였던 모양이지." 나미카와가 시들한 어조로 말했다. "스티커쯤은 흔하게 붙이고 다니잖아."

"아니, 그건 아니야." 세리 치아키가 그 즉시 나미카와의 의견을 부정했다. "정말 이 스티커였어? 틀림없어?"

"틀림없는 것 같은데요……."

"그렇다면 이건 그냥 흘려들을 수 없네. 아, 잠깐—." 잠시 생각한 뒤, 뭔가를 깨달은 듯 그녀는 크게 고개를 위아래로 끄덕였다. "아, 그런 가능성이 있었네."

"무슨 말입니까?"

다쓰미가 물어보자 세리 치아키는 자신의 보드복을 손끝으로 집었다.

"이 옷을 가진 사람이 한 명 더 있다는 것을 깜빡했어. 게다가 그녀의 헬멧에도 이것과 똑같은 스티커가 있어."

"정말요?" 다쓰미는 저도 모르게 목소리가 높아졌다.

"이 스티커는 내가 스노보드 크로스 라이벌과 둘이서 만든 거야. 대회에서 우승할 때마다 붙이기로 약속했거든."

"그 라이벌이라는 사람, 지금 이 스키장에 있어요?"

다쓰미의 질문에 "물론이지"라고 그녀는 대답했다. "있고 자시고 할 정도가 아냐. 오늘 결혼식 행사의 프로듀서인데."

"어디…… 어디에 있습니까?"

"위쪽이야. 지금 곤돌라에 타면 만날 수 있어."

갑시다, 라면서 나미카와가 걸음을 뗐다. 다쓰미도 세리 치아키와 함께 승차장으로 향했다.

그녀의 말에 의하면, 라이벌의 이름은 나루미야 리오, 오늘 결혼식의 신부인 나루미야 하즈키의 여동생이라고 했다.

"네가 만난 여성 스노보더가 리오라면 얘기가 맞아떨어지긴 해. 리오는 트리 런이나 파우더 테크닉이 보통 수준이 아니니까."

다행이다, 라고 나미카와가 다쓰미의 어깨를 두드렸다. "찾은 모양이다. 이제 넌 살았어."

"정말 그 여자 분이라면 좋겠는데……." 신중하게 대답하면서도 다쓰미는 저절로 웃음이 비어져 나왔다.

곤돌라 승차장은 그다지 붐비지는 않았다. 12인승이지만 다른 승객과 함께 타야 하는 건 아닌 것 같았다. 담당자의 안내를 받아 다쓰미는 세리 치아키와 나미카와의 뒤를 이어 곤돌라에 올랐다.

그때 뒤에서 두 명의 스키어가 들어섰다. 둘 다 건장한 몸집의 남자였다. 한쪽은 빨간색, 다른 한쪽은 검은색 스키복이었다. 그들은 다쓰미 일행의 맞은편에 앉자마자 스마트폰을 들여다보며 뭔가 수군수군 이야기하기 시작했다.

곤돌라가 출발하고 조금 지난 무렵이었다.

"미안하지만 고글 좀 잠깐 벗어볼까?" 검은 스키복의 남자가 다쓰미를 쏘아보며 말했다.

"예?" 흠칫 놀라서 다쓰미는 상대를 마주 보았다.

그는 스키복 호주머니에서 뭔가를 꺼내 내밀었다.

"수사에 협조해줘." 그가 제시한 것은 경찰 배지였다. "부탁한다."

느닷없는 말에 다쓰미는 미처 대응하지 못했다. 어떤 말도 떠오르지 않고 머릿속이 혼란스러울 뿐이었다.

실례, 라면서 다른 빨간 스키복의 남자가 다쓰미의 얼굴에 팔을 내밀었다. 잽싸게 고글을 잡아 머리 위로 올려버렸다. 다쓰미는 그가 하는 대로 멍하니 있었다. 너무 놀라 꼼짝달싹도 못한 것이다.

두 남자는 스마트폰 사진과 다쓰미의 얼굴을 비교해보더니 서로 고개를 끄덕였다.

"와키사카 다쓰미, 맞지?" 검은 스키복의 남자가 말했다. "너의 신병을 확보하라는 지시가 내려왔다. 우리와 함께 가줘야겠어."

"엇, 잠깐만요……." 나미카와가 낭패감을 그대로 드러냈다. "뭡니까, 왜들 이러십니까?"

"너는 나미카와 쇼고?" 검은 스키복의 남자가 말했다. "너도 함께 데려오라는 지시야."

다쓰미는 나미카와와 얼굴을 마주보았다. 상황은 명백했다. 나가노 현경에서 나온 수사원들의 그물망에 걸려든 것이다. 곤돌라 승차장에서 감시하고 있었던 모양이다. 설마 이렇게 빨리 잠복수사에 들어갔을 줄은 생각도 못했다.

피가 머리로 역류했다. 어떻게 해야 할지 갈피를 잡을 수 없었다. 하긴 어떻게 해볼 도리도 없다. 좁은 곤돌라 안이다. 도망치는 일 따위, 불가능하다.

그나저나 어떻게 이쪽을 알아봤을까.

검은 스키복의 남자가 입가를 풀며 슬쩍 웃었다. "보드를 바꾸지 않은 건 큰 실수였어."

다쓰미는 자신이 들고 있던 보드를 보았다.

"옷을 바꿀 가능성은 있지만 보드나 부츠까지는 바꾸지 못할 것이라는 게 우리 예상이었지. 그게 적중했어." 검은 스키복의 남자—나가노 현경 경찰의 말투는 어딘가 신이 난 것 같았다.

빨간 스키복을 입은 쪽이 스마트폰으로 어딘가에 전화를 걸기 시작했다. 수배 중인 두 사람 확보, 라는 말을 입에 올리고 있었다. 통화를 끝낸 뒤, 검은 스키복의 귓가에 대고 뭔가 속닥였다.

"잠깐만요, 우리 얘기도…… 여기 와키사카의 얘기도 좀 들어주십시오. 이 친구는 알리바이가 있단 말입니다." 나미카와가 필사적으로 하소연하며 와키사카의 허벅지를 쳤다. "야, 너도 뭔가 말 좀 해!"

퍼뜩 정신이 돌아와 와키사카는 몸을 경직시켰다.

"그, 그렇습니다. 저는 알리바이가 있어요. 그래서 지금 그 증인을 찾으러…… 저 위쪽에 증인이 있어서 지금 만나러 가는데……." 제대로 말이 나오지 않아서 중언부언했다.

"위에 도착한 다음에 설명하는 게 어때?" 옆에서 세리 치아키가 냉철한 어조로 말했다. "리오만 만나면 문제가 금세 해결될 테니까."

"아참, 그렇죠. 저기요, 그러면 위에 도착해서 설명하겠습니다."

하지만 검은 스키복의 경찰관은 고개를 저었다.

"위에까지 갈 것 없어. 다음 중간 역에서 내리라는 지시야. 종점에는 다른 스키객들이 많아서 혼란을 초래할 우려가 있어."

"그건 안 되죠. 부탁입니다, 종점까지 가게 해주세요. 거기에 증인이 있단 말이에요."

"거기에 누가 있는지는 모르겠지만 우리는 지시받은 대로 움직일 뿐이야. 독단적인 판단은 허락되지 않아. 네 신병을 경시청 수사관에게 인계하기로 했어. 하고 싶은 말이 있다면 거기 가서 하면 돼."

다쓰미는 나미카와를 돌아보았다. 책사 친구도 이런 궁지에는 고뇌의 표정을 내보이는 수밖에 없는 모양이었다.

"리오에게 전화해볼까?" 세리 치아키가 말했다. "리오가 정말 그 증인이라면 지금 전화로 증언을 해줄 수도 있어."

다쓰미는 좋은 제안이라고 생각했지만 검은 스키복은 "그건 곤란해"라고 말했다. "외부와 연락을 취하는 건 우리가 이 두 사람을 연행한 다음에 해달라고."

"아니, 그냥 전화 통화만 하는 건데……."

"글쎄 나중에 천천히 해명하면 된다니까." 검은 스키복이 차갑게 내뱉었다.

이윽고 곤돌라의 중간 역이 눈에 들어왔다.

다쓰미는 열심히 머리를 굴려보았다.

이대로 잡혀가도 정말 아무 문제도 없을까. 경시청 수사관에게 인계되는 참에 나루미야 리오라는 여자에게서 증언을 얻어달라고 요구하면 곧바로 받아들여줄까. 무시당하는 일은 없을까.

아니, 혹시라도 나루미야 리오가 그 '여신'이 아니면 어떻게 되는가. 세리 치아키의 말이 사실이라면 나루미야 리오가 이 일과 관련이 있는 건 확실한 듯하지만, 그 뒤로 경찰이 성실히 수사를 해줄까.

문득 고스기의 말이 되살아났다. 그 베테랑 형사는 말했다. 경찰은 결코 용의자가 유리해지는 증거를 적극적으로 찾아주지 않는다. 네 몸은 너 스스로 지켜야 한다—.

곤돌라가 중간 역에 들어섰다.

담당자가 다가와 문을 열었다. 빨간 스키복이 먼저 일어나서 내렸다.

"자, 너희도 가자." 검은 스키복이 다쓰미와 나미카와를 재촉했다. "그쪽은 그대로 타고 올라가시고." 이건 세리 치아키에게 건넨 말이었다.

다쓰미는 보드를 안고 곤돌라에서 내려섰다. 나미카와도 뒤를 따라 나왔다. 검은 스키복이 내린 참에 문이 닫혔다. 곤돌라는 세리 치아키만 싣고 멀어져갔다.

빨간 스키복의 경찰이 담당자에게 몇 마디 건네더니 걸음을 옮기기 시작했다. 반대편의 하행 곤돌라 승차장으로 가려는 것 같았다. 그쪽에 담당자의 모습은 없었다. 이용객이 거의 없기 때문일 것이다.

승차장에 도착하자, 어서 타라고 빨간 스키복이 말했다.

나미카와가 먼저 곤돌라에 오르면서 흘끗 다쓰미 쪽을 보았다. 별스러울 것 없는 몸짓이었지만 다쓰미는 순간적으로 그 의도를 알아챘다. 그는 나미카와 옆에 앉았다.

두 경찰관도 올라와 나란히 다쓰미 일행의 맞은편에 앉았다. 맡은 일이 무사히 처리되었다고 생각했는지 느긋한 분위기가 있었다.

곤돌라의 문이 슬슬 닫히기 시작했다.

이 순간을 놓칠 수는 없다. 강한 충동이 다쓰미의 등을 떠밀었다. 몸을 날려 닫히려는 문을 잡고 버티며 그 좁은 틈새로 쏙 빠져나왔다. 앗 하는 소리가 등 뒤에서 들려왔다.

뒤를 돌아볼 여유 따위는 없었다. 다쓰미는 출구를 향해 쏜살같이 내달렸다. 경찰관들이 쫓아올 염려는 없었다. 분명 나미카와가 그들의 발을 걸어줬을 게 틀림없다. 다쓰미가 도망칠 것을 짐작하고 나미카와는 먼저 안쪽에 앉아 문 바로 옆 자리를 내준 것이다.

곤돌라 역사를 나오자마자 급히 보드를 장착했다. 아무튼 한시바삐 이 자리를 벗어나야 한다. 그게 최우선이다. 다쓰미는 정신없이 내달렸다.

어디로 달아나야 할까. 보드를 타고 내달리면서 생각했다. 일단 어딘가에 몸을 숨길 필요가 있다. 그리고 어떻게든 세리 치아키에게 연락을 취해야 한다. 나루미야 리오를 만날 수 있게 주선해달라고 하자. 이 궁지를 벗어나기 위해서는 그 방법밖에 없다.

문득 등 뒤에서 기척이 느껴졌다. 다쓰미는 뒤를 돌아보고 움찔했다.

어디서 나타났는지 어느새 스키어 여러 명이 바로 뒤쪽에 붙어 있었다. 그 활주 테크닉은 아마추어의 실력이 아니었다.

몇 명은 다쓰미를 앞질러 갔다. 하지만 그 이상 멀어지려 하지 않았다. 명백히 속도를 조절하고 있었다.

다쓰미의 양옆으로 스키어가 붙어서 나란히 달리기 시작했다. 물론 등 뒤에도 있다. 즉 완전히 포위된 것이었다. 더 이상 도망칠 재간이 없었다. 스키어들의 정체는 명백했다.

다쓰미가 보드에 브레이크를 걸자 그들도 속도를 늦췄다. 완전히 멈춘 뒤 다쓰미는 그 자리에 털썩 주저앉았다.

36

거울 앞에서 바짝 긴장해버린 후배를 보고 네즈는 저도 모르게 푸핫 웃음이 터졌다.

"뭡니까, 네즈 씨. 그렇게 안 어울려요?" 턱시도 차림의 나가오카 신타가 뒤돌아보며 말했다. 그 움직임이 마치 기계 장치처럼 어색했다.

"그렇지 않아. 은근히 잘 어울려. 근데 너를 보니까 웃음이 터진다. 너무 긴장했어. 얼굴이 바짝 굳어서 무서울 정도야."

"엇, 그래요?" 나가오카는 자신의 뺨을 짝짝 쳤다.

"어깨 힘 좀 빼. 너희가 주인공이니까 오늘은 마음껏 즐기라고."

"주인공이니까 긴장하죠. 실수하면 안 된다는 생각이 자꾸 들어서." 나가오카가 얼굴을 찌푸리며 말했다. "순서가 너무 복잡하다니까요. 아차하면 틀릴 것 같아요. 리오도 참, 좀 간단한 순서로 해주면 좋을 텐데."

"그렇게 복잡해? 그 차림새로 타고 내려오기만 하면 되잖아."

"애드립을 쓸 수 있으면 그렇게 해보라는 거예요. 나는 그건 절대 못 하니까 뭔가 볼 만한 연기를 짜달라고 했죠. 그랬는데 그게 너무 어려워요."

"너희 둘을 위해 만들어준 거잖아. 괜히 우는소리 하지 마."

네즈는 손목시계를 보았다. 행사 시각이 다가오고 있었다. 이제 슬슬 산기슭의 겔렌데에서는 결혼식을 구경하려는 손님들이 모이기 시작할 터였다. 네즈도 그쪽으로 가고 싶었지만 코스 관리를 위해 위에서 대기할 필요가 있었다.

"그럼 잘해봐. 코스 옆에서 지켜볼 테니까."

"네, 잘 부탁합니다. 열심히 해볼게요." 나가오카가 꼿꼿이 선 자세로 답했다.

신랑의 어깨를 툭 쳐주고 네즈는 발길을 돌렸다. 이곳은 곤돌라 종점의 스키센터 안에 자리한 레스트하우스다. 공간 일부를 파티션으로 막고 신랑신부의 대기실로 쓰고 있었다.

네즈는 신부 쪽 대기실 입구에 섰다. "네즈인데, 들어가도 될까?"

파티션 너머에서 나루미야 리오가 얼굴을 내밀었다. "네, 들어오세요."

실례합니다, 라고 말하고 네즈는 안으로 들어갔다. 그리고 오호, 하는 탄성을 올렸다.

웨딩드레스 차림의 나루미야 하즈키가 의자에 앉아 있었다. 전문가에게 메이크업을 부탁했다더니 원래부터 단정한 얼굴에 풍성한 화려함까지 더해져 표정이 환하게 빛나 보였다.

"이거, 누군지 못 알아보겠네." 네즈는 저도 모르게 말했다. "나가오카에게는 정말 과분한 신부야."

"고마워요." 신부 하즈키가 웃으며 말했다. "뭔가 지나치게 노력한 것 같아서 창피해."

"그렇지 않아. 정말 아름답다. ─그렇지?" 네즈는 리오 쪽을 돌아보았다.

"네, 완전히 변장을 시켜줬죠." 리오가 고개를 끄덕였다. 프로 듀서로서 만족할 만한 수준으로 나온 모양이다.

"그나저나 이것 참." 네즈는 드레스를 찬찬히 쳐다보았다. "이 차림새로 보드를 타는 거야?"

가슴에서 허리까지는 디자인이 심플하지만 치마는 우아하게 폭이 넓어진다. 하얀 천에 광택이 있어서 강한 햇빛에는 눈이 부 시게 반사될 게 틀림없었다.

"넘어지지 않게 조심해야죠." 하즈키가 말했다.

"그럼, 넘어지면 안 되지." 리오가 진지한 목소리를 냈다. "결 혼식 꽃길에서 신부가 넘어지면 말짱 꽝이야."

"알았어. 보겐으로 신중하게 탈게."

"제발 그래줘. 그리고 베일 다는 거 잊지 말고. 부케도. 하긴 스태프가 알아서 잘 챙겨줄 거야."

그러면서 리오는 바지 주머니에서 스마트폰을 꺼냈다. 누군가 에게서 메시지가 들어온 모양이었다.

"치아키야. 이게 뭐지? 이상한 걸 보냈네."

"이상한 거라니?" 네즈가 물었다.

"누군가를 도와줘야 하니 보드 탈 준비하고 나가미네 곤돌라 종점으로 오라는 거예요."

"누구를 도와줘? 보드 탈 준비라니, 뭐야, 그게?"

"나도 모르지. 아무튼 잠깐 다녀올게."

파티션 밖으로 나가는 리오를 지켜보고 네즈는 하즈키에게로 시선을 돌렸다. "무슨 일인지 모르겠네. 뭔가 말썽이 난 건 아니겠지?"

글쎄요, 하고 하즈키가 고개를 갸우뚱했다. 그 직후, 살짝 얼굴을 찡그렸다.

"왜?" 네즈가 물었다. "어디 몸이 안 좋아?"

"아니, 괜찮아요. 아무것도 아니에요." 하즈키는 웃는 얼굴로 되돌아와 고개를 저었다. "걱정할 거 없어요."

"그렇다면 다행이지만……."

여성 스태프가 들어와 "잠깐 괜찮을까요?"라고 물었다. 뭔가 준비할 게 있는 모양이었다. 관계자도 아닌 사람이 오래 머무는 건 방해가 될 것 같았다.

그럼 이따가 보자, 라고 하즈키에게 말하고 자리를 떴다.

레스트하우스를 나서는데 리오가 마침 바로 앞을 지나갔다. 스노보드를 껴안고 있고 구두는 보드용 부츠로 갈아 신은 모습이었다.

리오를 부르는 소리가 들렸다. 곤돌라 하차장에서 치아키가 급한 걸음으로 다가왔다.

"대체 무슨 일이야?" 리오가 물었다.

"리오, 사흘 전에 신게쓰 고원에 갔었지?" 느닷없이 치아키가 물었다.

"신게쓰 고원이라니, 무슨 소리야?"

네즈가 어라, 하고 두 사람에게 다가갔다.

"혹시 그 대학생들이 찾던 여성 스노보더가 리오였어?"

"그런 거 같아요. —리오, 그렇지?" 치아키가 리오에게 확인했다.

"아, 잠깐. 무슨 얘기인지 나는 전혀 모르겠어." 리오가 손과 머리를 함께 내저었다.

치아키가 급히 설명해주었다. 살인 용의자로 몰린 대학생이 알리바이를 증명하기 위해 사흘 전에 신게쓰 고원스키장에서 만났던 여자를 찾고 있다, 그 여자는 오늘 결혼식 공연 출연자의 보드복 차림이었고 헬멧에는 치아키와 리오만 갖고 있는 별 모양 스티커가 붙어 있었다, 라는 내용이다.

"리오, 너 맞아? 신게쓰 고원스키장 숲에서 그런 학생을 만났어? 그렇다면 그걸 좀 증언해줘." 치아키가 말했다.

리오는 왜 그런지 곧장 대답하지 않고 고개를 숙인 채 뭔가 생각하고 있었다.

"왜 그래?"

이윽고 리오가 고개를 들었다. "그 대학생은 지금 어디 있어?"

"아래로 내려가면 알 수 있을 거야."

"그럼 거기로 가자." 리오는 보드를 고쳐 안고 총총걸음으로 출발했다. 치아키도 그 뒤를 따라갔다.

37

슬라이드 도어가 거칠게 열렸다. 다쓰미가 고개를 들자 나미카와가 올라타는 참이었다. 바로 뒤에 있는 스키복 차림의 인물은 아마도 나가노 현경의 경찰일 것이다. 나미카와가 다쓰미 옆에 앉는 것을 지켜보고 "여기서 잠깐 기다려"라면서 문을 닫았다.

왜건 타입의 경찰차량 안이다. 마주 보고 앉는 배치의 좌석이었다. 하지만 지금 다쓰미와 나미카와의 맞은편은 빈자리였다. 그곳에 누가 와서 앉을지는 알려주지 않았다.

"역시 잡혔구나." 나미카와가 말했다.

"말도 마라, 깜짝 놀랄 만큼 우르르 경찰들이 쫓아오더라고."

"그랬겠지. 실은 도망쳐봤자 쓸데없다고 생각했어."

"근데 왜 도망치게 도와줬어?"

"도망치게 도와주다니, 뭔 소리냐?"

"곤돌라 문에 가까운 자리를 나한테 양보해줬잖아."

나미카와는 맥 빠진 표정으로 흥하고 코를 울렸다.

"그럴 리가 있냐. 그 시점에 나는 이제 끝났다고 포기했었어. 그래서 네가 도망치는 거 보고 깜짝 놀랐다고."

"그랬던 거야?"

"이름이 나루미야 리오라고 했었지? 이제 그 사람에게 기대해볼 수밖에 없어."

"혹시 그 사람도 '여신'이 아니면 어쩌지?"

나미카와는 그 질문에 대답하는 대신, 기대해볼 수밖에 없어, 라고 되풀이했다.

다시 슬라이드 도어가 열렸다. 차 문 앞에서 코트를 입은 남자가 무표정하게 안을 들여다보았다. 그 눈빛에서는 이쪽에 대한 흥미가 전혀 느껴지지 않았다. 길가의 돌멩이를 보는 듯한 눈빛이었다.

남자는 차에 올라와 문을 닫고 맞은편 좌석에 앉았다. 경시청 배지를 내보이더니 귀찮다는 듯이 "나, 나카조 형사야"라고 밝혔다. 그리고 품속에서 착착 접힌 서류 한 장을 꺼내 펼쳐들고 말했다. "이름."

"예?" 다쓰미가 되물었다.

나카조는 불쾌한 듯 미간을 찌푸렸다. "이름 말하라고, 얼른."

"아, 예. 와키사카 다쓰미입니다."

"그쪽은?" 나카조는 옆으로 턱짓을 하며 물었다.

"나미카와 쇼고입니다."

나카조는 말없이 서류를 접어 다시 품속에 넣었다. 그 대신 이번에는 스마트폰을 꺼내 어딘가에 전화를 하기 시작했다.

"응, 나카조인데, 지금 뭘 기다리고 있지? ……이 지역 경찰에게 인사라니, 그런 건 좀 생략하면 안 되나? ……어, 그래? 귀찮게 하기는. 아무튼 피의자를 빨리 연행하고 싶단 말이야. ……알았어, 잘 좀 처리해줘."

나카조는 전화를 끊은 뒤에도 스마트폰을 넣지 않고 뭔가 검색해보고 있었다. 다쓰미와 나미카와에게 말을 건네려는 기척은 없었다.

"저기요, 형사님." 나미카와가 조심스럽게 입을 열었다. "여기 와키사카가 하는 얘기를 좀 들어주십시오."

나카조는 손을 멈추고 힐끔 나미카와를 쳐다본 뒤에 다시 시선을 스마트폰으로 돌렸다. 대꾸할 마음도 없는 모양이었다.

형사님, 이라고 이번에는 다쓰미가 마음먹고 말을 건넸다.

"저한테 걸린 혐의는 후쿠마루 씨가 살해된 사건에 관한 것이지요? 그렇다면 저는 알리바이가 있습니다."

하지만 나카조는 무반응이었다. 스마트폰을 터치하는 손을 멈추지 않고 다리를 바꿔 꼬았다.

형사님, 이라고 다시 한 번 나미카와가 말을 건넸다.

"거참, 시끄럽네." 나카조는 지겹다는 듯이 입가를 삐뚜름하게 틀었다. "하고 싶은 말이 그렇게 많다면 도쿄에 돌아간 다음에 실컷 들어줄게."

"지금 여기에 있습니다." 다쓰미가 말했다. "이곳에, 이 스키장에, 있을 거라고요. 제 알리바이를 증명해줄 사람이. 그러니까 지금 여기서 이야기를……."

"시끄럽다니까. 입 닥쳐!"

일갈하듯이 나카조가 눈을 허옇게 떴을 때, 그가 들고 있던 스마트폰이 울리기 시작했다. 화면을 보고 나카조는 의아한 표정을 지었다. 그 얼굴 그대로 전화를 받았다.

"네, 나카조예요. 뭡니까, 이제 와서. 고스기 씨는 수사에서 손을 떼라는 지시가 있었다고 들었는데요."

다쓰미는 나미카와와 시선을 마주쳤다. 전화한 사람이 고스기 형사인 모양이었다.

"뭐라고요? ……그게 무슨 말이에요? 내가 왜 그런 말을 들어야 합니까? ……무슨 뜻이죠? ……여보세요, 여보세요?" 전화가 끊긴 것 같았다.

나카조는 잠시 스마트폰을 지긋이 들여다본 뒤에 다쓰미 쪽으로 시선을 던졌다. "너, 고스기 형사를 알고 있나?"

다쓰미는 침묵했다. 어떻게 대응해야 할지 알 수 없었다. 나미카와도 대답하지 않았다.

"말해봐, 고스기를 알고 있어?"

형사라는 호칭까지 떼어버리는 것을 보고 다쓰미는 마음을 정했다. 나카조는 고스기 형사와 한편이 아니다.

"아뇨, 모릅니다." 다쓰미가 대답했다.

나카조는 스마트폰을 손에 쥔 채, 뭔가 생각에 잠겼다. 고스기에게서 대체 어떤 말을 들은 것일까.

톡톡 하고 슬라이드 도어의 창문을 두드리는 소리가 들렸다. 나카조가 문을 열자 밖에 방한복을 입은 경관이 서 있었다. 나카조에게 뭔가 보고하는 모양이었다.

나카조는 떨떠름한 얼굴로 망설이는 듯이 먼 곳에 시선을 던지고 손에 든 스마트폰도 골똘히 쳐다보다가 이윽고 다쓰미 쪽을 향했다. "너희에게 중요한 얘기가 있다는 여자 둘이 왔어."

나미카와가 다쓰미 쪽을 보았다. "치아키 씨야!"

"만나게 해주실 거예요?"

다쓰미의 물음에 나카조는 부루퉁한 얼굴로 입을 꾹 다문 채 어서 내리라는 듯이 턱짓을 했다.

경관의 뒤를 따라가자 두 명의 여성 스노보더가 서 있었다. 둘 다 똑같이 그 하얀색 바탕에 빨간색 물방울무늬의 보드복을 입었지만 한쪽이 세리 치아키라는 것은 알 수 있었다. 또 한 사람은 고글을 쓴 채였다.

다쓰미는 그녀들 앞까지 다가갔다.

"리오, 얼굴 좀 보여줘." 세리 치아키가 말했다.

리오라는 여자가 고글을 벗었다. 다쓰미는 숨을 삼키며 얼굴을 들여다보았다.

앗, 하는 소리가 새어나왔다. 온몸에서 힘이 쭉 빠지는 것 같았다.

"어때, 틀림없어?" 세리 치아키가 물었다.

하지만 다쓰미는 고개를 가로저을 수밖에 없었다.

"아니라고?"

"아니라니!" 나미카와도 옆으로 달려왔다. "잘 좀 봐. 그냥 인상이 좀 달라진 거 아니냐?"

"아냐, 이 사람 아니야······." 다쓰미는 허리를 꺾으며 두 손으로 무릎을 짚었다. 너무도 큰 충격에 서 있기조차 힘들었다.

"그럴 거야." 리오라는 여자가 몹시 메마른 목소리로 말했다. "나 아니야. 그날, 신게쓰 고원에는 간 적이 없어."

"간 적이 없다고? 리오, 너 아니었어?" 세리 치아키의 목소리가 갈라졌다. "그럼 여기에 왜 왔어? 와봤자 아무 의미도 없잖아."

"그렇지 않아. 자세히 설명할 틈이 없었어. 저기, 와키사카라고 했던가? 네 알리바이, 증명해줄게. 증명해줄 수 있어."

"예?" 다쓰미가 몸을 일으켰다. "정말입니까?"

"응, 정말이지. 저기, 내 얼굴을 다시 한번 잘 봐. 네가 만났던 여자는 아니지만, 뭔가 느껴지는 거 없어?"

그 말을 듣고 다쓰미는 그녀의 얼굴을 다시 찬찬히 보았다. 이윽고 번쩍 감이 왔다.

"닮았네……. 눈가도 그렇고 콧날도 그렇고……. 신게쓰 고원 스키장에서 만났던 사람하고 꼭 닮았어요."

역시, 라고 나루미야 리오가 고개를 끄덕였다. "내 짐작이 맞았어."

"어라, 혹시……?" 세리 치아키도 뭔가 알아챈 기색이었다.

"언니야. 언니가 이 옷을 입고 스노보드를 탄 것 같아." 나루미야 리오는 자신의 보드복을 손끝으로 잡으며 말했다.

"언니라면…… 오늘 결혼식 행사의 신부?" 다쓰미는 저도 모르게 연거푸 눈을 깜빡거렸다.

나루미야 리오는 스마트폰을 꺼내 어딘가에 전화를 하기 시작했다.

"여보세요? 응, 나야. 언니는 어디 있어? 잠깐 좀 불러줄래?" 그렇게 말한 직후에 그녀의 표정이 변했다. "……어머, 진짜? ……응. ……응. 그건 안 돼. 절대로 움직이지 못하게 해줘. ……

안 된다니까. ……다른 방법을 찾아볼게. 응, 금방 갈 테니까."
전화를 끊은 뒤에는, 큰일이네, 라고 중얼거렸다.

"무슨 일인데?" 세리 치아키가 물었다.

"지금 언니가 몸이 좀 안 좋대. 배가 아프다고 하는 모양이야."

"배가 아파? 체한 건가?"

"그런 거 아냐." 나루미야 리오는 동동거리며 그 자리를 오락
가락했다. "어떡해, 이대로는 겔렌데 웨딩을 못할 텐데."

"뭐라고?" 세리 치아키가 비통한 목소리를 냈다.

뜻하지 않은 전개에 다쓰미는 멀거니 바라볼 수밖에 없었다.
어렵게 알리바이 증인을 찾았는데 하필 지금 돌발 상황이 일어
난 모양이다. 뒤를 돌아보니 경시청의 나카조도 우두커니 서 있
었다.

나루미야 리오가 문득 발을 멈췄다. "그래, 그 방법밖에 없어."
그러고는 세리 치아키에게 다가가 그녀의 두 어깨를 붙잡았다.
"치아키, 내 평생소원이야. 내 부탁, 꼭 들어줘!"

38

"임신?" 네즈는 자신의 귀를 의심했다. 방금 전까지 머릿속에 전혀 존재하지 않던 단어였다.

"3개월이래요." 나가오카 신타가 당황스러움과 놀라움이 남아 있는 얼굴로 말했다. 조금 전 거울 앞에 있었을 때와는 다른 종류의 긴장감이었다. 턱시도 상의는 벗어놓고 있었다.

두 사람은 신부용 대기실 근처에 서 있었다. 목소리를 한껏 낮춘 것은 안에 하즈키가 있었기 때문이다. 단 웨딩드레스 차림은 아니다. 양호실에서 들여온 간이침대에 누워 있을 터였다.

하즈키의 몸 상태가 좋지 않다, 라는 나가오카 신타의 메시지가 네즈의 스마트폰에 들어온 것은 20여 분 전이었다. 갑자기 복통을 호소하기 시작한 모양이었다. 침대를 알아봐달라고 해서 네즈는 급히 양호실에 연락해 가져오도록 조치하고 이쪽으로 달려왔다.

그때만 해도 위에 탈이 난 모양이라고 짐작했었다. 큰 행사를 앞두고 긴장한 나머지 평소와 다른 증세가 나타난 게 아닌가 하고 네즈는 생각했다. 그런데 하즈키를 곁에서 간호하던 나가오카가 새파래진 얼굴로 털어놓은 말은 "그녀가 임신 중이라고 한다"라는 것이었다.

"너는 모르고 있었어?" 네즈는 혹시나 해서 나가오카에게 확인해보았다.

전혀, 라고 후배 패트롤 대원은 고개를 저었다. "알았다면 미리 얘기했죠."

그건 그렇다고 고개를 끄덕였다. 이런 경사스러운 일을 숨길 이유는 없다.

"그러면 아는 사람이 하나도 없었던 건가?"

그게요, 라고 나가오카가 말을 이었다.

"리오와는 얘기를 했었대요. 아니, 그렇다기보다 리오가 우연히 먼저 눈치를 챘답니다. 역시 자매간은 다르더라고요. 2주일 전쯤에 알았던 것 같아요."

"그러면 리오도 우리한테 그걸 비밀로 했었어?"

"관계자들에게 걱정을 끼치고 싶지 않았던 모양이에요. 어떻든 오늘 이 행사를 앞두고 있었으니까요. 임신 중이라면 거친 운동은 안 되잖아요. 웨딩 활주를 어떻게 할지, 리오도 어지간히 고민이 많았답니다. 얘기하면 다들 그건 안 된다고 할 텐데, 그래도 신부의 활주가 없어서는 영 그림이 안 나올 것 같고."

네즈는 그제야 감이 왔다. "그래서 보겐으로 타겠다고 했구나."

나가오카가 고개를 끄덕였다.

"혹시라도 몸에 부담이 가는 일이 없도록 그렇게 하기로 결정했답니다. 하즈키 본인은 속도만 올리지 않으면 평균적인 카빙 스키쯤은 연기할 수 있다고 했던 모양인데 리오가 그건 절대로 안 된다고 단호하게 말렸다네요."

언니를 끔찍이 생각하는 리오라면 당연히 그랬을 거라고 네즈는 수긍했다.

"그래서, 어떻게 할 거야?"

"모르겠어요. 지금 하즈키가 리오와 상의하는 중이에요. 스태프들에게는 사정을 설명하고 대기해달라고 한 상태고."

"최악의 경우, 이번 행사는 중지인가."

"예, 그렇게 될지도 모르겠어요." 나가오카는 고뇌하는 표정으로 팔짱을 꼈다.

"그나저나 그 일은 어떻게 됐나……." 네즈가 중얼거렸다.

"그 일이라뇨?"

"설명하기가 좀 복잡한데, 이 일과는 전혀 다른 건으로 리오와 치아키가 산 아래에 내려갔었어. 괜히 일이 커지지 않았으면 좋겠는데."

그렇게 말하고 네즈가 미간을 좁혔을 때, 나가오카를 부르는 하즈키의 가느다란 목소리가 파티션 안에서 들려왔다. 돌아보니 하즈키가 창백해진 얼굴을 내밀고 있었다.

"하즈키, 일어나면 안 돼. 좀 더 누워 있어야지." 나가오카가 놀란 얼굴로 말했다.

"괜찮아. 그보다 신타 씨에게 할 얘기가 있어. 아, 네즈 씨도 함께 들어주시면 좋겠는데."

"응, 그래."

네즈는 대기실로 들어갔다. 나가오카가 팔을 잡고 하즈키를 침대에 눕혔다. 조금 전까지 그녀가 입었던 웨딩드레스는 이제 옆에 걸려 있었다.

"신타 씨, 부탁할 게 있어. 나, 지금 병원에 좀 데려다줘. 별일은 없을 테지만 그래도 혹시나 해서." 침대에서 하즈키가 말했다.

"그야 물론 내가 함께 가야지."

"근데 병원 가기 전에 만나야 할 사람이 있어. 내가 가지 않으면 그 사람, 억울한 죄를 뒤집어쓰게 된대."

하즈키의 말에 네즈는 흠칫 놀랐다. "설마……. 혹시 하즈키가 그 수수께끼의 스노보더였어?"

"네즈 씨는 이 일에 대해 알고 있죠?" 하즈키는 쓴웃음을 네즈에게로 향했다. "미안해요. 내가 잠깐 한눈을 팔았던 게 이런 소동으로 커진 것 같아요. 하지만 그 덕분에 알리바이를 증명해줄 수 있으니까 그 사람에게는 좋은 일이었다고 해야 하나."

"아, 잠깐. 나는 무슨 얘기인지 도통……." 나가오카가 눈을 데굴데굴 굴릴 만도 하다.

"곤돌라 타고 올라가면서 얘기해줄게. 아무튼 나갈 준비부터 해야겠어." 하즈키가 몸을 일으켰다.

"근데 결혼식은 어쩌지?" 나가오카가 물었다. "중지하는 거야?"

하즈키는 고개를 저었다. "그건 안 되지. 이제 와서 중지할 수는 없어. 우리야 어찌됐든 우리 온천가의, 우리 스키장의 운명이 걸린 일대 이벤트잖아."

"그러면 어떻게……."

나가오카가 질문을 이어가려는 때, 네즈의 등 뒤에서 인기척이 났다. 돌아보니 치아키가 막 들어서는 참이었다. 표정이 몹시 험악해져 있었다. "하즈키 언니, 괜찮아요?"

"응, 괜찮아. 그보다 마침 잘됐다, 지금 여기 두 사람에게 그 얘기를 하려던 참이야." 하즈키가 말했다.

치아키는 마치 쓰디쓴 것을 입에 넣은 듯한 표정이었다. "나, 실은 어딘가로 도망치고 싶은 심정인데……."

"아이, 그런 소리 하지 마. 치아키가 거절하면 달리 손쓸 방법이 없다니까."

"그런가. 다른 방법도 있을 것 같은데……."

"이런 상황에서 그 일을 맡아줄 사람이라고는 없어. 치아키, 너도 그렇게 생각하잖아?"

치아키는 끄응 하고 신음했다. "리오는 평생소원이니 꼭 맡아 달라고 하더라고요."

"내 생각도 마찬가지야. 치아키가 대신 맡아줘서 얼마나 감사한지."

두 사람의 대화를 듣고 네즈는 고개를 갸웃거렸다. "무슨 얘기야?"

"물론 결혼식 얘기죠. 나 대신 치아키가 신부 역할을 해주기로 했어요."

하즈키의 말에 네즈는 멈칫 몸을 뒤로 젖혔다. "정말?"

"내가 이런 걸 입을 수 있을까?" 치아키가 불안한 시선으로 바라본 곳에는 순백의 웨딩드레스가 걸려 있었다.

"틀림없이 잘 어울려. 내가 보증할게." 하즈키가 단언했다.

그러는데 여성 스태프가 "실례합니다"라면서 들어왔다.

"치아키 씨, 리오한테서 얘기 들었어요. 급히 머리 손질과 메이크업을 해야 하니까 드레스 챙겨서 나하고 같이 가요."

"이제 진짜 도망칠 수도 없게 됐네." 치아키는 체념한 기색으로 드레스 쪽으로 갔다.

"잠깐만, 신부 대역은 치아키 씨가 한다고 치고, 내 대역은 누가 하지?" 나가오카가 물었다.

하즈키가 의미심장하게 웃었다. "그야 딱 한 사람, 여기 있는 이 분뿐이지."

드레스를 집어든 치아키가 네즈를 쓰윽 노려보았다. "이거 거절하고 혼자 쏙 빠져나가려고 해봤자 소용없어요."

"아, 그렇구나!" 나가오카는 그제야 알아들었는지 자신의 나비넥타이를 풀어서 "자, 여기 있습니다"라고 힘차게 네즈에게 내밀었다.

39

빨간 로프로 구분해둔 코스 주위가 알록달록한 옷을 차려입은 관객으로 가득 채워진 것을 보고 마치 동계 올림픽 시합장 같다고 다쓰미는 생각했다. 아니, 설령 올림픽이라고 해도 그리 인기가 높지 않은 종목인 경우에는 이렇게 많은 관객이 모이지 않을 것이다. 들리는 말에 따르면 사토자와 온천가뿐만 아니라 인근 시읍면에서까지 사람들이 동원되었다고 한다. 이 이벤트에 지역민들이 얼마나 큰 기대를 걸고 있는지, 그 강한 의지가 전해져 오는 것 같았다.

조금 전에 흘러나온 안내방송에 의하면 겔렌데 웨딩은 당초 예정보다 한 시간쯤 늦게 시작될 모양이었다. 게다가 작은 변경 사항도 있는 것 같았다. 어떻게든 성공적으로 치러지기를, 이라고 다쓰미는 간절히 빌었다.

손에 든 스마트폰에 메시지가 들어왔는지 부르르 진동했다. 확인해보니 후지오카에게서 온 것이었다. '무죄가 증명되어 정말 다행입니다. 와키사카 선배의 차를 들켰을 때는 진짜 망연자실했어요. 빨리 도쿄로 돌아오시기를. 선물도 잊지 마시고'라는 것이었다.

선물은 무슨 선물이야. 우리가 얼마나 고생했는지 네가 알기나 하냐. 다쓰미는 속으로 중얼거렸다. 하긴 그러니 더더욱 파란만장했던 에피소드를 듣고 싶을 테지만.

다시 스마트폰이 진동했다. 이번에는 메일이었다. 옆방에 사는 마쓰시타가 보낸 것이다. 다쓰미 일행의 무사를 축하하는 내용이었다.

사흘씩이나 스마트폰 전원을 꺼뒀더니 메시지며 메일이 산더미처럼 쌓여 있었다. 일일이 답장을 하자면 한이 없어서 아예 포기했지만 그래도 중요한 몇몇에게는 보냈다. 그랬더니 다시 그에 대한 반응이 속속 들어오는 것이다. 덕분에 조금 전부터 계속 스마트폰을 손에서 놓지 못하고 있었다. 하지만 이런 상황이 진심으로 반갑고 감사했다.

"흐응, 그렇게 된 거였구나." 옆에서 다쓰미와 똑같이 내내 스마트폰만 들여다보던 나미카와가 신음하듯이 말했다.

"왜?" 다쓰미가 물었다.

"후지오카의 차를 빌려 출발할 때, 역까지 태워다 달라던 여학생이 있었지? 메일을 보내왔는데, 우리 행선지가 사토자와 온천이라고 경찰에 고해바친 게 아무래도 그 친구였던 모양이야. 자기 멋대로 내비게이션 정보를 들여다보고."

"그랬던 거야? 몹쓸 사람 같으니."

"자신이 공연한 짓을 했다는 죄책감도 전혀 없는 모양이야. 사토자와 온천스키장의 설질은 어떤가요, 라고 태연히 물어보고 있어. 흥, 도쿄 돌아가면 제대로 복수해주겠어."

나미카와의 말을 듣고, 분명 뭔가 달콤한 복수를 해주려는 모양이라고 다쓰미는 짐작했다.

두 사람은 '스키 스노보드 스쿨'의 사무실에 와 있었다. 이번에 여러모로 신세를 진 다카노 세이야의 근무처다. 이미 보드복은 원래 입고 온 것으로 갈아입었다.

다쓰미는 사람들로 북적거리는 겔렌데를 창유리 너머로 내다보았다. 이제는 눈에 들어오는 모든 것이 환하게 빛나보였다. 불과 몇십 분 전과는 전혀 다른 세상에 와 있는 것 같았다.

다카노 세이야 일행의 모습도 코스 옆에 보였다. 동생 유키와 가와바타 겐타도 함께였다. 기모노를 차려입고 선두에 자리를 잡은 사람은 〈기나시〉의 여주인 유키코 씨인 모양이다. 그녀에게도 정말 큰 도움을 받았다.

하지만 다쓰미에게 가장 큰 구세주는 뭐니뭐니해도 나루미야 리오였다. 그녀의 얘기는 천만뜻밖의 것이었지만 동시에 모든 의문을 해결해주는 것이기도 했다.

세리 치아키가 리오에게 겔렌데 웨딩 공연 출연자들의 단체복을 보여준 것은 지금으로부터 열흘 전이었다. 하얀색 바탕에 빨간색의 큼직한 물방울무늬라는 디자인은 개인적으로 입고 다니기에는 부담스러울 정도지만 결혼식 이벤트에는 딱 맞는 옷이라고 생각되었다. 리오는 자신도 입을 일이 있을 것 같아서, 라는 이유로 한 벌을 가져다 자기 집 창고에 걸어두었다. 그 창고는 그녀가 선수 시절부터 스노보드와 부츠, 기타 액세서리들을 보관해두던 공간이었다.

신게쓰 고원스키장에서 만난 수수께끼의 여성 스노보더에 대한 이야기를 들은 순간, 언니 하즈키가 틀림없다고 리오는 직감했다. 왜냐면 그날 하즈키는 볼일이 있어서 니가타까지 차를 몰고 나갔었다. 분명 거기까지 간 김에 신게쓰 고원에 들러 혼자서 트리 런을 즐기고 온 것이라고 짐작했다. 처음부터 그럴 생각으로 창고에 있던 보드복과 헬멧을 차에 싣고 간 것이다. 그 옷을 선택한 것에는 별다른 이유는 없었을 터였다. 하즈키 자신의 보드복은 아직도 붙박이장에 넣어둔 채였기 때문에 무심코 눈에 띈 옷을 가져간 것이다.

그녀의 보드복이 그 창고에 없었던 데는 이유가 있었다.

하즈키는 전에 스키 선수로 활동했지만, 취미로 스노보드도 즐겨 탔다. 오히려 은퇴 후에는 그쪽을 더 좋아했다. 눈이 내릴 때마다 보드를 껴안고 혼자 산에 들어가는 일도 자주 있었다.

하지만 이번 시즌은 그 즐거움을 봉인해둘 필요가 있었다. 임신이 판명되었기 때문이다. 아니, 그것뿐이라면 주위에 비밀로 하면 되겠지만, 리오에게 들키고 말았다. 홀몸도 아닌 언니를 걱정한 여동생은 우선 결혼식의 연출을 변경했다. 신부가 급경사면에서 화려한 활주를 펼친다는 안을 폐기하고 안전한 보겐으로 바꿨다. 나아가 언니에게는 "개인적으로도 일절 스노보드나 스키는 타지 말 것"이라는 엄명을 내렸다. 만일 그 약속을 깰 경우에는 겔렌데 웨딩의 프로듀스에서 손을 떼겠다고 엄포를 놓기까지 했다.

하즈키는 여동생의 지시에 따르기로 했다. 당연히 자신의 보드복을 입을 일도 없어졌다. 그래서 붙박이장 깊숙이 넣어두었던 것이다.

몸이 조금 나아졌다는 하즈키와의 전화 통화를 통해 리오는 자신의 추리가 거의 정확했다는 것을 확인했다. 하즈키는 참지 못하고 신게쓰 고원스키장에서 스노보드를 탔다는 것, 산속에서 회색 보드복을 입은 젊은 남자와 말을 주고받았다는 것을 인정했다. 그때 촬영한 사진은 스마트폰에 남겨져 있었다. 또한 어제 아침, 코스 밖의 구역을 활주한 것도 자신이라고 말했다.

다쓰미는 리오의 말을 듣고 양팔을 번쩍 치켜들어 환호하고 나미카와를 얼싸안았다.

물론 아직 완전히 안심할 수 있는 것은 아니다. 실제로 나카조는 "증인에게서 직접 얘기를 들어보지 않고서는 아직 어떤 말도 할 수 없어"라고 못을 박았다.

하지만 그 잠시 뒤에 나타난 나루미야 하즈키를 보고 다쓰미는 안도감을 넘어 감격한 나머지 눈물까지 글썽였다. 그 여자, 그날 눈 속에서 만났던 그 '여신'이 틀림없었다. 신랑이 될 남자의 부축을 받은 나루미야 하즈키는 한층 더 아름답게 메이크업을 한 얼굴이었지만 강렬한 빛을 발하는 그 눈은 그때 그대로였다.

그리고 그녀도 다쓰미를 기억하고 있었다. "그때 카메라 셔터를 눌러줘서 고마워"라고 미소를 지었던 것이다.

그렇게 다쓰미의 알리바이는 증명되었다. 완전한 방면까지는 아니지만 용의자로 취급당할 걱정은 사라진 셈이다. 그것을 보여주듯이 그토록 우르르 몰려왔던 나가노 현경의 경관들이 어느새 자취를 감추었다. 다쓰미와 나미카와에게는 여전히 감시자가 붙었지만 어느 정도 행동의 자유가 허락되어 지금 이렇게 결혼식이 시작되기를 기다리고 있는 것이다.

나카조는 사무실 안의 조금 떨어진 자리에서 전화 통화 중이었다. 그럭저럭 30분 넘게 스마트폰을 귀에 대고 있었다. 그 얼굴이 푸르죽죽하고 표정에 여유라고는 한 조각도 없었다. 하지만 아마 전화 상대도 마찬가지일 게 틀림없다. 사건 발생 후 만 3일 동안 아무 관계도 없는 대학생을 추적하는 데 온 힘을 허비해버렸으니 그건 당연한 일이다.

문득 고스기 형사가 머릿속에 떠올랐다. 그 형사는 지금쯤 무엇을 하고 있을까. 조금 전에 나카조에게 전화해서 무슨 말을 했었는지, 새삼 궁금해졌다.

갑작스럽게 공포(空砲) 소리가 겔렌데 위를 울렸다. 연달아 세 발. 방금 전까지 웅성웅성하던 관객들이 단번에 조용해졌다.

이어서 음악이 흐르기 시작했다. 〈G선상의 아리아〉였다. 현악기의 온화한 음색이 하얀 설면을 스치며 흘러갔다.

저 멀리 시선을 던졌다가 다쓰미는 흠칫했다. 폴에 핑크색 리본을 매단 스키어들이 우아하게 대열을 그리며 내려오고 있었다. 전원이 똑같이 그 보드복―하얀색 바탕에 빨간색 물방울무늬의 보드복을 입고 있었다. 나루미야 리오가 말한 그대로였다. 평소에는 자칫 악취미로 보일 수 있지만 오늘 같은 무대에서는 그야말로 딱 어울리는 옷이다.

넋을 잃고 지켜보고 있으려니 돌연 음악이 바뀌었다. 템포가 빠른 힙합이 흘러나온 것이다. 그러자 이번에 등장한 것은 스노보더 그룹이었다. 그들은 그라운드 트릭을 구사하며 달려 내려왔다. 복잡한 동작인데도 불구하고 모두가 한 덩어리처럼 움직임이 정확하게 맞아떨어졌다. 객석에서 박수 소리가 터져 나왔다.

그 뒤에도 다양한 음악에 맞춰 스키어와 스노보더들이 화려한 활주 공연을 펼쳤다.

이윽고 모두가 다 아는 음악—즉 〈결혼행진곡〉으로 바뀌었다. 스키어와 스노보더들은 대열을 지어 한 줄기의 긴 통로를 만들었다. 그곳이 신랑신부의 꽃길인 모양이다.

경사면 위에서 두 사람이 나타났다. 한쪽은 검은 턱시도 차림의 스키어, 다른 한쪽은 웨딩드레스를 입은 스노보더였다. 두 사람 다 엄청난 스피드로 타고 내려오면서 피워 올린 화려한 눈보라가 멀리서도 또렷이 보였다.

"우와, 멋있다!" 옆에서 나미카와가 경탄의 목소리를 올렸다.

다쓰미는 자리에서 일어나 시선을 집중했다. 신랑신부의 대역이 누구인지는 미리 얘기를 들었다.

신랑신부가 점차 속도를 낮췄다. 꽃길 바로 앞에 이르자 스키어 신랑이 스노보더 신부를 두 팔로 번쩍 안아들었다.

수많은 박수와 휘파람 소리 속에 꽃길을 통과하는 두 사람은 전혀 대역이라고는 생각되지 않을 만큼 행복한 아우라에 감싸여 있었다.

40

손을 허공에 대봐도 아무 느낌이 없는데 우산을 쓰지 않으면 서서히 옷이 눅눅해질 만큼의 안개비가 음울하게 내리고 있었다. 싸구려 투명 비닐우산 너머로 고스기는 단독주택을 바라보았다. 낡고 작은 목조가옥이다. 지은 지 30년은 훨씬 넘었을 것이다. 회색 문기둥에 붙은 인터폰이 작동할지 말지 알 수 없었지만 버튼을 눌러봤더니 안에서 차임벨 소리가 울리는 게 희미하게 들려왔다.

하지만 스피커에서는 대답이 들려오지 않고 그 대신 바로 앞의 현관문이 열렸다. 수염을 기른 자그마한 몸집의 노인이 얼굴을 내밀었다. 70대 중반쯤일까. 갈색 스웨터에 검은 카디건을 걸치고 있었다.

"오카쿠라 사다오 씨지요?" 고스기는 대문을 열고 마당으로 들어섰다. 뒤에서 시라이도 따라왔다.

노인은 의아한 듯 미간을 좁혔다. "그렇소만, 댁은?"

고스기는 코트 안에서 경찰 배지를 꺼냈다.

"이런 사람입니다. 좀 여쭤볼 게 있는데 5, 6분만 안에 들어가서 얘기해도 되겠습니까?"

"……무슨 일인데?"

"이렇게 선 채로 말씀드리기는 좀……. 부탁드립니다." 우산을 받쳐든 채 머리를 숙였다.

오카쿠라의 눈에는 명백히 망설임과 두려움의 빛이 배어 있었다. 그 모습은 단순히 경찰이라는 말에 겁을 낸 것만으로는 보이지 않았다.

"그래도 지금 집 안이 어질러졌고 원체 좁기도 하고……."

"상관없습니다. 바쁘신 참에 정말 죄송합니다." 고스기는 우산을 접고 반쯤 오카쿠라의 몸을 떠밀듯이 현관으로 들어섰다. 시라이도 고스기의 등 뒤에 찰싹 몸을 붙였다.

"잠깐, 잠깐만. 이렇게 밀고 들어오면 안 되지……."

고스기는 반강제로 발을 들이밀고 잽싸게 시선을 내달렸다. 방으로 올라서자 바로 오른편이 부엌이고 왼편이 다다미방이었다.

오카쿠라는 못마땅한 기색으로 "이쪽으로 들어오슈"라고 다다미방 쪽을 가리켰다. 실례합니다, 라고 말하고 안으로 들어가면서 고스기는 벽 쪽의 텔레비전을 유심히 관찰했다. DVD 기기가 연결되어 있었다. 그 아래 장식장에 빽빽이 들어찬 것은 녹화해둔 DVD인가.

마실 것 따위는 내놓을 생각이 없는지 오카쿠라는 그대로 자리에 앉았다. 고스기 역시 그런 대접을 받을 마음은 없었다. 코트를 걸친 채 정좌했다.

"드릴 말씀은 다름이 아니라 후쿠마루 진키치 씨가 살해된 사건에 대한 것입니다." 고스기가 말을 풀어놓기 시작했다. "후쿠마루 씨는 잘 아시지요?"

"그야 뭐, 모르는 사이는 아니지만……."

"모르는 사이는 아니시다? 에이, 그런 정도가 아니실 텐데요. 기원에 찾아가 얘기를 들어봤더니 상당히 친한 사이였다고 하더라고요. 바둑의 호적수였고 실력은 비등비등했다면서요."

"글쎄 딱히 그렇다기보다⋯⋯." 오카쿠라는 고개를 외로 꼬며 말했다. 고스기나 시라이와는 한사코 눈을 맞추지 않았다.

"상당한 액수를 걸고 내기바둑을 두셨다는 소문도 들리던데요."

"아, 아니, 그건 그런 게 아니고⋯⋯." 말이 중언부언이 되었다. 고스기는 웃으면서 손을 내저었다.

"괜찮습니다. 내기바둑을 놓고 이러저러니 따질 생각은 없어요. 골프든 마작이든 어엿한 성인이 진지하게 승부를 하자면 돈이든 뭐든 걸고 뛰어들게 마련이죠. 바둑도 아마 그럴 겁니다."

오카쿠라는 어깨를 수그린 채 양손을 비볐다 주물렀다 하고 있었다.

"이것도 기원에서 들은 얘기지만, 오카쿠라 씨는 바둑 연구에 아주 열심이셨다던데요. 바둑 방송도 빠짐없이 녹화해 여러 번 보면서 연구하셨다면서요? 중요한 대국을 혹시 놓치더라도 오카쿠라 씨에게 얘기만 하면 거의 대부분 녹화 DVD를 갖고 계셨다고 들었습니다."

오카쿠라의 손의 움직임이 딱 멈췄다. 그 대신 호흡과 함께 어깨가 크게 들먹거리기 시작했다.

"그 녹화 DVD 말인데요, 잠깐 보여주실 수 있을까요?"

"뭐, 뭣 때문에 그걸 봐? 나, 나는 아무 짓도 안 했어. 관계없다고."

"뭣 때문이냐고 물으시면 수사를 위해서라고 대답할 수밖에 없습니다. 관계가 없으시다면 보여주셔도 되잖아요? 잠깐만 보여주시면 됩니다. 그게 아니면 뭡니까, 보여줄 수 없는 무슨 사정이라도 있습니까?"

"아니, 그런 건 없지만……."

"그렇다면 됐네요. 좀 보여주시지요. ─어라, 혹시 저기 들어 있는 게 그건가요?" 고스기는 텔레비전 아래쪽의 유리 장식장을 가리켰다.

"아, 아니, 그건……."

"맞지요? 솔직히 대답해주세요."

"그, 그렇긴 한데 그게……."

오카쿠라가 유리 장식장으로 팔을 뻗으려고 하는 바람에 고스기는 "손대시면 안 됩니다!"라고 제지한 뒤에 시라이에게 눈짓으로 신호를 보냈다.

이미 장갑을 끼고 있던 시라이가 장식장 유리문을 열고 신중한 손놀림으로 차곡차곡 쌓인 DVD를 꺼냈다. 그중 한 장을 고스기 쪽으로 내보였다.

"대단하시네. 방송 날짜까지 꼼꼼하게 기입해두셨군요. 여기 적힌 날짜에 의하면 이 바둑 방송은 바로 며칠 전, 즉 후쿠마루 씨가 살해되기 하루 전이잖습니까. 이 DVD, 저희가 잠시 가져가도 될까요?"

"그걸 왜 가져가? 대체 뭘 하려고?"

"그렇게 핏대를 올리실 일도 아니잖습니까. 별 대단한 건 아니에요. 문제가 없다면 곧 돌려드릴 겁니다. 하긴 이 DVD에 후쿠마루 씨의 지문이 찍혀 있다면 그럴 수도 없겠지만요. 네, 그럴 경우에는 좀 더 자세한 얘기를 여쭤보게 될 겁니다."

시라이가 DVD를 비닐봉투에 넣는 것을 지켜보고 고스기는 자리에서 일어섰다.

"실례했습니다. 자, 그럼 나중에 또 뵙죠."

41

고스기가 혼자서 사토자와 온천가로 향한 것은 오카쿠라가 자백을 하고 일주일이 지난 뒤의 일이었다. 하지만 그가 직접 취조를 담당한 것은 아니었다. 취조에 나선 것은 수사 1과의 주임이었다. 거기에 난바라도 동석했다. 오카쿠라 노인을 주목하고 그 체포를 진언한 것은 일단 난바라 계장인 것으로 되어 있었기 때문이다.

오카쿠라 체포의 결정타가 된 것은 역시 그 DVD였다. 케이스에서 후쿠마루 진키치의 지문이 검출되었을 뿐만 아니라 디스크에 부착된 피지의 DNA와도 일치했기 때문에 오카쿠라로서는 빠져나갈 도리가 없었다.

그날 오카쿠라는 후쿠마루의 부탁을 받고 전날 저녁에 녹화해둔 바둑 방송 DVD를 들고 그의 집에 갔다. 후쿠마루는 반색을 하며 즉시 DVD를 틀어놓고 바둑돌을 놓기 시작했다. 그 모습을 보면서 오카쿠라는 조심스럽게 말문을 열었다.

어렵게 꺼내놓은 이야기는 돈을 좀 융통해달라는 것이었다.

오카쿠라는 하루하루 먹고사는 것조차 점점 힘들어지고 있었다. 그걸 조금이라도 메워보려고 내기바둑에 참가했지만 아무도 그리 쉽게 져주지는 않았다. 그러기는커녕 최근에는 판판이 패하기만 하는 바람에 그 내기 빚을 갚느라 끙끙거렸다.

후쿠마루는 친절한 성품에 다른 이들을 배려해주는 면도 있다, 부탁하면 도와주지 않을까, 하고 기대했다.

그런데 후쿠마루의 반응은 예상과는 달랐다. 돈을 꿔달라고 하기 전에 일단 내기 빚이나 갚으라고 화를 냈다. 오카쿠라는 그에게도 내기 빚이 꽤 쌓여 있었던 것이다.

그걸 어떻게 좀 봐주십사고 애걸했더니 후쿠마루는 뜻밖의 말을 꺼내고 나섰다. 오카쿠라의 아들에게 전화를 하겠다는 것이었다. 오카쿠라는 아들 취직 때도 후쿠마루의 신세를 졌었다.

이런 일을 아들에게는 알리고 싶지 않았다. 제발 그것만은 하지 말아달라고 말했지만 후쿠마루의 분노는 가라앉지 않았다. 휴대전화를 꺼내 당장이라도 아들에게 전화를 걸려고 했다.

멈추게 해야 한다, 말려야 한다, 라는 생각밖에 없었다―.

오카쿠라는 취조실에서 울면서 그렇게 말했다고 한다.

사람을 죽였다는 것을 깨달은 뒤에는 아무튼 너무 겁이 나서어서 도망치자는 것 말고는 아무 정신이 없었기 때문에 세세한 경위는 기억나지 않는다, 라는 것이었다.

그 진술의 마지막 부분은 아무래도 미심쩍다, 라고 고스기는 생각했다. 일부러 DVD를 바꿔 끼워 넣고 눈속임용으로 바둑 교본까지 펼쳐놓은 것은 지극히 냉철한 행동이다. 애초에 그렇게 아무 정신이 없는 상태였다면 돈을 훔칠 새도 없이 도망쳤을 것이다. 오카쿠라의 집에서는 후쿠마루 가의 거실 장식장에서 사라졌던 만 엔짜리 지폐가 여러 장 발견되었다.

그렇기는 해도 그의 진술 대부분은 진심일 것이다. 진술에 대한 확인 작업도 끝났고 사건은 해결되었다. 오와다 과장에게서 칭찬을 받았는지 난바라는 요즘 기분이 매우 좋은 상태다. 고스기와 시라이에게 터무니없는 지시를 내렸던 것은 까맣게 잊어버렸는지 "관할서에서도 독자적인 판단에 따라 열심히 뛰다 보면 이번처럼 좋은 결과로 이어진다"라는 게 최근의 입버릇이다.

고스기가 사토자와 온천가에 도착했을 때, 밖은 완전히 컴컴해져 있었다. 택시에서 내려 양쪽 도로가로 눈을 밀어놓은 길을 걸어갔다. 지난번에 그리 오래 머물렀던 것은 아니지만 어쩐지 그리운 동네에 들어선 듯한 느낌이 들었다.

고스기는 발을 멈췄다. 찾던 간판이 눈에 들어왔기 때문이다. 〈식당 기나시〉. 그 글씨도 반가웠다.

그쪽으로 다가가 드르륵 미닫이문을 열었다. 보고 싶었던 인물은 여느 때처럼 카운터 너머를 지키고 있었다. 어서 오세요, 라고 인사하며 이쪽으로 고개를 돌리다가 그 웃음이 한층 더 환하게 빛났다. "어라라, 웬일이시래?"

"휴가 냈어요. 사건이 일단락돼서."

테이블석이 몇 군데 비어 있었지만 고스기는 망설임 없이 카운터로 향했다.

"사건이라니…… 그 사건?" 유키코가 작은 소리로 물었다.

"물론 그 사건이죠."

"와아, 잘됐다. 이거, 축하 파티를 해야겠는데요?"

"그럴 생각으로 찾아왔죠. '미즈오'로 건배하려고."

"네네, 알겠습니다."

유키코는 기본안주를 차려내면서 "그나저나 묘한 인연이네"라고 말했다.

"뭐가요?"

"실은 지금 그 학생들도 여기 와있어요. 고스기 씨가 쫓아다녔던 그 두 사람."

"와키사카 일행이? 정말요?"

"대학 친구들을 잔뜩 데리고 우리 여관으로 숙박하러 왔지 뭐예요. 아, 기왕이면 지금 여기로 오라고 할까요?"

고스기는 나무젓가락을 든 손을 내저으며 쓴웃음을 지었다.

"관둬요. 나는 어찌 됐건 그쪽은 내 얼굴 따위 두 번 다시 보고 싶지도 않을 텐데."

"그렇지는 않은 것 같은데요. 하지만 뭐, 그러시다면야." 유키코는 고스기 앞에 놓인 잔에 미즈오 술을 따라주었다.

와키사카와 나미카와의 얼굴이 선하게 떠올라서 고스기는 피식 쓴웃음을 흘렸다. 그 젊은이들과의 만남은 자신에게 적잖이 의미 있는 일이 되었다고 생각했다.

그들의 신병을 인계하기 위해 나카조가 니가타로 갔다는 말을 들었을 때, 고스기는 전화를 해주자고 마음먹었다. 그 오만한 엘리트 수사관이 학생들의 이야기에 진지하게 귀를 기울여줄 것이라고는 도저히 생각할 수 없었기 때문이다. 전화를 받은 나카조에게 고스기는 말했다.

"가끔은 피의자가 하는 얘기에도 귀를 기울여주는 게 좋아요. 댁보다 훨씬 현명한 사람일 수도 있으니까. 나중에 크게 창피당하고 싶지 않다면 내 말대로 하시죠."

무슨 말도 안 되는 소리냐는 듯이 나카조는 파르르 화를 냈다. 그 전화가 와키사카에게 도움이 되었는지 어떤지는 명확하지 않지만, 최소한 발목을 잡지는 않았던 모양이다.

깨끗한 맛의 지역 명주를 마시며 고스기는 이것저것 요리를 입에 넣었다. 하나같이 정성이 가득해서 소박한 듯하면서도 깊은 맛이 있었다. 마치 유키코의 인간성을 보여주는 것처럼.

그녀와 함께 보낸 하루를 되돌아보았다. 짧은 시간이었지만 긴장감이 넘쳤다. 지금까지 남에게서 그토록 큰 자극을 받은 적은 없었다.

고스기는 곁에 놓인 여행가방에 시선을 던졌다. 제법 불룩해진 것은 이번 여행을 위해 새로 구입한 것들을 채워 넣었기 때문이다. 스키복과 장갑, 고글, 그리고 모자다.

다시 스키에 도전해볼 생각이다. 단 혼자서 탈 마음은 없다.

문제는 어떻게 함께 타자고 청하느냐, 라는 것이었다. 고스기는 잔을 기울이며 유키코를 눈으로 따라갔다. 그녀는 점원에게 뭔가 지시를 내리는 참이었다.

등 뒤에서 미닫이문이 열리는 소리가 났다. 유키코가 내다보며 "어서 와"라고 말했다. 고스기에게 건넸던 것보다 조금 더 허물없는 인사였다. 단골손님인가.

고스기는 슬쩍 뒤를 돌아보았다. 들어선 사람은 두 명의 남녀였다. 키가 큰 남자는 본 기억이 있었다. 이 가게에서 만났던 것이다. 분명 패트롤 대장이라고 했다. 이름은 네즈라고 했던가. 여자 쪽도 어쩐지 눈에 익은 듯한 느낌이었다.

두 사람은 고스기 바로 뒤쪽의 테이블에 자리를 잡았다. 생맥주와 풋콩을 주문하고 있었다.

"그렇게 거창하게 치렀는데 그거면 충분하잖아." 남자 쪽, 즉 네즈가 말했다.

"글쎄 그건 우리를 위한 게 아니었다고 얘기했잖아. 대체 몇 번을 말해야 알아들어?" 여자의 목소리가 거칠어졌다.

"그래도 우리가 한 거잖아."

"기록이 남지를 않았다니까."

"그건 아니지. 팸플릿에 이름이 실렸어. 홍보 비디오에도 실렸고."

"모델이라는 명목으로 실렸지. 어디까지나 모델이야. 그냥 드레스와 턱시도만 입었을 뿐이라고."

무슨 얘기인가 하고 고스기는 궁금해졌다. 두 사람이 말다툼을 한다는 것만은 확실했다.

"그보다 너, 부모님에게는 정식으로 말씀드린 거지? 그 사업, 정말로 물려받지 않아도 괜찮은 거야?" 네즈가 말했다. 화제를 슬쩍 돌리는 것처럼 들렸다.

"참 잔소리도 많네. 글쎄 괜찮다니까. 어제도 내가 말했잖아. 리오한테 내 사정을 털어놨더니, 보육원 일이라면 자기가 전부터 흥미가 있었다고 하더라고. 그럼 잘됐다, 내 대신 가서 일해 달라, 그렇게 얘기가 마무리가 됐어. 아버지 어머니도 내 친구라면 믿을 수 있다고 좋아하셨어."

"하긴 치아키는 보육원 원장은 영 안 어울리니까 뭐, 잘한 결정인 것 같다."

"네즈 씨야말로 정식으로 부모님과 얘기해보는 중이야? 결혼식 날짜 잡는 건 어떻게 됐어?"

"글쎄 결혼식은 이제 됐다니까. 그런 걸 뭐 하러 두 번씩이나 해?"

타앙 테이블 치는 소리가 들렸다. "나는 진짜 결혼식을 하고 싶다니까!"

"지난번의 그것도 진짜 결혼식이야. 비용이 얼마나 많이 들었는데."

"꼭 자기 돈 들인 것처럼 얘기하지 말아줄래?"

"그야말로 호화판 결혼식이었다는 얘기야. 드레스도 턱시도도 최고급이었어."

"옷은 진짜였어도 그걸 입은 우리가 가짜였다는 거야, 내 얘기는. 이해가 안 돼? 이런 멍청이!"

"뭐야?"

아이, 그만, 그만, 이라고 유키코가 말리고 나섰다.

고스기는 두 사람의 대화를 계속 귀를 쫑긋 세우고 들어봤지만, 무엇 때문에 싸우는지는 결국 알지 못했다.

42

산꼭대기에 도착하자 눈구름이 느릿느릿 다가오는 게 보였다. 이 상태라면 오후부터는 눈이 쏟아질지도 모른다. 대환영이지, 라고 다쓰미는 마음속으로 승리의 V자를 그렸다. 눈이 아무리 쏟아져도 지나치게 쏟아졌다고 할 일은 없다.

4인승 리프트에서 내려선 후배들이 주위를 둘러보며 감격의 탄성을 토해냈다.

"경치, 끝내준다!"

"사방 천지가 새하얗잖아."

"아득히 먼 산이 저렇게 또렷이 보이다니."

그들의 반응을 보며 다쓰미는 기쁨에 젖어들었다. 그렇다, 이곳은 전국 최대급 스키장의 정점이다.

"축하한다, 와키사카." 나미카와가 말을 건넸다. "드디어 마음껏, 아무 걱정 없이, 이 산을 내달릴 수 있는 때가 왔어."

응, 하고 다쓰미는 손을 내밀어 고난을 함께해준 친우와 뜨겁게 악수했다. "실컷 달려보자."

후지오카도 곁으로 다가왔다.

"정말 근사해요. 여기를 '마운틴 몽키즈'의 정기 모임장소로 정하죠."

"그건 찬성이야. 다만 미리 말해둘 게 있어. ―야, 다들 내 얘기 들어봐." 다쓰미는 장갑 낀 두 손을 모아 메가폰으로 삼았다.

"이 스키장에서 문제를 일으키는 건 내가 용서치 않는다. 활주 금지구역에는 절대로 들어가지 마라. 자기책임 구역은 활주가 가능하지만, 자신의 능력을 과신해서는 안 된다. 불상사가 생기면 우리만 힘든 게 아니다. 이 스키장에도 큰 폐를 끼치게 된다는 것을 결코 잊지 마라! 알겠나?"

네엣, 하고 도합 17명의 회원들이 소리를 맞춰 대답했다. 그들 모두가 이 스키장에서 다쓰미가 어떤 일을 겪었는지 알고 있었다.

"좋아, 그 점을 가슴에 새기면서 기념촬영!"

다쓰미의 지시에 따라 단체사진 찍기에 들어갔다. 후지오카가 지나가던 남자 스키어에게 카메라 셔터를 눌러달라고 부탁했다.

저 멀리 산맥을 배경으로 다 함께 모여서 포즈를 취했다.

"어째 다른 스키어들이 우리를 이상하게 쳐다보는데?" 나미카와가 말했다.

"그럴 만도 하죠." 후지오카가 대꾸했다. "단체로 이런 옷을 입고 있는데."

"좋잖아, 단결이 잘되는 팀 같아서." 다쓰미가 반론했다.

"그런 건 이미 초월한 수준인데요, 이 보드복?"

"마음에 들었어? 그럼 올 때마다 빌려줄 수 있어."

"어이쿠, 좀 봐줘요. 제발 오늘 딱 하루만 입는 걸로."

스키어가 두 번이나 셔터를 눌러주면서 기념촬영은 끝이 났다.

"자, 출발한다. 파우더 스노, 닥치는 대로 먹어버리자!"

다쓰미의 구령을 신호로 하얀색 바탕에 빨간색 물방울무늬의 보드복을 입은 무리들이 경사면을 향해 힘차게 뛰어들었다.

옮긴이의 말
미스터리, 설산을 달리다

경제학부 4학년 와키사카 다쓰미는 스노보드 마니아다. 대학 생활의 마지막 겨울방학쯤은 알바도 끊고 여한 없이 설산에서의 질주를 즐기기로 했다. 직장인이 되면 더 이상 이런 '우아한 취미생활'은 누리기 어렵다고 생각했기 때문이다. 그날도 혼자서 새벽부터 차를 몰고 멀리 신게쓰 고원스키장까지 달려가 파우더 존을 만끽하고 돌아왔는데, 그 사이에 뜻밖에도 그에게 살인 혐의가 덮어씌워진 것 같다. 자신의 알리바이를 증명해줄 '여신'을 찾기 위해 법학부 친구 나미카와 쇼고와 함께 이번에는 사토자와 온천스키장으로 밤샘 도주를 감행한다.

관할서 형사 고스기는 센다이 출장에서 돌아오는 신칸센 열차 안에서 직속 상사 난바라 계장의 반갑지 않은 전화를 받는다. 조용한 주택가에서 일어난 80세 노인 살인사건. 유력한 용의자로 개의 산책 알바 일을 했던 대학생이 급부상한다. 용의자 확보를 놓고 벌어진 상사와 본청 사이의 자존심 싸움에 휘말려 고스기는 '형사라는 신분을 밝혀서는 안 된다'는 납득할 수 없는 지시를 받고 후배 시라이와 단둘이 비밀리에 사토자와 온천스키장으로 급파된다.

그들을 기다리는 것은 이 스키장을 누구보다 사랑하는 사토자와 온천가 사람들이다. 스키장의 활성화를 염원하는 지역 관계자들은 설원에서의 결혼식 '겔렌데 웨딩'을 기획하고, 저마다의 꿈과 열정을 쏟아부은 이 행사가 마침내 이틀 앞으로 다가왔다. 거기에 억울한 살인용의자와 형사라는 불청객이 뛰어든다.

대학생과 형사와 스키장 관계자라는 세 갈래 그룹이 번갈아 등장하면서 한 판의 쫓고 쫓기는 추격전이 펼쳐진다. 서로 아슬아슬하게 엇갈리고 때로는 비슷한 상황이 겹쳐지면서 세 그룹이 긴박하게 맞물리는 구성의 묘미가 독자를 빨아들인다. 독자의 추리를 자연스럽게 이끌어내는 세 줄기 트랙의 엇갈림이 변주에 변주를 거듭하면서 적절한 정도의 예측 가능성으로 작품에 안정감을 주고 있다. 마치 심설(深雪)의 험준한 산을 스노보드 한 장에 몸을 싣고 다양한 테크닉을 구사하며 속도감 있게 내달리고, 이따금 360도 회전의 대반전 묘기를 보여준 끝에 산기슭의 종착점에 서서히 착지하는 것처럼 노련하게 잘 짜인 구성이다.

살인 혐의자로 몰린 상황에서도 어딘지 태평하고 선량한 와키사카와 냉철한 논리로 무장한 책사 나미카와 콤비의 대조적인 캐릭터가 재미있다. 본청과 관할서의 묘한 경쟁 기류 속에서 과장의 심기를 살피는 계장의 막무가내 지시에 따라야 하는 고스기 형사와 갑작스럽게 발탁되어 추운 스키장을 함께 덜덜 떨며 헤집고 다니는 '호빵맨' 후배 형사 시라이, 두 인물의 대비도 주목할 만한 대목이다. 히가시노 게이고의 '설산 시리즈'를 섭렵한 독자들이라면 패트롤 대원 네즈와 싸한 눈처럼 당찬 치아키의 등장에 낯익은 친구를 다시 만난 듯한 반가움을 느낄 것이다. 특히 사토자와 온천스키장에 뿌리를 내리고 여관과 식당의 경영자로 다부진 활약을 펼쳐준 여주인 유키코는 지금이라도 찾아가면 카운터 너머에서 "어서 와"라는 허물없는 인사로 맞아주고 정이 담긴 따뜻한 차와 요리를 내어줄 것 같다. 지역의 명주 '미즈오' 한 잔을 곁들여서.

이제는 명실상부 일본 추리소설계의 대가로 손꼽히는 히가시노 게이고, 첫 작품을 발표한 것이 1985년이니까 작가 생활도 어언 30년을 넘어섰다. 정통파 추리의 정석을 추구하는 초기 작품을 시작으로 심리 서스펜스, 감동 드라마에서부터 당대의 첨예한 이슈를 정면으로 다뤄내고 첨단과학과 SF, 블랙코미디를 소재로 쓰면서 차근차근 미스터리 소설의 영역을 넓혀왔다. 《눈보라 체이스》는 거기에 스포츠의 스릴 넘치는 재미를 더한 '설산 시리즈' 중 한 권으로 발표한 작품이다. 어깨 힘을 풀고 편안하게 즐길 수 있는 스토리 구성과 생생한 등장인물의 설정은 역시나 대가다운 연륜이 엿보인다. 이 시리즈는 문학과 스포츠라는, 얼핏 대척되는 두 가지 방향성을 소설이라는 한 그릇에 담고 있다. 뇌를 일깨워 날카롭게 몰입하게 하는 추리소설의 팽팽한 긴장감과는 달리, 두뇌를 쓰기보다 오히려 생각을 비우고 몸을 던지는, 무아지경의 단순하고도 선 굵은 질주가 양립하면서 어디에서도 느낄 수 없는 상쾌한 카타르시스를 경험하게 한다.

하루아침에 억울한 누명이 덮어씌워져도 누구 하나 유리한 증거를 적극적으로 찾아주지 않는다. 내 몸은 나 스스로 지켜야 할

뿐이다. 말단 직장인은 상사의 '자네라면 할 수 있어! 어려운 것을 어떻게든 뚫고 나가는 게 프로!'라는 무리한 열정 강요에 시달린다. 현실의 벽에 부딪힌 젊음은 소중한 친구에게 아무것도 해주지 못하는 자신이 답답하고 안타깝지만, 해줄 수 있는 말이라고는 '나는 꿈을 포기하지는 않았다'라는 거짓말뿐이다—. 각각의 등장인물들이 처한 상황이 왠지 자꾸만 우리 자신의 현실과 겹쳐지는 느낌이 드는 것은 지나친 비관일까.

자, 그런 연유로 우리는 모든 고민을 내려놓고, 생각을 버리고, 최고의 설질(雪質)을 자랑하는 설산으로 달려간다. 히가시노 게이고가 구축한 전국 최대의 스키장에서 한바탕 멋진 눈보라를 피워 올리며 쫓고 쫓기는 일대 활주를 펼친다. 등장인물들과 함께 뛰어 오르고 구르고 때로는 회전하면서. 머릿속이 눈의 찬 기운을 받은 듯 시원하게 비워지는 독서의 시간, 어쩌면 우리 모두의 하루하루의 삶에 '아무 죄 없음'이라는 알리바이 증언을 해줄 구원의 여신이 나타날지도 모른다. 그리하여 '꿈틀하기'의 작고 힘찬 용틀임이 우리의 심신 어딘가에서 발밑을 다지며 새로운 스타트의 순간을 향해 당차게 저 앞을 노려보게 될지도.

양윤옥

눈보라 체이스 ⟨개정판⟩

개정판 1쇄 발행 2022년 2월 9일
개정판 4쇄 발행 2023년 9월 19일

저　　　　자	히가시노 게이고
옮　 긴 　이	양윤옥
발　 행 　인	유재옥
본　 부 　장	조병권
담 당 편 집	김혜연
편 집 1 팀	김준균 김혜연
편 집 2 팀	정영길 조찬희 박치우 정지원
편 집 3 팀	오준영 이해빈 이소의
편 집 4 팀	전태영 박소연
표지일러스트	장민지
디　 자 　인	김보라 박민솔
라　 이 　츠	김정미 맹미영 이윤서
디　 지 　털	박상섭 김지연 윤희진
발　 행 　처	(주)소미미디어
발 행 등 록	제2015-000008호
주　　　　소	서울시 마포구 토정로 222, 403호(신수동, 한국출판콘텐츠센터)
판　　　　매	(주)소미미디어
제　 작 　처	코리아피앤피
영　　　　업	박종욱
마　 케 　팅	최원석 박수진 최정연
물　　　　류	허석용 백철기
전　　　　화	편집부 (070)4164-3960, (070)4253-9250 기획실 (02)567-3388
	판매 및 마케팅 (070)4165-6888, Fax (02)322-7665

ISBN 979-11-384-0584-3 (03830)